लिअनीद अन्द्रयेइफ़ की

# इक्कीस कहानियाँ

## लिअनीद अन्द्रयेइफ़ की

# इक्कीस कहानियाँ

सम्पादक

**अनिल जनविजय**

मूल रूसी से अनुवाद

**प्रगति टिपणीस, सरोज शर्मा**
**अल्पना दाश, अनिल जनविजय**

वाणी प्रकाशन

प्रकाशन के उत्कृष्टतम 62 वर्ष

प्रथम संस्करण : 2025

vaniprakashan.com

वाणी प्रकाशन

*4695, 21-ए, दरियागंज, नयी दिल्ली-110 002*

*फ़ोन : + 91 11 23273167, 23275710*

**शाखाएँ**

*अशोक राजपथ, पटना-800 004, बिहार*

*कॉफ़ी हाउस कैम्पस, महात्मा गांधी मार्ग, प्रयागराज-211 001, उत्तर प्रदेश*

*महात्मा गांधी अन्तरराष्ट्रीय हिन्दी विश्वविद्यालय, वर्धा-442 001, महाराष्ट्र*

sales@vaniprakashan.in
vaniprakashan@gmail.com

LEONID ANDREYEV KI IKKIS KAHANIYAN
*by* Leonid Andreyev

*Edited by* Anil Janvijay
*Translation from original Russian*
Pragati Tipnis, Saroj Sharma, Alpana Dash, Anil Janvijay

ISBN : 978-93-7348-790-8

Collection of Stories



मूल्य : ₹ 475



*जी.एस. ऑफ़सेट, दिल्ली-110 095 में मुद्रित*

*वाणी प्रकाशन का लोगो मक़बूल फ़िदा हुसैन की कूची से*

# अनुक्रम

# भूमिका

हिन्दी में लिअनीद अन्द्रयेइफ़ की कहानियों का यह पहला संग्रह है।

बीसवीं सदी के उत्तरार्ध में मसक्वा यानी मॉस्को के रादुगा प्रकाशन और प्रगति प्रकाशन ने दुनिया की विभिन्न भाषाओं में रूसी और सोवियत लेखकों द्वारा लिखे गए साहित्य का भरपूर अनुवाद कराया था। भारत की भी 14 भाषाओं में अनुवाद होता था। सन् 1950 के बाद ही रूसी और सोवियत साहित्य भारत पहुँचने लगा। भारतीय पाठकों ने उसे हाथों-हाथ लिया। भारत में रूसी साहित्य ख़ूब पढ़ा जाने लगा। भारत के पाठकों ने रूसी साहित्य को ख़ूब सराहा। रूस के सभी विश्वप्रसिद्ध लेखकों की कृतियाँ भारत के पाठकों को अपनी भाषा में पढ़ने के लिए मिलीं, लेकिन लिअनीद अन्द्रयेइफ़ की कहानियों और नाटकों से भारतीय पाठक वंचित रह गए। उन्होंने उनका नाम भी नहीं सुना क्योंकि लिअनीद अन्द्रयेइफ़ ने 1917 की रूसी क्रान्ति का विरोध किया था। क्रान्ति के अपने इस मुखर विरोध के कारण ही वे सोवियत सरकार की आँखों की किरकिरी बन गए थे। इसीलिए अन्य प्रमुख रूसी लेखकों की रचनाओं का अनुवाद तो सोवियत सरकार ने दुनिया भर की भाषाओं में करवाया, लेकिन अन्द्रयेइफ़ का नाम जैसे भूल ही गए। सोवियत संघ में भी उनकी रचनाएँ नहीं छापी जाती थीं। सन् 1919 में दिल का दौरा पड़ने से लिअनीद अन्द्रयेइफ़ की मृत्यु हो गई थी। उनकी मृत्यु के बाद 1988 तक रूसी भाषा में भी उनकी रचनाएँ नहीं छापी गईं। उनकी कृतियों के अनुवाद का तो सवाल ही नहीं उठता था।

लिअनीद अन्द्रयेइफ़ की कहानियों और नाटकों पर रूसी साहित्यिक जगत में हमेशा कोई न कोई विवाद या बहस होती रहती थी। उनकी कुछ

रचनाओं को अगर धिक्कारा गया, नकारा गया, तो कुछ को प्रतिभा का बेजोड़ नमूना कहा गया। बहरहाल 20वीं सदी की शुरुआत में रूस में अन्द्रयेइफ़ को वैसी ही लोकप्रियता हासिल थी, जो आज की दुनिया में मशहूर फ़िल्मी सितारों और उत्कृष्ट ब्लॉगर्स को प्राप्त होती है। कई सालों तक उनका नाम पाठकों की ज़ुबान पर राज करता रहा। उनकी किताबें दुकानों में आते ही हाथों-हाथ बिक जाती थीं। उनके काम पर बहस साहित्यिक चर्चा के दायरे से कहीं आगे निकल जाती थी। बक़ौल मकसीम गोरिकी लिअनीद अन्द्रयेइफ़ में जीवन के सबसे अँधेरे पहलुओं को देखने, समझने और महसूस करने का ख़ास हुनर था। इस हुनर को उन्होंने ज़िन्दगी के तजुर्बात, एहसासात और उतार-चढ़ावों से सीखा था। जिस दौर में अन्द्रयेइफ़ लिख रहे थे, वह बदलाव के कगार पर था। अगर साम्राज्यवादी देशों में सामाजिक ढाँचे में फेरबदल या क्रान्ति की चिंगारियाँ उठ रही थीं तो उपनिवेश बने हुए देशों में आज़ादी की माँग ज़ोर पकड़ रही थी। विभिन्न देशों के बीच बढ़ती होड़ और वैमनस्य प्रथम विश्व युद्ध की भूमि तैयार कर रहा था। समाज में बहते इन अंत:प्रवाहों को समझना, इन धाराओं में बहते लोगों की मनोस्थिति को आँकना, उनके दुख-दर्द की तह तक पहुँचना और संवेदना की स्याही में पिरोकर अनुभूत किए को रचना में उतारने का अद्‌भुत हुनर अन्द्रयेइफ़ को हासिल था। इस हुनर की गहराई और बानगी आप इस पुस्तक में प्रस्तुत रचनाओं में महसूस कर सकेंगे।

भले ही अन्द्रयेइफ़ की कहनियाँ रूसी परिवेश में लिखी गई हैं, लेकिन उनमें व्यक्त भावनाएँ, संवेदनाएँ, अनुभूतियाँ, आमजन की चुनौतियाँ, दुख, कठिनाइयाँ सार्वभौमिक हैं। प्रत्येक ऐतिहासिक चरण में हर देश का मनुष्य कमी-बेसी एक ही तरह के संकटों और कठिनाइयों से जूझता है, मात्र भौगोलिक परिवेश दूसरा होता है।

पुस्तक में प्रस्तुत लेखक की संक्षिप्त जीवनी पढ़कर आप यह भी जानेंगे कि लिअनीद अन्द्रयेइफ़ को कैसा परिवेश मिला, किन परिस्थितियों ने उन्हें यों ढाला कि उनकी कलम अन्य लेखकों से बिलकुल अलग चली, उनकी शैली बिलकुल अलग रही और वह ऐसे मुद्‌दों पर लिख पाए, जिन पर तब तक लिखा नहीं जाता था।

पुस्तक में सभी रूसी नाम हिन्दी में वैसे ही लिखे गए हैं, जैसा उनका रूसी में उच्चारण होता है। कुछ नामों के उच्चारण थोड़ा-सा भिन्न हो सकते हैं, लेकिन उन्हें रूसी उच्चारणों के अधिकाधिक निकट देने की कोशिश की गई है। शहरों के प्रचलित अंग्रेज़ी नाम भी कोष्ठकों में दिए गए हैं।

**—प्रगति टिपणीस**

# लिअनीद अन्द्रयेइफ़ जीवनी
(1871 – 1919)

लिअनीद अन्द्रयेइफ़ का जन्म रूस के अरयोल ज़िले में 21 अगस्त 1871 को हुआ था। उन्नीसवीं सदी के आख़िर का समय और बीसवीं सदी के शुरुआत का दौर रूस में राजनीतिक दृष्टि से भारी उथल-पुथल का था। एक तरफ जहाँ क्रांति की ज़मीन गर्म हो रही थी, वहीं दूसरी तरफ़ हर तरह से उसे कुचलने के सभी प्रयास हो रहे थे।

ऐसे समय में उनके पिता निकअलाय अन्द्रयेइफ़ बहुत कम वेतन पाने वाले एक रेलवे कर्मचारी थे और माँ अनस्तासिया पत्सकोव्स्काया एक ऐसे पोलिश ज़मींदार की बेटी थीं जो वक़्त की मार से ग़रीबी के कगार पर पहुँच चुका था। अन्द्रयेइफ़ छह भाई-बहनों में सबसे बड़े थे। उनके जन्म के बाद पिता को एक बैंक में नौकरी मिल गई जिससे उनके परिवार की आर्थिक हालत पहले से काफ़ी सुधर गई थी। उनका परिवार अपना घर लेकर रहने लगा था। अन्द्रयेइफ़ का बचपन वहीं बीता था। उन्होंने अपनी कहानी 'बरगामोत और गारस्का' में अपने घर की सड़क का ज़िक्र कुछ यों किया है:

> -जूतासाज़ों, गाँजा बेचनेवालों और दूसरे ऐसे ही छोटे-मोटे कारोबार करने वालों की गली थी वो। उसमें दो शराबख़ाने थे जिनके चलते लोगों के छुट्टी के दिन यानी हर इतवार और सोमवार कोलाहल भरे वाद-विवादों में बीतते थे।

लिअनीद अन्द्रयेइफ़ ने अपने पिता से मुतासिर होकर कम उम्र में पढ़ना शुरू कर दिया था। उनका कहना था —

... मेरे पिता साफ़ दिमाग़ और बुलंद इरादे वाले बेख़ौफ़ इंसान थे। ... उन्हें किताबों से मुहब्बत थी और वे बहुत पढ़ते थे। प्रकृति के प्रति वे अत्यंत संवेदनशील और समर्पित थे।

अन्द्रयेइफ़ ने पहले घर पर उपलब्ध सभी किताबें पढ़ीं। फिर सात साल का होने पर उन्हें स्थानीय पुस्तकालय की सदस्यता मिल गई। लिअनीद की माँ ने उन्हें चित्रकारी सिखाई। बतौर लेखक शोहरत मिल जाने के बाद भी वे कला-प्रदर्शनियों में भाग लिया करते थे। हालाँकि उन्होंने कभी भी ख़ुद को एक प्रतिभाशाली चित्रकार नहीं माना।

अपनी आत्मकथा में उन्होंने लिखा है कि चीज़ों की नक़ल उतारने के बजाय उन्हें कल्पना से चित्र बनाना ज़्यादा पसंद था, हालाँकि नतीजा कभी-कभार बहुत हास्यप्रद भी होता था। उन्हें अपना एक चित्र ताउम्र याद रहा। उसमें एक घोड़े की न जाने क्यों सिर्फ़ तीन टाँगें थीं। चित्र बनाने के बाद उन्होंने उसे हलके भूरे और गुलाबी रंगों में रंग दिया लेकिन फिर पाया कि चौथी टाँग तो है ही नहीं।

सन् 1882 में पढ़ने के लिए उन्हें अरयोल के 'व्याकरण विद्यालय' में दाख़िल करा दिया गया। पढ़ने में वे अच्छे नहीं थे। सातवीं कक्षा में वे सभी सहपाठियों से पीछे रह गए थे और उनके अंक भी सभी छात्रों से ख़राब आए थे। अपनी आत्मकथात्मक लघु कहानी 'गर्मियाँ' में उन्होंने लिखा है:

> -तंबाकू और शराब से आत्मग्लानि की आग थोड़ी शांत हो सकती थी, लेकिन हमारे स्कूल में उनके उपयोग पर निषेध था। मुझे दूसरे साधनों का सहारा लेना पड़ा। तड़के सुबह और कभी-कभी रात में मैं लड़कों के साथ मछली पकड़ने जाता था। बाँध पर बैठे-बैठे मैं आसमान को देखा करता था, जिसके रंग बड़ी शांति और सुंदरता से बदलते रहते थे।

इसी स्कूल में लिअनीद अन्द्रयेइफ़ एडवर्ड हार्टमैन और आर्थर शोपेनहावर की रचनाओं से परिचित हुए। जेकब मोल्सचॉट की 'भोजन के सिद्धांत' नामक रचना तो उन्होंने इतनी बार पढ़ी कि वह उन्हें ज़बानी याद हो गई थी। दर्शन में उनकी दिलचस्पी इतनी बढ़ी कि 16 साल की

उम्र में नियति की ताक़त जाँचने के लिए वे पास आती ट्रेन की पटरियों पर लेट गए थे।

वर्ष 1889 में उनके पिता की मृत्यु हो गई। उनकी माँ छह बच्चों के साथ अकेली रह गईं। पैसों की तंगी सताने लगी। सत्रह साल के लिअनीद ने माँ का हाथ बँटाने के लिए छोटी कक्षाओं के बच्चों को ट्यूशन पढ़ाना शुरू किया। इसके अलावा सड़क किनारे बैठकर लोगों के पोर्ट्रेट बनाया करते थे। लेकिन तंगी फिर भी बनी रही। माँ को ज़मीन और घर बेचना पड़ा। परिवार फिर किराए के मकान में रहने लगा।

स्कूल के आख़िरी सालों में उन्हें ज़िनाईदा सिबिल्येवा नाम की महिला से प्रेम हो गया। ज़िनाईदा ने पढाई ख़त्म करने के बाद उन्हें साँक्त पितेरबुबूर्ग (सेंट पीटर्सबर्ग) जाने के लिए राज़ी कर लिया। अन्द्रयेइफ़ की माँ के शब्दों में :

> - लिअनीद ने जब स्कूल की पढ़ाई ख़त्म कर ली तो मैं उसके भविष्य के बारे में सोचने लगी। मैं उसे किसी भी हाल में विश्वविद्यालय भेजना चाहती थी और वह था कि पितेरबुबूर्ग (पीटर्सबर्ग) के सपनों में डूबा रहता था। राजधानी की चहल-पहल भरी ज़िन्दगी उसे आकर्षित करती थी। लेकिन अरयोलवासियों और उसके छात्र-साथियों ने उसमें संकल्प फूँकने का काम किया। साल 1891 में अन्द्रयेइफ़ को साँक्त पितेरबूर्ग (सेंट पीटर्सबर्ग) विश्वविद्यालय के विधि संकाय में दाख़िला मिल गया।

विश्वविद्यालय में पढ़ाई को लेकर अन्द्रयेइफ़ कभी गंभीर नहीं रहे। वे बहुत अधिक नाग़ा करते थे और इम्तिहान पास करना उनके लिए टेढ़ी खीर हुआ करता था। भावी लेखक के दिन साँक्त पितेरबुबूर्ग (सेंट पीटर्सबर्ग) में ग़रीबी में कटे। ज़िनाईदा सिबिल्येवा कभी-कभी उनकी मदद करती थीं।

विश्वविद्यालय के अपने अनुभवों के बारे में लेखक ने डायरी में कुछ यों लिखा है:

> - विश्वविद्यालय का प्रभाव मुझ पर बहुत नकारात्मक पड़ता है, इसे पचाना मेरे लिए नामुमकिन है। मैं पिछले दो हफ़्तों से वहाँ

नहीं गया था, लेकिन कल जब गया तो मेरे लिए वहाँ आधा घण्टा बिताना भी मुश्किल हो गया, मैं लेक्चर समाप्त होने का इंतज़ार करने लगा। उससे पहले बाहर निकलने का कोई रास्ता नज़र नहीं आ रहा था। सहपाठियों का मुझ पर ख़ास तरीक़े से ख़राब असर पड़ता है। निश्चित रूप से वे बुरे नहीं होंगे लेकिन उन्हें देखकर मुझे, पता नहीं क्यों, उबकाई आने लगती है।

अन्द्रयेइफ़ लोगों के चित्र बनाकर पैसे कमाते थे। अधिक आमदनी की उम्मीद में उन्होंने कहानियाँ लिखनी शुरू कीं। वर्ष 1891 में 'भूखे छात्र के बारे में' कहानी लिखी, जिसे लेकर वे समाचार पत्र 'निद्येल्या' (सप्ताह) के संपादकीय कार्यालय गए। लेकिन वहाँ उन्हें निराशा ही हाथ लगी। 'निवा' और 'सेविर्नी वेस्तनिक' पत्रिकाओं ने भी उनकी रचना को छापने से इनकार कर दिया।

मिली निराशा के बावजूद उन्होंने कहानियाँ लिखना जारी रखा। आख़िरकार वर्ष 1892 में साहित्यिक पत्रिका 'ज़्विज़्दा' ने उनकी कहानी 'शीत और स्वर्ण में' (इन कोल्ड एंड गोल्ड) प्रकाशित की। इस सफलता पर अन्द्रयेइफ़ ने अपने दोस्त वीक्तर विंशतोक को लिखा:

- यह मेरी पहली कोशिश थी जो सौभाग्य से सफल रही। अब मैं पूरे विश्वास के साथ अपने इस रुझान को जारी रखूँगा और लेखन के काम को पूरी गंभीरता से लूँगा। मुझे यक़ीन है कि कामयाबी मेरा इंतजार कर रही है। मैं ख़ुद के बारे में यह जानता हूँ कि अगर मैं चाहूँ तो बहुत कुछ कर सकता हूँ।

1892 की क्रिसमस की छुट्टियों में वे घर अरयोल लौटे। एक उत्सव के दौरान उन्होंने ग्रामर स्कूल की छात्रा यिव्गेनिया ख़्लुदिनोवा को देखा और उन्हें उससे प्रेम हो गया। अन्द्रयेइफ़ ने जल्दी ही यिव्गेनिया के सामने शादी का प्रस्ताव रखा, जिसे उसने ठुकरा दिया। अन्द्रयेइफ़ की एक रिश्तेदार सोफ़िया पनोवा ने इस घटना का ज़िक्र करते हुए बताया:

...उसने एक मज़ाकिया क़िस्म का मुखौटा और चीनी पोशाक

पहनी हुई थी। हम एक दोस्त के घर त्यौहार मनाने के लिए गए थे। वह लड़की भी वहाँ आई हुई थी। वह पूरा समय उसका मज़ाक़ उड़ा रही थी। वह मुखौटा पहने हुए ही इश्क़ का इज़हार कर रहा था और वह थी कि हँसती ही जा रही थी।

अन्द्रयेइफ़ ने बाद में अपनी कहानी 'हंसी' में इस वाक़ये का इस्तेमाल किया।

इश्क़ में नकारे जाने पर हताश होकर अन्द्रयेइफ़ साँक्त पितेरबूर्ग लौट आए और आत्महत्या करने की कोशिश की।

उन्होंने डायरी में लिखा था :

- मैं बहुत ही मनहूस ख़यालों और इरादों के साथ साँक्त पितेरबूर्ग लौटा था। मेरे पास न ही पैसा था और न ही भविष्य के लिए कोई उम्मीद। अरयोल की शराब में डूबी और बदसूरत ज़िन्दगी ने मेरी आत्मा को झकझोर दिया था।

कुछ महीनों बाद ज़िनाईदा सिबिल्येवा के साथ रिश्ता टूट जाने पर उन्होंने फिर ख़ुदकुशी करने की कोशिश की थी। शुक्र है कि वह कोशिश भी नाकामयाब रही थी।

1893 में फ़ीस न भर पाने के कारण अन्द्रयेइफ़ को विश्वविद्यालय से निकाल दिया गया। उन्होंने मस्क्वा (मॉस्को) विश्वविद्यालय के कानून संकाय के दूसरे वर्ष में तबादला करा लिया और वहाँ चले गए। वहाँ उनके गृहनगर अरयोल के बहुत से लोग रहते थे। ये लोग इनकी आर्थिक मदद किया करते थे। साल 1895 में उनकी माँ और उनके सभी भाई-बहन उनके साथ रहने मस्क्वा आ गए। उनके छोटे भाई पाविल अन्द्रयेइफ़ के संस्मरण के अनुसार :

-तब हमारे परिवार के पास इतना भी पैसा नहीं होता था कि हम दो जून की रोटी खा सकें। लिअनीद छात्र-कैफ़िटेरिया के आसरे रहता था और जब संभव होता था, वह वहाँ से हम लोगों के लिए कुछ खाना चुराकर लाता था। .. दुकानों के बंद होने के

समय हमारी बहनें फ़िलीप्पव बेकरी जाती थीं, जहाँ बची-खुची डबलरोटी उन्हें मिल जाया करती थी।

मई 1897 में अन्द्रयेइफ़ ने अपनी क़ानून की तालीम पूरी की। अब वे वकालत का काम कर सकते थे। उसी साल की गर्मियों में लिअनीद अन्द्रयेइफ़ को मॉस्को ज़िले की अदालत में सहायक सरकारी वकील की नौकरी मिल गई। दफ़्तर में उनकी मुलाक़ात वकील पाविल मल्यांतविच से हुई जो 'मस्कोव्स्की वेस्तनिक' नामक पत्रिका के लिए अदालती रिपोर्टें लिखा करते थे। अन्द्रयेइफ़ के साहित्यिक रुझान के बारे में पता चलने पर मल्यांतविच ने उनके सामने अदालती रिपोर्टर बनने की पेशकश रखी। बक़ौल न्यायिक विभाग के प्रमुख इसाक नोविक :

- अन्द्रयेइफ़ की अदालती रिपोर्टें अदालत में चल रहे मामलों का मात्र ब्यौरा नहीं होती थीं। ... वे मुलज़िम के व्यवहार और उसके उठने-बैठने के माहौल के इर्द-गिर्द बुनी होती थीं।

साल 1897 के अंत में लिअनीद अन्द्रयेइफ़ को दैनिक समाचारपत्र 'कूरियर' से अदालती मामलों से जुड़े व्यंग्य-लेख लिखने का प्रस्ताव मिला। संपादक के अनुरोध पर साल 1898 के ईस्टर अंक के लिए अन्द्रयेइफ़ ने कहानी 'बरगामोत और गारस्का' लिखी। यह कहानी एक ऐसे पुलिसकर्मी के बारे में है जो त्योहार की पूर्वसंध्या पर अरयोल के एक शराबी पर तरस खा जाता है। मकसीम गोरिकी भी इस रचना से बहुत प्रभावित हुए थे। बाद में लिअनीद अन्द्रयेइफ़ के बारे में अपनी पुस्तक में उन्होंने लिखा था :

-...इस कहानी को पढ़कर मुझे लगा कि लेखक में प्रतिभा है और उसकी यह प्रतिभा एक ताज़ा और तेज़ झोंके की तरह है।

मकसीम गोरिकी ने अन्द्रयेइफ़ के साथ हुई अपनी मुलाक़ात के बारे में लिखा है :

-फ़र के पुराने कोट और भेड़ की खाल की झबरी टोपी में वह उक्रईनी नाट्य मंडली के किसी युवा अभिनेता जैसा लग रहा था।

> उसका चेहरा सुंदर तो था लेकिन भावों के उतार-चढ़ाव उस पर नहीं के बराबर थे। लेकिन आँखों की उसकी टकटकी से वही मुस्कान झलक रही थी जो उसकी कहानियों और व्यंग्य-लेखों से झलकती है। ... अपनी दबी हुई भारी आवाज़ में हड़बड़ाकर बोलते समय वह ऑर्केस्ट्रा के संगीत संचालकों के अंदाज़ में हाथ हिलाता रहता। मुझे तो वह उस जागरूक और हंसमुख इनसान जैसा लगा जो ज़िन्दगी की कठिनाइयों को हँसते हुए झेल जाता है।

गोरिकी की सिफ़ारिश पर लिअनीद अन्द्रयेइफ़ को 'परिवेश' नामक प्रतिष्ठित साहित्यिक मंडली में दाख़िला दे दिया गया। गोरिकी सहित इवान बूनिन, इवान बेलाऊसव, येव्गेनी चिरीकव जैसे लेखक इस मंडली से जुड़े हुए थे। कवि निकअलाई तिलेशव ने 'लेखक के नोट्स' नामक अपने एक लेख में लिखा है :

> - गोरिकी ने दस बजे, जो आमतौर पर हमारे यहाँ रचना-पाठ का समय होता था, युवा लेखक लिअनीद अन्द्रयेइफ़ की कहानी सुनने की पेशकश की। बैठक में मौजूद सभी लेखक फ़ौरन यह समझ गए कि नए सदस्य के रूप में उनकी मंडली को एक उम्दा और प्रतिभाशाली साथी मिल गया है। उस दिन बैठक में पत्रिका 'लोकप्रिय' के प्रकाशक वीक्तर मीराल्युबव भी मौजूद थे। अन्द्रयेइफ़ की कहानियों से प्रभावित होकर उन्होंने अपनी पत्रिका में उनकी रचनाओं को छापने का प्रस्ताव रखा और कालांतर में उनकी 'ख़ामोशी', 'क़िस्सा सिर्गेई पित्रोविच का', 'दूरस्थ अंधकार में', 'ज़िन्दगी हसीन है', और 'कटखना' जैसी रचनाएँ अपनी पत्रिका में छापीं।

वर्ष 1901 में लेखक का पहला कहानी संग्रह मकसीम गोरिकी के 'ज्ञानबोध प्रकाशन-गृह' द्वारा प्रकाशित हुआ। इसके बाद अन्द्रयेइफ़ का नाम जल्द ही सबकी ज़ुबान पर चढ़ गया, वे साहित्य जगत में चमकने लगे। सभी पत्र-पत्रिकाओं में उन पर चर्चा होने लगी। उनका संग्रह हाथों-हाथ लिया

गया। संग्रह की लोकप्रियता को देखते हुए उसमें कुछ नई कहानियाँ जोड़कर अगले ही साल उसे फिर प्रकाशित किया गया।

अन्द्रयेइफ़ की रचना 'रसातल' को लेकर वर्ष 1901 में साहित्यिक जगत में बड़ा हंगामा मचा था। कहानी के अंत में छात्र निमावेत्स्की कामुकता के आवेश में अपनी बेहोश प्रेमिका पर टूट पड़ता है : "वह पूरी ताक़त से प्रेमिका के होंठों पर अपने होंठ दबाता है। उसे इस बात तक का एहसास रहता है कि कैसे उसके दाँत प्रेमिका के शरीर में धंस रहे है और कैसे वह दर्द और चुम्बन की प्रबलता से सोचने-समझने की अपनी क्षमता पूरी तरह खो रहा है। तभी पल भर के लिए उसे लड़की के होंठों में कम्पन होने का एहसास होता है। इस एहसास का आतंक उसे अंदर तक हिला देता है और उसके विचारों में थोड़ी स्पष्टता लाकर उसे अँधेरे रसातल में धकेल देता है। काला रसातल उसे निगल जाता है।" लिअनीद अन्द्रयेइफ़ को इसके लिए कटु-आलोचना से गुज़रना पड़ा, उनकी इस रचना को 'अश्लीलता की चरम सीमा' कहा गया। जबकि कुछ ऐसे लोग भी थे जिन्होंने युवा लेखक के पक्ष में आवाज़ उठाई।

लिअनीद अन्द्रयेइफ़ की शुरुआती रचनाओं में जिन विनाशकारी परिस्थियों का बाहुल्य दिखता है, वे कहीं न कहीं लेखक के निजी जीवन से जुड़ी हुई हैं। साथ ही उनकी 'बरगामोत और गारस्का', 'महानगर' आदि रचनाओं में आधुनिक जीवन का सूक्ष्म विश्लेषण नज़र आता है। शुरुआत में ही लिअनीद अन्द्रयेइफ़ के लेखन की मुख्य दिशाएँ प्रकट हो गई थीं। उनकी कहानियों के मुख्य विषय थे : अत्यधिक संशय, मानवीय विवेक में अविश्वास (दीवार, वसीली फिवेयिव्स्की का जीवन आदि) तथा आध्यात्मिकता और धर्म (जुडास इस्कैरियत) के प्रति आकर्षण।

उनकी कहानियों 'गवर्नर' तथा 'इवान इवानविच' और नाटक 'सितारों की ओर' में क्रान्ति के प्रति उनका रुझान देखा जा सकता है। लेकिन साल 1907 में क्रान्ति के प्रति तत्कालीन रूस की सरकार की प्रतिक्रिया देखने के बाद उन्होंने सभी क्रांतिकारी विचारों से किनारा कर लिया। उनका मानना था कि जनता को अपने विद्रोहों का मूल्य चुकाने के लिए और अधिक बलिदान देने पड़ेंगे, प्रताड़नाएँ सहनी पड़ेंगी।

अपनी कहानी 'लाल हँसी' में अन्द्रयेइफ़ ने रूसी-जापानी युद्ध के आधार पर आधुनिक युद्धों की भयावहता की तस्वीर उकेरी है। अपने इर्द-गिर्द की दुनिया और उसकी व्यवस्था के प्रति उनके पात्रों का असंतोष या तो निष्क्रियता में या उनके अराजक विद्रोह में परिलक्षित होता है। मृत्यु के पहले के उनके लेखन से अवसाद तथा विवेकहीन ताक़तों के विजयी होने की झलक मिलती है। मिसाल के तौर पर अन्द्रयेइफ़ ने अपने अधूरे रह गए अपने उपन्यास 'शैतान की डायरी' में इंसान को शैतान से अधिक बुरा और धूर्त दिखाया है।

इसके बावजूद कि अन्द्रयेइफ़ की रचनाएँ जीवन की कुरूपताओं से पूर्ण हैं, भाषा की मुखरता तथा भावात्मकता एवं प्रतीकों के बाहुल्य के चलते उन्हें रूस के सृजनात्मक समुदाय में काफी सराहा गया। मकसीम गोरिकी, निकअलाय रियेरिख़, इल्या रेपिन, अलिकसान्दर ब्लोक और अनतोन च्येख़फ़ (चेख़व) जैसे कलाधर्मियों ने अन्द्रयेइफ़ की रचनाओं का सदा सकारात्मक आकलन किया। अन्द्रयेइफ़ की रचनाएँ अपने तीखे विरोधाभासों, कथानक के अप्रत्याशित मोड़ों तथा शैली की अप्रतिम सरलता के फलस्वरूप अपने समकालीन दूसरे लेखकों की रचनाओं से बिलकुल अलग खड़ी दिखाई देती हैं। इसी वजह से लिअनीद अन्द्रयेइफ़ को रूसी साहित्य के रजत युग का एक चमकता सितारा माना जाता है।

लिअनीद अन्द्रयेइफ़ की कहानियों और नाटकों में मुख्यत: दो शैलिया पाई जाती हैं। पहली यथार्थवादी शैली, जिसमें लेखक किसी दुखद कहानी का वर्णन करते हुए रूसी कालजयी साहित्य की परंपरा में 'वंचित मनुष्य' के प्रति अपनी सहानुभूति व्यक्त करता है। और दूसरी शैली है प्रतीकवाद की, जिसके द्वारा वे ज्वलंत दार्शनिक विषयों को आधुनिकतावादी तरीक़े से प्रस्तुत करते हैं।

साल 1902 में अन्द्रयेइफ़ ने कवि तरास शिवचेंका की दूर की रिश्तेदार अलिकसान्द्रा विलिगोर्सकया से शादी कर ली। शादी के ठीक पहले गोरिकी के पत्र तलाशने के लिए ज़ार की पुलिस ने अन्द्रयेइफ़ के घर की तलाशी ली। मकसीम गोरिकी पर क्रांति को हवा देने के आरोप थे। लिअनीद अन्द्रयेइफ़ से पुलिस ने यह भी लिखवा लिया कि वे देश छोड़कर नहीं जाएँगे। शादी के

कुछ समय बाद अन्द्रयेइफ़ के पहले बेटे वदीम का जन्म हुआ।

अन्द्रयेइफ़ की पत्नी उनके साहित्यिक कामों में उनकी मदद किया करती थीं। अन्द्रयेइफ़ अपनी कहानियाँ पढ़ते थे और अलिकसान्द्रा उन्हें टाइप करती थीं। वर्ष 1904 में अन्द्रयेइफ़ ने रूसी-जापानी युद्ध से प्रेरित कहानी 'लाल हंसी' लिखी। इस कहानी का मुख्यपात्र एक सेना अफ़सर है जो युद्ध से जुड़ी गतिविधियों की निर्ममता और संवेदनहीनता को झेलता है।

साल 1904 में जब छात्रों के विरोध प्रदर्शन रूस में अपने चरम पर थे, अन्द्रयेइफ़ ने सरकार से छात्रों के ख़िलाफ़ हिंसक कार्रवाइयाँ बन्द करने की अपील करते हुए एक पत्र लिखा। उन्होंने लिखा था कि इन घटनाओं ने दिमाग़ को इतना तनावग्रस्त कर दिया है कि कोई कुछ भी नहीं कर पा रहा है : न ही काम, न आराम, न घर पर बैठना। लोग मौजूदा हालात और घटनाओं से परे किसी भी चीज़ के बारे में सोच तक नहीं पा रहे हैं। हर कोई, बस, पागलों की तरह पूरे दिन इधर-उधर भागता रहता है।

इसके एक साल बाद उन्हें इस जुर्म में तगानस्की जेल में डाल दिया गया कि उन्होंने रूसी सोशल डेमोक्रेटिक वर्कर्स पार्टी की केन्द्रीय समिति को बैठकों का आयोजन करने के लिए अपना घर उपलब्ध कराया था। जेल में उनकी बग़लवाली कोठरी में मकसीम गोरिकी बन्द थे। व्यवसायी और समाजकर्मी साव्वा मरोज़फ़ ने इन प्रसिद्ध लेखकों के हक़ में आवाज़ उठाई और बतौर ज़मानत बड़ी धनराशि अदालत में जमा कराई, जिसकी वजह से इन दोनों लेखकों को रिहा कर दिया गया। दुबारा गिरफ़्तारी के डर से लिअनीद अन्द्रयेइफ़ अपनी गर्भवती पत्नी और बच्चे के साथ फ़िनलैण्ड होते हुए जर्मनी चले गए, जहाँ बच्चे को जन्म देते समय उनकी पत्नी की मृत्यु हो गई। उन्होंने अपने नवजात शिशु दनील और बड़े बेटे वदीम को लालन-पालन के लिए अपनी सास को सौंप दिया था।

लिअनीद अन्द्रयेइफ़ को पत्नी की मृत्यु होने से बड़ा सदमा लगा था। उन्होंने लिखा :

> ... "मेरे सामने अभी तक यह सवाल खड़ा हुआ है कि मैं अलिकसान्द्रा की मृत्यु से अपने मन में पैदा हुए दुख से उबर भी

पाऊँगा या नहीं। यहाँ पर बात आत्महत्या की नहीं है, बल्कि और भी गहरी है। कुछ बंधन ऐसे होते हैं जिनसे आत्मा को अपूरणीय क्षति पहुँचाए बिना छुटकारा नहीं मिल पाता है।"

बेचैनी की इस हालत में उन्हें सिर्फ़ काम करके ही राहत मिलती थी। फरवरी 1906 में उन्होंने 'साव्वा' नाटक पूरा किया। इस नाटक का मुख्य पात्र ईश्वर से डरने वाला एक व्यक्ति है जो देव-प्रतिमा के नीचे बम लगाता है। इस आतंकी हमले के बारे में चर्च के अधिकारियों को पता चल जाता है लेकिन वे भी उसे रोकने की कोशिश नहीं करते। परन्तु कुछ नए धार्मिक-शिष्य बम में विस्फोट होने से पहले देव-प्रतिमा को अपनी जगह से हटा देते हैं और बाद में यह कहकर चमत्कार होने की घोषणा करते हैं कि विस्फोट से ईश्वर का बाल भी बाँका न हुआ।

अन्द्रयेइफ़ ने अपने इस नाटक के सन्दर्भ में लिखा था:

> -यह एक बड़ा सवाल हो सकता है कि नाटक पसन्द किया जाएगा या नहीं, क्योंकि यह एक बहुत तीखा और परिवर्तनवादी नाटक है। यह नाटक तो शैतान से भी अधिक भयावह है। लेकिन सबसे बुरी बात इसकी अश्लीलता है। इसे छापा तो जा सकता है, लेकिन इसका मंचन नहीं हो सकता, इसके मंचन के बारे में तो सोचा भी नहीं जा सकता।

साल 1906 में सरकार ने इस नाटक के मंचन पर प्रतिबन्ध लगा दिया।

मकसीम गोरिकी ने लिअनीद अन्द्रयेइफ़ को इटली के कापरी द्वीप पर अपने घर आने के लिए आमंत्रित किया, जहाँ अन्द्रयेइफ़ छह महीने तक रहे। वे रूस लौटना चाहते थे, लेकिन साहित्यिक मण्डली 'परिवेश' के साथियों ने उन्हें वापिस न लौटने की सलाह दी क्योंकि इस बात की बड़ी संभावना थी कि रूस पहुँचने पर उन्हें गिरफ़्तार कर लिया जाता।

साल 1907 में अन्द्रयेइफ़ का उपन्यास 'जुडास इस्कैरियत' ज्ञानबोध प्रकाशन की पत्रिका में छपा जिसमें उन्होंने ग़द्दार जुडास को एक नई रोशनी में दिखाया है। लेखक ने ईसा मसीह के सभी शिष्यों में से जुडास को ईसा

मसीह के सबसे क़रीब दिखाया है और यह भी कि राजद्रोह के पीछे भी उसके इरादे बहुत नेक थे।

फिर सन 1907 के वसन्तकाल में अन्द्रयेइफ़ कापरी से फिनलैण्ड आ गए। उस साल उन्होंने गर्मियाँ फ़िनलैण्ड में अकेले ही बिताईं। उसके बाद वे अपनी गिरफ़्तारी का जोख़िम उठाकर साँक्त पितेरबूर्ग वापस लौट आए, जहाँ प्रतीकवादी पत्रिका 'जंगली गुलाब' में उन्होंने अपनी रचनाएँ प्रकाशित करवानी शुरू कर दीं। उसी वर्ष उन्होंने पत्रिका को अपने नए नाटक 'इनसान की ज़िन्दगी' की पाण्डुलिपि भेजी। मकसीम गोरिकी ने अन्द्रयेइफ़ को ऐसा करने से रोकने की कोशिश की, पर उनकी कोशिश बेकार गई। गोरिकी ने उन्हें लिखा था :

> -तुमने अपने इनसान को वास्तविकता से दूर करके उसे त्रासदी, मांस और रक्त से वंचित कर दिया है यानी बहुत नंगा कर दिया है।

लेकिन अन्द्रयेइफ़ उसे प्रकाशित कराने पर दृढ़ रहे।

कुछ महीनों बाद लिअनीद अन्द्रयेइफ़ ने अपनी एक नई कहानी 'अन्धकार' और नया नाटक 'सम्राट अकाल' प्रकाशित करवाए। दोनों ही रचनाओं को साहित्यिक हलकों में कटु आलोचना का सामना करना पड़ा। पत्रकार वीकतर बुरेनिन ने लिखा था :

> -मैं अपने मुँह से घृणा को व्यक्त करने वाली अनैच्छिक, संक्षिप्त और अभिव्यंजक ध्वनि छी, छी, छी को बाहर निकाल फेंकना चाहता हूँ!

अपने इस नए नाटक में अन्द्रयेइफ़ ने क्रांति के प्रति अपना बदला हुआ नज़रिया पेश किया है : अन्द्रयेइफ़ के लिए क्रान्ति अब साहस और पराक्रम का नहीं, बल्कि अराजकता का प्रतीक बन गई थी। 'सम्राट अकाल' नाटक में विद्रोहियों का प्रेरणास्रोत विचार नहीं भूख दिखाई गई है और इसीलिए उनके सरकार विरोधी प्रदर्शन का अंत मूर्खतापूर्ण हत्याओं और विनाश में होता है।

साल 1908 में लिआनीद अन्द्रयेइफ़ आख़िरकार रहने के लिए फिनलैंड चले गए। लेखक ने अपने इस फ़ैसले के बारे में यह कहा था:

> -'कालातीत' और 'अंतरिक्ष से परे' के बारे में स्वच्छंद रूप से लिखने के लिए मुझे ख़ुद भी समय और स्थान के दायरों से बाहर होना होगा, जो ग्रामीण एकांत में ही संभव हो सकता है। यहाँ मैंने अपने लिए जो जगह बनाई है उसमें विचार परिवेश के प्रभावों से अछूते रहकर अंतरिक्ष के परे जा सकते हैं।

उन्होंने वम्मेलसू गाँव में अपना ठिकाना बनाया। उनके दोस्त उनसे मिलने अक्सर वहाँ जाया करते थे। ऐसी ही एक मुलाक़ात में करनेई चुकोवस्की ने उनका परिचय मतिल्दा देनिसविच से करवाया, जो अन्द्रयेइफ़ की दूसरी पत्नी बनीं और उनके तीन बच्चे हुए: सव्वा, वेरा और वलिन्तीन।

फिनलैंड में लिअनीद अन्द्रयेइफ़ ने मुख्य रूप से नाटक लिखे। साल 1909 में नाटक 'अभिशाप' प्रकाशित हुआ। रचना का मुख्य पात्र दवीद लेयज़र अपनी सारी संपत्ति जब भिखारियों में बाँट देता है तो वे उसे 'चामत्कारिक' मान लेते हैं। उन्हें अब उससे नए चमत्कारों की अपेक्षा रहती है जिनके न होने पर वे लेयज़र पर पत्थरों की बरसात कर देते हैं। मॉस्को आर्ट थिएटर के निदेशक निमिरोविच-दनचेंका ने इस नाटक को फ़ौरन ही अपने उन नाटकों की सूची में जोड़ लिया, जिनका निर्देशन करके वे अपने थियेटर में प्रदर्शित करना चाहते थे।

प्रथम विश्वयुद्ध शुरू हो चुका था, जब लिअनीद अन्द्रयेइफ़ ने देशभक्ति-पूर्ण नाटक 'राजा, क़ानून और आज़ादी' लिखा था। 1916 में उन्हें रूस में छपने वाले एक राजनीतिक समाचारपत्र 'रूसी संकल्पशक्ति' के साहित्य-खंड का प्रमुख बना दिया गया। परन्तु इस बीच रूस में बलशिवीकों (बोल्शेविकों) द्वारा अक्तूबर माह में क्रान्ति कर दी गई और रूस के ज़ार के परिवार को गिरफ़्तार कर लिया गया। बलशिवीकों (बोल्शेविकों) ने सत्ता पर कब्ज़ा करने के बाद समाचारपत्र 'रूसी संकल्पशक्ति' को 1917 में बंद कर दिया। लिअनीद अन्द्रयेइफ़ अक्तूबर क्रान्ति को स्वीकार नहीं कर पाए। उनके अपने शब्दों में कहें तो :

-हमने सोचा था कि सभी जानवरख़ानों, अस्तबलों, मवेशीख़ानों के दरवाज़े खोलकर, सभी बाड़ों को तोड़कर और बंदी-जानवरों तथा मवेशियों को आज़ाद करके, हम उन्हें फ़ौरन कार्यालयों में ले आएँगे ताकि दोस्ताना और संजीदा बातचीत के ज़रिये यह तय कर सकें कि आगे हमें अब कैसे जीना है। <...> हमें लगा था कि भूखा बाघ आज़ाद होने पर और कोई दूसरा विकल्प न होने पर केवल राजतन्त्रवादियों को खाएगा और बौराई हुई गाय सिर्फ़ पुरिशकेविच (क्रान्ति के ख़िलाफ़ साज़िश करने वालों) को ही सींग मारेगी।

-मेरी सभी मुसीबतों की जड़ यह है कि मेरा कोई घर नहीं है। पहले एक छोटा घर फ़िनलैंड में हुआ करता था और बड़ा घर रूस था। विस्तृत और व्यापक रूस, सुदृढ़ और शक्तिशाली रूस। और सृजन मेरा सबसे विस्तृत घर था जहाँ मेरी आत्मा बसती थी। लेकिन सब कुछ हाथ से फिसल गया। छोटे घर की जगह एक पूरी तरह से ठंडा, टूटी खिड़कियों वाला एक उजाड़-सा दाचा (गाँव में बना लकड़ी का घर) है जो सब तरफ़ से पराए और शत्रुतापूर्ण फिनलैंड से घिरा हुआ है। रूस नहीं बच सका।

दिसंबर 1917 में फिनलैंड जैसे ही स्वतन्त्र होकर रूस से अलग हुआ, वम्मेलसु गाँव के अपने दाचा में रह रहे अन्द्रयेइफ़ प्रवासी हो गए। लेखक ने वहाँ रहते हुए कई बलशिवीक-विरोधी घोषणापत्र तैयार किए, क्रान्ति पर पुनर्विचार करने की कोशिश की। इसी दौरान उन्होंने उपन्यास 'शैतान की डायरी' लिखना शुरू किया था।

बिना किसी दस्तक के मौत अन्द्रयेइफ़ की ज़िन्दगी में आई। सितंबर 1919 की शुरुआत में सोवियत संघ और फ़िनलैंड के बीच युद्ध अपने चरम पर था। अन्द्रयेइफ़ के गाँव वम्मेलसु में भी भारी बमबारी हुई थी। वे सपरिवार अपने दोस्त, नाटककार फ़लकोव्स्की के नेईवोला गाँव में बने दाचा में आ गए थे। 12 सितम्बर को अन्द्रयेइफ़ अपनी नई रचना की रूपरेखा मन में

बना ही रहे थे कि अचानक दिल में तेज़ दर्द उठा। उनका बड़ा बेटा दनील डॉक्टर को बुलाने गाँव की ओर भागा, लेकिन उनके जीवन का खेल बहुत जल्दी समाप्त हो गया। जीवन के धुंधलकों के गीत गानेवाले की आवाज़ हमेशा-हमेशा के लिए ख़ामोश हो गई।

लेखक की पत्नी को पूरा विश्वास था कि बलशिवीक जल्दी ही हार जाएँगे और वे अपने पति का अंतिम संस्कार पूरे सम्मान के साथ अपने देश में ही कर सकेंगी। पाँच साल तक लेखक के अवशेष एक ताबूत में गाँव के चैपल (छोटा गिरजाघर) में रखे रहे, जिसके बाद साल 1924 में उन्हें स्थानीय क़ब्रिस्तान में दफ़ना दिया गया। 30 साल बाद सोवियत संघ और फ़िनलैंड के बीच संबंधों पर पड़ी बर्फ़ छँटने के बाद साल 1956 में लेखक के अवशेष लाकर लेनिनग्राद (क्रान्ति के बाद साँक्त पितेरबूर्ग को दिया गया नया नाम) के वल्कोव्स्की क़ब्रिस्तान में दफ़नाए गए, देर ही सही उनकी पत्नी की उन्हें वतन में वापस लौटाने की इच्छा पूरी हुई।

**– प्रगति टिपणीस**

# पहाड़सिंह

...आयो रे आयो, पहाड़सिंह आयो।

अरे! ये तो बहुत बड़ा है। सच में ये तो विशाल है। पहाड़ की तरह खड़ा है। आ ही गया आख़िर ये पहाड़सिंह। कितना बेढंगा है ये, पहाड़ की तरह एकदम ऊबड़-खाबड़। इसके हाथ तो देखो ज़रा! कितने मोटे और लम्बे हैं। और हाथों की उँगलियाँ, केंचुओं की तरह अजीब-सी फैली हुई हैं। और पाँव जैसे हाथीपाँव। पेड़ के तने की तरह मोटे और लम्बे। हऊआ है हऊआ... अरे! अरे! यह तो गिर पड़ा! आते-आते ही गिर पड़ा! मेरे प्यारे मुन्ने तुम क्या समझे! क्या हुआ इसको! इसका सारा दमखम किधर गया? ऐ पहाड़सिंह, क्या हुआ रे? तू मुन्ने को देखकर डर गया क्या? जीने में चढ़ने से पहले ही ठोकर खाकर धड़ाम से गिर गया। धड़ाम-धड़ाम! और अब देखो, नीचे सीढ़ियों के पास फ़र्श पर खड़ा है, टेढ़ा-मेढ़ा पड़ा है। और इसका तो मुँह खुला हुआ है...।

अरे देखो, देखो। है न मज़ेदार बात! शाबाश, मुन्ना शाबाश! वोह मारा बदमाश। ढूह का ढूह। ये बदमाश है बेवकूफ़। देखो है कितना कुरूप। ऐ पहाड़सिंह, तू यहाँ आया ही क्यों? आदमी का रूप धर लिया ज्यों। ऐ बहुरूपिया, जा... भाग यहाँ से। मेरा राजा बेटा है दोदिक। बहुत प्यारा और बहुत अच्छा है दोदिक। बैठा है यहाँ मेरी गोदिक। अब सीने से चिपका है मेरे। देख रे लुटेरे। यह मेरा फ़रिश्ता है नन्हा। मैं इसे कहती हूँ कान्हा। कितना सुन्दर है बेटा मेरा...।

दोदिक की आँखें हैं निर्मल और मासूम। और नाक है इसकी पिद्दी। बेहद चंचल और होशियार, लेकिन है बहुत ज़िद्दी। अपने घोड़े पर होकर सवार,

जब निकले ये बाँध तलवार। जांबाज़ का पहन के बाना। घर भर में करता है हंगामा। इधर-उधर भागता रहता है। घर भर में नाचता रहता है। अब ये शरारत नहीं करता। घर में महाभारत नहीं करता। नहीं तो, ऐ पहाड़सिंह, तू भला क्या चीज़ है! तू तो नाचीज़ है। देखेगा मुन्ने का दमखम। उठाएगा क्या यह जोख़म। लाड़ला मेरा बहादुर है। उसके सामने तू महिषासुर है। सब इसे प्यार करते हैं। सब पहाड़सिंह इससे डरते हैं...।

दोदिक के पास एक घोड़ा है, जो दोदिक का ही जोड़ा है। जब दोदिक घूमने जाता है, उस पर सवार हो जाता है। नदी किनारे जाकर दोदिक, घोड़े पर धूम मचाता है। कभी नदी से पकड़ मछलियाँ, उन्हें भूनकर खाता है। मछली क्या होती है, रे दानव, तू क्या जाने, रे अतिमानव! अरे तू तो अक़्ल का दुश्मन है। पर बेटा मेरा प्रदुमन है। मछलियाँ उसको भाती हैं वो जल-जीवन की थाती हैं। वो पानी में तैरने वाली फुर्तीली चंचल रंगबाती हैं। जब धूप पानी में आती है वो जल-इंद्रधनुष बनाती है...।

ऐ पहाड़सिंह, तू फूहड़ है, माथे तेरे पड़ गया गूमड़ है। सीढ़ी पर चढ़ने से पहले गिरा, ठोकर खाकर हुआ अधमरा। ये तो सच में है बेवकूफ़, देखो है कितना कुरूप! मूरख, मूढ़, ओ गर्दभ जान, आया यहाँ तू क्यों हैवान। बेटा मेरा है सुलतान, वो तेरी तरफ़ न देगा ध्यान। जा भाग यहाँ से ओ हाथी-कान...।

दोदिक मेरा बड़ा पाजी है, अच्छा और प्यारा हाजी है। अपनी माँ का वो प्यारा है, दोदिक माँ का दुलारा है। वो उससे मोहब्बत करती है, माँ दोदिक पर ही मरती है। वही उसका चन्दा सूरज है, उसका बहादुर सौरज है। दोदिक तो आँखों का तारा है, पूरी दुनिया में न्यारा है। दोदिक में माँ की जान बसे। माँ की चलती हैं तब साँसें ,जब दोदिक रहता है उसके पास। दोदिक है उसका बेटा ख़ास। अभी छोटा है दोदिक नन्हा-मुन्ना, दोदिक है माँ का रतन-पन्ना। जब दोदिक बड़ा हो जाएगा, माँ पर जान लुटाएगा। दोदिक बनेगा नेक इनसान। ज्ञानवान और दुनिया की शान। अम्मा की होगा आन-बान औ' शत्रु से करेगा घमासान। होगा शरीफ और दरियादिल। बुद्धिमानों का बुद्धिमान। प्यार करेंगे उसको सब जन। जनता का बनेगा वो दिनमान...।

हर रोज़ सुनेगा पक्षी कलरव, सबके लिए मन में होगा सद्भव। उसे देख कोयल करेंगी कुह-रव। सब जन तब बेहद ख़ुश होंगे। होगा कोलाहल और जन-रव। जीवन ख़ुशियों से होगा भरपूर, सब दुख हो जाएँगे चूर-चूर। चमकेगा मेरा कोहिनूर, महक उसकी होगी रस-कपूर। जब नदी किनारे जाएगा, जल-गीत वह सुन पाएगा। पिएगा पानी ओक भर-भर, हो जाएगा आत्मनिर्भर। फिर वो ब्याह रचाएगा, वधू एक सुन्दर लाएगा। जीवन का संगीत सुनेगा वर, पौत्रों से भर जाएगा घर। मैं दादी-अम्मा बन जाऊँगी, पौत्रों को लोरी सुनाऊँगी कि दुनिया कितनी नेक है, सूरमाओं का करती अभिषेक है। ख़ुशियाँ इसमें अनेक हैं...।

—अरे... अरे... अरे... मेरी नन्ही जान! मेरे लाड़ले बेटे! मेरी पहचान। यह रोग तेरा दूर हो जाएगा, तू फिर से खेलेगा-खाएगा। दौड़ेगा-भागेगा तू हरदम। कभी मुझसे अलग न हो पाएगा। चिपका रखूँगी तुझे सीने से, तू जल्दी ही चंगा हो जाएगा। दोदिक, बेटा रात हुई, देख शुरू बरसात हुई। कमरे में बहुत अँधेरा है, बाहर बारिश का डेरा है। सुन बेटा, सुन यह कल-कल। छोड़ न जाना मुझे एकल। मन मेरा है बहुत बेकल। तड़ित-सा तू चंचल है, मेरे जीवन की हलचल है। तू ही मेरा आँचल है, जीवन का नीलांचल है। इस दामिनी-सा तू चमकेगा, सौदामिनी बनके झमकेगा। तू मेरे जीवन की चपला है, ये ईश्वर भी करता घपला है। बन जा तू अग्निशाला, तू वज्र उठा ले सूर्यबाला। अब ईश्वर से तेरी लड़ाई है, बस, यही एक कठिनाई है। ये कठिनाई तू पार करेगा, तू मेरा कन्हाई है। जीत के जब तू आएगा, पहनाऊँगी तुझे सूर्यमाला...।

हाँ! हाँ! हाँ! अरे पहाड़सिंह, तू यहीं खड़ा है दहाड़सिंह! तेरी तो हड्डी-हड्डी चमके। लगता है तू हाड़सिंह। लम्बा है कितना, एकदम विशाल। गिरजे से ऊँचा है। ये है कमाल। मज़ेदार है कितना पहाड़सिंह, आते ही गिर पड़ा उजाड़सिंह। अरे अक़्ल के दुश्मन पहाड़सिंह, तू तो है सबकुछ बिगाड़सिंह। मैं तुझसे ये पूँछूँ कि तू गिरा कैसे? बोला जवाब में उखाड़सिंह—मैंने दोदिक की आवाज़ सुनी। ऊपर देखा, गिर पड़ा अचानक। बन गया मैं तो पछाड़सिंह...।

देखो! देखो! पहाड़सिंह आया और धम से गिर पड़ा। कितना मज़ेदार है यह पहाड़सिंह!

ये सारी बातें, एक माँ अपने मरते हुए बच्चे को अपने हाथों में पकड़े, उसे अपने सीने से लगाए, उसे बहलाते हुए कमरे में घूम-घूमकर कह रही है। बग़ल वाले कमरे में बच्चे का पिता माँ की ये लोरी सुनकर रो रहा है।

दोदिक ही उनकी एकमात्र ख़ुशी है।

**मूल रूसी भाषा से अनुवाद : अनिल जनविजय**
**मूल रूसी भाषा में इस कहानी का नाम है—Великан**

# अलबेला सिम्योन या काली औरतें

अचानक वहाँ मौन छा गया। छुरी-काँटों की खनखनाहट, कपड़ों की सरसराहट, दूर बैठे लोगों की बातचीत और वेटरों के फुरतीले क़दमों के तले चरमराते फ़र्श की आवाज़ों के बीच एक धीमी और नरम-सी आवाज़ सुनाई पड़ी :

—मुझे तो अफ्रीकी लड़कियाँ बहुत पसन्द हैं!

यह सुनकर वोद्का का घूँट पीते-पीते अनतोन इवानअविच को ठसकी लग गई; मेज़ पर से जूठे बर्तन उठाते हुए वेटर ने उस आदमी पर उत्सुकता भरी नज़र डाली और वहाँ मौजूद लोग भी मुड़कर उसकी दिशा में देखने लगे। उन्हें वहाँ छोटे चेहरे और रंगहीन छोटी आँखोंवाला सिम्योन कत्येलनिकफ़ बैठा हुआ दिखाई दिया, जिसकी मूँछों के किनारे वोद्का और सूप में भीगे हुए थे, लेकिन सर के बाल करीने से कढ़े हुए थे। सभी लोग पूरे पाँच साल से सिम्योन को जानते हैं; वे एक ही दफ़्तर में नौकरी करते हैं, हर दिन आते-जाते उनके बीच दुआ-सलाम और कुछ हलकी-फुलकी बातचीत भी होती है। हर महीने की बीस तारीख़ को तनख़्वाह मिलने पर आज ही की तरह सब एक साथ खाना खाने रेस्तराँ जाते हैं। लेकिन आज पहली बार इन लोगों का ध्यान सिम्योन पर गया है। आज उसकी बात सुनकर सब हैरान हैं। सिम्योन के साथियों को आज पता चला कि वह काफ़ी स्मार्ट है। बस, अगर उसके चेहरे की झाइयों को अनदेखा कर दिया जाए, तो उसके कपड़े भी सबसे अच्छे होते हैं और उसकी कमीज़ का ऊँचा झक-सफ़ेद कॉलर भी, भले ही वह बुकरम का क्यों न बना हो। बड़े बाबू अनतोन इवानअविच का चेहरा गले में लगी ठसकी की वजह से अभी भी लाल था। उन्होंने गला साफ़ करके शर्मिन्दा-से

बैठे सिम्योन को अपनी कौतूहल भरी आँखों से देखा और ज़ोर से पूछा :

—यानी आपको, सिम्योन, क्या...माफ़ कीजिए, पूरा नाम क्या है आपका?

—सिम्योन वसीलिविच—कत्येलनिकफ़ ने उनको याद दिलाया। सिम्योन ने अपने नाम में जुड़े पिता के नाम 'वसीलिविच' पर ख़ास ज़ोर दिया क्योंकि आमतौर पर लोग बोलते हुए इसका उच्चारण 'वसीलिच' कर देते हैं, जो अपेक्षाकृत कम आदरसूचक माना जाता है। सिम्योन की गरिमा और स्वाभिमान को प्रकट करती इस बात से सभी प्रभावित हुए।

—यानी सिम्योन वसीलिविच...आपको अफ़्रीका की लड़कियाँ पसन्द हैं?

—जी हाँ, मुझे वे बेहद पसन्द हैं।

हालाँकि उसकी आवाज़ थोड़ी शान्त और मुरझाई-सी थी लेकिन सुनने में काफ़ी सुखद लग रही थी। अनतोन इवानअविच ने अपने नीचे के होंठ को इस तरह दबाया कि उनकी सफ़ेद मूँछें उनकी लाल नाक से चिपकी दिखाई देने लगीं। उन्होंने आँखें फैलाकर अपने सभी साथियों की ओर देखा और कुछ देर रुककर ठहाका लगाते हुए बोले :

—हा, हा, हा! इनको काली लड़कियाँ पसन्द हैं! हा, हा, हा!

उनके साथ-साथ सभी हँसने लगे। बल्कि वह मोटा और अक्सर उदास रहनेवाला पोल्ज़िकफ़ भी, जिसे हँसना ही नहीं आता था, एकदम खुलकर हँसने लगा :

—हा, हा, हा!

सिम्योन भी धीमे से हँस दिया। वह ख़ुशी और शरम से लाल हो रहा था। साथ ही उसे हलका-सा डर भी था कि उसकी इस बात से कहीं कोई समस्या न खड़ी हो जाए।

—क्या वाक़ई?—अनतोन इवानअविच ने हँसते हुए पूछा।

—जी, बिलकुल! उनमें, उन काली लड़कियों में, एक अजीब-सा जोशीलापन होता है। या, कैसे समझाऊँ आपको, उनमें एक अनोखा-सा आकर्षण होता है। कुछ एक्ज़ॉटिक होता है।

—एक्ज़ॉटिक?

फिर से सब हँसने लगे, लेकिन साथ ही साथ उनको यह समझ में आने

लगा था कि सिम्योन वसीलिविच एक पढ़े-लिखे और होशियार आदमी हैं, जो एक्ज़ॉटिक जैसे ग़ैरमामूली लफ़्ज़ भी जानते हैं। इसके बाद सब लोग बड़ी गर्मजोशी से यह साबित करने में लग गए कि अफ़्रीक़ा की लड़कियों को प्यार करना मुमकिन ही नहीं है क्योंकि अव्वल तो दिखने में वे बहुत काली होती हैं, उनका शरीर तिलहा होता है और उनके होंठ बहुत ही मोटे होते हैं। दूसरे उनकी अजीब-सी बू होती है।

—लेकिन मुझे तो वही लड़कियाँ पसन्द हैं!—सिम्योन वसीलिविच ने अपनी बात पर डटे हुए विनम्रतापूर्वक कहा।

—चलो, जैसी इनकी मर्ज़ी—अनतोन इवानअविच ने सोचा।—मैं तो काली शकलवाली से अच्छा किसी बकरी से प्यार करना पसन्द करूँगा।

अब तक सब समझ चुके थे कि उनके बीच उनके साथी के रूप में एक ऐसा निराला आदमी मौजूद है, जो पूरी संजीदगी से अफ्रीका की काली लड़कियों को पसन्द करता है। ख़ुशी के इस मौक़े पर आधा दर्ज़न बियर और मँगवा ली गई। आस-पास वाली मेज़ों के लोगों को ज़रा उपेक्षा से देखा जाने लगा क्योंकि उनके बीच ऐसा निराला, एकदम अलग क़िस्म का आदमी मौजूद नहीं था। इस मेज़ पर सिम्योन के साथी ज़ोर-ज़ोर से और कुछ ढीठ ढंग से बातें करने लगे। सिम्योन वसीलिविच अब सिगरेट सुलगाने के लिए भी ख़ुद माचिस नहीं जला रहे थे, बल्कि इस काम के लिए भी हर बार वेटर का इंतज़ार करते थे। जब बियर ख़तम हो गई और कुछ और बियर मँगवाई जा चुकी, तो मोटे पोल्ज़िकफ़ ने शिकायत भरे अन्दाज़ में कहा :

—कत्येलनिकफ़ साहब, हम अभी तक आपके साथ 'आप-आप' क्यों कर रहे हैं। देखा जाए, तो हम एक ही दफ़्तर में कोल्हू के बैल बने हुए हैं। हमको तो कायदे से भाईचारे के तौर पर एक-दूसरे की बाँह में बाँह डालकर (ब्रूडरशाफ़्ट) एक बड़ा पेग पीना चाहिए।

—जी, ज़रूर। बड़ी ख़ुशी से।—सिम्योन ने सहमति जताई।

वह तो ख़ुशी से खिल उठा था। आख़िर उसके साथियों ने उसकी तरफ़ ध्यान दिया, उसकी अहमियत समझी। वह तो डर रहा था कि उसकी बात सुनकर लोग उसको मारने पर आमादा हो जाएँगे। इसलिए उसने अपना एक हाथ छाती पर रख लिया था, ताकि ज़रूरत पड़ने पर अपने चेहरे और

ख़ूबसूरती से कढ़े हुए बालों का बचाव कर सके। लेकिन यहाँ तो मामला उल्टा हो गया था। पोल्ज़िकफ़ के बाद उसने एक-एक करके त्रोइत्स्की और नवअसेलफ़ तथा दूसरे सभी साथियों के साथ ब्रूडरशाफ़्ट पेग पिया जिसके बाद रिवाज के हिसाब से उनको चूमा भी। ख़ुशी के मारे उसने उन सभी को इतनी ज़ोर से चूमा कि उसके होंठ सूज गए।

अनतोन इवानअविच ने इस तरह का भाईचारा-पेग तो नहीं पिया, लेकिन उन्होंने बड़ी विनम्रता से कहा :

—आपका कभी हमारी तरफ़ आना हो तो हमारे घर भी पधारिए। भले ही आप अफ़्रीका की काली लड़कियों को पसन्द करते हों, लेकिन मेरी बेटियों को आपसे मिलकर अच्छा लगेगा। वैसे, क्या आप सचमुच ...?

सिम्योन वसीलिविच ने विदा लेते हुए अपना सर झुकाया। हालाँकि बियर के असर से वे ज़रा लड़खड़ा रहे थे, लेकिन सभी ने इस बात पर ध्यान दिया कि वे कितने शिष्ट हैं। अनतोन इवानअविच के जाने के बाद भी वे लोग कुछ और देर तक पीते रहे। रेस्तराँ से निकलकर वे सभी शोर मचाते हुए नेवस्की प्रॉस्पेक्ट पर बड़ा-सा घेरा बनाकर चलते रहे। वे इस तरह से फैलकर चल रहे थे कि सामने से आनेवाले लोग ख़ुद उनको रास्ता देने पर मजबूर हो रहे थे।

सिम्योन वसीलिविच अपने एक सहकर्मी त्रोइत्स्की और दुखी-से नज़र आ रहे पोल्ज़िकफ़ के बीच, उनके हाथों में हाथ डाले चल रहे थे और उनको समझा रहे थे :

—नहीं, पोल्ज़िकफ़ भाई, तुम यह समझ नहीं पा रहे हो। अफ़्रीकन लड़कियों में कुछ बहुत ख़ास, यानी कुछ रोमांचक होता है।

—मैं समझना भी नहीं चाहता—पोल्ज़िकफ़ कह रहा था—काली लड़की तो, बस, काली होती है, और कुछ नहीं।

—नहीं, यह समझने के लिए आदमी का नज़रिया बिलकुल अलग होना चाहिए। देखो भाई, काली लड़कियाँ न, वे...

सिम्योन ने इससे पहले अफ़्रीकी लड़कियों के बारे में कभी सोचा भी नहीं था इसलिए वह यह नहीं बता पा रहा था कि आख़िर उनकी कौन-सी बात उसे ज़्यादा पसन्द है। इसलिए उसने फिर वही दोहरा दिया :

—अरे मेरे भाई, उनमें आग होती है जो दूर से ही जलती नज़र आती है।

—अरे पोल्ज़िकफ़, तुम इतनी बहस क्यों कर रहे हो!—त्रोइत्स्की ने नाराज़गी से कहा। वह अपने बड़े-बड़े गमबूट ठकठकाते हुए चल रहा था।

—बड़े अड़ियल हो तुम। फ़ालतू बहस कर रहे हो। तुमको कुछ पसन्द नहीं आता। अरे, वह जानता है कि उसे वे लड़कियाँ क्यों अच्छी लगती हैं। चलो सिम्योन, तुम अपने दिल की सुनो, किसी बेवक़ूफ़ की बात पर ध्यान मत दो। तुम एकदम बढ़िया आदमी हो, लेकिन लोग तुम्हारी बुराई करते फिरेंगे। भाड़ में जाएँ सब।

—काली लड़कियाँ, बस, काली होती हैं। यही तो कह रहा हूँ मैं।—पोल्ज़िकफ़ अपनी बात पर डटा रहा।

—नहीं, तुमको यह बात बिलकुल समझ में नहीं आ रही...—सिम्योन ने उसे धीरे से समझाया। वे ऐसे ही लड़खड़ाते, हल्ला मचाते, एक-दूसरे को धकियाते हुए और बहस करते हुए आगे चलते रहे। उस वक़्त वे सब बेहद ख़ुश नज़र आ रहे थे।

एक ही हफ़्ते में सिम्योन के पूरे विभाग में ख़बर फैल गई कि कत्येलनिकफ़ साहब को अफ़्रीकी लड़कियाँ बड़ी अच्छी लगती हैं और महीने भर में दूसरे विभागों के चपरासियों, क्लर्कों और वहाँ काम कराने के लिए आने-जानेवाले लोगों के बीच भी काना-फूसी होने लगी। दूसरे विभागों में काम करनेवाली लड़कियाँ भी चोर नज़रों से सिम्योन को देखने लगीं। सिम्योन शान्ति से बैठा रहता था मानो सोच रहा हो कि उसको देखने और उससे मिलने आनेवाले लोग उसकी तारीफ़ करेंगे या पिटाई?

एक बार वह अनतोन इवानअविच के यहाँ बैठा था। मेज़ पर दमिश्क से आया हुआ ख़ूबसूरत मेज़पोश बिछा हुआ था। वह वहाँ चेरी के मुरब्बे के साथ चाय पी रहा था और बता रहा था कि अफ़्रीकन लड़कियों में कौन-सी ऐसी ख़ास बात होती है, जिससे वे उसे इतनी लाजवाब लगती हैं। सिम्योन की बातें सुनकर वहाँ बैठी रूसी लड़कियाँ शरमा रही थीं। अनतोन इवानअविच की बेटी नास्तिनका भी वहाँ थी। उसको उपन्यास पढ़ने का बहुत शौक़ था। अपनी आँखें सिकोड़कर और अपने घुँघराले बालों को हाथों से सँवारते हुए हैरानी से मन ही मन उसने कहा :

—आख़िर ऐसा क्यों?

इन सिम्योन साहब से मिलकर सभी बहुत प्रसन्न हुए। सभी बड़ी दिलचस्पी से उनकी बातें सुन रहे थे। लेकिन उनके जाते ही सब उनके प्रति सहानुभूति जताने लगे। नास्तिनका ने तो उनको विनाशकारी वासना से पीड़ित आदमी ही मान लिया था। वैसे तो सिम्योन को नास्तिनका बहुत अच्छी लगी थी, लेकिन चूँकि अब तक यह बात फैल चुकी थी कि उनको अफ़्रीकन लड़कियाँ पसन्द हैं, इसलिए उसके सामने वे अपने एहसास का खुलकर इज़हार नहीं कर पाए। वहाँ मौजूद महिलाओं के प्रति उनका व्यवहार विनम्र तो था लेकिन वे उनसे थोड़ी दूरी बनाए हुए थे। घर लौटते हुए रास्ते भर वे काली अफ़्रीकन लड़कियों के बारे में ही सोचते रहे। सोच रहे थे कि असल में वे कितनी काली, तिलही और बदसूरत होती हैं। जब उन्होंने कल्पना की कि वे एक अफ़्रीकन लड़की को चूम रहे हैं, तो अचानक उनके सीने में चुभन-सी होने लगी।

उनको रोना आ रहा था। अचानक उनको अपनी माँ की याद आने लगी। उनका मन हुआ कि माँ को ख़त लिखकर गाँव से बुला लें। लेकिन रात भर में उन्होंने अपनी इस बेहाली पर काबू पा लिया और सुबह जब वे दफ़्तर पहुँचे तो उनके रूप, उनकी लाल टाई और हाव-भाव से यह साफ़ ज़ाहिर हो रहा था कि यह आदमी अफ़्रीकन लड़कियों को बेहद पसन्द करता है।

उन्हीं दिनों कुछ ऐसा हुआ कि अनतोन इवानअविच की बदौलत सिम्योन की ज़िन्दगी में एक बड़ा बदलाव आया—उन्होंने सिम्योन को एक थिएटर-रिपोर्टर से मिलवाया। एक दिन थिएटर-रिपोर्टर उसे एक कैफ़े में ले गया, जहाँ आगंतुकों के लिए संगीतकार लाइव म्यूज़िक पेश करते थे। उसने सिम्योन को वहाँ के डायरेक्टर जैक दुकलो से मिलवाया। उसने सिम्योन का परिचय देते हुए कहा :

—इन साहब को—उसने संकोचपूर्वक ज़रा झुककर खड़े हुए सिम्योन को आगे किया—इनको अफ़्रीका की काली लड़कियाँ बहुत पसन्द हैं। बस, सिर्फ़ अफ़्रीकी लड़कियाँ। उनके अलावा कोई नहीं। बड़े निराले आदमी हैं ये। एकदम अलग ही क़िस्म के। आप इनको ज़रूर प्रोत्साहित कीजिए, क्योंकि इन जैसे लोगों को ही हर काम में प्रोत्साहन मिलना चाहिए।—यह कहते हुए रिपोर्टर ने स्नेह से सिम्योन की पीठ थपथपाई।

कैफ़े का डायरेक्टर एक फ्रांसीसी था, जिसकी मूँछें पहलवानों की तरह बड़ी-बड़ी थीं। उसने रिपोर्टर की बात सुनकर कुछ देर छत की ओर देखा, मानो उसे वहाँ कुछ दिख गया हो। फिर सिम्योन की ओर देखकर आँख मारते हुए बोला :

—वाह! इनको अफ्रीकी लड़कियाँ अच्छी लगती हैं, यह तो बहुत बढ़िया बात है। फ़िलहाल हमारे कैफ़े में तीन बेहद ख़ूबसूरत अफ्रीकी लड़कियाँ काम कर रही हैं।

यह सुनकर पहले तो सिम्योन घबरा गया। लेकिन मिस्टर जैक अपने कैफ़े की तारीफ़ करने में इतने मगन थे कि उन्होंने उसपर ध्यान नहीं दिया। इसी बीच रिपोर्टर ने उनसे आग्रह किया :

—मिस्टर जैक, आप तो इन्हें इस पूरे सीज़न के लिए अपने कैफ़े-थिएटर का पास दे दीजिए।

बस, उसी शाम से सिम्योन ने मिस कोर्रेट नाम की एक अफ्रीकी लड़की से मिलना-जुलना शुरू कर दिया। उसकी बड़ी-बड़ी आँखें दो प्यालियों की तरह लग रही थीं और उनमें पुतलियाँ ऐसे चमक रही थीं, मानो उन दोनों प्यालियों में एक-एक आलू-बुख़ारा रखा हुआ हो। जब वह उन गहरी आँखों से सिम्योन पर तीर चलाती थी तो उसके हाथ-पैर ठण्डे पड़ जाते थे। वह जल्दी से अपना चुपड़ा हुआ सर झुका लेता, जो कैफ़े की तेज़ रोशनी के नीचे और ज़्यादा चमकने लगता। वह इतना दुखी हो जाता कि उसको गाँव में रह रही अपनी माँ की याद आने लगती। मिस कोर्रेट को बिलकुल रूसी नहीं आती थी, लेकिन उन दोनों की ख़ुशनसीबी थी कि उनको अक्सर ऐसे लोग मिल जाते थे, जो बड़ी ख़ुशी से एक-दूसरे को समझने में इस जोड़े की मदद कर दिया करते थे। वे बड़े उत्साह से सिम्योन के लिए कोर्रेट की बातों का अनुवाद करते। कोर्रेट सिम्योन से कहती थी :

—मैंने इतना सज्जन और इतना ख़ूबसूरत आदमी पहले कभी नहीं देखा।
और फिर ख़ुशी से वह अपने काले सर को तेज़ी से हिलाने लगती। वह सिम्योन की ओर गहरी नज़र से देखती और पियानो की कुंजियों की तरह दिखनेवाले अपने चौड़े और सफ़ेद दाँत निपोर देती। सफ़ेद प्यालियों की तरह चमकने वाली उसकी आँखें सिम्योन के चहरे पर टिक जातीं।

यह सुनकर सिम्योन बेहोशी की-सी हालत में अपना सर खुजाते-खुजाते बुदबुदाता और दुभाषिए से कहता—क्या आप इनसे मेरी यह बात कह सकते हैं कि अफ़्रीकी लड़कियाँ बेहद रोमांचक होती हैं, आग के गोले की तरह गरम!

इन दोनों के चारों तरफ़ मौजूद सभी लोग उन दोनों की बातें सुनकर ख़ुश हो जाते। जब सिम्योन ने पहली बार उस काली लड़की का हाथ चूमा तो उनको देखने के लिए बहुत-से दर्शक जमा हो गए। उनके बीच एक बूढ़ा रूसी व्यापारी भी था जो यह देखकर इतना भावुक हो उठा कि उसकी आँखें नम हो गयीं। इसके बाद शैम्पेन खोली गयी।

इस दिन के बाद सिम्योन का दिल लगातार कई दिन तक धड़कता रहा। उसके लिए यह मौक़ा इतना तकलीफ़देह था कि वह दो दिन तक दफ़्तर नहीं जा पाया। उसे बार-बार अपनी माँ की याद आ रही थी। वह अपनी माँ को कोर्रेट के बारे में बताना चाहता था। उसने माँ को चिट्ठी लिखनी चाही, लेकिन वह इतना विकल था कि चिट्ठी में "प्रिय माँ" के आगे कुछ न लिख पाता था। आकुलता के मारे वह अपनी माँ को चिट्ठी लिखकर कोर्रेट के बारे में नहीं बता पाया। दो दिन बाद अपने मन पर काबू पाकर जब सिम्योन अपने दफ़्तर गया तो उसके अफ़सर ने उसे अपने केबिन में तलब किया। अफ़सर के पास जाने से पहले सिम्योन ने अपने बालों में कंघी फिराई। पिछले दो दिनों से उसने अपने बाल नहीं काढ़े थे। इसलिए बाल बिगड़कर खड़े हुए थे। फिर उसने अपनी मूँछों के दोनों सिरे सँवारे, ताकि बोलने में कोई दिक्कत न हो और डरते-डरते बॉस के केबिन में घुस गया। अफ़सर ने उसे देखकर कहा—मैंने सुना है कि आप...यह कहते हुए अफ़सर रुक गया। फिर अपनी बात को आगे बढ़ाते हुए बोला—क्या यह सच है कि आपको अफ़्रीकी लड़कियाँ बहुत भाती हैं?

—जी, जनरल साहब!

जनरल साहब की नज़रें सिम्योन के सर के बालों पर टिकी हुई थीं। उसके बालों की दो लटें सर पर खड़ी हो गई थीं। साहब ने ज़रा हैरानी से तारीफ़ भरे लहजे में पूछा—अरे, लेकिन ऐसा क्यों है? आपको सिर्फ़ अफ़्रीकी लड़कियाँ ही क्यों पसन्द हैं?

—मुझे नहीं मालूम, जनरल साहब!—सिम्योन ने शरमाते हुए जवाब दिया। असल में वह घबरा गया था।

—अरे, ऐसा कैसे? अगर आप ही को नहीं पता तो भला किसको पता होगा? भई देखिए, आप बिलकुल भी शरमाइए मत। मुझे तो अपने मातहतों में हर तरह की पहल करने की बात अच्छी लगती है, बशर्ते कि उससे कोई कानून न टूट रहा हो। आप मुझे सच-सच बताइए, अगर आपके बाबूजी आपसे पूछते कि आपको अफ़्रीका की काली लड़कियाँ क्यों पसन्द हैं तो आप उनको क्या जवाब देते?

—साहब, उनमें मुझे एक तरह का अनोखापन नज़र आता है।

उसी शाम इंग्लिश क्लब में दूसरे जनरलों के साथ ताश खेलते हुए और अपने मोटे गोरे हाथों से पत्ते बाँटते हुए उन्होंने बड़ी सहजता से कहा :

—मेरे दफ़्तर में एक क्लर्क है, जिसे काली अफ़्रीकी लड़कियाँ बहुत भाती हैं। ज़रा सोचिए, एक आम क्लर्क काली बीवी के साथ घूम रहा है...।

उनकी बात सुनकर उनके साथ ताश खेल रहे बाक़ी तीन जनरलों को उनसे ईर्ष्या होने लगी। उनमें से हरेक के दफ़्तर में अलग-अलग ओहदों पर बहुत सारे लोग थे, लेकिन उनमें कोई ख़ासियत नहीं थी। उनमें कोई निरालापन या अनोखापन नहीं था और उनमें से कोई सिम्योन की तरह नामी-गिरामी भी नहीं था। उनमें कोई ऐसी ख़ास बात नहीं थी कि उनके बारे में चार जनरल बात करें। जनरल अनअतोली कुछ देर तक सोचते रहे और फिर अपनी चाल चलकर बोले—हमारे मेजर को ही लीजिए। उसकी दाढ़ी आधी काली और आधी लाल है।

जनरल अनअतोली की बात सबने सुन ली और चुप रहे। इस मेजर को सभी लोग देख चुके थे और यह कोई बड़ी बात नहीं थी कि उसकी आधी दाढ़ी लाल और आधी काली है। वह बूढ़ा हो रहा है तो अपनी सफ़ेद दाढ़ी पर मेहंदी लगा लेता होगा। न जाने कितने लोग अपने बाल रँगते हैं। लेकिन सिम्योन जैसा ख़ास आदमी तो रूस में शायद ही कोई होगा, जिसे ख़ुद गोरा होने के बावजूद काली अफ़्रीकी लड़कियाँ पसन्द हैं। और उसका यह रुझान, बेशक, उसके निरालेपन को साबित करता है। सिम्योन के अफ़सर आगे बताने लगे—उसका कहना है कि अफ़्रीकी लड़कियों में कुछ एक्ज़ॉटिक होता है।

विभाग नम्बर दो के एक ऐसे अनोखे क्लर्क की ख़बर ने सिम्योन को राजधानी के सरकारी हलकों में काफ़ी लोकप्रिय बना दिया। और जैसा कि अक्सर होता है, इस ख़बर से मशहूर होने की तमन्ना रखनेवाले कई नाकामयाब और निकम्मे नकलची पैदा हो गए। उनमें विभाग नम्बर छह का एक सफ़ेद बालोंवाला क्लर्क भी था, जो इस विभाग में पिछले अट्ठाईस साल से काम कर रहा था। उसने भी सार्वजनिक रूप से यह घोषणा कर दी कि वह कुत्ते की तरह भौंक सकता है। उसकी इस बात पर बहुत हँसी उड़ाई जाने लगी और हर विभाग के लोग उसे देखकर न सिर्फ़ कुत्ते की तरह भौंकने, बल्कि सूअर की तरह घुरघुराने और घोड़े की तरह हिनहिनाने भी लगे। जब इस छेड़-छाड़ से वह परेशान हो गया तो इतना शर्मिन्दा हुआ कि हताशा में वह दो हफ़्ते तक शराब के नशे में डूबा रहा। वह इतना बेहाल हो गया था कि इस दौरान छुट्टी की अरज़ी देना भी भूल गया, जबकि पिछले अट्ठाईस सालों में उसने एक बार भी नागा नहीं किया था।

दफ़्तर के एक दूसरे नौजवान अधिकारी ने चारों तरफ़ यह बात फैला दी कि आजकल एक चीनी डिप्लोमैट की बीवी से उसका इश्क़ चल रहा है। इस तरह कुछ समय के लिए वह लोगों का ध्यान अपनी ओर खींचने में कामयाब हो गया। लेकिन तजुर्बेकार लोग तो उड़ती चिड़िया पहचानते हैं। उन्होंने आसानी से पहचान लिया कि वह बेवक़ूफ़ बना रहा है। इस तरह क़िस्मत का मारा वह नौजवान अधिकारी भी सिम्योन के सामने चारों खाने चित हो गया।

मशहूर होने की ख़्वाहिश रखनेवाले ऐसे ही कुछ और लोगों ने भी कुछ और नाक़ामयाब कोशिशें कीं। वैसे इस तरह की कोशिशें करनेवाले ज़्यादातर लोग नौजवान ही थे। लेकिन सिम्योन से होड़ करने की कोशिश सभी मामलों में नाकामयाब रही। एक जवान क्लर्क ने तो इस दौड़ में अपने विभाग की आला अफ़सरानी से ही गुस्ताख़ी कर डाली। लेकिन अपनी बदतमीज़ी की वजह से वह नौकरी से हाथ धो बैठा।

लेकिन कुछ ऐसे लोग भी सामने आए, जो सिम्योन का विरोध भी करने लगे। उनका कहना था कि सिम्योन को अफ़्रीकी लड़कियों के बारे में कुछ पता ही नहीं है।

इस बात पर सिम्योन ने अपने वरिष्ठ अफ़सरों से अनुमति लेकर एक अख़बार में अपना इंटरव्यू छपवा दिया, जिसमें उसने ज़ोर-शोर से यह बताया था कि काली लड़कियाँ गोरी लड़कियों की मुक़ाबले क्यों अनोखी और मनमोहक होती हैं। इस इंटरव्यू के बाद सिम्योन का दिपदिपाता हुआ सितारा एक नई रोशनी से चमक उठा।

अब वह अपने अफ़सर अनतोन इवानअविच के यहाँ होनेवाली दावतों में सबसे चहेता मेहमान हो गया था। अनतोन इवानअविच की बेटी नास्तिनका, जो सिम्योन पर फ़िदा हो गई थी, अब इस बात को लेकर परेशान हो रही थी कि सिम्योन उससे शादी कैसे करेगा क्योंकि वह तो अफ्रीकी लड़कियों को पसंद करता है और सब इस बात को जानते हैं। इस बीच सिम्योन ख़ुद को अहम आदमी मानने लगा था। दूसरों को देखकर उसके मन में यह एहसास तारी हो जाता था कि वह समाज में अब नामी-गिरामी हो चुका है। सिम्योन ख़ुद भी इस बात को समझता था कि अब नास्तिनका जैसी ख़ूबसूरत और तहज़ीबदार लड़की उसके नसीब में नहीं है, हालाँकि वह उसे बेहद चाहता है। उस मनहूस मिस कोर्रेट से तो वह बेहद नफ़रत करने लगा था।

मौसम बदल रहा था। वसन्त आ गया था। अचानक ईस्टर से पहले यह ख़बर फैल गई कि सिम्योन मिस कोर्रेट से शादी कर रहा है। लेकिन शादी करने से पहले कैथोलिक मिस कोर्रेट अपना सम्प्रदाय बदलकर ऑर्थोडॉक्स ईसाई धर्म अपनाने जा रही है। शादी के बाद वह जैक दुकलो की नौकरी छोड़ देगी। यह भी पता चला कि शादी में सिम्योन के पिता की सारी रस्में ख़ुद जनरल साहब निभाएँगे।

सिम्योन की शादी की बात सुनकर उसके सहयोगियों और सहकर्मियों ने उसे बधाई देनी शुरू कर दी। इसके जवाब में सिम्योन लोगों के सामने विनम्रता से झुक जाता था। लेकिन अब तक उसका अहम् पहले की बनिस्बत काफ़ी बढ़ गया था।

इस बार अनतोन इवानअविच के घर में जो पार्टी रखी गई थी, वह सिम्योन की शादी से पहले आख़िरी पार्टी थी। सभी मेहमान उससे ऐसे पेश आ रहे थे मानो वह कोई हीरो हो। बस, एक नास्तिनका ही थी, जो पार्टी के दौरान थोड़ी-थोड़ी देर में अपने मन का बोझ हलका करने के लिए कमरे में

जाकर रो लेती थी। हालाँकि रोने से उसका मेकअप ख़राब हो जाता था और उसे अपने चेहरे पर पाउडर लगाकर उसे सँवारना पड़ता था।

बातचीत करते-करते खाना खाने का समय हो गया। जब सब भोजन करने बैठे तो लोगों ने दूल्हे की भूमिका में आ चुके सिम्योन को शुभकामनाएँ देनी शुरू कर दीं और उसकी सेहत के लिए जाम पर जाम पिए। इस बीच अनतोन इवानअविच का मूड कुछ मज़ाकिया हो गया था। इसलिए उन्होंने सिम्योन से पूछा :

—भाई, मेरी समझ में एक बात नहीं आयी, तुम्हारे बच्चे आख़िर किस रंग के होंगे?

—धारीदार—पोल्ज़िकफ़ ने बड़े ही उदासी भरे लहजे में कहा।

—अरे, भला धारीदार कैसे होंगे?—सब मेहमान हैरानी से खुसुर-पुसुर करने लगे।

—बस ऐसे—एक पट्टी काली और एक पट्टी सफ़ेद, फिर एक पट्टी काली और एक पट्टी सफ़ेद—पोल्ज़िकफ़ ने कुछ उदास-सा होते हुए सबको अपनी बात समझाई। असल में उसे अपने दोस्त पर बेहद तरस आ रहा था।

—नहीं, ऐसा नहीं हो सकता—सिम्योन नाराज़गी से बोला। उसका चेहरा इस बेइज़्ज़ती की वजह से पीला पड़ गया।

यह हँसी-मज़ाक सुनकर नास्तिनका का चेहरा भी सफ़ेद हो गया था। सुबकते हुए वह फिर अपने कमरे में भाग गई। उसकी इस हरकत ने सबका ध्यान अपनी और खींचा और वहाँ फिर से खुसुर-पुसुर शुरू हो गई।

आख़िर सिम्योन और कोर्रेट की शादी हो गई। शादी के बाद कोई दो साल तक नवदम्पति का जीवन काफ़ी सुख से बीता। उन दोनों से मिलकर उनके सभी परिचित बेहद ख़ुश होते थे। शादी के बाद उन दोनों को एक बार जनरल साहब ने भी अपने घर दावत पर बुलाया। जब सिम्योन के पहले बच्चे का जन्म हुआ तो लोगों ने उसे बधाइयों से लाद दिया। दफ्तर से उसे उपहार के रूप में एक बड़ी राशि दी गई और उसका तुरंत प्रमोशन करके उसे तीन इंक्रीमेण्ट भी दे दिए गए। अब वह अपने विभाग नम्बर चार में हेड क्लर्क बन गया था।

उसका बच्चा साँवले रंग का था और काफ़ी ख़ूबसूरत भी था, लेकिन सिम्योन को अब अपने परिवार से ज़्यादा लगाव नहीं रह गया था, हालाँकि

सभी के सामने वह यह गाता फिरता था कि अपनी बीवी और बच्चे के बिना वह एक पल भी नहीं रह पाता है। उनके बिना उसका जीवन नीरस-सा हो जाता है। मगर असलियत यह थी कि उसको दफ़्तर से घर लौटने की कोई जल्दी नहीं रहती थी। यहाँ तक कि घर पहुँचकर दरवाज़े की घण्टी भी वह काफ़ी समय लेकर बड़े आराम से बजाता था। और जब दरवाज़े पर अपनी काली बीवी को देखता तो उसके मन में कुढ़न पैदा हो जाती। उसका जी उदास हो जाता। ख़ासकर जब वह अपने साथियों और दोस्तों की गोरी बीवियों और गोरे बच्चों को देखता तो उसे लगता कि वे लोग कितने खुशनसीब हैं। उसके मन में एक चिढ़-सी पैदा हो गई थी। और वह ख़ुद नहीं समझ पाता था कि ऐसा क्यों है।

दिखावे के लिए वह अभी भी अपनी बीवी को बड़े जानलेवा अन्दाज़ में—मेरी जान—कहकर बुलाता था और कभी-कभी बच्चे के साथ खेलता था। अक्सर बीवी के आग्रह पर वह अपने मोटे होंठवाले साँवले बच्चे की देख-रेख भी करता था। कभी-कभी जब बच्चा उसकी गोद में होता और वह उसे अपनी बाहों में झुला रहा होता तो पता नहीं क्यों अचानक उसके मन में यह बात आती कि बच्चा बेध्यानी में उसके हाथ से छूट भी तो सकता है!

बच्चा दो साल का हो चुका था। अचानक एक दिन सिम्योन को ठण्ड लग गई। उसे पहले बुखार आया और फिर पता नहीं कैसे टाइफ़ाइड हो गया। डाक्टरों ने तो यही बताया कि सिम्योन का टाइफ़ाइड अपनी लास्ट स्टेज पर पहुँच चुका है और उसके बचने की कोई सम्भावना नहीं है। यह मालूम होने पर सिम्योन ने अपने गिरजे के प्रमुख पादरी को अपने यहाँ बुलवा भेजा। पादरी ने उसके घर पहुँचकर मिस कोर्रेट से मुलाक़ात की और बड़ी जिज्ञासा से उसे देखते हुए अपनी सफ़ेद दाढ़ी पर हाथ फेरा। फिर हुँकार-सी भरते हुए बोले :

—हम्म, अच्छा।

कोर्रेट यह नहीं समझ पाई कि पादरी साहब क्या कहना चाहते हैं।

ज़ाहिर है कि पादरी भी सिम्योन की काफ़ी इज़्ज़त करते थे और वे जानते थे कि सिम्योन समाज में इतना नामी-गिरामी क्यों है। हालाँकि वे सिम्योन के नाम कमाने के इस ढंग को बड़ा पाप मानते थे। पादरी ने सिम्योन को देखकर प्रार्थना की और अपने सीने पर सलीब का निशान बनाया। सिम्योन ने पादरी

से कुछ कहना चाहा तो पादरी साहब उसकी ओर झुक गए। सिम्योन कुछ बुदबुदाया। पादरी को ऐसा लगा जैसे उसने कहा हो—मैं इन काले लोगों से नफ़रत करता हूँ! पादरी ने उससे पूछा—क्या कहना चाहते हो? ज़रा ज़ोर से कहो!

उसने पास बैठी बीवी के आँसुओं से भीगे काले चेहरे पर एक नज़र डाली और फिर धीरे से कहा :

—फ़ादर, मैं काली औरतों को बेहद पसन्द करता हूँ। उनमें कुछ बेहद एक्ज़ॉटिक होता है।

**मूल रूसी भाषा से अनुवाद : अल्पना दाश**

**मूल रूसी भाषा में इस कहानी का नाम है—Оригинальный человек**

# कटखना

## 1

वह किसी का न था, न ही उसका कोई नाम था और न ही किसी को यह पता था कि वह लम्बे समय तक चलने वाली सर्दियों में ठण्ड से कहाँ छिपा करता था और क्या खाया करता था। गली-मोहल्ले के दूसरे लावारिस कुत्ते भी उसे अपने पास फटकने तक न देते थे। वे उसे खदेड़कर दूर भगा दिया करते थे। गली के उन कुत्तों में और इस कुत्ते में सबसे बड़ा फ़र्क यह था कि इसे कोई भी ज़रा भी लाड़-प्यार न करता था, जबकि दूसरे कुत्ते इस बात पर बड़ा गर्व करते थे कि गाँव में रहने वाले लोगों में से कोई न कोई उनसे लगाव रखता है। हालाँकि समय-समय पर भूखा तो उन्हें भी रहना पड़ता था, लेकिन किसी न किसी रूप में लोगों के साथ जुड़ाव से उन्हें ताक़त मिलती थी। इसके विपरीत जब यह अकेला कुत्ता भूख से परेशान हो जाता और दूसरे कुत्तों के साथ मिलकर रहने की कोशिश करता तो गाँव के बच्चे उसपर पत्थरों की बौछार करते और सीटियाँ बजाकर उसे भगाने की कोशिश करते। उसपर पत्थर फेंककर बच्चे बहुत खुश होते थे। जब भी उसके साथ ऐसा सौतेला व्यवहार होता वह बुरी तरह से डर जाया करता था और उस घरों की बाड़ों के पास से ख़ुद को घसीटता हुआ वह कुत्ता गाँव के दूसरे छोर पर सुनसान पड़े एक मैदान में जाकर छिप जाया करता था। वहाँ पड़ा-पड़ा वह अपने घावों को चाटता था। ऐसी तनहा ज़िन्दगी से उसके मन के भीतर डर और वैर घर करते गए।

उसकी ज़िन्दगी में जिस आदमी ने पहली बार उसपर तरस खाकर उसे दुलराने की कोशिश की थी, वह आदमी था शराबख़ाने से बाहर आया एक

पियक्कड़। वह आदमी नशे में बुरी तरह से धुत्त था, इसलिए वह सबसे प्यार से बोल रहा था और सब पर दया दिखा रहा था। वह शराबी अपने दोस्तों के बारे में धीरे-धीरे कुछ बुदबुदा रहा था। शायद उसे उनसे बड़ी उम्मीदें थीं। अचानक उसकी नज़र धूल-मिट्टी में सने, झबरीले बालों वाले इस कुत्ते पर पड़ी। कुत्ते की बुरी हालत देखकर उस शराबी को उसपर बेहद तरस आया।

शराबी ने लड़खड़ाती आवाज़ में उसे पुकारा—टॉमी, टॉमी! आओ, मेरे पास आओ, डरो मत।

कुत्ता उसकी आवाज़ सुनकर धीरे-धीरे पूँछ हिलाने लगा, लेकिन उसके पास जाने की हिम्मत न जुटा सका। शराबी ने कुत्ते को एक बार फिर पुचकारा और अपनी हथेली से अपने पैरों पर थाप देते हुए कहा—अरे, आओ न, आओ बेटा, मेरे पास आओ!

कुत्ता कुछ घबराया हुआ था और वह सोच रहा था कि वह उसके क़रीब जाए या न जाए। कुछ ही देर बाद वह साहस बटोरकर, पूँछ हिलाते हुए उसके करीब पहुँचा, लेकिन तब तक शराबी का मिज़ाज बदल चुका था। उसे यह याद आ गया था कि कैसे उन लोगों ने, जिन्हें वह भला इनसान मानता था, उसकी बेइज़्ज़ती की थी और दुख पहुँचाया था। इन बातों को याद करके उसे ग़ुस्सा आने लगा था। अपनी तौहीन की बात याद करके वह नाराज़ हो गया था, इसलिए उसने कुत्ते की तरफ़ लातें झटकारते हुए फटकारकर कहा—धत्त! कमीने! दफ़ा हो जा यहाँ से। तुझे कोई और आदमी नहीं मिला?

इससे पहले भी कुत्ते के साथ कई दफ़ा बेरहम हादसे हो चुके थे। लेकिन आज पहली बार उसके साथ ऐसा हुआ था कि किसी ने पुचकारकर पहले उसे अपने पास बुलाया हो और फिर लात मारी हो। उधर वह पियक्कड़ लड़खड़ाता हुआ अपने घर की ओर चल दिया। घर पहुँचकर उसने सबसे पहला काम तो यह किया कि अपनी बीवी की पिटाई कर दी और इस तरह अपनी खीज उतारी। उसकी बीवी के सिर पर एक रुमाल बँधा हुआ था। यह रुमाल उसने पिछले हफ़्ते ही उसे तोहफ़े में दिया था। और अब झुंझलाहट में आकर बड़ी नाराज़गी से उसके सिर पर से उसने वह रुमाल उतार लिया।

उधर पुचकारने के बाद लात खाने वाली जो वारदात उस कुत्ते के साथ हुई, उसके बाद से उसका इनसान पर से भरोसा पूरी तरह उठ गया। अब

जब कभी कोई उसे सहलाने की कोशिश करता, तो वह दुम दबाकर वहाँ से दूर भाग जाया करता था। और कभी-कभी तो ऐसा होता था कि वह ग़ुस्से में आकर उस आदमी पर झपट पड़ता, जो उसे पुचकारने के इरादे से अपना हाथ उसकी तरफ़ बढ़ाता था। वह तब तक गुर्राता रहता था, जब तक उसे छड़ी या पत्थर आदि दिखाकर वहाँ से भगा नहीं दिया जाता था।

सर्दियाँ फिर से आ गई थीं। कुत्ते को अक्सर भूखा रहना पड़ता था। एक दिन भोजन की तलाश में भटकता हुआ वह कुत्ता गाँव के किसी बड़े आदमी की कोठी में जा घुसा। परन्तु वह बड़ा-सा घर खाली पड़ा था। उसने घर के बाहर अहाते में बालकनी के नीचे डेरा डाल लिया और पूरी सर्दियाँ वहीं रहा। वह कुत्ता हर रोज़ उस कोठी की चौकसी किया करता था। हर रात बाहर सड़क पर निकलकर वह गला फाड़-फाड़कर देर तक भौंका करता था। जब वह भौंकते-भौंकते थक जाता तो अहाते के भीतर आकर लेट जाया करता था और देर तक कूँ-कूँ करता रहता था। उस कुत्ते को कोठी की पहरेदारी करने में सुकून मिलता था और अब वह ख़ुद पर फ़ख़्र करने लगा था।

घोर सर्दियों के उन दिनों में चारों ओर चुप्पी छाई रहती थी। रोज़ गिरने वाली बर्फ़ से कोठी का बगीचा भी पूरी तरह से जम गया था। उस साल हाड़-तोड़ सर्दी पड़ रही थी। सुनसान पड़ी कोठी की काली और सुरमई पड़ चुकी खिड़कियाँ भी ठण्ड से पूरी तरह जकड़ गई थीं। खिड़कियों के शीशों पर भी बर्फ़ की मोटी परत जमी हुई थी। खिड़कियाँ बड़ी उदासी से इस बर्फ़ को ताका करती थीं। कभी-कभी इन खिड़कियों के काँच चमकने लगते थे, जब चाँद की मद्धम रोशनी उनपर गिरती या आसमान साफ़ होता और आकाश से टूटकर गिरते हुए किसी सितारे की परछाई उन खिड़कियों में झलकती, तो उन उदास खिड़कियों में भी जैसे जीवन गूँज उठता था। सर्दियाँ बीत रही थीं। कोठी के बाग़-बगीचे और कुत्ते को बड़ी शिदद्त से बसन्त का इन्तज़ार था।

## 2

आख़िर बसन्त आ गया। चारों ओर बसन्त की हलचल दिखाई पड़ रही थी। बग़ीचे में लगे पेड़-पौधों और झाड़ियों पर हरे पत्ते आने शुरू हो गए। सेब के पेड़ों पर तो सफ़ेद फूल भी खिल चुके थे। इस बार बौर बहुत अच्छा आया

था। एक दिन कुछ लोगों का एक झुण्ड कोठी में पहुँच गया। इस झुण्ड में कई छोटे-बड़े बच्चे भी शामिल थे। इस भरे पूरे परिवार को देखकर कोठी का जीवन खिल उठा था। बच्चे ख़ूब मस्ती कर रहे थे। यह परिवार कोठी में रहने और आराम करने के लिए आया था। उनके वहाँ पहुँचते ही कोठी में हँगामा, ख़लबली और उथल-पुथल शुरू हो गई। सुनसान पड़ी कोठी में घोड़ागाड़ियों के पहियों की चरमराहट और उन लोगों के ज़ोर-ज़ोर से बात करते हुए गाड़ी से सामान उतारकर उसे अन्दर ले जाने की आवाज़ें सुनाई देने लगीं। वे सब लोग वहाँ पहुँचकर बहुत खुश थे। मदमस्त हवा और मीठी-मीठी धूप के नशे में उन लोगों के हँसने-बतियाने की आवाज़ें हवा में गूँज रही थीं। सबसे तेज़ आ रही थी एक लड़की के हँसने की आवाज़।

कोठी में रहने आए लोगों में से कुत्ते की मुलाक़ात सबसे पहले इसी लड़की से हुई। इस लड़की का नाम था लाली और वह दसवीं की छात्रा थी। लाली भूरे रंग की स्कूल की वर्दी पहनकर आयी थी और उन्हीं कपड़ों में दौड़कर वह सीधी बग़ीचे में जा घुसी। वहाँ खड़ी-खड़ी वह ललचाई नज़रों से अपने चारों तरफ़ की प्रकृति को ऐसे निहार रही थी, जैसे अभी उसकी सारी की सारी सुन्दरता अपने भीतर समो लेगी। उसने पहले तो चेरी के पेड़ों की लाल-लाल टहनियों को निहारा और फिर चमकते हुए नीले आसमान की तरफ़ देखा। फिर एक झटके में पहले तो घास पर पीठ के बल लेट गई। और फिर अचानक वैसे ही उछलकर खड़ी हो गई। उसके बाद उसने ख़ुद को अपनी ही बाहों के घेरे में भरकर, बासन्ती हवा को चूमते हुए ज़ोर से भावपूर्ण आवाज़ में कहा—आ... हा... ! कितना मज़ा आ रहा है!

यह कहकर लाली वहीं एक जगह पर खड़े-खड़े गोल-गोल चक्कर खाने लगी। तभी अचानक कुत्ते ने वहाँ आकर उत्तेजित होकर हवा में लहराती हुई उसकी लम्बी-फ्रॉक के एक छोर को दाँतों से पकड़ लिया। फ्रॉक फट गई और कुत्ता मारे डर के झट से बेरियों की घनी झाड़ियों में जाकर छुप गया।

कुत्ते का यह रूप देखकर लाली बुरी तरह से डर गई थी। वह रोती-रोती घर की तरफ़ भागी। भागते-भागते वह अपनी माँ को पुकार रही थी। माँ को देखकर उसके रोने की आवाज़ थोड़ी बढ़ गई। माँ ने पूछा—क्या हुआ? क्यों

रो रही हो?—माँ! वहाँ एक डरावना कुत्ता है। उसने मेरी फ्रॉक अपने मुँह में पकड़ ली थी। देखो न! मेरी फ्रॉक फट भी गई है।

रात में जब सब लोग सोने चले गए, तब टॉमी दबे पाँव झाड़ियों से बाहर आया और चुपचाप बालकनी के नीचे अपने सोने की जगह पर जाकर लेट गया। दिन भर के थके-हारे लोग घर के अन्दर मीठी नींद सो रहे थे। कमरों की खुली खिड़कियों से कुत्ते को लोगों की गन्ध आ रही थी और वह उनकी साँसें भी महसूस कर रहा था। नींद में, भला, वे लोग उसका क्या बिगाड़ सकते थे! उलटा वे तो ख़ुद असहाय थे, क्योकि कोई भी उनके घर में घुस सकता था। लेकिन टॉमी उन सबकी निगरानी कर रहा था और चौकन्ना होकर सो रहा था। हल्की-सी सरसराहट सुनकर भी वह सतर्क हो जाता और सर हवा में तानकर, रात के अँधेरे में अपनी चमकती हुई आँखों से यह देखने की कोशिश करता कि यह सरसराहट कैसे हो रही है। कभी घास में किसी कीड़े-मकोड़े के रेंगने से उसके कान खड़े हो जाते तो कभी बाहर सड़क पर सामान से लदी गाड़ियों के आवागमन की गड़गड़ाहट से वह चौंक जाता। वहीं कहीं पास में नई सड़क बन रही थी, जहाँ से तारकोल की ताज़ा गंध उठकर उसके नथुनों में घुसी जा रही थी और उसे अपने पास बुला रही थी।

वैसे तो कोठी में रहने के लिए आए सभी लोग बहुत अच्छे और दयालु थे, लेकिन उस जगह की हरियाली, नीले खुले आसमान और गाँव की साफ़ हवा का भी उनपर कुछ ऐसा सकारात्मक असर हुआ था कि अब वे पहले से भी अधिक दरियादिल हो गए थे। कई महीनों तक चलने वाले जाड़े और ठण्ड को झेलने के बाद अब बसन्त के सूरज की जो गरमी उन्हें मिल रही थी, वह उनके बदन से हँसी बनाकर बाहर निकल रही थी। इससे उनके स्वभाव में भी हलका सा बदलाव हुआ था। वे लोग प्रकृति और जीव-जन्तुओं के प्रति कुछ ज़्यादा ही सम्वेदनशील हो गए थे। उनके कोठी में आने के पहले ही दिन जब कुत्ते ने लाली को डरा दिया था, तब वे उसे वहाँ से भगा देना चाहते थे। उन लोगों ने तो यह भी सोच लिया था कि यदि वह वहाँ से नहीं जाएगा तो वे उसे गोली मार देंगे। लेकिन जल्दी ही उन्हें उस कुत्ते से लगाव हो गया। कभी-कभी जब रात में वह भौंकता था, तो भी वह उनके लिए परेशानी का बायस नहीं होता था। उन्हें उसकी आदत पड़ गई थी। सवेरे उठते ही सब उसे याद करने

लगे और उसका बड़ा ख़याल रखने लगे। बच्चे तो बिस्तर से उठते ही घर से बाहर की ओर भागते थे और कहते थे—अरे! हमारा कटखना कहाँ है?

इस तरहअब उस कुत्ते का नाम ही कटखना पड़ गया। अब वह अक्सर वहीं बगीचे में बच्चों के आसपास घूमता दिखाई देता। लेकिन जब भी कोई उसे अपने हाथ से खाने के लिए कुछ देने की कोशिश करता तो वह बड़े सन्देह और शक की निग़ाह से उस आदमी को देखने लगता। उसे मानवजाति पर कोई भरोसा नहीं रह गया था। कोई उसे रोटी देता तो वह डरकर वहाँ से ऐसे नदारद हो जाता, जैसे उसकी तरफ़ रोटी नहीं बढ़ाई गई हो, बल्कि उसे पत्थर दिखाया गया हो।

देखते-देखते घर के सभी लोग कटखने के आदी हो गए। अब वे लोग उसके बारे में जब भी कोई बात करते तो उसे 'हमारा कुत्ता' कहकर पुकारते थे। वे लोग उसके अजीब-से रवैये और बिना किसी बात के उसके मन में बैठे डर को लेकर मज़ाक भी करने लगे थे। उधर कटखने का डर आहिस्ता-आहिस्ता ख़तम होने लगा। इनसानों और उसके बीच जो दूरी अब तक पैदा हो चुकी थी, वह धीरे-धीरे मिटने लगी। कटखना घर के लोगों को क़रीब से जानने-पहचानने लगा था। अब वह उनकी आदतें समझने की कोशिश कर रहा था। खाने के समय से आधा घण्टा पहले ही वह खाने की जगह से थोड़ी दूर आकर खड़ा हो जाता और ज़ोर-ज़ोर से अपनी पूँछ हिलाकर सबको प्यार भरी भरोसेमन्द नज़रों से घूरने लगता।

अब वही लाली कटखने से ज़रा भी नहीं डरती थी। अब पूरे परिवार में वही अकेली ऐसी लड़की थी, जो दिनभर कुत्ते को पुचकारती और चुमकारती रहती थी। उसकी ज़ुबान पर सारा दिन सिर्फ़ कटखने की ही बात रहती थी। वह सिर्फ़ अपने परिवार के लोगों से ही नहीं, बल्कि पास-पड़ोस में भी हमेशा उसी की चर्चा करती। अब पड़ोसी भी उसे लाली का कुत्ता कहने लगे थे।

परन्तु कुत्ता अब भी उसके हाथ से खाने की कोई चीज़ लेते हुए घबराता था। लाली जब भी हाथ के इशारे से उसे अपने क़रीब बुलाती और लाड़ से उससे कहती—कटखने... ए कटखने... ज़रा यहाँ आओ। आओ मेरे पास बैठो। मेरे पास आ जाओ। तुम बहुत अच्छे हो! कितने प्यारे हो तुम! ये लो, बिस्कुट खाओगे...? लो, खाओ। वह उसे बिस्कुट दिखाती।

लेकिन इनसान से कुत्ते का डर पूरी तरह से अभी भी ख़तम नहीं हुआ था, इसलिए वह लाली के पास नहीं गया। लाली का चेहरा जितना ख़ूबसूरत था उतनी ही मधुर उसकी आवाज़ भी थी। वह जितने प्यार से बोल सकती थी, उतने प्यार से बोलते हुए, ताली बजाते हुए, आहिस्ता-आहिस्ता सावधानी से कटखने की तरफ़ बढ़ी। हालाँकि वह ख़ुद भी डर रही थी कि कहीं वह उसे काट न ले।

लाली अब भी उससे बात कर रही थी—देखो न, कटखने! मैं तुम्हें पसंद करती हूँ, मैं तुम्हें प्यार करती हूँ। पर तुम मुझे प्यार नहीं करते। मेरे पास आते भी नहीं। अर्र...रर... रे... तुम्हारी नक्कू कितनी ख़ूबसूरत है! और तुम्हारी आँखें! तुम्हारी आँखें भी कितनी प्यारी हैं! और तुम्हारा थोबड़ा! भई, यह थोबड़ा तो मैं खाना चाहती हूँ! इतना पसन्द है मुझे तू! लेकिन, तुझे मुझ पर ज़रा सा भी यकीन नहीं है। यह कहते हुए उसने अपनी भवें मटकाईं। लाली की ख़ुद की नाक बहुत आकर्षक थी और आँखें भावपूर्ण। उसका कोमल और भोलाभाला चेहरा कटखने के लिए प्यार से लाल हो गया था।

कटखना अचानक उसके क़रीब चला गया। अपनी ज़िन्दगी में वह दूसरी बार किसी इनसान के पास गया था। और इसके लिए जैसे उसने ख़ुद को ही दाँव पर लगा दिया था। उसे अब भी यह आशंका थी कि यह लड़की उसके साथ न जाने कैसा सलूक करे! लाली के निकट आकर उसने अपनी आँखें मूँद ली और अपनी थूथनी लाली की तरफ़ बढ़ाई। लाली ने भी बिना कुछ सोचे-समझे अपना हाथ उसके झबरीले सर पर रख दिया और उसे सहलाने लगी। उसकी उँगलियाँ कटखने के रूखे बालों में घूम रही थीं।

कटखने की आँखें अभी भी बन्द थीं। वह उस प्यार को महसूस कर रहा था, जो यह प्यारी लड़की उसपर बरसा रही थी। झबरीले ने ख़ुद को ढीला छोड़ दिया। उसकी, बस, एक इसी हरक़त से लाली को यह एहसास हुआ कि झबरीला अब उसका अपना कुत्ता बन गया है। वह धीरे-धीरे उसके पूरे बदन को सहलाने लगी। कभी वह उसके पेट पर गुदगुदी करती तो कभी उसे सहलाते हुए उसके बालों को धीमे से मुट्ठी में भींच लेती।

अब लाली बेहद खुश थी। मारे ख़ुशी के उसने ज़ोर से माँ को पुकारा—माँ-माँ, आओ देखो! मैं कटखने को सहला रही हूँ। उसकी आवाज़ सुनकर

माँ के साथ-साथ घर में हल्ला-गुल्ला कर रहे बच्चे भी भागकर लाली के पास पहुँचे। कटखना बच्चों को देखते ही डर के मारे वहीं जम गया और सोचने लगा कि उसे और कितनी देर ऐसे ही बैठे रहना होगा। वह अच्छी तरह से यह जानता था कि बीते दिनों में वह काफ़ी बदल गया है। अब वह पहले जैसा तो बिलकुल नहीं रह गया। ग़ुस्सा करना तो वह कब का भूल चुका। अब अगर कोई उसे तंग भी करेगा या उस पर हाथ उठाएगा तो वह अपने पैने दाँत उसके बदन में नहीं गड़ा पाएगा।

जब सब लोग आगे बढ़-बढ़कर उसे पुचकारने और उसपर हाथ फेर-फेरकर उसके साथ खेलने के लिए आपस में होड़-सी करने लगे तो वह ख़ुशी से काँपने लगा। उसे इतने प्यार की आदत न थी। हर बार जब भी कोई उसे प्यार से छूता तो उसे वैसे ही दर्द का एहसास होने लगता जैसा दर्द आमतौर पर पिटने के बाद होता था।

## 3

कटखना अब सचमुच बदल गया था। इनसानों के लिए उसकी नाराज़गी और ग़ुस्सा जैसे हवा में घुल गया था। वह दयालु हो गया था और लोगों पर एतबार भी करने लगा था। अब उसे एक नाम भी मिल गया था, जिसे सुनकर वह दूर से ही दौड़ा चला आता। गली के दूसरे कुत्तों की तरह अब उसका भी एक घर का हो गया था। अपने इस घर के लिए वह वो सब करने लगा था, जो एक पालतू कुत्ता आमतौर पर अपने स्वामी के लिए करता है।

बीती हुई ज़िन्दगी में उसे खाने के लिए, दाने-दाने के लिए दर-दर भटकना पड़ता था, इसलिए उसकी कम खाने की आदत पड़ गई थी। खाता तो वह अब भी कम ही था, लेकिन उसके जीवन में जो बदलाव हुए, उनसे उसे पहचानना मुश्किल हो गया था। पहले उसके बदन पर मिट्टी जमकर सूख जाया करती थी और उसके भूरे-लम्बे बाल उलझकर गुच्छों का रूप ले लेते थे। अब उसके पूरे बदन पर चमक आ गई थी और उसके बाल पहले से ज़्यादा काले दिखाई देने लगे थे। वह बार-बार घर के बाहर की तरफ़ दौड़ जाता और घर की देहलीज़ के बाहर खड़ा होकर चारों तरफ इस तरह से देखा करता था कि जैसे वह ही घर का मालिक हो।

परन्तु ऐसा उन्मुक्त और गर्वीला वह केवल तभी दिखाई देता था जब वह अकेला होता था। मिल रहे लाड़-दुलार के बावजूद अभी भी उसके दिल से इनसान का डर पूरी तरह से ख़तम नहीं हुआ था। हर बार जब कोई अजनबी उसे दिखाई देता या फिर कोई बाहरी आदमी उस घर में आता तो वह थोड़ा सहम-सा जाता और उसे लगता कि कहीं यह आदमी उसकी पिटाई तो नहीं कर देगा। लोगों की यह मेहरबानी और यह प्रेम उसे अनायास होने वाला एक चमत्कार सा लगता था। उसे समझ में नहीं आता था कि लोगों से उसे जो प्यार मिल रहा है, उसके बदले वह उन लोगों के लिए क्या करे। दूसरे कुत्ते कभी अपने पंजों के बल खड़े होकर, तो कभी अपने साथ खेलने वाले के सामने पूँछ हिलाकर, तो कभी अपनी जीभ से उन्हें चाटकर अपनी भावनाएँ प्रकट करते हैं। लेकिन कटखने को तो अपना जज़्बा दिखाना ही नहीं आता था।

अपनी ख़ुशी, आभार और ममता जतलाने के लिए कटखना, बस, एक ही तरीका अपनाता था। वह ज़मीन पर पसर जाता और अपनी आँखें मूँदकर कूँ... कूँ... कूँ... करके धीरे-धीरे किकियाता था। लेकिन उसका यह तरीका आभार प्रकट करने के लिए काफ़ी नहीं था। इसलिए उसने एक और तरीका अपना लिया था—अब वह ज़मीन पर लोट लगाता और उस इनसान के चारों तरफ़ कूदता-फाँदता और गोल-गोल घूमता, जिसके लिए वह अपना प्यार जतलाना चाहता था। कटखना बहुत फुर्तीला और लचीला था, पर जब वह कहीं अटक जाता, तो उसे देखने वालों की हँसी छूट जाती थी और उन्हें उसपर तरस भी आता था।

कटखने की नई-नई हरक़तें देखकर सबसे ज़्यादा मज़ा लाली को आता था। वह खुश हो जाती थी और ख़ुद भी कटखने की तरह ही उछल-उछलकर तालियाँ बजाने लगाती थी। जब कभी वह ज़्यादा जोश में आ जाती तो अपनी माँ को पुकारने लगती—माँ! ज़रा यहाँ आओ! तान्या, रोमा, साशा, तुम सब भी आओ! देखो तो ज़रा! देखो तो... हमारा कटखना कितना मज़ेदार नाच दिखा रहा है। हँसते-हँसते लाली की साँस फूल जाती और वह कटखने से इसरार करने लगती—अरे, एक बार फिर नाच! माँ को भी अपना नाच दिखा... वाह, शाबाश! मेरे प्यारे कटखने! फिर एक बार, हाँ ऐसे...।

सब लोग कटखने के इर्दगिर्द जमा हो गए थे। उसके खेल देख-देखकर

उससे बहुत मज़े ले रहे थे और खिल-खिलाकर हँस रहे थे। वह कभी लोटपोट होता, कभी गोल-गोल घूमता और कभी धम्म से एक ही जगह पर बैठा रह जाता। लाली के परिवार का लाड़-प्यार और दुलार पाकर उसका सारा डर दूर हो गया था और वह कहीं से भी घबराया बेचारा नहीं लग रहा था। उन दिनों जब वह लावारिस ज़िन्दगी जी रहा था, बच्चे उसे तंग करने के लिए और उसका रोष देखने के लिए कभी हो-हो, तो कभी भों-भों करके उसे छेड़ा करते थे। उनकी वह छेड़छाड़ ठीक वैसी ही थी जैसी छेड़छाड़ अब इस घर के बच्चे उससे प्यार जतलाने के लिए किया करते। वे उसे बार-बार सहलाया करते और जब देखो तब उसे अपने पास बुलाते और लाड़ लड़ाते हुए उसे कहते—प्यारे कटखने, ज़रा कूदकर दिखाओ... आओ न खेलो हमारे साथ... अपना नाच दिखाओ...।

लगातार चलने वाले ठहाकों के बीच कटखना बार-बार कलाबाज़ी दिखाता। वह पूँछ हिलाता और पूँछ हिला-हिलाकर अपनी वफ़ादारी दिखाता। बच्चों के साथ वह भी बच्चा बन जाता। कभी किसी की उँगली अपने मुँह से पकड़ लेता, लेकिन किसी को भी काटता नहीं था। फिर से घुमेरी मारता, गोल-गोल घूमता और बड़े मज़ाकिया अंदाज़ में ज़मीन पर गिर जाता। सब लोग उसके करतबों की तारीफ़ करते और उसकी सुरमई-नीली ख़ूबसूरत आँखों पर फ़िदा हो जाते। अब उन्हें, बस, एक ही बात अखरती थी कि अनजान लोगों के सामने वह कोई खेल नहीं करता था। इतना ही नहीं, वह उन्हें देखते ही या तो अपनी उसी बालकनी के नीचे छिप जाता या भागकर बगीचे में चला जाता था।

धीरे-धीरे कटखने को यह आदत पड़ गई कि अब उसे खाने के बारे में चिंता करने की ज़रूरत नहीं है। कोठी का बावर्ची ठीक समय पर उसे जूठन और हड्डियाँ दे दिया करता। अब उसके पास अपनी एक जगह थी, जहाँ वह ठाठ से रहता था। अपने हाव-भाव से वह घर के लोगों को अपने पास बुलाया करता और उन्हें अपने साथ खेलने व ख़ुद को सहलाने के लिए उन्हें आमंत्रित भी करता था। अब उसका वज़न भी बढ़ गया था। कोठी से दूर वह कभी-कभार ही जाता था। जब कभी बच्चे उसे घने पेड़ों वाले खुले पार्क में अपने साथ चलने के लिए बुलाते तो वह टालमटोल करने के अंदाज़ में पूँछ हिलाता

हुआ वहाँ से खिसक जाया करता था। लेकिन रात में पहले की तरह ख़ूब ज़ोर से भौंकते हुए वह बड़े ध्यान से घर की निगरानी का उत्तरदायित्व निभाता था।

## 4

शरदकाल शुरू हो गया था। चारों तरफ़ पतझड़ की पीली रोशनी छाई हुई थी यानी पेड़ों के पत्ते झड़ने से पहले पीले होने शुरू हो गए थे। ऐसा लगता था कि जैसे सब पेड़ों को पीलिया हो गया। और बारिश ने भी अपना रंग दिखाना शुरू कर दिया था। गर्मियों का मौसम बीत गया था। इसलिए कोठियों में आराम करने आए लोगों ने वापस शहरों की ओर लौटना शुरू कर दिया था। सारी हलचल कम हो गई थी और सूनापन फैलने लगा था। ऐसा लग रहा था मानो तेज़ हवा और बारिश सभी कोठियों को मोमबत्तियों की तरह एक के बाद एक बुझा रही हों।

लाली किसी चिंता में डूबी हुई थी। अपने घुटनों पर हाथ बाँधे खिड़की पर उदास बैठी वह बाहर बग़ीचे की ओर देख रही थी। बाहर बारिश की चमकीली बूँदे लुढ़क रही थीं। खिड़की पर थोड़ी देर पहले शुरू हुई बरसात की चमकीली बूँदें लुढ़क रही थीं।

अचानक लाली की माँ उस कमरे में आयीं। उन्होंने लाली को उदास बैठे देखकर उससे कहा—अरे! तुम ऐसे कैसे बैठी हो? भला, ऐसे भी कोई बैठता है? क्या बात है? क्यों उदास हो?

लाली ने उत्तेजित आवाज़ में पूछा—माँ, हम कटखने का क्या करेंगे? अपने साथ ले जाएँगे न?

—कटखने को तो हमें यहीं छोड़ना पड़ेगा। अब जो होगा सो होगा—माँ ने जवाब दिया।

—पर यह तो बड़े अफ़सोस की बात है, माँ!

माँ ने कहा—बिटिया, तुम्हें तो मालूम है सर्दियों में शहर में हम बन्द घरों में रहते हैं। कटखने को हम उस घर में कैसे रख पाएँगे? उसके साथ दिन में तीन बार खुली हवा में घूमना चाहिए। और शहर वाले हमारे घर में आँगन या अहाते जैसी खुली जगह कोई है ही नहीं।

माँ की बात सुनकर लाली रुआँसी हो गई थी। वह कटखने को बेहद प्यार करने लगी थी। और अब उससे अलग होने का समय आ गया था। लाली ने एक बार फिर कहा—यह बड़े दुख की बात है।

माँ ने उसकी बात बड़े ध्यान से सुनी और कहा—दगअयेफ़ ने तो हमें पहले भी एक पिल्ला देने की बात कही थी। उन्होंने यह भी बताया था कि वह कुत्ता बड़ी अच्छी नस्ल का है। वह क़रीब छह महीने का हो गया है और घर की चौकसी भी अच्छी-ख़ासी करने लगा है।

लाली के आँसू झरने लगे थे। माँ ने उससे आगे कहा—तुम मेरी बात सुन रही हो न? यह कटखना क्या है? एक लावारिस कुत्ता ही है न। सड़क के इस कुत्ते से तो वह पिल्ला ज़्यादा अच्छा था। लेकिन हमने उसे ही नहीं लिया।

माँ की बात सुनकर लाली की नाक-भौहें सिकुड़ गईं। ऐसा लग रहा था कि वह अभी ज़ोर-ज़ोर से रोने लगेगी। पर लाली ने ख़ुद पर काबू पा लिया और उसके गालों पर उसके आँसू पहले की तरह झरते रहे।

एक दिन फिर कुछ अनजान लोग कोठी में घुस आए। घर के लकड़ी के फ़र्श पर उनके भारी-भारी बूटों की आवाज़ें सुनाई पड़ने लगीं। वे लोग घर से सामान निकाल-निकालकर बाहर बग्घियों में रख रहे थे।

इन अनजान लोगों को देखकर कटखना डरा हुआ था। बग्घियों में सामान रक्खा जाता देखकर उसक मन किसी अनिष्ट की आशंका से भरा हुआ था। कटखना अजनबियों के ऊपर लगातार भौंक रहा था। लेकिन उनके निकट नहीं आ रहा था। वह घर से दूर बग़ीचे में खड़ा हुआ था और वहीं से भौंकते हुए लाल कमीज़ों वाले इन मजदूरों को सामान-असबाब उठाते-धरते देख रहा था।

तभी लाली कोठी से निकलकर अहाते में आ गई। वह कटखने के पास आयी और उसने उसके गले में अपनी बाहें डाल दीं। वह कटखने को चुप कराने लगी—नहीं, कटखने! भौंकों नहीं। तुम तो भौंकते-भौंकते थक गए होंगे! अच्छा! मेरी बात सुनो, चलो हम घूमने चलते हैं।

उस समय लाली अपनी उसी पुरानी स्कूल-ड्रेस में थी, जिसे पहली मुलाक़ात में कटखने ने अपने दाँतों में दबाकर फाड़ दिया था। बस, उसने आज काले रंग का एक कार्डिगन भी पहन रखा था।

वे दोनों मुख्य-सड़क पर निकल आए थे। बादल ऐसे गरज रहे थे कि कभी भी बारिश शुरू हो सकती थी। सूरज तो सुबह से ही नहीं निकला था। घने काले बादलों की मोटी चादर आसमान में छाई हुई थी। सड़क के दोनों तरफ़ खेत ही खेत फैले हुए थे। अनाज की फ़सल कट चुकी थी और फ़सल कटने के बाद खेतों में सूखे ठूँठ खड़े हुए थे। खेतों में दूर कहीं-कहीं पेड़ और झाड़ियों के झुरमुट दिखाई दे रहे थे। सड़क पर ही आगे एक सीमा चौकी थी, जिसके पास एक ढाबा बना हुआ था। दूर से ढाबे की टीन की लाल छत दिखाई दे रही थी। ढाबे के बाहर गाँव के कुछ किशोरों का झुण्ड खड़ा था, जो एक अधपगले लड़के को चिढ़ा रहा था। उस लड़के का नाम इल्युषा था। वह अपनी तोतली ज़बान में उनसे भीख माँग रहा था। लड़के उसका मज़ाक उड़ाते हुए बदले में उससे ढाबे की भट्टी के लिए लकड़ी चीरने को कह रहे थे। इसके जवाब में इल्युषा उन्हें गालियाँ दे रहा था। हालाँकि उस अधपगले लड़के की गालियों में हँसने जैसा कुछ नहीं था, लेकिन किशोरों का झुण्ड ठहाके लगाकर हँस रहा था और मज़ा ले रहा था।

लाली बहुत उदास थी और कटखने के साथ घूम रही थी। तभी एक बग्घी उसके पास आकर रुकी। बग्घी में से माँ का सिर बाहर निकला और माँ ने लाली को पुकारा। लाली जल्दी से बग्घी में चढ़ गई। स्टेशन पहुँचने के बाद उसे याद आया कि उसने तो कटखने से विदाई तक नहीं ली।

## 5

कटखना लाली को बग्घी पर चढ़ता देख हक्का-बक्का रह गया। फिर वह भी बग्घी के पीछे भागा। बहुत देर तक बग्घी के पीछे-पीछे भागता रहा। लेकिन बग्घी तेज़ी से आगे निकल गई। बारिश में भीगते हुए किसी तरह वह पदचिन्ह तलाशता हुआ रेलवे-स्टेशन पहुँचा। वह बुरी तरह से कीचड़ में सना हुआ था। रेलवे-स्टेशन पर उसे न तो लाली दिखाई दी और न ही घर का कोई अन्य सदस्य। जब उसे वहाँ कोई नहीं मिला तो बेहद ना-उम्मीद और मायूस होकर वह वहाँ से वापस कोठी में चला आया। वहाँ उसने एक नई हरक़त की, जिसे कभी कोई नहीं देख पाया। वह पहली बार बालकनी में जाकर, अपने पिछले दोनों पंजों पर खड़ा होकर काँच के दरवाज़े से अंदर झाँकने लगा और अगले

पंजों से काँच को खरोंचने लगा। लेकिन उसके इसरार और बारम्बार तकाज़ों के बावजूद कमरे के भीतर से कोई आवाज़ नहीं आयी। किसी ने भी उसकी इल्तजा और गुजारिशों का कोई जवाब नहीं दिया।

शरद ऋतु की लम्बी रातों का अँधेरा हर तरफ़ छाने लगा था। पानी ऐसे बरस रहा था मानो बादल फट गया हो। सुनसान हो चुकी कोठी में चारों तरफ़ से अँधेरा और पानी समाने लगा था। कोठी की बालकनी से पहले एक तिरपाल नीचे की ओर लटका हुआ था। उसके हट जाने के बाद बालकनी खुली-खुली और खाली-खाली लग रही थी। आसमान में बिजली कड़क रही थी। उसकी रोशनी लम्बे समय तक अँधेरे के साथ संघर्ष करती रही और कटखने को दहलाती रही।

रात गहरा गई थी।

जब कटखने को इस बात का पक्का यक़ीन हो गया कि रात घनी हो गई है, तो वह वेदना से कराहता हुआ ज़ोर-ज़ोर से कूँ... कूँ करके रोने लगा। पीड़ा और निराशा से भरी उसके रोने की आवाज़ बारिश की एकलय नीरस झमझमाहट और घटाटोप अंधकार को भेदते हुए दूर अंधेरे-सुनसान-मैदान तक पहुँच रही थी।

हताशा में वह लगातार बहुत देर तक रोता रहा। जिस किसी ने भी उसका वह रुदन सुना होगा, उन्हें ऐसा लगा होगा कि निराश, अँधेरी रात उजाले के लिए कराह रही है। आख़िर वह भी जीवित प्राणी है, उसे भी दिन की गरमाहट, रोशनी और एक स्त्री के लाड़-प्यार- दुलार तथा मनुष्य के संग साथ और उसके नेह, ममता और राग की ज़रूरत है।

कुत्ता रो रहा था क्योंकि वह फिर अकेला हो गया था।

**मूल रूसी भाषा से अनुवाद : सरोज शर्मा**

**मूल रूसी भाषा में इस कहानी का नाम है—Кусака**

# कौवे ने क्या देखा

बर्फ़ से ढके असीम मैदान के ऊपर एक कौवा अपने थके हुए पंख बमुश्किल उठाए उड़ा जा रहा था। ऊपर का आसमान धुँधलाने लगा था। आसमान एक तरफ़ तो धुंधलकों में ज़मीन के पास कहीं ग़ायब हो रहा था और दूसरी तरफ़ इसके बावजूद कि सूरज अभी-अभी ही वहाँ डूबा था रोशनी के आख़िरी निशान भी नदारद होते जा रहे थे। हालाँकि कौवे को डूबते सूरज की झिलमिलाती हुई लाल गेंद अभी भी दिख रही थी, लेकिन मैदान पर सर्दियों की लम्बी रात का अन्धेरा पसर चुका था। जहाँ तक नज़र जाती थी, धूसर मैदान था, जो चिलचिलाती ठण्ड से ढका हुआ था। कौवे के थके हुए पंखों की फड़फड़ाहट से उठ रही तरंगें चुभती हवा की ठहरी हुई ख़ामोशी को समय-समय पर तोड़ रही थीं। कौवा उस जंगल की ओर उड़ा जा रहा था जो केवल उसे दिखाई पड़ रहा था और जहाँ उसने रात बिताने का फ़ैसला किया था। कौवे के उस घने जंगल में पहुँचने तक बर्फ़ से ढकी सफ़ेद धरती भी धुंधली हो चुकी थी। रात के अन्धेरे ने धरती को बर्फ़ के ठण्डे कफ़न में ढक दिया था और आसमान में तारे चमक उठे थे। ठण्ड से पेड़ों और उनकी टहनियों के चटकने की आवाज़ें आ रही थीं। शिकार की तलाश में निकले किसी जंगली जानवर के सावधानी भरे क़दमों के तले भी टहनियाँ चटक रही थीं। कौवे को दूर बीहड़ से आती भेड़ियों के क़दमों की धीमी और डरावनी आवाज़ सुनाई दी। भारी थकान के बावजूद कौवे ने उड़ान की दिशा तेज़ी से बदलने में अपनी पूरी ताक़त लगा दी। अब वह उस तरफ़ उड़ पड़ा, जिधर उसके मुताबिक़ सड़क थी।

उसे इनसानी सोहबत पसंद थी और जंगल बिलकुल नापसन्द।

सड़क आने वाली थी। सड़क के नज़दीक होने की बात घोड़े की लीद

की तेज़ बू से पता लग जाती थी। घोड़े की लीद को कौवा वैसे तो कभी नज़रंदाज़ नहीं करता था, मगर उस समय उसे बहुत नींद आ रही थी। जल्दी ही उसे पास वाली गहरी खाई के पार बने पुल की काली रेलिंग तो दिखने लगी, लेकिन अंधेरे के घेरों में डूब जाने के कारण खाई नहीं दिखी।

इस खाई के साथ कौवे की एक दुखद याद जुड़ी थी। एक साल पहले तक़रीबन इसी वक़्त और इसी जगह पर काली मूँछों वाले एक नौजवान की आँखें निकालने में वह कामयाब रहा था। वह नौजवान ठण्ड से पत्थर हो गई बर्फ़ पर कड़ाके की सर्दी होने के बावजूद बिना किसी जुंबिश के पड़ा हुआ था। उसके फटे सिर से गाढ़ा लाल ख़ून रिस रहा था। अगर नौजवान की छोटी उँगली और पलकों में हलकी-सी हरकत न हुई होती तो कौवे को यह समझ में भी न आता कि उसने अपना काम समय से थोड़ा पहले शुरू कर दिया था। लेकिन इनसानी सोहबत के आदी हो चुके परिन्दे के लिए इस तरह की छोटी-मोटी भूलें कोई मायने नहीं रखती थीं।

अगले दिन जब वह अपने कुछ साथी कौवों को लेकर भरपेट खाना खाने के इरादे से उस जगह पर लौटा था तो उसके हाथ सिर्फ़ मायूसी लगी थी और वह ग़ुस्से का घूँट पी कर रह गया था। ठण्ड से जमे नौजवान के बजाय उसे वहाँ पर केवल ख़ून का एक काला धब्बा दिखा था जिसके चारों तरफ़ भेड़ियों का एक झुण्ड चक्कर लगा रहा था। भेड़ियों के उस झुण्ड ने न केवल कौवे की पूरी दौलत सफ़ाचट कर दी थी, बल्कि देर से पहुँचे कुछ भेड़ियों ने ख़ून से सनी बर्फ़ को भी चाट डाला था। बेचारे कौवे को उस दिन सिर्फ़ और सिर्फ़ एक लम्बी और ज़ोरदार चीख़ लगाकर इत्मीनान करना पड़ा था। वह चीख़ ही उसकी नाराज़गी का इज़हार था।

एक आरामदेह पेड़ चुनकर कौवा उसकी एक पतली शाख़ पर आराम से बैठ गया। वह शाख़ सूखी और बारीक़ बर्फ़ के वज़न से झुक गई थी। ठण्ड से अकड़ गए अपने गले को साफ़ करने के लिए कौवे ने एक कूक भरी और ख़ुद को गेंद की तरह समेटकर पहले एक आँख मूँदी फिर दूसरी, और सो गया। गेंद की तरह सिमटना इसलिए ज़रूरी था ताकि पाला अपनी बाहें कितनी भी क्यों न फैलाए, उसकी किसी नाज़ुक जगह पर वार न कर पाए।

घड़ी न होने के कारण कौवे के लिए यह अंदाज़ा लगाना मुश्किल था

कि उसकी नींद कितनी देर बाद टूटी थी। लेकिन वह इस बात से नाख़ुश था कि गहरी नींद के आग़ोश में पहुँचे बिना ही उसे जागना पड़ा था। इनसानों के आसपास होने की वजह से ही उसकी नींद खुली थी। पुल के पास दो धुँधले-से साये खड़े थे। दरअसल वो कौवा नहीं, एक कौवी थी, इसलिए औरताना कौतूहल के चलते उन इनसानों की बातें सुनने के लिए वो पुल के पास वाले पेड़ पर जा बैठी। ठण्ड से जम गईं अपनी मूँछ और दाढ़ी पर साँस की भाप छोड़ते हुए और दाँतों को किटकिटाते हुए उन दोनों में से जो ज़्यादा लम्बा था, बोला :

—देखो कितना पाला पड़ रहा है! इस भयानक रात में यहाँ आख़िर कौन आएगा?

—चलो आधा घण्टा और इन्तज़ार करते हैं। दूसरे ने अपने हाथ आपस में रगड़ते हुए जवाब दिया। गरम कपड़ों से पूरी तरह से लदे वे साये ख़ुद को थोड़ा और सिकोड़कर पुल के नीचे जाकर छुप गए। कौवा जितनी आसानी से गहरी नींद सो सकता है, उतनी ही आसानी से जाग भी सकता है। वह मायूस होकर फिर सो गया, लेकिन जल्दी ही एक आवाज़ ने उसे जगा दिया। जमकर पूरी तरह सपाट हो गई सड़क के मोड़ के पास से बर्फ़ पर किसी चीज़ के घिसटने की आवाज़ सुनाई दे रही थी। फिर एक छोटी सी बर्फ़-गाड़ी (स्लेज) दिखाई दी। एक छोटा घोड़ा अपनी ठिठुरी टाँगें तेज़ी से बढ़ाता चला आ रहा था। कोचवान की सीट पर एक आदमी ठण्ड से दोहरा हुआ बैठा था, पीछे भी कोई इनसान बैठा हुआ था...

पुल के नीचे छुपे बैठे दोनों साये फ़ौरन हरकत में आ गए और सड़क पर कूद पड़े :

—रुको!

ख़ुशी ज़ाहिर करने के लिए जिज्ञासु कौवी ने धीमी-सी एक कूक भरी और अपना ध्यान सड़क से आ रही आवाज़ों की ओर लगाया। घोड़ा रुक गया। कोचवान ने बर्फ़-गाड़ी में बैठे आदमी से कुछ कहा तो वह खड़ा हो गया। उसने समूरी (जानवर की खाल का) कोट पहन रखा था, जिसके कॉलर से उसका चेहरा और सिर ढके हुए थे। पुल के नीचे छुपे बैठे जोड़े में से एक ने घोड़े की लगाम अपने हाथों में ले ली। दूसरा आदमी जो लम्बा था, वह भी

अब बर्फ़-गाड़ी के पास पहुँच चुका था। उसके एक हाथ में भारी-सी कोई चीज़ थी। वह चिल्लाया :

—रुको!

गाड़ी में पीछे बैठा आदमी बोला :

—आप सेहतमंद रहें!

बड़ी बेहूदगी से लम्बा आदमी बोला :

—चल, बाहर आ। तेरा मुक़ाम आ गया है!

समूरी कोट के नीचे से दबी-सी आवाज़ आयी :

—डाकुओ, हत्यारो। तुम लोग यह क्या कर रहे हो?

—तू अभी ख़ुद देख लेगा।

कोचवान बोला :

—सुनो, भले आदमी, हमें छोड़ दो। इससे कोई फ़ायदा नहीं होगा।

लम्बा आदमी अपनी काली आँखें तरेरकर चिल्लाया :

—अगर ज़िंदा रहना चाहता है तो चुपचाप बर्फ़-गाड़ी से बाहर निकल!

—सुनो, भले आदमी...!

लम्बे आदमी ने हाथ में पकड़ी चीज़ हवा में लहरा दी जो तारों की हल्की झिलमिलाहट में भी चमक उठी। कोचवान फ़ौरन गाड़ी से उतर गया। और यह देखकर कि उठी हुई कुल्हाड़ी नीचे नहीं आ रही वो धीरे-से फुसफुसाया :

—लगता है कि बहुत ग़ुस्से में है!—बर्फ़-गाड़ी में पीछे बैठा आदमी भी बाहर आ गया, जिसके बाल लम्बे थे। वो झुककर सीट पर रखी किसी चीज़ को खोलने लगा। फिर उस चीज़ को अपने हाथों में लेकर वह धीमे-धीमे उस लम्बे आदमी की ओर बढ़ा जो बेसब्री से इस बात का इन्तज़ार कर रहा था कि ये क़िस्सा जल्दी ख़त्म हो।

इससे पहले या इसके बाद कौवी कभी भी इतनी हैरत में नहीं पड़ी थी। हुआ यों कि लम्बा आदमी अपनी तरफ़ बढे चले आ रहे लम्बे बालोंवाले आदमी को देख मोरचा छोड़ने लगा, उसने कुल्हाड़ी भी फेंक दी। वो अपने साथी के पास गया, जिसने लम्बे बालोंवाले आदमी के हाथों में पकड़े सामान को लगभग न के बराबर रोशनी में देखकर घोड़े की लगाम छोड़ दी थी और पीछे हटने लगा था। मन्ज़र कुछ यों था : बर्फ़-गाड़ी से उतरी सवारी आगे बढ़

रही थी और दोनों लुटेरे पीछे हट रहे थे। उनमें से एक ने झिझकते हुए अपना हाथ उठाया और अपनी टोपी उतार ली; दूसरे ने भी झट से अपनी टोपी फेंक दी। यह देखकर सवारी रुक गई, वे दोनों भी रुक गए।

कोचवान ने कुल्हाड़ी उठाई और कहा :

—मैंने तुमसे कहा था न, कि हमें हाथ मत लगाओ। देखा, मैं पादरी साहब को लेकर जा रहा था। उफ़्फ़, यह कौवा!

कौवी नाराज़गी से कूकी थी। लेकिन न ही उसकी कर्कश कूक और न ही कोचवान की बात उन लोगों ने सुनी, जो आमने-सामने खड़े थे।

—अरे आज के दिन ईसा मसीह का जन्म हुआ था और तुम लोग यह क्या कर रहे हो, हत्यारो, लुटेरो! धीमी आवाज़ में उस उम्रदराज़ सवारी ने कहा।

कुछ देर कोई कुछ नहीं बोला।

—मैं भगवान का एक मामूली-सा मुलाज़िम हूँ। मैं किसी मर रहे आदमी के लिए रोटी और लाल शराब (ईसाई धर्म में रोटी ईसा मसीह के बदन और लाल शराब उनके खून की निशानी मानी जाती है) लेकर जा रहा हूँ। तुम लोग भी कभी तो मरोगे, तुम लोग तब किसकी अदालत में अर्ज़ी लगाओगे?

कौवी जिस डाल पर बैठी थी अगर उसके हिलने की आवाज़ न होती तो वहाँ पूरी तरह से सन्नाटा होता।

—ईसा मसीह की क़ुरबानी हमें एक दूसरे से मुहब्बत करने की सीख देती है। लेकिन आप क्या कर रहे हैं? आप ईसाइयों का ख़ून बहाते हैं और अपनी रूह को मैला करते हैं। आप जिन्हें मारेंगे वो तो जन्नत में जाएँगे और आप कहाँ जाएँगे?

लम्बा आदमी घुटनों के बल बैठ गया और सिर झुका दिया। अपने साथी की देखादेखी दूसरे आदमी ने भी ज़मीन पर अपना सिर टेक दिया। वे बर्फ़ में लेटे थे पर उन्हें इस बात का एहसास नहीं था कि उनकी उंगलियाँ सुन्न हो चुकी हैं। ऊपर से उम्रदराज़ पादरी कह रहे थे :

—मेरे नहीं आप ईसा मसीह के सामने घुटने टेकिए जिसने मुझे आपसे मिलने के लिए भेजा है। वह इन्सानियत का प्रेमी है और हत्यारों और लुटेरों को भी माफ़ कर देता है।

—पादरी साहब, मुझे माफ़ कर दीजिए।—लम्बा आदमी फुसफुसाया।

—माफ़ कीजिए, पादरी साहब। हम आइंदा ऐसा नहीं करेंगे, ख़ुदा की क़सम!—दूसरे ने अपना सिर उठाते हुए कहा।

पादरी चुपचाप मुड़ा और वापस जाकर अपनी गाड़ी में बैठ गया।

कौवी को यह मानने में हिचकिचाहट हो रही थी कि वो मामला अब उसकी ज़ाती दिलचस्पी का हो चुका था। बद्दुआ देते हुए और काँव-काँव करते हुए वह ख़ुद को यह समझा रही था कि वो तो सिर्फ़ अपने जमात के हुक़ूक़ की हिफ़ाज़त को लेकर परेशान है। इनसान अगर सचमुच एक-दूसरे के लिए रहमदिल और नेक हो जाएँगे तो बेचारे कौवों का क्या होगा! अपने इस तंज़ पर कौवे ने पंख फड़फड़ाए और यह जताया कि उसे आदमज़ात में कोई दिलचस्पी नहीं है। लेकिन फ़ौरन ही ख़ुश-अखलाक़ी के उसूलों को भुलाकर वह उन लोगों को टेढ़ी नज़र से देखने लगा जो जानवरों के ज़िन्दगी में तालमेल बिठानेवाले क़ायदों की नाफ़रमानी कर रहे थे।

—भले आदमी, मैंने कहा था न तुमसे कि हमें हाथ मत लगाओ! चलो, अपनी बेल्ट उतारो!

लम्बे आदमी ने उसकी बात सुनते ही घबराकर अपनी पतलून पर कसी पेटी खोली और कोचवान को सौंप दी जिसने बड़ी हुनरमन्दी से उस बेल्ट से लम्बू के हाथ उसके शानों पर कस दिए।

दूसरे की ओर मुड़कर वह बोला :

—चलो, तुम भी उतारो! अपनी बेल्ट दो।

—ठीक है, ठीक है! पादरी की ओर उम्मीद भरी नज़र से देखते हुए उसने ऐतराज़ जताना चाहा, लेकिन बेल्ट खोलकर दे दी।

—उन्हें छोड़ दो, स्तिपान!—पादरी ने कहा।

—यह कैसे हो सकता है, फ़ादर? ऐसा करने पर मुझे मालकिन की फटकार सुननी पड़ेगी।

—छोड़ दो उन्हें। वैसे भी सबको जवाब किसी इनसान को नहीं बल्कि ख़ुदा को देना होगा।

स्तिपान ने बड़े अनमने मन से लम्बे आदमी के हाथ खोले, उसके साथी

की गर्दन पर हलकी-सी चपत लगाई और बर्फ़-गाड़ी में कोचवान की सीट पर बैठ गया। घोड़े को हाँकते हुए वह बोला :

—लेकिन कुल्हाड़ी को तुम लोगों को अलविदा कहना ही पड़ेगा!

जल्द ही बर्फ़-गाड़ी और सवार रात के अन्धेरे में ग़ायब हो गए, बस, यह आवाज़ सुनाई दी :

—कहा था न हाथ मत लगाओ। आह...!

पूरी तरह से हैरान और नाराज़ कौवी ने अपनी गर्दन वहाँ रह गए दो लुटेरों की तरफ़ इस उम्मीद में घुमाई कि शायद कहानी अभी भी कोई दिलचस्प मोड़ ले ले। लम्बा आदमी अपनी नज़रें झुकाए चुपचाप खड़ा था। उसके साथी ने उसके हाथ को छूकर कहा :

—चलो चलें।

लम्बा आदमी चुपचाप आगे बढ़ने लगा, उसका साथी भी पीछे-पीछे चलने लगा। जल्दी ही वे दोनों भी अन्धेरे में ग़ायब हो गए, और आदम की सोहबत से बेहद प्यार करने वाला कौवी अकेली रह गई। इस बार आदमज़ात ने उसे बहुत ना-उम्मीद किया था।

**मूल रूसी भाषा से अनुवाद : प्रगति टिपणीस**

**मूल रूसी भाषा में इस कहानी का नाम है— Что видела галка**

# दीवार

## 1

मैं और दूसरा कोढ़ी बमुश्किल रेंगते हुए दीवार तक पहुँचे और ऊपर की ओर ताका। दीवार का ऊपरी हिस्सा इतना ऊँचा था कि हमें दिखाई नहीं दे रहा था। दीवार बिलकुल सीधी और सपाट थी और आसमान को दो हिस्सों में चीर रही थी। हमारे हिस्से का आसमान धूसर-सा था और दूसरी तरफ़ का गहरा नीला। इसलिए यह समझना बहुत मुश्किल था कि काली ज़मीन कहाँ ख़त्म हो रही है और आसमान कहाँ से शुरू। धरती और आसमान के बीच दबी हुई काली रात घुटन के कारण दर्दनाक कराहें भर रही थी। हर साँस के साथ वह अपने गर्भ से चुभनेवाली जलती रेत उगल रही थी जिनसे हमारे घावों को नाक़ाबिले बर्दाश्त जलन हो रही थी।

मेरे कोढ़ी साथी ने जो मेरी ही तरह भद्दी आवाज़ में नाक से बोलता था, कहा :

—चलो, ऊपर चढ़ने की कोशिश करते हैं।

वह घुटनों के बल खड़ा हो गया, मैं उसकी पीठ पर चढ़ा। लेकिन दीवार की ऊँचाई तनिक भी कम न हुई। दीवार आसमान की तरह धरती को भी चीर रही थी। ऐसा मालूम पड़ता था मानो वह एक मोटे-तगड़े साँप की तरह लेटी हुई है, जिसके धड़ का निचला हिस्सा नीचे खाइयों तक पहुँच रहा है और ऊपरी हिस्सा पहाड़ों को छू रहा है और उसका सिर तथा पूँछ दीवार के परे कहीं दूर थे।

मेरे कोढ़ी साथी ने सुझाव दिया।

—चलो, इसे तोड़ देते हैं!

मैंने हामी भरी।

—चलो, तोड़ते हैं!

हम अपनी छातियों को दीवार से टकराते रहे। हमारे घावों से रिसते ख़ून से दीवार रंग गई, लेकिन वह चुपचाप अडिग खड़ी रही। हम हताश हो गए।

—हमें मार दो! हमें मार दो!

यह कहते, कराहते और रेंगते हुए हम आगे बढ़े। लेकिन सभी ने अपने चेहरे नफ़रत से दूसरी ओर मोड़ लिए। हमें सिर्फ़ और सिर्फ़ हिक़ारत से काँपती उनकी पीठें दिखाई दीं।

इस तरह रेंगते-रेंगते हम एक भूखे के पास पहुँचे। वह एक चट्टान से टिका हुआ बैठा था और ऐसा लग रहा था कि मानो उसके नुकीले और चुभते कन्धों से चट्टान के पत्थरों को दर्द हो रहा हो। उसके बदन पर गोश्त न के बराबर था। उसके हिलने पर उसकी हड्डियाँ चटकती थीं और सूखी चमड़ी आवाज़ करती थी। उसका नीचेवाला जबड़ा लटका हुआ था, उसके मुँह की गहराइयों से रूखी और खुरदरी-सी आवाज़ निकली :

—मैं भू-ऊ-ऊ- खा हूँ।

हम हँस पड़े और तेज़ी से रेंगते हुए आगे बढ़ गए। हम थोड़ा ही आगे गए थे कि चार जन हमें नाचते हुए दिखाई पड़े। वे कभी एक-दूसरे के पास आते थे तो कभी दूर जाते थे; कभी वे चक्कर लगाते थे तो कभी एक-दूसरे को गले। उनके चेहरों पर मुस्कराहट ज़रा भी न थी। उनके चेहरे फीके थे और उनसे परेशानी झलक रही थी। उनमें से एक रोने लगा, वह इस अन्तहीन नाच से थक गया था और थमना चाहता था। लेकिन फ़ौरन ही उसके एक साथी ने उसके पास जाकर उसे चुपचाप गले लगाया और उसे फिर नचाना शुरू कर दिया। वह फिर दूसरों के पास जाने लगा, उनसे दूर होने लगा। उसके हर क़दम के साथ आँसू का एक क़तरा टपक जाता था।

मेरे साथी ने धीरे से कहा :

—मैं नाचना चाहता हूँ।

लेकिन मैंने उसे आगे घसीट लिया।

फिर से दीवार हमारे सामने थी और उसके ठीक बगल में दो लोग उकड़ू बैठे थे। उनमें से एक थोड़ी-थोड़ी देर में दीवार से अपना माथा टकराता था

और बेहोश होकर गिर जाता था। दूसरा उसे बड़ी संजीदगी से देख रहा था। उसके गिर जाने पर वह उसका सिर अपने हाथ से टटोलता, फिर दीवार को छूकर देखता और अपने साथी के होश में आने पर कहता :

—थोड़ी-सी कोशिश और करनी होगी; अब ज़्यादा काम नहीं बचा है।

मेरा कोढ़ी-साथी हँस पड़ा।

ख़ुशी से अपने गाल फुलाते हुए बोला :

—ये बौड़म हैं। ये बावरे हैं। इन्हें लगता है कि दीवार के दूसरी तरफ़ उजाला है। लेकिन वहाँ भी अंधेरा है, वहाँ भी कोढ़ी रेंगते हैं और मिन्नतें करते हैं कि हमें मार दो।

—और बुढ़ऊ?—मैंने पूछा।

कोढ़ी बोला :

बुढ़ऊ के बारे में क्या कहूँ? वह भी बेवक़ूफ़ है, अंधा है, बहरा है। क्या किसी ने दीवार में उस छोटे से छेद को देखा है, जो उसने बनाया है? क्या तुमने देखा है? क्या मैंने देखा है?

मैं तैश में आ गया और उसकी खोपड़ी के घाव पर ज़ोर से मुक्का मारते हुए चिल्लाया :

—तो फिर तुम ख़ुद चढ़ने की कोशिश क्यों कर रहे थे?

वह रोने लगा, हम दोनों रोने लगे। रोते और मिन्नतें माँगते हुए हम आगे बढ़ रहे थे :

—हमें मार दो! हमें मार दो!

लोग हिक़ारत से अपने चेहरे दूसरी ओर कर लेते थे, लेकिन कोई भी हमें मारना नहीं चाहता था। ख़ूबसूरत और ताक़तवर लोगों को तो वे मारते थे, लेकिन हमें छूने से भी डरते थे। कितने नीच थे सब!

## 2

हमारे पास वक़्त नहीं था। वह हमारे पास न तो कल था, न आज है, और न ही कल होगा। रात हमारा दामन कभी नहीं छोड़ती थी। वह कभी पहाड़ों के पीछे जाकर आराम नहीं करती थी, यहाँ तक कि अपने सन्नाटे और काले रंग को ताक़तवर बनाए रखने के लिए भी नहीं। और इसीलिए वह हमेशा थकी, बेदम

और उदास रहती थी। वह ग़ुस्सैल भी थी। कई बार जब हमारी चीख़ें और कराहें सुनना, हमारे दुख, घावों और उनकी जलन को देखना उससे बर्दाश्त नहीं होता था तो उसकी काली और सुस्त रहने वाली छाती भयानक ग़ुस्से की चपेट में आ जाती थी। रात फिर कटघरे में बन्द किसी कम-अक़्ल जानवर की तरह हम पर ग़ुर्राने लगती थी। ग़ुस्से से आग उगलतीं उसकी भयानक आँखें झपकने लगती थीं। उसकी आँखों की लाली से अन्धेरी और अथाह खाई, शान से खड़ी शान्त दीवार और काँपते हुए लोगों की भीड़ रोशन हो जाती थी। हम दीवार को अपना हमदर्द मानकर, उससे अपनी हिफाज़त की गुज़ारिश करते हुए उससे सट कर बैठ जाते थे, लेकिन वह तो हमारी दुश्मन थी और दुश्मन ही बनी रही। हमारी कायरता और बुज़दिली पर अपनी नाराज़गी ज़ाहिर करते हुए रात भद्दे तरीक़े से यों हँसती कि उसका काला और धब्बेदार पेट हिलने लगता। बूढ़े और गंजे पहाड़ यहाँ तक कि दीवार भी रात की तरह ही ख़ूँख़ार हँसी हँसने लगते। दीवार हँसती और लगातार हम पर पत्थर बरसाती रहती। उन पत्थरों तले हमारे शरीर कुचल जाते थे, हमारे बदन सपाट हो जाते थे। हमारे इर्द-गिर्द की सभी चीज़ें दानव-रूपी थीं और हमें सताकर अपना मनोरंजन करती थीं। वे आपस में बातें करती थीं।

हवा अपनी सरसराहट से उनकी बातों में जंगली संगीत घोला करती थी। हम डरे हुए-से और चारो ख़ाने चित पड़े धरती की गहराई में लोटती और बड़बड़ाती किसी भीमकाय चीज़ की दस्तक सुना करते थे। वह अपनी आज़ादी की माँग कर रही होती थी। हम सब तब फिर एक आवाज़ में याचना करने लगते :

—हमें मार दो!

लेकिन ऐसा लगता था कि हर पल मरने के बावजूद हम देवताओं की तरह अमर थे।

ग़ुस्से और रंगरेलियों का ज्वार कुछ वक़्त बाद छँट जाता था और रात पश्चाताप के आँसू बहाने के साथ जोर-जोर से आहें भरती थी, और गला खखारते हुए हम पर गीली रेत यों उगलती थी मानो बीमार हो। हम ख़ुशी-ख़ुशी उसे माफ़ कर देते थे, उसकी कमज़ोरी और थकान पर हम खूब हँसते थे और बच्चों की मानिन्द ख़ुश हो जाते थे। हमें भूखे की चीत्कार भी मधुर गायन लगने

लगती थी और बिना रुके नाच रहे चार लोगों के गुट को देखकर हमारा मन भी नाचने को ललक जाता था।

कभी-कभी हम भी गोल-गोल घूमने लगते थे और मुझ जैसे कोढ़ी को भी मानो कुछ समय के लिए प्रेमिका मिल जाती थी। और ऐसा करने में बहुत मज़ा आता था। मैं उसको गले लगाता था और वह हँसने लगती थी। उसके दाँत सफ़ेद थे और गाल गुलाबी। इसमें बहुत मज़ा आता था।

यह बात मेरी समझ से परे है कि ख़ुशी से चमक रहे हमारे दाँत यकायक किटकिटाने क्यों लगते थे और हम एक-दूसरे को चूमने की जगह एक दूसरे को काटने क्यों लगते थे। काटने के साथ-साथ हम मरने-मारने पर भी उतारू हो जाते थे, लेकिन ख़ुशी हमारी चीख़ों में अभी भी घुली होती थी। छोटे सफ़ेद दाँतों वाली वह प्रेमिका मेरे बीमार और कमज़ोर सिर पर वार करती थी और अपने पैने पंजों से छाती को चीरते हुए वह मेरे दिल तक पहुँच जाती थी—वह मुझ जैसे बेचारे और ग़रीब कोढ़ी को ख़ूब मारती थी। और उसका ऐसा करना रात के ग़ुस्से और दीवार की बेजान हँसी से भी कहीं ज़्यादा भयानक होता था। मैं बेचारा कोढ़ी बहुत रोता था, डर से काँपने लगता था और सबसे नज़रें चुराकर दीवार के नीच पैरों को चूमकर उससे इल्तिजा करने लगता था कि मुझ अकेले को वह उस दुनिया में चले जाने दे, जहाँ कोई वहशी नहीं है और लोग आपस में मार-काट नहीं करते हैं। लेकिन वह घिनौनी दीवार मुझे उस पार जाने नहीं देती थी। तब मैं उस पर थूकने लगता था, उस पर घूँसे मारते हुए चिल्लाता था :

—इस हत्यारिन दीवार को देखो जो हम सब पर हँसती है!

मेरी बात पर कोई ध्यान नहीं देता था क्योंकि मेरी आवाज़ नाक से निकलती थी और मेरी साँस से बदबू आती थी। वैसे भी मुझ जैसे कोढ़ी की बातों से किसी को क्या लेना-देना।

## 3

हम, यानी मैं और दूसरा कोढ़ी फिर से रेंगने लगते। फिर चारों तरफ़ शोर-शराबा होने लगता और एक भीड़-सी इकट्ठी हो जाती। और उन चारों का गुट अपनी पोशाकों से धूल झाड़ता हुआ और अपने ख़ूनी घावों को चाटता

हुआ चुपचाप नाचने लगता। लेकिन हम थक चुके थे, दर्द से परेशान थे और ज़िन्दगी हमारे लिए बोझ हो गई थी। मेरा साथी यकायक बैठ गया और अपने सूजे हुए हाथ से ज़मीन पर लगातार चोट-सी करते हुए जल्दी-जल्दी नाक से निकल रही नकुवा आवाज़ में बोला :

—हमें मार दो। हमें मार डालो।

फिर एक झटके से हम अपने पैरों पर उठ खड़े हुए और भीड़ पर टूट पड़े, लेकिन भीड़ जल्दी ही नौ-दो ग्यारह हो गई। हमें सिर्फ़ भागती हुईं उनकी पीठें दिखाई दीं। उन पीठों से ही हम गुज़ारिश करते रहे :

—हमें मार दो।

लेकिन उनकी पीठें भी दीवार की तरह थीं—न ही वे विचलित होती थीं और न ही हमारा कहा सुनती थीं। यह बहुत ही ख़ौफ़नाक मंज़र होता है, जब लोगों के चेहरे नहीं बल्कि सिर्फ पीठें दिखाई देती हैं और जो पूरी तरह से संगदिल और बहरी होती हैं।

लेकिन तभी एक चेहरे को देखकर मेरे साथी ने मुझे छोड़ दिया। जिस चेहरे को देखते ही उसने मुझे छोड़ दिया था वह भी मेरे और उसके चेहरों की तरह घावों से भरा और डरावना था। फ़र्क़ सिर्फ़ इतना था कि वह एक औरत का चेहरा था। वह उसे देखकर मुस्कुराने लगा, अपनी गर्दन झुकाए और बदबू को हवा देते हुए वह उसके चक्कर काटने लगा। वह भी अपने पोपले मुँह से उसे देखकर मुस्कुराई और बिन-पलकोंवाली अपनी आँखें झुका लीं।

जल्दी ही उन दोनों ने शादी कर ली। कुछ पल के लिए सभी के चेहरे उनकी ओर मुड़े और उन दोनों की तेज़ हँसी ने तन्दुरुस्त बदनवाले सेहतमन्द लोगों को भी झकझोर दिया। एक-दूसरे के लिए मुहब्बत का इज़हार करते हुए वे दोनों बहुत ही अजीब और अटपटे लग रहे थे। मेरे जैसा कोढ़ी भी यह सोचकर हँसा कि क्या इतने बीमार और बदसूरत लोगों का शादी करना बेवक़ूफ़ी नहीं है। मैंने मज़ाक में उससे कहा—

—बेवक़ूफ़ हो तुम। क्या करोगे तुम दोनों साथ में?

कोढ़ी ने मुस्कुराते हुए उत्तर दिया :

—हम दीवार से गिरने वाले पत्थरों का सौदा करेंगे।

—और बच्चे?

—और हम बच्चों को मार डाला करेंगे।

मैं सोचने लगा कि यह तो सरासर बेवक़ूफ़ी हुई कि बच्चों को सिर्फ़ इसलिए जना जाए कि बाद में उन्हें मार डालना है। वह औरत वैसे भी जल्दी ही किसी और की हो जाएगी—उसकी आँखों से इतनी मक्कारी जो झलकती है!

## 4

उन दोनों ने अपना काम पूरा कर लिया था—एक जो दीवार पर अपना सिर मार रहा था और दूसरा जो ऐसा करने में उसकी मदद कर रहा था। और मैं जब तक रेंगकर उन तक पहुँचा, उनमें से एक आदमी दीवार में लगे हुक पर लटक चुका था, लेकिन उसका बदन अब तक गरम था और दूसरा ख़ुशीभरा कोई गीत गा रहा था। मैंने उसे हुक्म दिया :

—जाओ, उस भूखे को बताओ।

और वह एक हुक्म बजाने के लिए गुनगुनाते हुए चला गया।

मैंने देखा कि वह भूखा आदमी कैसे अपनी चट्टान से दूर हुआ। वह कभी लड़खड़ाते तो कभी गिरते-पड़ते,कभी अपनी नुकीली कोहनियों से सभी को धकेलते तो कभी घुटनों के बल घिसटते तो कभी रेंगते हुए उस दीवार की ओर बढ़ने लगा, जहाँ फन्दे पर लटका हुआ आदमी झूल रहा था। पूरा समय वह अपने दाँत चटका-चटकाकर बच्चों की तरह ख़ुश होता हुआ हँस रहा था। उसकी ख़्वाहिश थी—पैर का सिर्फ़ एक टुकड़ा!

लेकिन बहुत देर हो चुकी थी, ताक़तवर लोग उससे पहले ही वहाँ पहुँच चुके थे। एक-दूसरे को धकेलते, खरोंचते और काटते हुए, वे सभी हुक पर लटकी हुई लाश को घेरे हुए थे। वे दाँतों से उसके पैर काटने लगे। हाथ में आयी हड्डी को हर एक चाट-चाटकर खा और चबा रहा था। किसी ने भी उस भूखे आदमी को घेरे में घुसने नहीं दिया। वह वहीं उकड़ू बैठ गया और अपनी सूखी जीभ से अपने होंठ चाटने लगा। उसके बड़े और खोखले मुँह से एक लम्बी चीख़ निकली :

—मैं भू-ऊ-ऊ- खा हूँ।

यह बहुत अजीब बात है कि दीवार में लगे हुक पर लटका हुआ आदमी

जिस भूखे आदमी के लिए मरा, उस भूखे को उसके पैर का एक टुकड़ा तक न मिला। मैं हँसने लगा, दूसरा कोढ़ी भी हँसा। उसकी पत्नी ने हँसते हुए अपनी चालाक आँखें खोली और बन्द कर लीं, पलकें न होने के कारण वह उन्हें मचका नहीं सकती थी।

वह बहुत ज़ोर से ग़ुस्से में चिल्लाया :

—मैं भू-ऊ-ऊ- खा हूँ।

उसकी आवाज़ की घरघराहट ग़ायब हो गई। उसकी चीख़ बिलकुल साफ़ और खनखनाती आवाज़ में अपनी पूरी कर्कशता के साथ ऊपर की ओर बढ़ गई। वह दीवार से टकराकर अँधेरी खाई और पहाड़ों की धूसर चोटियों की ओर उड़ गई।

जल्दी ही दीवार के पास के सभी लोग चिल्लाने लगे। टिड्डियों के मानिन्द उनकी तादाद बहुत ज़्यादा थी, और वे टिड्डियों की तरह ही भूखे-प्यासे भी थे। ऐसा लग रहा था मानो धरती दहक रही हो और अपने पथरीले जबड़े खोलकर नाक़ाबिले-बर्दाश्त दर्द से कराह रही हो। सूखे पेड़ों के उस जंगल की तरह, जो तेज़ हवा में एक ओर को झुक जाते हैं। लोगों के पतले, याचना में गिड़गिड़ाते और बमुश्किल सीधे होते हाथ दीवार पर ऊपर बढ़ने की नाकामयाब कोशिश कर रहे थे। उनमें इतनी अधिक निराशा थी कि पत्थर भी हिल गए और भूरे-नीले बादल डरकर मुँह छिपाने लगे। लेकिन दीवार अचल थी, ऊँची थी और बड़ी उदासीनता से उसने भारी और बदबूदार हवा की परतों को भेदती-चीरती आ रही आवाज़ को अपने से परे कर दिया।

सभी निगाहें दीवार पर टिकी हुई थीं और सबकी आँखों से आग बरस रही थी। उन्हें यह विश्वास था कि अब बहुत जल्दी वह गिर जाएगी और उनके लिए एक नई दुनिया खुल जाएगी। अपने इस अन्धविश्वास में उन्हें दीवार के पत्थर हिलते हुए दिख रहे थे। दीवार में नीचे से लेकर ऊपर तक पत्थर का एक साँप-सा उन्हें थरथराता हुआ दिखा जिसका पोषण ख़ून और इनसानी भेजों से हुआ था। हमारी आँखों में आँसू उमड़ आए थे और हो सकता है कि इसी वजह से दीवार हमें थरथराती हुई लग रही थी। हमारी चीख़ें अब और ज़्यादा तेज़ हो गई थीं। जीत के पास तक पहुँच जाने की ख़ुशी और जोश उनमें गूँज रहा था।

## 5

और तभी यह घटना घटी। धँसे और सूखे गालोंवाली एक बूढ़ी औरत एक चट्टान की बुलन्दी पर चढ़ी, जिसके बाल किसी बूढ़े और भूखे भेड़िये की तरह थे। उसके फटे कपड़ों से उसके बदन का रूखा-सूखा कंकाल झाँक रहा था, उसके सूखे और लटके स्तन दिखाई दे रहे थे, वही स्तन जिन्होंने कई लोगों को जीवन दिया था, लेकिन अब जिनमें माँ की ममता ज़रा भी नहीं बची थी। उसने अपने हाथ दीवार की ओर फैलाए और हम सभी की निगाहें भी उस तरफ़ मुड़ गईं। वह अपनी फटी हुई आवाज़ में बुदबुदा रही थी। लेकिन उसकी बात इतनी दर्दनाक थी कि भूखे की हताशा भरी चीख़ भी शरम से मर गई। वह कह रही थी :

—मेरा बच्चा मुझे लौटा दे!

हम सब चुप रहे और अपने ग़ुस्से को छिपाते हुए दीवार के जवाब का इन्तज़ार करने लगे। वह औरत जिसे 'मेरा बच्चा' कह रही थी, उसका भेजा दीवार पर ख़ूनी-भूरे धब्बों की तरह दिख रहा था। हम बड़ी बेकसी से और अंगारे बरसाती नज़रों से उस क़ातिल दीवार के जवाब का इन्तज़ार कर रहे थे। सब तरफ़ ऐसी ख़ामोशी छाई थी कि हमें अपने सिर के ऊपर मण्डराते बादलों की सरसराहट तक सुनाई दे रही थी। काली रात ने भी अपनी कराहों को अपने सीने में दबा लिया था। वह मानो धीमे से सीटी बजा रही थी और अपनी जलती महीन रेत उगल रही थी, जिससे हमारे घाव छरछरा रहे थे। और सख़्त आवाज़ में फिर से वही कड़वी माँग गूँज उठी :

—ऐ ज़ालिम, मेरा बच्चा मुझे लौटा दे!

हमारे चेहरे अब पहले से ज़्यादा ख़ौफ़नाक हो गए थे, लेकिन वो नीच दीवार चुप ही रही। तभी सख़्त-सा दिखनेवाला एक बूढ़ा शख़्स ख़ामोश भीड़ से बाहर आकर औरत के बग़ल में खड़ा हो गया। और बोला—

—मुझे भी मेरा बेटा लौटा दे!

यह नज़ारा ख़ौफ़नाक तो था ही साथ ही जूनून भरा था! मेरी पीठ ठंड से सिकुड़ गई थी, मेरी मशक़ें भी किसी अनजान और ख़तरनाक ग़ुस्से के चलते सिकुड़ गई थीं। मेरे साथी ने अपने दाँत पीसते हुए मुझे धक्का मारा। उसके मुँह

से बदबूदार साँस फुसफुसाहट की एक लहर की तरह बाहर आयी।

तभी भीड़ में से एक और आदमी निकला और बोला :

—मुझे भी मेरा भाई लौटा दे!

एक और आदमी भी बाहर आया और बोला :

—और मुझे मेरी बेटी लौटा दे!

आदमी और औरतें, बूढ़े और जवान सभी भीड़ से बाहर आ-आकर अपने हाथ फैला-फैलाकर ऊँची आवाज़ों में यही माँग करने लगे :

—हमें हमारे बच्चे लौटा दे!

अब मुझ जैसे कोढ़ी को भी अपने अंदर ताक़त और हिम्मत का एहसास हुआ, मैंने भी ऊँची आवाज़ और धमकीभरे अंदाज़ में कहा :

—ऐ क़ातिल, मुझे मेरा वजूद लौटा दे!

वह बस चुप रही। वह ऐसी धोखेबाज़ और नीच थी कि नाटक करती रही मानो उसे कुछ सुनाई नहीं दे रहा हो। तभी एक डाहभरी हंसी से मेरे ज़ख़्मी गाल काँपने लगे और ग़ुस्से के उन्माद से दर्दभरे हमारे दुखते दिल भर गए। लेकिन वह अभी भी उदासीन और चुप थी। उस औरत ने फ़ितूरी ढंग से अपने पतले और बेरंग हाथ हिलाते हुए सख़्ती से कहा :

—लानत है तुझ पर, मेरे बच्चे की हत्यारिन!

सख़्त दिखनेवाले उस बूढ़े ने भी दोहराया :

—लानत है तुझ पर!

और पूरी दुनिया की हज़ारों आवाज़ों ने गरजती कराह में दोहराया :

—लानत है तुझ पर! लानत है! लानत है!

## 6

काली रात ने गहरी आह भरी जिससे पूरी दुनिया उन चट्टानों की मानिंद हिल गई जिनपर तूफ़ानी समंदर अपने भरपूर जोश और शोर के साथ गिरता है। हज़ारों परेशान और बेचैन छातियाँ दीवार से टकराने लगीं। ख़ूनी झाग का उछाल ऊपर मंडराते बादलों तक पहुँच गया और उसने उन्हें अपने रंग में रँग दिया। बादल मशाल की तरह लाल और भयानक हो गए। उनकी ख़ूनी लाल छाया नीचे पड़ने लगी, जहाँ उपेक्षित लोगों का मटमैला-सा ख़ूँख़ार झुण्ड

जो तादाद में बहुत ही बड़ा था गड़गड़ा रहा था, गरज रहा था और चीत्कार कर रहा था। उस जमावड़े ने दर्दनाक और मरती हुई एक ऐसी कराह भरी जो नाक़ाबिले-बयान थी। लेकिन दीवार वैसे ही अडिग और चुप खड़ी रही। उसकी उस चुप्पी में डर और शर्मिंदगी नहीं थे क्योंकि उसकी आकारविहीन आँखें उदास और डरावने रूप से शांत दिख रही थीं। उस दीवार ने बड़े ग़ुरूर के साथ एक महारानी की मानिंद अपने कन्धों से ख़ून से लथपथ चोग़ा उतारा। उस चोग़े के किनारे क्षत-विक्षत लाशों के बीच कहीं गुम थे।

और हम पल-पल मरने के बावजूद देवताओं की तरह अमर थे। इनसानी उन्माद का एक तूफ़ान फिर उमड़ा और अपनी पूरी ताक़त के साथ दीवार से टकराया। थोड़ा सुस्ताने के बाद वह तूफ़ान बार-बार तबतक उठता रहा, जबतक वहाँ थकान, मुर्दा नींद और सन्नाटे का साम्राज्य नहीं छा गया। मैं दीवार से सटा बैठा था और मैंने देखा कि वह दम्भी महारानी-दीवार डगमगाने लगी है और अचानक गिर जाने के डर से उसके पत्थर काँपने लगे हैं। मैं चिल्लाया :

—वो गिर रही है। भाइयो, वो गिर रही है!

मुझे जवाब मिला :

—तू ग़लत कह रहा है, कोढ़ी!

फिर मैं उन सब से मिन्नतें करने लगा :

—ठीक है, दीवार भले खड़ी रहे। लेकिन क्या हमारी हर लाश हमारे ऊपर की तरफ़ बढ़ने और दीवार के ऊपरी छोर तक पहुँचने की सीढ़ी नहीं है? हम तादाद में बहुत ज़्यादा है और हमारी ज़िदगी एक बोझ है। हम ज़मीन को लाशों से ढक देंगे, लाशों के ऊपर नई लाशें डालते जाएँगे और ऐसे हम ऊपर तक पहुँच जाएँगे। अगर हममें से कोई एक भी बच गया तो कम से कम वह तो नई दुनिया देख लेगा।

एक पुरउम्मीद ख़ुशी के साथ मैंने मुड़कर देखा। मुझे केवल पीठें दिखाई दीं—उदासीन, मोटी और थकी पीठें। चार लोगों की टोली अपने अनंत नाच में व्यस्त थी, कभी वे पास आते थे, कभी दूर जाते थे। काली रात एक बीमार शख़्स की तरह गीली रेत उगल रही थी और दीवार एक अभेद्य दानव की तरह खड़ी थी।

मैंने पुकारा :

—भाइयो!, भाइयो!

मेरी आवाज़ नकुवा थी और साँसें बदबूदार। कोई भी मुझ जैसे कोढ़ी की बात सुनना नहीं चाहता था।

दुख...! दुख...! दुख...!

दुख ही जीवन की कथा रही...!

**मूल रूसी भाषा से अनुवाद : प्रगति टिपणीस**

**मूल रूसी भाषा में इस कहानी का नाम है—Стена**

# झूठ

## 1

—तुम झूठ बोल रही हो! मैं जानता हूँ, तुम झूठ बोल रही हो!

—अरे, तुम चिल्ला क्यों रहे हो? देखो, कोई सुन लेगा।

वह फिर झूठ बोल रही थी। मैं चिल्ला नहीं रहा था, बल्कि मैं तो बहुत ही धीमी आवाज़ में बोल रहा था और ज़हर भरा शब्द 'झूठ' साँप की फुफकार की तरह मेरे कानों में गूँज रहा था।

—मैं तुमसे प्यार करती हूँ, उसने कहा, और तुम्हें मुझ पर भरोसा करना चाहिए। क्या भरोसे के लिए इतना ही काफ़ी नहीं?

और उसने मुझे चूम लिया। लेकिन जब मैंने उसे अपनी बाहों में लेना चाहा, तो वह वहाँ से चली गई। वह उस अँधेरे गलियारे से निकल चुकी थी और मैं उसको खोजते हुए फिर उसी जगह जा पहुँचा, जहाँ थोड़ी देर पहले तक मौज-मस्ती चल रही थी। उसी ने मुझसे वहाँ आने को कहा था। मैंने पार्टी में कई जोड़ों को रात भर थिरकते हुए देखा था वहाँ। लेकिन मेरे पास न कोई आया और न ही किसी ने मुझसे बात की। इतने लोगों के बीच अकेला-सा मैं एक कोने में ऑर्केस्ट्रावालों के पास बैठा रहा। ताम्बे की बड़ी सी तुरही का रूख़ बिलकुल मेरी ओर था। लगता था उसके अन्दर कोई बन्द था जो हर दो मिनट में सहसा, फटी-सी आवाज़ में भद्दे ढंग से हो-हो करके हँसने लगता था – हो- हो- हो।

कभी-कभी लगता, मानो एक ख़ुशबूदार बादल उड़ता हुआ मेरे बेहद क़रीब आ गया है। यह तो वही थी। न जाने कैसे वह सबकी नज़रें बचाकर मुझे सहला जाती थी। कभी एक पल को उसका कन्धा मेरे कन्धे को छू जाता

था, तो कभी एक पल को उसकी सफ़ेद पोशाक से झलकती हुई उसकी गोरी गर्दन मुझे नज़र आ जाती थी। मैं आँखें उठाता तो उसकी बेहद उजली, दृढ़ और साफ़-सुथरी छवि दिखाई देती, बिलकुल एक देवदूत की तरह, जो मानो किसी भूले-बिसरे आदमी की क़ब्र पर अपने ख़यालों में डूबा हुआ खड़ा हो। मैंने उसकी आँखें भी देखीं—रोशनी को तरसती हुई, बड़ी-बड़ी, ख़ूबसूरत और शान्त आँखें। नीले घेरे वाली पुतलियाँ काली होती जा रही थीं। जितना भी मैं उनमें झाँकता, वे वैसी ही काली, गहरी और अभेद्य लगती थीं। हो सकता है, उनमें मैंने एक क्षण से भी कम समय के लिए झाँका हो। लेकिन इससे पहले मैंने अन्तहीनता को इतनी गहराई और भयानक रूप से कभी नहीं जाना था, कभी महसूस नहीं किया था। भय और पीड़ा के साथ मुझे इस बात का अहसास हो रहा था कि मेरा सारा जीवन एक बारीक़ किरण बनकर उसकी आँखों में समाता जा रहा था और मैं ख़ुद के लिए ही अजनबी, खोखला और मूक यानी लगभग मृत होता जा रहा था। उस वक़्त वह मेरे प्राण अपने साथ लिए मुझको छोड़कर जा रही थी और फिर से उसी लम्बे, घमण्डी और ख़ूबसूरत आदमी के साथ नाचने लगी थी। मैंने उस आदमी की एक-एक चीज़ को बारीक़ी से देखा—उसके जूतों का आकार, उसके कन्धों की चौड़ाई और उसका बालों को झटकने का अंदाज़।अपनी बेरुख़ और बेपरवाह नज़रों से वह जैसे मुझे मेरे पीछे दिखाई दे रही दीवार के अन्दर धकेल रहा था और मैं उसी सपाट दीवार में विलीन होकर अस्तित्वहीन होता जा रहा था।

जब रात गहरा गई और मोमबत्तियाँ बुझाई जाने लगीं, तो मैंने उसके पास जाकर कहा :

—अब चलना चाहिए। आइए, मैं आपको छोड़ दूँ।

लेकिन वह हैरान हो गई।

—मैं तो उसके साथ जा रही हूँ—उसने उसी लम्बे और ख़ूबसूरत आदमी की ओर इशारा करते हुए कहा, जो हमारी तरफ़ देख भी नहीं रहा था। तभी पास के एक ख़ाली कमरे में ले जाकर उसने मुझे चूम लिया।

—तुम झूठी हो -—मैंने बहुत धीरे से कहा।

—हम आज ज़रूर मिलेंगे। तुमको आना होगा—उसने बड़े इसरार के साथ कहा।

जब मैं घर लौट रहा था, ऊँचे घरों के पीछे से जाड़े की धुंध भरी हलकी हरी सुबह बाहर झाँक रही थी। उस वक़्त, उस पूरी सड़क पर हम सिर्फ़ दो ही लोग थे—कोचवान और मैं। वह चेहरा ढके ज़रा झुककर बैठा हुआ था और मैं भी उसके पीछे, आँखों तक अपना चेहरा ढके, आगे की ओर झुककर बैठा था। कोचवान के मन में अपने ही कुछ विचार चल रहे होंगे और यहाँ मेरे अपने। और वहाँ, उन मोटी दीवारों के पीछे उस वक़्त सो रहे हज़ारों लोगों के मन में भी अपने ही कुछ सपने और ख़याल घूम रहे होंगे। मैं उसके बारे में सोच रहा था कि कैसे वह इतना झूठ बोल लेती है। मैं मौत के बारे में सोच रहा था, और मुझे लग रहा था कि शायद इन धुँधली रोशनियों वाली दीवारों ने मेरी मौत को देख लिया था, इसीलिए वे इतनी ठण्ड में भी अकड़ के साथ खड़ी थीं। न जाने कोचवान क्या सोच रहा था। पता नहीं, उन दीवारों के पीछे सो रहे लोग उस वक़्त किस चीज़ की कल्पना कर रहे थे। वैसे वे भी तो नहीं जानते थे कि मैं क्या सोच रहा हूँ, किस बात की कल्पना कर रहा हूँ।

तो हमारी घोड़ा-गाड़ी कुछ लम्बी और सीधी सड़कों से गुज़र रही थी। सवेरा हो रहा था और चारों तरफ़ सब कुछ अचल और सफ़ेद था। एक ठण्डा ख़ुशबूदार बादल मेरे क़रीब आया और मुझे लगा कि उसके भीतर कोई क़ैद है, जो एकदम मेरे कानों में हो हो करके हँस दिया : हो-हो-हो।

## 2

इस बार उसने फिर झूठ कहा था। आख़िर वह नहीं आयी और मैं बेकार ही उसका इन्तज़ार करता रहा। एक सुरमई-सा, शान्त और सर्द धुँधलका अँधेरे आसमान से नीचे उतर रहा था। मैं समझ ही न पाया कि कब झुटपुटे से शाम और शाम से रात हो गई। मुझे यह समय एक लम्बी रात की तरह लग रहा था। लम्बे इन्तज़ार के दौरान मैं धीरे-धीरे वहाँ टहलता रहा। मैं न तो उस मकान के पास गया, जिसमें मेरी महबूबा रहती थी, और न ही मकान के काँच के उस दरवाज़े के पास, जो पीले छप्पर की छाया से पीला लग रहा था। मैं नपे-तुले कदमों से ही वहाँ आगे-पीछे आ-जा रहा था। आगे की ओर जाते वक़्त मैं अपनी आँखें काँच के दरवाज़े पर गड़ाए रखता और वापस लौटते समय मैं अक्सर रुककर पीछे मुड़कर देख लिया करता था। उस दिशा में चलते हुए मेरे

चेहरे पर पड़ते बरफ़ के ज़र्रे नुकीली सुई की तरह चुभते महसूस हो रहे थे। ये ठण्डी और तेज़ सुइयाँ इतनी लम्बी जान पड़ती थीं कि वे मेरे सीने को छेदती हुई सीधे दिल तक पहुँच रही थीं। मेरा दिल उसके इन्तज़ार की बेबसी, तड़प और ग़ुस्से से पागल हो गया था। बर्फ़ीली हवा तेज़ रोशनीवाली उत्तर दिशा से अँधेरे दक्षिण की ओर तेज़ी से दौड़ रही थी और बर्फ़ से ढकी सफ़ेद छतों पर सीटी बजाती खेल रही थी। वहाँ से भागकर हवा मेरे पास आयी, और अपने साथ छोटे-छोटे बर्फ़ के पैने ज़र्रे लाई। मेरा चेहरा काटती हुई यह हवा सड़क किनारे लगी बत्तियों के काँच के खोल पर दस्तक देने लगी, जिनके अन्दर एक तनहा पीली लौ ठण्ड से काँप रही थी। मुझे उस असहाय लौ पर तरस आने लगा, जिसकी ज़िन्दगी सिर्फ़ रात-भर की ही थी। मैं सोच रहा था कि इसी सड़क पर उसका सारा जीवन कट जाएगा। कुछ समय बाद मैं भी यहाँ से चला जाऊँगा, सुनसान सड़क पर सिर्फ़ बर्फ़ के ज़र्रे इधर से उधर लुढ़कते फिरेंगे और पीली लौ इस सर्द रात में झुकी हुई तन्हाई में काँपती रहेगी।

मैं उसका इन्तज़ार कर रहा था, लेकिन वह नहीं आयी। मुझे लगा, जैसे वह अकेली लौ भी मेरी तरह ही थी। फ़र्क, बस, इतना था कि लौ काँच के खोल में काँप रही थी और मैं उसका इन्तज़ार करते हुए सड़क पर काँप रहा था। कभी-कभी वहाँ से कोई गुज़र जाता था। उसकी छाया अचानक मेरे पीछे से उभरती और फिर बड़ी और काली होकर मेरे क़रीब आ जाती। फिर धूसर रंग की होकर मेरी बग़ल से गुज़र जाती और इसके बाद सफ़ेद मकान के कोने पर मुड़कर ग़ायब हो जाती। फिर उसी कोने से निकलकर वैसी ही छायाएँ मेरी तरफ़ आतीं। धीरे-धीरे वे मेरी बग़ल में आ पहुँचतीं और फिर धीमे से मेरे पीछे उसी धूमिल मैदान में ग़ायब हो जातीं, जहाँ बर्फ़ के फ़ाहे बिना कोई आवाज़ किए इधर से उधर लुढ़क रहे थे। गरम कपड़ों से लदी चुपचाप चलती जा रही वे छायाएँ मुझे ऐसी लग रही थीं, जैसे वे मेरी ही छायाएँ हों। मैं जैसे मैं नहीं रह गया था, बल्कि एक छाया बन गया था। मुझे लग रहा था कि मेरी तरह ही दर्जनों छायाएँ वहाँ किसी का इन्तज़ार कर रही थीं, सरदी से काँप रही थीं और ख़ामोश थीं। मेरी ही तरह वे भी कुछ सोच रही थीं, शायद अपने रहस्यों और दुखों के बारे में।

मैं उसका इन्तज़ार कर रहा था, लेकिन वह नहीं आयी। मैं दर्द से रोया

या चिल्लाया क्यों नहीं? न जाने क्यों मैं हँस रहा था और ख़ुश हो रहा था। मैंने अपनी मुट्ठियाँ भींच ली थीं, और उनमें साँप की तरह फुफकारने वाले उस ज़हरीले 'झूठ' को पकड़ रखा था। मेरी मुट्ठी में फँसा वह छटपटा रहा था और मुझे डँस भी रहा था। उसके ज़हर के असर से मेरा सिर चकराने लगा। मेरा सब कुछ झूठ में बदल चुका था। मेरा भविष्य भी और वर्तमान भी। मेरे वर्तमान और मेरे अतीत के बीच का फ़र्क भी ख़तम हो चुका था। उन दो ज़मानों के बीच की रेखा मिट चुकी थी, जब मैं इस दुनिया में आया भी नहीं था और फिर जब पैदा होकर मैं अपनी ज़िन्दगी जीने लगा था। दोनों ज़मानों में ही मुझपर उसका राज था। मुझे यह जानकार हैरानी हुई कि उसका एक मूर्त रूप भी है और उसके अस्तित्व का आदि और अंत भी है। उसका कोई नाम नहीं था। उसकी सिर्फ़ एक ही पहचान थी—हमेशा झूठ बोलनेवाली, हमेशा इन्तज़ार करवाकर कभी न आनेवाली। पता नहीं क्यों, मैं हँस रहा था। तेज़ सुइयाँ मेरे दिल में धँसती जा रही थीं और कहीं भीतर क़ैद कोई आदमी मेरे कान में ज़ोर-ज़ोर से हँस रहा था : हो-हो-हो ...।

मेरी आँखें खुलीं तो मुझे उस सफ़ेदवाले ऊँचे मकान की रोशन हो चुकी खिड़कियाँ नज़र आयीं, जो अपनी नीली और लाल ज़ुबान में मुझसे कह रही थीं :

—वह बेवफ़ा है। इस पल, जब तुम तन्हाई में भटक रहे हो, उसके इन्तज़ार में तड़प रहे हो, वह पूरी तरह से सजी-सँवरी, पूरी तरह से चमकती-दमकती और झूठ में डूबी हुई यहाँ मौजूद है और उसी लम्बे और ख़ूबसूरत आदमी की फुसफुसाहट सुन रही है, जो तुमसे नफ़रत करता है। अगर तुम किसी तरह यहाँ घुस आते और उसको मार डालते तो बड़ा अच्छा होता। इस तरह तुम झूठ को हमेशा के लिए ख़तम कर देते।

मैंने अपनी उँगलियों को और ज़ोर से भींच लिया, जिनमें मैंने छुरा पकड़ रखा था। मैंने हँसकर जवाब दिया :

—हाँ, मैं उसको मार डालूँगा।

लेकिन खिड़कियाँ मुझे बड़ी दुखभरी नज़रों से देखते हुए बोलीं :

—तुम उसे कभी नहीं मारोगे। कभी भी नहीं, क्योंकि तुम्हारे हाथ में जो हथियार है, वह भी वैसा ही झूठ है जैसे उसके चुम्बन।

इन्तज़ार करने वालों की ख़ामोश परछाइयाँ कब की ग़ायब हो चुकी थीं। अब उस ठण्डी जगह पर अकेला मैं बचा था और रह गई थी कड़ाके की सर्दी और निराशा से काँपती हुई आग की लौ। तभी, कुछ ही दूरी पर चर्च के घण्टाघर की घड़ी बजने लगी। घड़ी के मन्द घण्टे की आवाज़ खुले मैदान में निकलकर काँपने और रोने लगी और दीवानों की तरह घूमते हुए वहाँ पड़े बर्फ़ के ढेरों में ग़ुम हो गई। मैं घड़ी के घण्टे गिनने लगा और उन्हें सुनकर मुझे हँसी आ गई। घड़ी ने पन्द्रह घण्टे बजाए थे। घण्टाघर काफ़ी पुराना हो चला था, घड़ी भी पुरानी थी। वह समय तो सही दिखाती थी, लेकिन घण्टे बेहिसाब बजाने लगती थी। कभी-कभी तो इतने सारे घण्टे बजाती कि वहाँ काम करने वाले सफ़ेद दाढ़ीवाले बूढ़े बाबा को उस हथौड़े को अपने हाथ से पकड़कर रोकना पड़ता था, जो लगातार घड़ी के घण्टे पर चोट कर रहा होता था। सर्द अँधेरे से घिरी और दबी हुई ये जर्जर, उदास और काँपती हुई ध्वनियाँ किसके लिए झूठ बोल रही थीं?

तभी, घड़ी के उस आख़िरी झूठे घण्टे के बजते ही काँच के दरवाज़े के खुलने की आवाज़ आयी और एक लम्बा-सा आदमी सीढ़ियों से उतरता हुआ दिखाई पड़ा। मैंने उसकी पीठ देखकर ही उसे पहचान लिया। अभी कल ही तो देखी थी मैंने उसकी वह पीठ, जो घमण्ड और तिरस्कार से भरी थी। अपनी ठसक-चाल से भी वह पहचान में आ रहा था। आज उसकी चाल कल से ज़्यादा सहज और निडर लग रही थी। एक बार मैं भी इन दरवाज़ों से इसी तरह निकला था। ऐसी चाल उन्हीं लोगों की होती है, जिनको हाल ही में उस औरत के झूठे होंठों ने चूमा हो।

## 3

मैंने उसे बहुत धमकाया और दाँत पीसते हुए कहा :

—मुझे सच बताओ!

बर्फ़ जैसे ठण्डे चेहरे, अपनी अथाह गहरी, भावहीन और सपाट काली पुतलियों तथा हलकी उठी हुई भौहों से आश्चर्य प्रकट करते हुए उसने कहा :

—क्या मैं कभी तुमसे झूठ बोलती हूँ?

वह भली-भाँति जानती थी कि मैं उसका झूठ साबित नहीं कर सकता,

और यह भी कि उसके सिर्फ़ एक शब्द से, एक और झूठे शब्द से मेरे सारे भयानक कष्ट दूर हो जाएँगे। मुझे जिस बात का इन्तज़ार था, वह उसके होंठों से निकलने ही वाली थी। लेकिन मुझे मालूम था कि वह बात पूरा सच नहीं होगी, बल्कि वे सच की चमकती हुई तह में लिपटे हुए शब्द होंगे।

—मैं तुमसे प्यार करती हूँ। मैं तो सिर्फ़ तुम्हारी हूँ न?

हम शहर से बहुत दूर थे। अँधेरी खिड़कियों के बाहर बर्फ़ से भरा एक सफ़ेद मैदान था, जो अँधेरे की कालिमा में डूबा हुआ था-घना और ख़ामोश अँधेरा। लेकिन फिर भी मैदान अपनी भीतरी रोशनी से दमक रहा था, ठीक वैसे ही, जैसे किसी मरे हुए आदमी का चेहरा दमकता है। घर के सबसे बड़े और गरम कमरे में एक मोमबत्ती जल रही थी और उसकी काँपती हुई लौ में उस मैदान का धुँधलापन झलक रहा था।

—मैं सच जानना चाहता हूँ, चाहे वह कितना भी कड़वा क्यों न हो। मुमकिन है कि उसको सुनकर मुझे मौत आ जाए। लेकिन सच जाने बिना जीने से तो मर जाना अच्छा है। तुम्हारे चुम्बनों और आलिंगनों में मुझे झूठ की बू आती है। तुम्हारी आँखों में भी झूठ ही झूठ झलकता है। मुझे सच बता दो तो मैं हमेशा के लिए तुम्हें छोड़कर चला जाऊँगा—मैंने कहा।

वह चुप रही। उसकी ठण्डी और तीख़ी नज़र मेरे भीतर धँसती चली गई। वह मानो मेरी रूह को कौतूहल से उलट-पलटकर देख रही थी। उसकी ख़ामोशी देखकर मैं उसपर चिल्ला पड़ा :

—चुप क्यों हो? हमेशा चुप्पी ओढ़े रहती हो। जवाब दो, वरना मैं तुम्हारी जान ले लूँगा।

—ले लो, भई, जान भी कोई लेने की चीज़ है? -—उसने बड़े आराम से जवाब दिया—मैं तो पहले ही इस बेमक़सद, बेमज़ा ज़िन्दगी से उकता चुकी हूँ। लेकिन धमकी देकर तो तुम सच का पता नहीं लगा सकते हो।

मैं उससे इतना तंग आ चुका था कि अब मैं उसके सामने गिड़गिड़ाने लगा था। मैं घुटनों के बल बैठ गया और उससे मिन्नतें करने लगा।

—बेचारा!—उसने मेरे सर पर हाथ रखते हुए कहा—बेचारा!

—मुझ पर तरस खाओ,—मैं गिड़गिड़ाया,—मुझे सच बता दो!

मैं उसके सपाट माथे की ओर देख रहा था और सोच रहा था कि सच

वहीं छिपा है, उसकी पतली-सी खाल के पीछे, इस आड़ के पीछे। सच को जानने के लिए उसकी खोपड़ी फोड़ने का ख़याल मुझ पर पागलपन की तरह सवार हो गया। मैं उसके सफ़ेद सीने को भी चीरना चाहता था, जहाँ उसका दिल धड़क रहा है। मेरी बेहद इच्छा हुई कि कम से कम एक बार मैं इस इनसान का दिल असल में देख लूँ। मोमबत्ती पूरी तरह से जल चुकी थी, उसकी आख़िरी लौ फड़फड़ाने लगी थी। उसकी मन्द होती लौ में दीवारों का रंग भी काला होता गया। फिर ऐसा लगने लगा मानो कमरे की सारी दीवारें एक-दूसरे से दूर होने लगी हैं। यह सब इतना तकलीफ़देह और भयानक था कि मैं अपने आप को बहुत अकेला महसूस करने लगा।

—बेचारा!—वह बोलती जा रही थी,—बेचारा!

मोमबत्ती की काँपती हुई पीली लौ पहले नीली हुई और फिर बुझ गई। वहाँ अन्धेरा छा गया। अब मैं न उसका चेहरा देख पा रहा था, न आँखें। उसके हाथ मेरे सिर को घेरे हुए थे। और तब मुझे वहाँ किसी झूठ का एहसास नहीं हो रहा था। मेरी आँखे बन्द थीं। मेरे सारे एहसास भी जैसे ख़त्म हो चुके थे। मैं न तो कुछ सोच ही पा रहा था, और न ही सांस ले पा रहा था। बस, उसके हाथों की छुअन ने मुझे घेर रखा था। मैं उसी छुअन में डूबा हुआ था। बस, यही एहसास मुझे सच लग रहा था। अचानक अँधेरे में वह अजीब ढंग से फुसफुसाई :

—मुझे अपने आग़ोश में ले लो। मुझे डर लग रहा है।

थोड़ी देर के लिए वहाँ चुप्पी छाई रही। फिर उसकी डरावनी आवाज़ सुनाई दी। वह फुसफुसाकर बोल रही थी :

—तुम सच जानना चाहते हो न? मैं तो ख़ुद भी सच नहीं जानती? मैं भी उसको जानना चाहती हूँ। मुझे तुम ही बचा सकते हो, मुझे बचा लो! मुझे बहुत डर लग रहा है।

मैंने अपनी आँखें खोल दीं। बाहर दिन निकलने लगा था। कमरे का कमज़ोर पड़ता अँधेरा डर के मारे खिड़कियों से निकल भागा और दीवार के पास रुककर कमरे के कोनों में छिप गया। बाहर की बर्फ़ीली ठण्ड जैसे कमरे में घुस आयी थी और अपनी मृत आँखों से हमको खोज रही थी। उसकी भयानक बर्फ़ीली निगाहें हम दोनों पर चिपक गयी थीं। हमें ऐसा लगने लगा

जैसे वह कोई प्रेतात्मा हो। चौंककर हम एक-दूसरे से लिपट गए और मुझे उसकी फुसफुसाहट सुनाई पड़ी :

—कितना डरावना है यह सब!

## 4

मैंने उसे मार डाला! मार ही डाला आख़िर! उसका बेजान और पिचका हुआ जिस्म उसी खिड़की के पास पड़ा था, जहाँ से वह बर्फ़-ढका सफ़ेद मृत मैदान झलक रहा था। मैं उसके बेजान जिस्म के क़रीब खड़ा हो गया और ज़ोर-ज़ोर से हँसने लगा। यह किसी पागल की हँसी नहीं थी, बिलकुल नहीं। मैं तो इस बात पर हँस रहा था कि मेरे सीने में सांसें बराबर और बिना किसी मुश्किल के चल रही थीं और सीने के अन्दर ख़ुशी, ख़ामोशी और एक ख़ालीपन था। मेरे दिल से वह कीड़ा निकल गया था, जो उसे छेद रहा था। मैंने झुककर उसकी बेजान आँखों में झाँका। रोशनी को तरसती उसकी बड़ी-बड़ी आँखें खुली हुई थीं और किसी मोम की गुड़िया की आँखों की तरह दिख रही थीं, गोल और निर्जीव। मैं उनको अपनी उँगलियों से छू सकता था, उनको बन्द कर सकता था और खोल सकता था। अब मुझे उनसे डर नहीं लग रहा था, क्योंकि अब उसकी काली और सपाट पुतलियों में झूठ और संदेह का वह राक्षस नहीं था, जिसने इतने लम्बे समय तक बेरहमी से मेरा ख़ून पिया था।

जब मुझे पकड़ा गया, मैं हँस रहा था। मुझे पकड़नेवालों को मेरी हँसी बहुत डरावनी और अजीब-सी लग रही थी। कुछ लोग उपेक्षा और घृणा से मेरी ओर देखकर मुँह मोड़कर चले गए। और कुछ मुझे गालियाँ देते हुए बड़े हमलावर ढंग से सीधे मेरी तरफ़ बढ़ने लगे। लेकिन जब उनकी नज़र खुशी से दमकती मेरी आँखों पर पड़ी, तो उनके चेहरे पीले पड़ गए और वे अपनी जगह पर रुक गए।

—इसका दिमाग ख़राब हो गया है, शायद पागल हो गया है—वे कह रहे थे और मुझे लगा कि यह सोचकर उन्हें बड़ी तसल्ली हुई है। असल में इसी तरह उनके मन की यह गुत्थी सुलझती है कि मैंने अपनी महबूबा को मार डाला है, जिससे मैं बेइंतहा प्यार करता था और अब उसे जान से मारने के बाद मैं इस क़दर हँस रहा हूँ। सिर्फ़ एक लाल गालोंवाले मोटे-से आदमी ने

मेरे ऊपर तरस खाकर इस तरह की बात कही, जिससे मुझे बड़ी ठेस पहुँची। उसकी बात सुनकर मेरी आँखें धुँधला गईं और मेरे सामने अँधेरा छा गया। उसने कहा था :

—बेचारा आदमी!

—नहीं! चुप हो जाओ! मुझे बेचारा न कहो!—और मैं उस पर झपट पड़ा।

—मैं उसे मारना तो दूर, उसे हाथ भी लगाना नहीं चाहता था। लेकिन हमारे आस-पास जो लोग खड़े थे, वे मेरी हालत देखकर काफ़ी डरे हुए थे। उनके लिए मैं एक सामान्य आदमी से पागल राक्षस में बदल चुका था, जिसने अपनी जान से ज़्यादा प्यारी महबूबा की भी जान ले ली।

उस मोटे आदमी की तरफ़ देखकर मैं ज़ोर-ज़ोर से हँसा। लोग यह मान चुके थे कि मैं पागल हो गया हूँ, तभी तो अपनी माशूक़ा के बेजान जिस्म के पास खड़ा होकर भी बेतहाशा हँस रहा हूँ। उन लोगों की घबराहट देखकर मैंने तेज़ आवाज़ में कहा :

—आज मैं बहुत ख़ुश हूँ! बेहद खुश!

और यह एकदम सच था।

## 5

एक बार बचपन में एक चिड़ियाघर में मैंने एक तेंदुआ देखा था। उसने मेरे मन पर ऐसा असर डाला कि मैं अक्सर उसके बारे में सोचा करता हूँ। वह वहाँ के उन दूसरे जानवरों की तरह नहीं था, जो बेमतलब सोते रहते थे या वहाँ आनेवालों को गुस्से से घूरा करते थे। एक कोने से दूसरे कोने तक, रेखागणित के नियमों का पालन करते हुए, एक सीधी रेखा पर चलता था वह। हर बार एक ही जगह पर मुड़ता और हर बार लोहे की जाली की एक ही पट्टी को छूता हुआ गुज़रता था। उस ख़ूँख़ार जानवर का सिर हमेशा नीचे झुका रहता था और उसकी आँखे हमेशा अपने आगे की तरफ़ ही देखा करती थीं। वे कभी दाएँ-बाएँ नहीं घूमती थीं। उसके पिंजरे के सामने हमेशा उसे देखनेवालों की भीड़ लगी रहती थी, वे बातें करते थे, हल्ला-गुल्ला करते थे, लेकिन वह कभी किसी की ओर आँखें उठाकर नहीं देखता था। बस, चलता रहता था।

वहाँ खड़े लोगों में से सिर्फ़ कुछ लोग ही यह नज़ारा देखकर मुस्कराते थे। ज़्यादातर लोग चिंतन-मनन की उसकी इस निराशाजनक ज़िन्दा तस्वीर को बड़ी संजीदगी से या उदासी से देखते थे और आह भरते हुए वहाँ से चले जाते थे। जाते-जाते वे लोग कुछ हैरानी और उत्सुकता से एक बार फिर मुड़कर उसे देखते, मानो पिंजरे में क़ैद उस बदनसीब जानवर की क़िस्मत और इन आज़ाद लोगों में कुछ समानता थी। और अब, इतने साल गुज़र जाने के बाद, जब अन्तहीनता का सवाल उठा, तो मुझे वही तेंदुआ याद आ गया। मुझे लगा कि मैं अन्तहीनता और उसकी यातनाओं को भली-भाँति जानता हूँ।

अपने पत्थर के पिंजरे में मैं भी एक ऐसा ही तेंदुआ बन गया था। मैं चलते-चलते सोचता रहता था। मैं अपने पिंजरे के एक कोने से दूसरे कोने तक, तिरछी रेखा बनाते हुए चलता था। वहीं, एक छोटी रेखा पर मेरे विचार चलते थे। वे इतने भारी थे कि लगता था, मैं अपने कन्धों पर अपना सर नहीं, पूरी दुनिया उठाए हुए हूँ। और यह दुनिया सिर्फ़ एक शब्द से बनी है। सिर्फ़ एक शब्द से। लेकिन यह एक शब्द भी कितना विराट, कितना दर्दनाक और कितना मनहूस है।

झूठ—वह शब्द है—झूठ!

झूठ फुफकारते हुए फिर से मेरे जिस्म के हर कोने से निकला और मेरी रूह के चारों तरफ़ लिपट गया। लेकिन अब वह कोई नन्हा सँपोला नहीं रह गया था, अब वह एक बड़ा, चमकीला और भयंकर नाग बन चुका था। वह मुझे डँस रहा था और मुझे चारों तरफ़ से कसकर मेरा गला घोंट रहा था। जब मैं दर्द से चिल्लाने लगता, तो मेरे मुँह से वही घिनौनी सीटी जैसी फुफकार निकलती, मानो मेरी पूरी छाती इन घिनौने कुलबुलाते जीवों से भरी पड़ी हो :

—झूठ!

अपनी पिंजरेनुमा कालकोठरी में बन्द मैं इधर से उधर चल रहा था और गहरी सोच में डूबा हुआ था। मेरे लिए जैसे कमरे का फ़र्श एक उबलते हुए पानी के कुण्ड में बदल गया था। पैरों के नीचे ज़मीन महसूस नहीं हो रही थी। मुझे लगा मानो मैं असीम ऊँचाइयों पर हवा में तैर रहा हूँ और मेरे चारों तरफ़ कोहरे का परदा है। मेरे सीने से फिर वही फुफकारनुमा कराह निकली। तभी वहाँ नीचे से, कोहरे की परत के नीचे से उसकी भयंकर गूँज सुनाई दी,

लेकिन वह इतनी धीमी और मंद थी कि लगता था, जैसे वह हज़ारों सालों को भेदती हुई मुझ तक पहुँच रही हो और हर पल कोहरे की हर परत से गुज़रते हुए कमज़ोर होती जा रही हो। मुझे लग रहा था कि वहाँ, लोगों की दुनिया में यह आवाज़ उस आँधी की तरह तेज़ होगी, जिससे मज़बूत और क़द्दावर पेड़ तक टूटकर गिर जाते हैं। परन्तु मेरे कानों तक पहुँचते-पहुँचते वह मनहूस फुफकार धीमी फुसफुसाहट में बदल जाती :

—झूठ! वह फुफकार मुझे फिर से सुनाई दी।

इस फुफकार ने तो मेरा दिमाग़ खराब कर दिया है।

—अब तो कोई झूठ-वूठ ज़िंदा ही नहीं है! मैंने उसे मार डाला है।

मैंने ज़ोर से अपनी बात कही। मुझे मालूम था कि इसका जवाब मुझे ज़रूर मिलेगा। और कोहरे की परतों के पार से जवाब आया :

—झूठ! हा हा हा, मैं अभी भी ज़िन्दा हूँ!

असल में, मुझसे एक बहुत बड़ी गलती हो गई। मैंने उस ख़ूबसूरत औरत को तो मार डाला, लेकिन झूठ को हमेशा के लिए ज़िन्दा छोड़ दिया। दरअसल औरतों को तब तक नहीं मारना चाहिए, जब तक कि आप उनसे प्यार से या सख़्ती से, जैसे भी हो, सच न उगलवा लें।

यही सब सोचते-सोचते मैं अपनी कोठरी में एक कोने से दूसरे कोने तक घूमता रहा।

## 6

मुझे लगा कि मेरी वह ख़ूबसूरत जानेमन सच के साथ-साथ झूठ को भी अपने साथ उस दुनिया में ले गई, जहाँ बहुत घना अँधेरा है और डर का राज है। मुझे भी तो एक दिन वहीं जाना होगा। शैतान के सामने मेरी पेशी होगी और मैं उसे पकड़कर उससे कहूँगा :

—सच क्या है? मुझे सच बता!

मुझे लगता है कि जो कुछ भी वह मुझे बताएगा, वह झूठ ही होगा। आख़िर अनन्तकाल से झूठ चला आ रहा है और वह अनन्तकाल तक चलेगा। उसका जीवन अन्तहीन है। वह अमर है। हमारी इस दुनिया के हर पल-क्षण

में, कण-कण में झूठ बसा है। पैदा होने के बाद जब भी बच्चा सांस लेता है, तो सबसे पहले झूठ उसके सीने में घुस जाता है और उसकी सारी ज़िन्दगी पर क़ब्ज़ा कर लेता है।

ओह, कितना मुश्किल है इस दुनिया में सच को ढूँढ़ना और सच को बचाना। मुझे सच की दर्दनाक चीखें सुनाई दे रही हैं :

—बचाओ! मुझे बचाओ! कोई बचाओ!

मूल रूसी भाषा से अनुवाद : अल्पना दाश
मूल रूसी भाषा में इस कहानी का नाम है—**Ложь**

# वाल्या

## 1

वाल्या बच्चों की कहानियों की किताब मेज़ पर रखकर पढ़ रहा था। किताब में तस्वीरें भी बनी हुई थीं। उसमें कहानियाँ बड़े-बड़े और गहरे काले शब्दों में छपी हुई थीं। कहानियों की इस किताब का आकार इतना बड़ा था कि वाल्या को हर नए पन्ने पर पहुँचकर उसकी पहली लाइन पढ़ने के लिए कुर्सी पर घुटनों के बल खड़े होकर, मेज़ पर बहुत आगे की ओर झुकना पड़ता था। वाल्या ने अभी-अभी पढ़ना सीखा था, इसलिए वह हर शब्द पर अपनी उँगली रख-रखकर पढ़ रहा था। किताब थी तो बहुत दिलचस्प पर, उसका साइज़ इतना बड़ा था कि वह वाल्या के लिए मुसीबत बन गई थी और वह उसे बहुत धीरे-धीरे पढ़ पा रहा था। यह कहानी बोवा नाम के एक बेहद ताकतवर राजकुमार के बारे में थी। इसमें बोवा दूसरे लड़कों के हाथ-पाँव कसकर पकड़ लेता है और वे लड़के उससे अपने हाथ-पैर छुड़वाते हैं। वाल्या को यह पढ़ने और जानने में बड़ा मज़ा आ रहा था कि बच्चे बोवा से अपने हाथ-पैर छुड़वाने के लिए क्या-क्या करते हैं। कहानी में डर और रोमांच के साथ-साथ ख़ूब हँसी-मज़ाक भी था, इसलिए वाल्या उसमें पूरी तरह से डूब गया था। उसने पढ़ते-पढ़ते अचानक सर ऊपर उठाकर एक लम्बी साँस ली। इस दिलचस्प कहानी को पढ़कर उसका चेहरा खिला हुआ था। उसके चेहरे पर ये भाव देखकर यह अंदाज़ लगाना मुश्किल नहीं था कि अब तक की कहानी में कशिश के साथ-साथ ख़ौफ़ भी मिला हुआ था। उसे लग रहा था कि आगे यह क़िस्सा और भी बेहद दिलकश होने वाला है। परन्तु वाल्या को पढ़ते-पढ़ते अचानक रुक जाना पड़ा। हुआ यह कि उसकी माँ एक दूसरी महिला के साथ

उस कमरे में आ गई थीं। माँ ने कमरे में घुसते ही कहा—यह रहा मेरा वाल्या!

वाल्या की माँ की आँखें लाल थीं। उन्हें देखकर ऐसा लग रहा था मानो वे रोकर उठी हों। क्योंकि उनका चेहरा भी उदास लग रहा था। उनके हाथ में क्रोशिये की एक शाल थी, जिसे वे बार-बार एक हाथ से दूसरे में ले रही थीं और कभी-कभी अपनी गोरी उँगलियों से उसे धीरे-धीरे सहला रही थीं।

माँ के साथ जो औरत अंदर आयी, वाल्या को देखते ही वह बासों उछल पड़ी और चिल्लाकर बोली—वाल्या, मेरी जान!

उस औरत ने बड़े प्यार से अपने दोनों हाथों से वाल्या का सिर सहलाया। पहले उसने उसके गाल चूमे, फिर कई बार उसकी आँखें चूमी। उसके होंठ पतले और सूखे-से थे। वह बहुत देर तक वाल्या के चुम्बन लेती रही। वाल्या को उसके चुम्बनों में उतना मज़ा नहीं आया, जैसा मज़ा तब आता था जब माँ उसे चूमती थी। वाल्या को माँ के इत्र की खुशबू बहुत पसंद थी। जब माँ उसे दुलारा करती थी, तब वह अपने नरम होंठ हौले से कभी उसके माथे पर तो कभी गाल पर रखती, जबकि इस औरत का चूमना चूसने जैसा था। बच्चे को उस पराई औरत का, जिसकी हड्डीनुमा उँगलियों में एक भी अँगूठी नहीं थी, इस तरह से लाड़-प्यार जताना कतई रास न आया। इसके अलावा उस औरत से ऐसी महक आ रही थी मानो कोई चीज़ सील गई हो या सड़ गई हो। वाल्या को वह औरत ज़रा भी नहीं सुहाई। पढ़ते-पढ़ते उसे कहानी को यूँ ही छोड़ देना पड़ा। सबसे दिलचस्प जगह पर कहानी को बीच में छोड़कर उठना उसे ज़रा नहीं सुहाया। लेकिन वह चुपचाप सब कुछ सहता रहा।

कुछ समय बाद वह औरत वाल्या के पास से उठ गई। वाल्या जब उसके चुम्बनों के बाद अपना मुँह पोंछ रहा था, तब भी उस औरत की निगाहें बच्चे पर गड़ी हुई थी। वह मानो उस एक पल में उसकी पूरी छवि अपने दिल में उतारना चाहती थी। उस औरत को उसका छुटपन याद आने लगा—एकदम छोटा-सा था वो, पिद्दी सा। उसकी नाक भी नन्ही-सी थी। अब तो इस नक्कू की नाक बहुत अच्छी तरह उभर आयी है, गोरे चेहरे पर काली आँखें बहुत दिलकश लग रही हैं। वैसे देखने में काफ़ी गम्भीर लगता है। और कुछ याद करके उसकी आँखों से आँसू टपकने लगे। हालाँकि उसका रोना एकदम दूसरी तरह का था। वह माँ की तरह नहीं रो रही थी। उसके चेहरे पर गंभीरता

छाई हुई थी और आँखों से आँसू जल्दी-जल्दी टपक रहे थे। जैसे यकायक वह रोने लगी थी, वैसे ही चुप भी हो गई। फिर उसने वाल्या से पूछा—रे छुटकू, क्या तू मुझे पहचानता है?

—नहीं, मैं आपको नहीं जानता।

—जब तू नन्हा-सा था, तब मैं तुझे देखने आयी थी। खासतौर पर तुझसे मिलने। दो बार आयी थी। अब तुझे याद नहीं।

वह अजनबी औरत बचपन में वाल्या से मिलने आयी थी या नहीं आयी थी, इससे उसे क्या लेना-देना। असली बात तो यह थी कि उसकी इन बातों की वजह से वाल्या का कहानी पढ़ना छूट गया था और वाल्या आगे कहानी पढ़ने के लिए बेचैन था।

तभी अचानक उस औरत ने कहा—सुन वाल्या, मैं तेरी माँ हूँ।

यह सुनकर बच्चे को बेहद हैरानी हुई। उसने पीछे मुड़कर अपनी माँ की तरफ़ देखा, पर तब तक वह कमरे के बाहर चली गई थी।

वाल्या ने उससे कहा—आप क्या कह रही हैं! क्या किसी के दो माँ हो सकती हैं?

इस बात पर वह औरत धीमे से हँसी। वाल्या को उसका हँसना अजीब-सा लगा। हालाँकि उस औरत ने जानबूझकर, बस, दिखावे के लिए ऐसा किया था। कुछ देर दोनों चुप रहे। फिर उस औरत ने चुप्पी तोड़ते हुए कहा—अरे! तुम्हें तो पढ़ना भी आता है। वाह बेटा, शाबाश!

वाल्या यह सुनकर चुप रहा।

—तुम कौनसी कहानी पढ़ रहे हो?

—राजकुमार बोवा की बहादुरी के कारनामे। बोवा और उस किताब के लिए अपना लगाव दिखाते हुए वाल्या ने बड़े फ़ख़्र से कहा।

—ओह! अच्छा! तो तुम लोक-कथा पढ़ रहे हो! यह तो बेहद दिलचस्प कहानी होगी! मुझे भी सुनाओ न।

उस औरत ने थोड़ी ख़ुशामद के भाव से मुस्कुराते हुए कहा।

उस औरत ने यह बात वाल्या की माँ की तरह प्यार से कहने कोशिश तो की थी, परन्तु उसकी आवाज़ में माँ वाली सहजता बिलकुल नहीं थी। उसकी आवाज़ बहुत तीखी थी और कानों में चुभ रही थी। वाल्या से कहानी सुनने के

लिए उसने अपनी कुर्सी थोड़ी आगे खिसकाकर, सर भी थोड़ा आगे कर लिया ताकि वह ध्यान से उसकी बात सुन सके। पर वाल्या को ऐसा लग रहा था कि वह यों ही झूठमूठ दिखावा कर रही है। जैसे ही वाल्या ने बेमन से क़िस्सा पढ़ना शुरू किया, वह औरत अपने भीतर गुम हो गई। वाल्या ने जल्दी-जल्दी उल्टा-सीधा पढ़कर कहानी आखिर तक सुनाई। और फिर आखिर में बोला—कहानी ख़तम, पैसा हजम।

वह औरत कुछ और देर उसके पास बैठी रही, फिर उसने वाल्या से कहा—ठीक है। बेटू जी! अब मैं चलती हूँ। जल्दी ही फिर आऊँगी। इतना कहकर उसने वाल्या को एक बार फिर चूमा और जाने से पहले उससे पूछा—अगली बार तुम्हारे लिए मैं क्या लेकर आऊँ? मेरे आने से तुम ख़ुश होगे ना?

वाल्या ने सहजता से कहा—हाँ, आप ज़रूर आइएगा। और उसने उससे जल्दी से पीछा छुड़ाने के लिए आख़िर में यह भी जोड़ दिया कि उसके आने से वह बहुत ख़ुश होगा।

उस औरत के जाते ही वाल्या अपनी कहानी में वह जगह ढूँढ़ने लगा, जहाँ पर उसे रुकना पड़ा था। उसे वह जगह मिली ही थी कि उसकी माँ कमरे में आ घुसी और धीमे-धीमे रोने लगी।

माँ को रोता देख वाल्या को अजीब लगा। उसे उस दूसरी औरत के रोने की वजह का थोड़ा-सा तो अंदाज़ था। वह सोच रहा था कि उस औरत को इस बात का एहसास था कि वह कितनी नीरस और उबाऊ है और यही उसके दुखी होने और रोने का कारण था। पर, माँ का इस तरह से आँसू बहाना वाल्या की समझ से परे था।

वाल्या ने कुछ सोच-समझकर माँ से कहा—माँ, ये कौन थी? मैं उससे परेशान हो गया! मुझसे कह रही थी कि वो मेरी माँ है। भला, किसी के दो माँ हो सकती हैं?

—नहीं बेटा, दो माएँ तो नहीं हो सकती, पर वो झूठ नहीं बोल रही थी। वो सच कह रही थी। वो तुम्हारी माँ ही है।

—तो फिर तुम कौन हो?

—मैं तुम्हारी आंटी हूँ।

वाल्या को एकाएक माँ की बात पर विश्वास नहीं हुआ। उसने इस बात

पर ज़्यादा ज़ोर देना ठीक नहीं समझा। उसने सोचा—माँ, भला, कैसे आंटी हो सकती है। लेकिन ठीक है, आंटी बनना चाहती है तो आंटी बन जाए। इससे भला क्या फ़र्क पड़ता है। अब मैं माँ को माँ नहीं आंटी कहूँगा। लेकिन वाल्या की माँ ने उसे यह समझाना शुरू किया कि कैसे वह अब तक उसकी माँ थी और क्यूँ अब आंटी बन जाएगी :

—बहुत पहले जब तुम एकदम छोटे थे...

—तब मैं कितना छोटा था, माँ?—उसने अपने छोटे-से हाथ को मेज़ पर फैलाया और अँगूठे से छोटी उँगली तक बित्ता बनाकर दिखाया और पूछा—इतना?

—नहीं, तब तुम इससे भी छोटे थे।

—तो क्या तब मैं बिल्ली के बच्चे जितना था?

वाल्या का मुँह ख़ुशी से चमक रहा था। वह बहुत उत्सुक था। उसके होंठ खुले हुए थे और आँखें आश्चर्य से फैली हुई थीं। उसने अपने नन्हे-सफ़ेद बिल्ली के बच्चे की तरफ़ इशारा किया, जो उसे कुछ दिन पहले ही किसी ने दिया था। बिल्ली का वह बच्चा इतना छोटा था कि चाय की प्लेट जितनी जगह में आराम से सोता रहता था।

—हाँ, तब तुम इतने नन्हे-से थे।

यह सुन वाल्या पहले तो ज़ोर-ज़ोर से हँसा, मग़र फौरन ही वैसा ही संजीदा हो गया जैसा वह आमतौर पर रहता था। जैसे कोई बड़ा-बूढा आदमी अपनी जवानी के दिनों की कोई ग़लती याद करके कहता है, वैसे ही वह बोला :

—मैं जब छोटा था, कितना मज़ेदार था।

—तब तुम बिल्ली के बच्चे की तरह छोटे थे और वो औरत तुम्हें हमारे पास लेकर आयी। फिर तुम्हें हमेशा के लिए हमें देकर चली गई। और अब, जब तुम बड़े और समझदार हो गए हो, वो तुम्हें हमसे वापस लेकर अपने साथ रखना चाहती है। क्या तुम उसके साथ नहीं रहना चाहोगे?

—नहीं, वो मुझे बिलकुल पसंद नहीं। यह कहकर उसने अपनी किताब फिर से उठा ली और कहानी आगे पढ़ने लगा।

बेटे का ऐसा सख़्त जवाब सुनकर उसकी माँ को बहुत ख़ुशी हुई।

वाल्या को लगा कि उस औरत वाली बात अब आयी-गई हो गई, पर हक़ीक़त में ऐसा नहीं था। वह देवी जी उसका पीछा छोड़ने वाली नहीं थीं। न जाने कब, वे अचानक कहाँ से आ टपकतीं और जैसे आती थीं, वैसे ही ग़ायब भी हो जाती थीं। उनका चेहरा ऐसा बेजान और सफ़ेद दीखता था मानो किसी ने उनका सारा ख़ून चूस लिया हो। उनके आने से पूरा घर तितर-बितर हो जाता था और घर की शान्ति भंग हो जाती थी। वाल्या की माँ बात-बेबात अक्सर रोने लगती और रोते हुए वह वाल्या से एक बात कहती—क्या वह वास्तव में उसे छोड़कर चला जाएगा! उसके बापू भी कुछ बड़बड़ाते रहते और अपने गंजे सिर पर हाथ फेरते रहते। सिर पर बार-बार हाथ फेरने से उनके सफ़ेद बाल एंटीना की तरह खड़े हो गए थे। बापू जब वाल्या के साथ कमरे में अकेले होते, तो वे भी उससे वही बात कहते कि अब वाल्या उनके साथ नहीं रहेगा। एक रात जब वाल्या सोने के लिए बिस्तर में लेट गया था, पर उसे नींद नहीं आयी थी, तो उसने सुना कि रसोई में बैठकर उसकी माँ और बापू उस औरत के बारे में ही बातें कर रहे हैं। बापू बहुत ग़ुस्से में थे। वे इतनी ज़ोर-ज़ोर से बोल रहे थे कि कमरे में लगे फानूस की लड़ियाँ ऐसे हिल रही थीं मानो वे उनके ग़ुस्से की वजह से थरथरा रही हैं। उन पर पड़ रही रौशनी की झलक कभी नीली तो कभी लाल हो रही थी। बापू माँ पर चीख़ रहे थे :

—नास्च्या! तुम बेवकूफ़ों वाली बात क्यों कर रही हो। वाल्या हमारा बेटा है। हमने उसे पाल-पोसकर बड़ा किया है। अब हम उसे कैसे किसी को दे देंगे! हम तो यह भी नहीं जानते कि वो कुछ कमाती-धमाती भी है या, बस, यों ही...? जब से उसके खसम ने उसे छोड़ा है, न जाने वो कैसे रहती है? किसके भरोसे? मेरी बात मानो अगर वाल्या उसके साथ गया तो वहाँ जाकर बरबाद हो जाएगा।

## 2

—वाल्या के बापू! मेरी बात सुनो! वो वाल्या को बेहद चाहती है।

—अच्छा! तो तुम कहना क्या चाहती हो कि हम उसे नहीं चाहते या वो हमारा बच्चा नहीं है! तुम्हारा सोचने का ढंग भी अजीब है। ऐसा लगता है जैसे वाल्या को तुम उसे सौंपकर उससे छुटकारा पाना चाहती हो...।

—अरे वाल्या के बापू, कितने बेहया हो तुम। तुम्हें ज़रा भी शर्म नहीं आ रही ऐसी बात कहते हुए!

—ठीक है! ठीक है! नाराज़ मत हो। तुम, ज़रा, ख़ुद ठण्डे दिमाग़ से सोचकर देखो। छोटी उम्र में लड़कियाँ बेहद लापरवाह और चोंचलेबाज होती हैं। हर लड़की तो घरेलू नहीं होती। कुछ लड़कियाँ आवारागर्दी भी करती हैं। उसके साथ मौज-मस्ती करने के बाद जब उसके पैर भारी हो गए और जब उसका यार उसे छोड़कर चला गया है तो उसने बच्चा पैदा करके हमारे सिर डाल दिया और दस साल के लिए अपने बच्चे को भूल गई। अब जब उसका ख़सम भी उसे छोड़ गया है तब उसे बच्चा वापस चाहिए। क्यों चाहिए, भई, जिसे तुम छोड़ चुकी थी, भूल चुकी थी, अब वही बच्चा तुम्हें वापस क्यों चाहिए? उसकी शक़्ल देखकर ही लगता है, उसके पास आवारागर्दी करने के लिए भी पैसे नहीं है। अब ये बच्चा उसका मन बहलाएगा। मन बहलाव के लिए उसे एक खिलौना चाहिए, बच्चा नहीं। मैडम, ऐसे काम नहीं चलेगा।

—वाल्या के बापू, तुम ठीक नहीं कर रहे हो। वो आवारागर्द नहीं है। तुम्हें क्या मालूम कि वो इस दुनिया में कितनी तनहा है और कितनी बीमार रहती है...।

—हे भगवान, तुम क्या कह रही हो, तुम्हारी बातें सुनकर तो किसी फ़कीर का भी सब्र का बाँध टूट जाएगा। तुम ऐसी कैसे हो गई? वाल्या हमें कोई भीख में नहीं मिला है। दस साल तक उसका गू-मूत किया है, तब वो इतना बड़ा हुआ है। अब वाल्या को उसे दे दें? बड़ी दातार हो तुम। वाल्या कोई खिलौना है कि अब हमारा मन भर गया, लो तुम इससे खेलो। तुम बच्चे के बारे में एकदम भूल जाती हो कि वो भी हाड़-मांस का है, वो भी सोचता-समझता है। ऐसे कैसे चला जाएगा वो किसी दूसरे के साथ, जिसे वो जानता नहीं, पहचानता नहीं? तुम्हें इससे कोई फ़र्क़ नहीं पड़ता कि वाल्या बड़ा होकर क्या बनेगा... वो एक नेक इनसान बनेगा या बदमाश और लुच्चा-लफँगा? मैं तुम्हें लिखकर दे सकता हूँ कि उसके साथ रहकर लड़का बिगड़ जाएगा और गुंडागर्दी ही सीखेगा।

—उफ़... तुम यह सब क्या बक रहे हो!

—हे भागवान, मैं तुम्हारे आगे हाथ जोड़ता हूँ! मैं पहले ही बहुत परेशान हूँ, अब तुम तो मुझे तंग मत करो! अपना बच्चा किसी दूसरे को सौंप दो, यह अक़्ल तुम्हें कहाँ से मिली? "वह बेचारी एकदम अकेली है" और हम... हम क्या अकेले नहीं हो जाएँगे? नास्च्या, कितनी जालिम हो तुम। न जाने मैंने तुमसे कैसे शादी कर ली! अगर मुझे पता होता कि तुम ऐसी कसाई हो तो मैं तुम्हारे हाथ में अँगूठी नहीं पहनाता।

नास्च्या कुछ और कहने की हालत में नहीं थी। उसकी आँखों से झर-झर आँसू बहने लगे। उसके पति ग्रीशा ने ग़ुस्से में आकर अब तक उसे जो कुछ भी भला-बुरा कहा था उसके लिए उसने नास्च्या से माफ़ी माँग ली और कहा—नास्च्या, मैंने अब तक जो कुछ भी तुमसे कहा है, वो ग़ुस्से में कहा है, इसलिए मेरी बातों पर विश्वास मत करना। मैं तो बेवकूफ़ हूँ। तुम्हारी जैसी अक़्लमंद बीवी को पाठ पढ़ाने लगा। बस, मैं वाल्या को बेहद प्यार करता हूँ। उतना ही, जितना तुम्हें। मैं तुम दोनों से ही अलग नहीं रह सकता। मेरी जान, मुझे माफ़ कर दो। धीरे-धीरे नास्च्या शांत हो गई उसने पूछा :

—हमारे वकील तलोंस्कि का इस बारे में क्या कहना है?

ग्रीशा फिर से भड़क उठा।—तुम्हारे दिमाग़ में यह बात आयी कहाँ से कि वो अक़्ल का दुश्मन नहीं है। उसने तो यही कहा कि अदालत सब कुछ तय करेगी ...। भला, यह भी कोई कहने वाली बात है! यह तो हमें उसके बिना ही मालूम है कि अदालत जो तय करेगी वही होगा। सबसे बड़ी बात यह कि अदालत इस मामले को किस निग़ाह से देखती है। तलोंस्कि का क्या जाता है! वह तो वहाँ बक-बक करेगा और भूल जाएगा। अगर मेरा बस चले न तो मैं तो इन फालतू की बकवास करने वालों को...

इतने में नास्च्या ने रसोई का दरवाज़ा बन्द कर दिया, इसलिए वाल्या उनकी बातचीत का आख़िरी हिस्सा नहीं सुन पाया। इसके बाद उसे बहुत देर तक नींद नहीं आयी। आँखें मूँदकर वह ऐसे ही बिस्तर में पड़ा रहा और यह समझने की कोशिश करता रहा कि वह कैसी औरत है, जो उसे अपने साथ रखकर बरबाद करना चाहती है।

अगले दिन वाल्या सुबह से ही यह इंतज़ार कर रहा था कि माँ उससे कब यह पूछेगी कि क्या वह 'नई माँ' के पास जाएगा और वहाँ रहेगा? पर न

तो माँ ने और न ही बापू ने उससे कोई सवाल किया। वे दोनों तो वाल्या को इतने लाड़ से देख रहे थे कि जैसे उसकी तबियत ख़राब हो गई। वे उसे दुलार रहे थे और उसे बहलाने के लिए उन्होंने उसके सामने उसकी सब किताबों का ढेर लगा दिया। वह औरत फिर दुबारा नहीं आयी, लेकिन वाल्या के मन में एक डर-सा रह गया था और उसे ऐसा लग रहा था-जैसे वह घर के दरवाज़े के पास खड़ी उसकी निगरानी कर रही है। वाल्या जैसे ही अपने घर की देहलीज़ पार करेगा, वह उसे पकड़ लेगी और कहीं दूर अँधेरी-डरावनी जगह पर ले जाएगी।

शाम के समय ग्रीशा अपने कमरे में काम किया करते थे। नास्च्या या तो बुनाई का कोई काम करती थी या फिर अकेले ही ताश खेला करती थी और पढ़ाकू वाल्या अपनी किताबें पढ़ा करता था। अब वह ज़्यादा बेहतर ढंग से पढ़ने लगा था। मौसम बदल गया था। पतझड़ आ गया था। बाहर तेज़ हवाएँ चला करती थीं, लेकिन घर में एकदम शांति थी। कभी-कभी ग्रीशा के कमरे से पन्ने पलटने और गिनतारा पर लकड़ी के छल्ले सरकाने की आवाज़ आती थी। मेज़ पर एक लालटेन रखी हुई थी। ख़ूबसूरत नीले रंग की इस लालटेन की रौशनी मेज़ पर बिछे रंगीन-मखमली मेज़पोश पर पड़ रही थी। वाल्या अपने कमरे में बैठा कहानियों की नई किताब पढ़ रहा था। जो कहानी वह पढ़ रहा था, कुछ ऐसी थी कि उसके मन में कभी दुख, कभी सुन्दरता तो कभी डरावने भाव आ रहे थे। वाल्या को कहानी की मुख्य पात्र बेचारी जलपरी पर बेहद दया आ रही थी। वह धरती पर रहने वाले राजकुमार से इतनी मोहब्बत करने लगी थी कि उसकी ख़ातिर वह अपनी माँ-बहनों और गहरे-शान्त महासागर के अपने विशाल जल-परिवार को छोड़ने के लिए तैयार थी। लेकिन राजकुमार जलपरी की भाषा नहीं समझता था और उसे इस बात का ज़रा भी अंदाज़ न था कि जलपरी उससे बेइन्ताह मोहब्बत करती है। अपने माँ-बाप की पसंद पर उसे एक राजकुमारी से ब्याह करना पड़ता है। एक बार एक समारोह के दौरान जब राजकुमार के जहाज़ में गीत-संगीत चल रहा था और जहाज़ की सब खिड़कियाँ रौशन थीं, वह जलपरी राजकुमार से मिलने आयी। उसने देखा कि राजकुमार अपनी बीवी के साथ बैठा है और मौज़-मस्ती कर रहा है। उस पर जैसे बिजली-सी गिरी और वह वापस महासागर की काली-

अँधेरी लहरों में कूद पड़ी। वह छोटी और प्यारी-सी जलपरी बेहद उदास और ख़ामोश थी! वाल्या को उस पर तरस आ रहा था।

वाल्या को परियों की कहानियों से ज़्यादा भूत-प्रेतों और चुड़ैलों की रहस्यमयी और डरावनी कहानियाँ पसंद थीं। उनकी हँसी पैनी छुरी की तरह चुभती है। लोग उनसे डरते हैं और लम्बी-लम्बी दयनीय चीखें निकालते हैं। चुड़ैलें चमगादड़ की तरह टेढ़ी-मेढ़ी उड़ानें भरतीं हैं और धुएँ के लाल-लाल बादलों में अपनी लम्बी-लम्बी जीभ निकालती हैं। मशालों की तेज़ चमकती हुई रौशनी में भूतप्रेत अजीब जंगली तरीकों से नाचते हैं। इन काल्पनिक बाल-कहानियों में खौफ़नाक, रहस्मयी भूत और चुड़ैल इतने ताक़तवर थे कि वे मनुष्य को नष्ट कर सकते थे। ऐसी कहानियाँ पढ़ने के बाद वाल्या ऐसे ही सपने भी देखता था, जिनमें चुड़ैलें हवा में तैरती-मँडराती वाल्या के कमरे में चली आतीं और ज़ोर-ज़ोर से ही-ही करती हुई अपनी हड्डी-उँगलियों से वाल्या की ओर इशारा करतीं मानो उसे मारना चाहती हों।

इस तरह के सपने देखने के बाद वाल्या डर से अधमरा हो जाता था, लेकिन वह उन ख़ौफ़नाक किताबों को पढ़ना नहीं छोड़ता था। उन चुड़ैलों के कंकालों और भूतप्रेतों से ही उसे रोमांच होता था और मज़ा आता था। ये चुड़ैलें उसे उस 'नई माँ' की तरह लगती थीं, जिसे वह अपने मन में 'हड्डी-औरत' कहा करता था।

उसका चेहरा वाल्या को किसी मरगिल्ली औरत की तरह लगता था, जो अपने चेहरे पर नक़ली और चालाकी से भरी मुस्कान चिपका लेती है। जब वह हँसती है तो उसके होठों के दोनों तरफ़ दो गहरी-गहरी लकीरें-सी बन जाती हैं। वाल्या यह सोचने लगा था कि यदि वह भयंकर औरत उसे अपने साथ ले जाएगी तो वह मर जाएगा।

एक बार वाल्या ने कहानी पढ़ते-पढ़ते रुककर, माँ की आँखों में आँखें डालकर, सहज आवाज़ में कहा :

—सुनो अम्मा! तुम मेरी माँ हो ना! तो तुम्ही मेरी माँ हो। यह 'नई माँ' कहाँ से आ गई! मैं उसे 'नई माँ' नहीं कहूँगा। अम्मा, मैं तो तुम्हे ही माँ कहूँगा। तुम जो कहती हो न कि वह औरत मेरी 'नई माँ' है, यह सब बकवास है। तुम ही मेरी माँ हो, अम्मा।

उसकी बात सुनकर नास्च्या बेहद ख़ुश हो गई। उसे लगा कि बच्चे भी इस बात को समझते हैं कि 'नई माँ' जैसी कोई चीज़ नहीं होती। माँ तो माँ होती है। लेकिन अगले ही पल वह बेहद संजीदा हो गई। वह वाल्या को लेकर चिंतित थी। पिछले कुछ समय से वह अजीब-अजीब हरकतें करने लगा और डरपोक भी हो गया है। रात में वह माँ के साथ ही सोने की जिद करने लगा है, अकेला सोने से डरता है। कभी-कभी नींद में बड़बड़ाने और रोने लगा है।

नास्च्या ने पलटकर वाल्या से पूछा :

—क्यों? तुम्हें ऐसा क्यों लगता है कि वो तुम्हारी माँ नहीं है।

—ये मैं नहीं बता सकता नहीं है... शायद बापू जानते हों, उनसे पूछ लो। लेकिन सब बच्चों की एक ही माँ होती है। क्या तुमने कभी देखा कि किसी बच्चे की दो-दो माँ हों। माँ और बापू तो सबके एक ही होते हैं।

—सुनो वाल्या, सच यही है कि वो तुम्हारी माँ है।

वाल्या ने कुछ सोचकर बापू की तरह माँ पर नाराज़ होते हुए कहा :

—माँ, मैं तुम्हरो बातें सुनकर हैरान हो जाता हूँ! कहाँ से आयी तुममें ये अक़्ल!

नास्च्या मुस्कुराई और उसके सिर पर हाथ फेरने लगी। वह बड़ी देर तक उसे दुलराती रही और मन ही मन कुछ सोचती रही। रात को जब वह सोने के लिए लेटी तो उसे देर तक नींद नहीं आयी। मियाँ-बीवी दोनों देर तक बात करते रहे। ग्रीशा पहले की तरह उस पर नाराज़ होता रहा। उसने वकीलों को ढपोरशंख, सिर फिरे और न जाने क्या-क्या बताया। उसके बाद उन्होंने मोमबत्ती जलाई और वे दोनों सोते हुए वाल्या को देखने गए। मोमबत्ती की रौशनी में वे लोग देर तक वाल्या को निहारते रहे। मोमबत्ती की लौ काँप रही थी। उसकी रौशनी वाल्या के चेहरे पर धूप-छाँव की तरह पड़ रही थी। वाल्या के चेहरे पर एक दर्द का भाव था। अचानक उसके चेहरे पर हँसी खेलने लगी और फिर उसका चेहरा इतना भयानक हो उठा मानो वो किसी को डरा रहा हो।

सोते हुए बेटे के चेहरे पर लगातार बदलते भावों को देखकर नास्च्या बुरी तरह से डर गई। उसने उसे कई आवाजें दीं, लेकिन वाल्या गहरी नींद में था।

माँ की आवाज़ सुनकर उसने ज़ोर से साँस ली, पर वह ज़रा भी नहीं हिला। शायद वह कोई सपना देख रहा था और सपने में किसी राक्षस से लड़ रहा था।

वाल्या की यह हालत देखकर उसके माँ-बाप घबरा गए थे। ग्रीशा को समझ नहीं आ रहा या कि इस हालत में वह क्या करे। इसलिए उसने उसे जगाने का फ़ैसला किया। और दोनों मियाँ-बीवी मिलकर 'वाल्या! वाल्या' पुकारने लगा। इस पर जब वह नहीं उठा तो नास्च्या ने उसके दोनों हाथ पकड़कर उसे झंझोड़ दिया।

वाल्या ने आँखें खोल दी। डर से उसका चेहरा सफ़ेद हो गया था। वह एक झटके से अपने घुटनों पर खड़ा हुआ और उसने नास्च्या को अपनी बाँहों में भर लिया। वह अपनी माँ से पूरी तरह चिपट गया और उसके सीने में अपना मुँह छिपाने लगा। उसने आँखें फैलाकर अपनी माँ को देखा और धीमे से कहा :

—माँ, मुझे डर लग रहा है! मैं तुम्हें छोड़कर कहीं नहीं जाऊँगा!

वह रात उस परिवार के लिए कहर की रात थी। थोड़ी देर बाद जब वाल्या फिर से सो गया तो ग्रीशा को साँस लेने में दिक़्क़त होने लगी। उसे साँस की बीमारी थी, उसकी छाती धौंकनी की तरह ऊपर-नीचे हो रही थी। पूरी रात वह बहुत परेशान रहा। सुबह जाकर उसे थोड़ा आराम मिला। तब तक नास्च्या बेहद थक गई थी। जब नींद से उसकी आँखें बंद होने लगी तब उसे लगने लगा कि ग्रीशा वाल्या से जुदा होने का ग़म नहीं सह पाएगा।

ग्रीशा और नास्च्या ने यह फ़ैसला किया कि अब वे वाल्या के साथ ज़्यादा समय बिताएँगे और यह कोशिश करेंगे कि वाल्या दूसरे बच्चों के साथ हिले-मिले और खेले। इसलिए वाल्या को उसके हमउम्र बच्चों के साथ मिलवाया जाने लगा। वे लोग ऐसी जगहों पर घूमने के लिए जाने लगे, जहाँ ढेर सारे बच्चे होते थे। लेकिन वाल्या तो किताबें पढ़नेवाला संजीदा बच्चा था, इसलिए उसे दूसरे बच्चों का साथ बिलकुल नहीं भाया। वे बच्चे उसे बहुत शरारती लगे। वे बच्चे पिंजरे से निकले बंदरों की भाँति कूदते-फाँदते और आपस में झगड़ते। लापरवाह इतने थे कि गमलों के ऊपर चढ़ जाते, किताबें फाड़ देते तो कभी कुर्सियों पर चढ़ते-उतरते। उनकी उछल-कूद देखकर वाल्या दुखी हो जाता और अपनी माँ के पास जाकर कहता :

—माँ, मैं इनसे बहुत तंग आ गया हूँ। इनके साथ खेलने से तो बेहतर है कि मैं तुम्हारे पास बैठा रहूँ और कहानियाँ पढ़ता रहूँ।

अब वह कहीं भी जाने से कतराता।

कुछ दिन ऐसे ही गुज़र गए। इसके बाद वाल्या फिर से कहानियों की किताबें पढ़ने लगा। लेकिन ग्रीशा को यह पसंद नहीं था कि वो एक ही जगह पर बैठा रहता है और दिन-रात उसकी आँखें किताबों में गड़ी रहती हैं। वह उसे प्यार से समझाने की कोशिश करता—तुम तो हिलते-डुलते ही नहीं हो। अब तुम बड़े हो गए हो, तुम्हें कुछ कसरत-वसरत करनी चाहिए। ये क्या, एक ही जगह पर पड़े रहते हो। अब किताबों का पीछा छोड़ो, कुछ काम-धाम किया करो, थोड़ा घूमा-फिरा करो। जाओ, ज़रा बाहर घूम-फिर आओ।—यह कहकर ग्रीशा उससे किताब वापस लेने की कोशिश करता तो वाल्या चुपचाप किताब को अपने सीने से चिपकाने लगता। ग्रीशा को उससे किताब न ले पाने की वजह से शर्मिंदगी महसूस होती। तब वह अपना ग़ुस्सा नास्च्या पर निकालता हुआ उसे उलाहने देता और ताने कसता :

—अच्छा! तो तुम बच्चे की ऐसे परवरिश कर रही हो! ऐसे सिखाती हो तमीज़! मैं देख चुका हूँ तुम वाल्या का पालन-पोषण करने की जगह बिल्ली के बच्चों के साथ ज़्यादा मसरूफ़ रहती हो। तुमने वाल्या की लगाम इतनी ढीली छोड़ रखी है कि उससे हम किताब तक नहीं ले सकते! और अब मैं तुम्हें क्या कहूँ! तुम तो...।

एक दिन सुबह, जब वाल्या नास्च्या के साथ बैठा नाश्ता खा रहा था, ग्रीशा दौड़ता हुआ आया। उसका चेहरा पसीने से तर था और टोपी सिर के पीछे सरकी हुई थी। वह दरवाज़े पर से ही ख़ुशी से चिल्लाया :

—मना कर दिया! अदालत ने मना कर दिया!

यह सुनकर नास्च्या के कानों में लटकी झुमकियों के नग चमक उठे और हाथ में पकड़ा चम्मच टन से प्लेट पर जा टकराया। उसे इतनी अच्छी ख़बर पर विश्वास नहीं हुआ इसलिए उसने पूछा :

—तुम सच बोल रहे हो न?

ग्रीशा ने यह भरोसा दिलाने के लिए कि वह सच बोल रहा है, पहले तो अपने चेहरे पर गंभीरता ओढ़ ली, मग़र अगले ही पल वह अपनी गंभीरता के

इरादे के बारे में भूल गया और उसका चेहरा खिल उठा। वह हँस रहा था और उसके चेहरे पर झुर्रियाँ गहरा गई थीं। फिर अचानक उसे यह एहसास हुआ कि इतनी बड़ी ख़बर सुनाने के लिए जो गंभीरता होनी चाहिए, वह नहीं है। तब ग्रीशा ने भौहें चढ़ा लीं और एक कुर्सी मेज़ के पास खींचकर, उस पर अपना हैट रखा। फिर उसने उन दोनों की तरफ़ आँख मारी और बोला :

— मैं हमेशा कहता था न कि तलोंस्कि बहुत समझदार और चतुर आदमी है। जो होना होता है वह होकर रहता है। नास्च्या, तुम अब कोई दूसरी कोशिश मत करो।

## 3

—इसलिए कि यह सच है?

—तुम हमेशा ख़ामाख़ाह ही शक करती रहती हो। निचली अदालत में तो हम जीत गए हैं। अदालत ने उस औरत के दावे को रद्द कर दिया है।

"तलोंस्कि बहुत तेज़-तर्रार है"। ग्रीशा ने वाल्या की ओर मुड़कर तेज़-तर्रार शब्दों पर ज़ोर देते हुए कहा। तलोंस्कि ने तो अदालत में यह माँग भी की है कि इस मुकदमे का पूरा ख़र्च उसी औरत से लिया जाए।

—वह 'नई माँ' अब मुझे नहीं ले जाएगी?

—नहीं ले जाएगी। नहीं ले जाएगी, मेरे बच्चे! मैं तो भूल ही गया! मैं तुम्हारे लिए कुछ नई किताबें लाया हूँ!

ग्रीशा वाल्या की किताबें लाने के लिए अहाते की ओर बढ़ा ही था कि वह नास्च्या की चीख़ सुनकर रुक गया। हुआ यह था कि कुर्सी पर बैठा वाल्या अचानक बेहोश हो गया और उसका सिर कुर्सी के हत्थे पर टिक गया।

जैसे घर के किसी आदमी की बीमारी ठीक हो जाती है और वह फिर से तन्दुरुस्त हो जाता है और पूरा घर चैन की साँस लेने लगता है, ठीक वैसा ही इस घर में भी हुआ। वहाँ खुशियाँ फिर से लौट आयीं। सर पर मँडराने वाली डायन से अब वाल्या का पीछा छूट गया था। जो बच्चे पहले उसे बंदरों की तरह कूदते-फाँदते से दिखते थे, अब उसे उनके साथ खेलने में मज़ा आने लगा। इतना ही नहीं हर छोटे-से-छोटे खेल में वह कुछ नया और अलग कर दिखाता। वाल्या की एक सबसे बड़ी विशेषता यह थी कि हर खेल वह

गंभीरता से खेलता था और हर खेल में उसकी मौलिकता दिखाई देती थी। सारे बच्चे मिलकर जब 'रेड-इंडियन' खेल खेलते, जिसमें उन्हें अपने बदन को रंगना होता था, तब वाल्या को लगता कि उन्हें पूरे कपड़े उतारकर ही बदन पर रंग लगाना चाहिए। ग्रीशा भी बच्चों के खेलों में ख़ुशी-ख़ुशी शामिल होता था। भालू की भूमिका में वह अपना पूरा कौशल न दिखा सका, परन्तु जब उसकी भारत का हाथी बनने की बारी आयी तो उसमें उसे बड़ी सफलता हासिल हुई। जब शांत और सख़्त वाल्या काली देवी के सच्चे पुत्र की भाँति अपने पिता के कन्धों पर बैठा उनकी खोपड़ी पर धीरे-धीरे हथौड़ी मार रहा था तो वह एशिया के किसी देश का तानाशाह शासक लगता, जिसके लिए उस मुल्क की जनता भी जानवरों की तरह थी।

तलोंस्कि ने कई दफ़ा ग्रीशा का ध्यान इस बात की ओर दिलाने की कोशिश की कि ऐसा भी मुमकिन है कि निचली अदालत के फ़ैसले को ऊपर वाली अदालत पलट दे। पर ग्रीशा ने उसकी बात सुनकर भी अनसुनी कर दी थी। उसका मानना था कि जब सबके लिए कानून एक ही है तो निचली अदालत के तीन जजों के फ़ैसले को ऊपरी अदालत के तीन जज कैसे नकार सकते हैं! जब वकील उससे बार-बार यही बात कहता तो ग्रीशा नाराज़ हो जाता और अपनी दलील पेश करता :

—ऊपरी अदालत में जब इस सवाल पर अगली बहस होगी, तब वकील साहब, आप भी तो वहाँ मौज़ूद रहोगे। मुझे तो मालूम नहीं है कि इस मामले में और क्या करना चाहिए! लेकिन आप तो इस बात को समझते ही होंगे।

तलोंस्कि ग्रीशा की यह बात सुनकर मुस्कुराकर रह जाता। नास्च्या ने अदालती मामले को लेकर ख़ामाख़ाह शक करने की बात को लेकर उसे हलका-सा झिड़का। इसके बाद वे दोनों जब कभी उस औरत के बारे में बात करते तो हर बार उस पर तरस खाते और पुचकारकर उसे 'बेचारी' या 'दुखिया' कहकर बुलाते।

जब से निचली अदालत ने उस औरत से यह हक़ छीना था कि वह वाल्या को अपने साथ ले जा सकती है, वाल्या के मन में उसको लेकर जो डर बैठा हुआ था, वह छू-मंतर हो गया था। पहले वाल्या को 'नई माँ' के सर के चारों तरफ़ एक धुंध-सी दिखाई देती थी और उसका दुबला-पतला चेहरा पीला और

बिगड़ा हुआ-सा लगता था, परन्तु अब वह उसे दूसरे लोगों की तरह सहज और सामान्य लगने लगी। उसने अपने आसपास के लोगों को कई बार यह कहते हुए सुना कि वह बेचारी बड़ी दुखिया है, परन्तु उसकी समझ में यह नहीं आता था कि वह ऐसी क्यों है। वह उसे दिलचस्प लगने लगी। कहानियों में उसने दुखिया औरतों के बारे में कई बार पढ़ा था। उन सबको याद करते हुए उसके मन में इस औरत के लिए भी कोमल भावनाएँ और दया पैदा हो गई। उसे लगा कि वह बेचारी डरकर, किसी अँधेरे कमरे में, अकेली बैठी, वैसे ही रोती रहती होगी, जैसे वह तब रो रही थी जब उसके पास आयी थी। वाल्या को यह याद करके अफ़सोस हो रहा था कि जब वह उसके पास आयी थी तब उसने उसे बोवा राजकुमार वाली कहानी क्यों ठीक से नहीं सुनाई!

....मालूम हुआ कि ऊपरी अदालत ने निचली अदालत के फ़ैसले को रद्द कर दिया है। और पुराने फ़ैसले को पलटते हुए यह नया फ़ैसला सुनाया है कि बच्चे पर उसी माँ का हक़ ज़्यादा है, जिसने उसे पैदा किया है। इसलिए बच्चा 'नई माँ' को दे दिया जाए। इस फ़ैसले के अनुसार वाल्या को अब 'नई माँ' के साथ रहना है। इस नए फ़ैसले पर ग्रीशा और नास्च्या की अपील को अदालत ने रद्द कर दिया।

जब 'नई माँ' वाल्या को अपने साथ ले जाने के लिए आयी, तब ग्रीशा अपने वकील तलोंस्कि के घर में औंधे मुँह पड़ा हुआ था। बस, सफ़ेद तकियों के बीच उसकी गंजी खोपड़ी झलक रही थी। उधर नास्च्या अपने घर में अपने कमरे में थी। वाल्या की आया ने वाल्या को कपड़े पहनाकर तैयार कर दिया था। उसने फ़रकोट और ऊँचे तल्ले के गरम जूते पहन रखे थे। भेड़ की खाल से बनी गरम टोपी के नीचे से उसका पीला चेहरा झाँक रहा था। वह संजीदा निगाहों से एक ही दिशा में ताक रहा था। वाल्या ने अपनी बग़ल में कहानियों की एक किताब दबा रखी थी, जिसमें जलपरी वाली वह दुखद कहानी भी थी, जो उसे बहुत पसंद थी। 'नई माँ' उसे लेने के लिए आयीं। उन्होंने पुराना मोटा ऊनी ओवरकोट पहन रखा था। जैसे ही वाल्या की आया वाल्या को उनके पास लेकर आयी, 'नई माँ' ने दोनों बाहों से वाल्या को अपनी छाती से चिपका लिया और उनकी आँखों से ज़ार-ज़ार आँसू बहने लगे। फिर वाल्या को सहज करने के लिए उन्होंने प्यार-दुलार के लहजे में उससे कहा :

—मेरा बेटू, मेरा मुन्ना! कितना बड़ा हो गया है! इसे तो पहचानना भी मुश्किल है।

वाल्या चुपचाप खड़ा रहा। उसने अपनी टोपी सीधी की। आमतौर पर वह सामने वाले की आँखों में आँखें डालकर बात किया करता था, पर इस समय वह अपनी आदत के विपरीत 'नई माँ' के होठों की तरफ़ देख रहा था। उनका चेहरा काफ़ी बड़ा था और उनके दाँत छोटे-छोटे मोतियों की तरह एक माला में पिरोये से लग रहे थे। होठों के दोनों ओर झलकने वाली झुर्रियाँ, जिन्हें वाल्या ने पहले भी देखा था, अब और साफ, और गहरी हो गई थीं।

'नई माँ' ने पूछा :

बेटा, तुम मुझसे नाराज़ तो नहीं हो?

वाल्या ने इस सवाल का जवाब दिए बग़ैर कहा :

—चलिए, अब हम चलते हैं।

इतने में अंदर वाले कमरे से नास्च्या ने करुण आवाज़ में वाल्या को पुकारा और अगले ही पल वह ख़ुद दौड़कर बाहर वाल्या के पास आ गई। रो-रोकर उसकी आँखें लाल हो गई थीं। नास्च्या वाल्या के सामने घुटनों पर खड़ी हो गई, उसने वाल्या को अपने आलिंगन में भर लिया और उसके कंधे पर अपना सर टिका दिया। वह स्थिर खड़ी थी, पर उसकी तेज़-तेज़ साँसों से उसकी झुमकियाँ हिल रही थीं और उनमें जड़े नग जगमगा रहे थे। उसके बाद नास्च्या फफक-फफककर रो पड़ी और उसने वाल्या को छोड़ दिया।

'नई माँ' ने वाल्या का हाथ अपने हाथ में लेते हुए ज़रा नरमाई से कहा :

—चलो बेटा! हम यहाँ से चलते हैं।

अचानक नास्च्या रोते-रोते बोली :

—आप इसका ध्यान रखिएगा।

वाल्या 'नई माँ' के साथ अपने अपने नए घर के लिए चला। उस दिन ख़ूब सर्दी थी। रास्तों पर बर्फ़ जमी हुई थी। ( रूस में आमतौर पर भारी हिमपात होता है और सड़कें, मैदान, घर सब कुछ बर्फ़ से लदा होता है। ऐसे मौसम में पहले आने-जाने के लिए घोड़ों वाली स्लेज़गाड़ी का इस्तेमाल होता था।—अनु०) दोनों को ले जाने के लिए एक स्लेजगाड़ी बाहर खड़ी थी। दोनों आकर उसमें बैठ गए। कहीं-कहीं गड्ढों पर दचके खाती स्लेजगाड़ी बर्फ़ पर फिसलने लगी।

जिस घर में वह अब तक रहा था, वह घर उसे याद आने लगा। सर्दियों में खिड़कियों पर लगे शीशों पर तेज़ ठण्ड और बर्फ़ की वजह से बन जाने वाले चित्र और बेल-बूटियाँ ऐसी लगती हैं जैसे क्रोशिये से कोई लेस बुन दी गई हो। स्लेजगाड़ी के हुड में लगे काँच पर ऐसी ही बेल-बूटियाँ और चित्र बन गये थे। वाल्या उनमें परियों की कहानियों की विस्तृत और रहस्यमयी दुनिया ढूँढ़ रहा था। स्लेजगाड़ी धीमी गति से आगे बढ़ रही थी। वाल्या को ऐसा लग रहा था जैसे वह नदी में तैर रही हो। नदी के दोनों किनारों पर बनी दुकानों में जल रही बत्तियाँ उसे मोतियों और सितारों की लड़ियाँ लग रही थीं। पर जब बस्ती पीछे छूट गई तो वे लड़ियाँ भी बिखर गईं। अब चारों तरफ़ अँधेरा ही अँधेरा था। बस, स्लेजगाड़ी पर जल रहे ढिबरीनुमा लैम्प का ही सहारा था। वाल्या की कल्पना अपने पैर पसार रही थी। जो कुछ उसने अब तक किताबों में पढ़ा था वो परीकथाएँ उसे जीवंत-सी लग रही थीं। 'नई माँ' ने हाथ बढ़ाकर अचानक उसे अपने से चिपका लिया। उसे लगा कि जैसे किसी कंकाल के हड्डीनुमा हाथ ने उसे घेर लिया हो। डर से उसके रोंगटे खड़े हो गए। उसने अपना हाथ हिलाकर कंकालों की इस दुनिया से बाहर निकलने की कोशिश की। लेकिन उसने देखा कि उसका वह हाथ सर्दी से जम गया था, जिसमें उसने किताब पकड़ रखी थी। धीरे-धीरे उसे नींद आ गई।

जब उसकी नींद खुली तो 'नई माँ' उसे जगा रही थी। वे लोग घर पहुँच चुके थे। गाड़ीवान को भुगतान करके वे दोनों घर में घुसे।

जिस घर में वाल्या रहने के लिए आया था वह बहुत गन्दा और पुराना-सा था। घर में आतिशदान जल रहा था। और घर इतना ज़्यादा गरम हो गया था कि गर्मी लग रही थी। बड़े पलंग के सामने एक कोने में वाल्या के लिए एक छोटा-सा पलंग रखा हुआ था। अपने पुराने घर में तो वाल्या न जाने कब ऐसे छोटे बिस्तर पर सोना छोड़ चुका था।

वाल्या की 'नई माँ' जब हँसती थी तो ऐसा लगता था कि जैसे कोई डंडा मार-मारकर उसे ज़बरदस्ती हँसने के लिए मजबूर कर रहा हो। ऐसी ही नकली हँसी के साथ उसने वाल्या से कहा :

—मुन्ने, तुम तो सर्दी से पूरी तरह जम गए हो! मारे ठण्ड के तुम्हारे हाथ लाल हो गए हैं। कुछ देर अलाव के पास बैठ जाओ। थोड़ा गरम हो लो। फिर

हम नाश्ता करेंगे। धीरे-धीरे सब ठीक हो जाएगा। अब तुम अपनी माँ के पास आ गए हो। ख़ुश तो हो ना?

वाल्या को हर बात सीधे-सीधे कहने की आदत थी, पर उसने थोड़ा झिझककर कहा :

—नहीं।

—तुम खुश नहीं हो, बेटा। तुम्हें नया घर नहीं भाया! परेशान मत होओ, धीरे-धीरे तुम इसके भी आदी हो जाओगे। मैंने तुम्हारे लिए कुछ खिलौने ख़रीदे हैं। वहाँ खिड़की पर रखे हैं। जाओ उन्हें देख लो।

वाल्या खिड़की के पास जाकर खिलौने देखने लगा। लुगदी के बने वे खिलौने उसे ज़रा भी पसंद नहीं आए। घोड़े के पाँव बहुत मोटे-मोटे थे और उनके घुटने तो थे ही नहीं। रूसी लोक-कथाओं का लाल टोपी पहनने वाला मज़ाकिया इवान भी बहुत भद्दा था। इनके लावा टिन के बने कुछ मरियल से लगने वाले सिपाही भी बहुत अजीब से लग रहे थे। वाल्या तो खिलौनों से खेलना कब का छोड़ चुका था। अब वह किताबें पढ़ता था। इन खिलौनों में उसकी ज़रा भी दिलचस्पी नहीं थी, पर वह 'नई माँ' को यह नहीं जतलाना चाहता था। इसलिए उसने तमीज़ दिखाते हुए कहा :

—हाँ, खिलौने अच्छे हैं।

पर वाल्या के अंदाज़ से माँ को मालूम हो गया कि वे खिलौने उसे ज़रा भी रास नहीं आए हैं। माँ ने थोड़ी नाराज़गी से पर ख़ुशामदी अंदाज़ में कहा :

—बेटू, मुझे तुम्हारी पसन्द और नापसन्द के बारे में कुछ भी पता नहीं था। और वैसे भी मैंने ये खिलौने बहुत पहले ख़रीदे थे।

वाल्या चुप रहा। उसकी समझ में नहीं आ रहा था कि वह कहे तो क्या कहे।—बेटा, मैं इस दुनिया में एकदम तनहा हूँ! तुम्हारे अलावा मेरा और कोई नहीं है। मुझे यह बात कौन बताता कि ये खिलौने अच्छे हैं या नहीं! मुझे लगा कि ये खिलौने तुम्हें पसन्द आएँगे, इसलिए ख़रीद लिए थे। इस बीच तुम इतने बड़े हो गए कि किताबें पढ़ने लगे।

वाल्या ख़ामोश रहा। वह कहता भी तो क्या कहता। अचानक 'नई माँ' की आँखों से आँसू टपकने लगे और वह परेशान होकर वाल्या से बिना कुछ कहे बिस्तर पर जाकर लेट गई। वाल्या उनकी परेशानी समझ गया था और

वह भी बेचैन हो गया था। 'नई माँ' देर तक बिस्तर पर पड़ी रही और आँसू बहाती रही।

वाल्या आतिशदान में जल रहे अलाव की तरफ़ ताकता रहा। वह संजीदा चेहरा बनाए कुछ सोच रहा था। अलाव सेकने से उसके हाथों की लाली कम हो गई थी। अचानक वह अपनी जगह से उठा और 'नई माँ' के पास पहुँचा। उसने अपना हाथ माँ के बड़े-से माथे पर रख दिया और पूरी संजीदगी से बोला :

—माँ, तुम रोओ मत! मैं तुम्हें भी बेहद प्यार करूँगा। अब मेरा मन खिलौनों से खेलने का नहीं होता। अब मैं किताबें पढ़ता हूँ। अब तुम खिलौने नहीं ख़रीदना, बल्कि किताबें ख़रीदना। और मैं तुम्हें वे किताबें पढ़कर सुनाऊँगा। मैं तुम्हें वैसे ही प्यार करूँगा जैसे तुम मुझसे करती हो। अच्छा, अब चुप हो जाओ और मैं तुम्हें एक कहानी सुनाता हूँ। जलपरी वाली कहानी सुनोगी। लो, सुनो...

**मूल रूसी भाषा से अनुवाद : सरोज शर्मा**

**मूल रूसी भाषा में इस कहानी का नाम है—Валя**

# बारहसिंगे

## 1

भूमध्य सागर में एक छोटा-सा द्वीप है। यहाँ के पत्थरों, मोटे-मोटे भारी कैक्टसों और बौने ताड़ वृक्षों के बीच हँसमुख यूनानी देवताओं के भूत-प्रेत अभी भी मँडराते हैं। प्राचीन समय से ही यहाँ एक बड़ी ही अजीब और अबूझ-सी परिपाटी चली आ रही है। यदि रास्ता भटका कोई सनकी सैलानी कभी इस जगह पहुँच जाएगा तो वह भी यह परम्परा देखकर हैरान रह जाएगा। यहाँ के पादरियों और समाज के प्रबुद्ध नागरिकों ने इस प्रथा को रोकने की बहुतेरी कोशिशें कीं, पर आज तक कुछ न बदला। सदियों से चली आ रही इस ठिठोली प्रथा की ताक़त इस हद तक बढ़ गई है कि जो लोग इसमें कुछ सकारात्मक बदलाव लाना चाहते हैं, उलटे वे ख़ुद ही हँसी के पात्र लगने लगते हैं।

कुछ लोग इस परम्परा को एक बड़े मेले के रूप में देखते हैं, जिसका आयोजन हर साल सर्दियों के शुरू में तब किया जाता है, जब अँगूर की फ़सल इकट्ठी की जाती है और लोग उसकी वाइन भी बना लेते हैं। जिन लोगों को वाइन पीने में मज़ा आता है, वे यह पर्व मनाते हुए ताज़ा वाइन का पूरा लुत्फ़ उठाते हैं। इस उत्सव के आयोजक अपनी बीवी से धोखा खाए पुरुष होते हैं। वे अपने सर पर बैल, बकरे या अन्य किसी जानवर के सींग बाँधकर या'नी बारहसिंगा बनकर जुलूस निकालते हैं। यूरोप में बारहसिंगा ऐसे पुरुष को कहते हैं, जिसकी बीवी आवारागर्दी करती है। इस अनोखे त्योहार को मनाने की कोई एक निश्चित तारीख या दिन नहीं होता। दरअसल इसके सक्रिय भागीदार कभी भी पहले से यह ऐलान नहीं करते कि फलाँ दिन वे यह

त्योहार मनाएँगें। वे छुप-छुपकर इसकी तैयारियाँ करते रहते हैं और सर्दियों के शुरू में किसी एक ख़ास दिन बारहसिंगों का जुलूस निकालते हैं। मेले की रौनक देख-सुनकर अपनी बीवियों की बेवफ़ाई से पीड़ित लोग अपने सिर पर सींग लगाकर अपने-अपने घरों से निकलकर जश्न में शामिल होते जाते हैं और कारवाँ बढ़ता जाता है। ये लोग पूरे दिन मटरगश्ती करते हुए शहर भर में घूमते हुए नज़र आते हैं।

इस त्योहार के मनाने की वज़ह से यह ज़ाहिर होता है कि ज़रूर यह मायूसी या मातम का पर्व होगा, परन्तु हक़ीक़त इसके एकदम उलट है। यह अजीबोग़रीब जश्न ख़ुशियों से भरपूर होता है। इसमें लोग ज़ोर-ज़ोर से बातें करते, चुटकुले सुनते-सुनाते और गाते हुए चलते हैं। कोई गिटार बजाता है, कोई ढोल-ढपली तो कोई बाँसुरी। बहुत से लोग नाचते-गाते भी हैं। खिलखिलाती धूप, पहाड़ों और नीले समुद्र की पृष्भूमि में जश्न मना रही भीड़ के नज़ारे कहीं से भी ग़मगीन नहीं लगते हैं।

जैसे अंगूर और जैतून की फ़सल हमेशा एक जैसी नहीं होती, वैसे ही कई सदियों से मनाए जा रहे इस त्योहार में इन बारहसिंगों की संख्या भी साल-दर-साल घटती-बढ़ती रहती है। किसी-किसी साल तो ऐसा भी हुआ कि महज़ बीस-तीस बारहसिंगों ने ही सुस्ती से घूमते और बोर होते हुए जुलूस निकाला। परन्तु ज़्यादातर ऐसा होता है कि आधा शहर बारहसिंगा बना मौज-मस्ती में डूबा घूम रहा होता है।

लेकिन सवाल यह उठता है कि जब ये बदक़िस्मत बारहसिंगे इस बेढब तरीके से मौज-मस्ती का मज़ा ले रहे होते हैं, तब उनकी गुनहगार आवारा बीवियाँ क्या करती होंगीं?

## 2

ख़ूबसूरत, चुलबुली और आवारा रोज़ीना ने जब यह देखा कि उसका पति टिपे इस बार शहर से अपने कोट के नीचे छिपाकर कुछ लाया है और उसने उसे सपने सन्दूक में ताला लगाकर रख दिया है, तो उसे बेहद चिन्ता हुई। उस नुकीली-सी चीज़ से उसे बैल के सींगों का ध्यान आया और उसके ज़ेहन में यह ख़याल आया—क्या मेरे शौहर को सच में कुछ मालूम हो गया है?

कुछ साल पहले अपने आपको महत्त्वपूर्ण मानने वाले उबाऊ टिपे ने मज़ाक में एक दिन अपनी बीवी से कहा था कि यदि वह उसे धोखा देगी तो वह सुनहरे रंग के लम्बे-लम्बे सींग लगाकर जुलूस में जाएगा। उसका मानना है कि सुनहरा रंग उसकी अमीरी और उम्रदराज़ी को दिखाएगा। रोज़ीना जानती है कि उसका मियाँ एकदम शान्त स्वभाव का है, इसलिए उसने उस समय उसकी इस धमकी को नज़रअंदाज़ कर दिया और वह उससे ज़रा भी नहीं घबराई। बाद के सालों में टिपे के पास जलसे में शरीक होने के कुछ कारण होने पर भी जब वह महज़ एक दर्शक बना रहा, तो रोज़ीना की हिम्मत और बढ़ गई और वह शेरनी बन गई।

लेकिन अब अपने पति से मज़ाक में लम्बे-लम्बे सुनहरे सींगों वाली बात सुनकर उसके दिल में उथल-पुथल होने लगी। यदि यह मान लिया जाए कि उसके खसम के सन्दूक में बन्द रखी चीज़ सींग नहीं हैं और न ही टिपे का ऐसी नीच हरकत करने का कोई इरादा ही है, तो फिर आजकल वह उसके साथ इतना अच्छा बरताव क्यों कर रहा है! उठते-बैठते हर समय वह उसका इतना ज़्यादा ध्यान क्यों रख रहा है! ज़रूर दाल में कुछ काला है।

अंगूर के बागानों में लोगों ने अंगूर तोड़कर एक जगह जमा करने शुरू कर दिए थे। रोज़ीना को यह लगने लगा कि मुसीबत आने से पहले ही उसे जल्दी से जल्दी रोकना ज़रूरी है। उन दिनों वह अपने पति के साथ कुछ ज़्यादा ही प्रेमभरा बरताव करने लगी। एक दिन सुबह के काम निपटाकर वह घर से बाहर जाने की तैयारी कर रही थी, तो उसने बाहर निकलने से पहले प्यार से अपने पति का मुँह चूमा और फिर सीधी दवाइयों की उस दुकान पर गई, जिसका मालिक दवाइयाँ बेचने के साथ-साथ जुलूस में बारहसिंगा बनने वाले लोगों से सींगों की साज-सज्जा के ऑर्डर भी लिया करता था। नाम था उसका मरतुच्छिओ। वह सींगों को चमकाने, उनपर सुनहरा लेप चढ़ाने और उन्हें सर के माप के अनुसार बनाने का काम करता था। रोज़ीना मरतुच्छिओ के पास इस उम्मीद से आयी थी कि शायद वह उसे मेले में टिपे के बारहसिंगे बनने या न बनने के बारे में कुछ बता सके।

रोज़ीना जब मरतुच्छिओ की दुकान पर पहुँची, वह दुकान के सामने बैठा हुआ बड़े ध्यान से बहुत बड़े-बड़े और ख़ूबसूरत सींगों की घिसाई कर रहा

था। दुकान के बाहर उसके चारों तरफ़ पुरुषों और महिलाओं का एक झुण्ड बैठा हुआ था। वे लोग मरतुच्छिओ को सींग तैयार करते हुए देख रहे थे और आपस में हँसी-मज़ाक कर रहे थे। उन्हें देखकर रोज़ीना थोड़ा झेंपी। वहाँ बैठे लोगों ने रोज़ीना को पहले तो हैरानी से देखा, पर जब उसने मरतुच्छिओ से अपने पति के लिए पेट साफ़ करने वाली दवाई देने को कहा तो वे समझ गए कि वह यहाँ दवाई ख़रीदने के लिए आयी है। उसके बाद उन लोगों ने उस पर कोई ख़ास ध्यान नहीं दिया। दवाई की दुकान के पास बैठी सब औरतें शक़्ल से एकदम मासूम लग रही थीं और वे सब दवाई ख़रीदने के बहाने ही वहाँ आयी थीं, जबकि मर्द बस, ऐसे ही ख़ाली समय काटते हुए सिगरेट फूँक रहे थे। दरअसल, उन लोगों की शक़्ल देखकर उनके बारे में कुछ भी कहना ज़रा मुश्किल था।

रोज़ीना ने अपनी भौहें चढ़ाते हुए कहा—ये क्या बकवास है! सींग लगाकर ये लोग किसे डराते हैं? मेरा पति टिपे तो बेवकूफ़ी वाली कोई ऐसी हरकत नहीं करेगा। उँह! ये बारहसिंगे और उनके सींग!

दुकान के बाहर बैठे लोगों के बीच ढीठ पाओलो भी मौजूद था। उसने ताना मारते हुए रोज़ीना से पूछा—क्या?...।

रोज़ीना ने चुटकी लेते हुए कहा—अरे! इसमें 'क्या' वाली कोई बात नहीं है। मैं तो बस, ऐसे ही कह रही हूँ। पाओलो, कहीं ये सींग तुम्हारे लिए ही तो नहीं हैं?

पाओलो ने धीरे से जवाब दिया—तुम जुलूस वाले दिन देख लेना, तब पता चल जाएगा कि ये किसके लिए सजाए जा रहे हैं।

यह सुनकर सबने एक बार फिर ठहाका लगाया। मरतुच्छिओ ने एक पट्टी से जुड़े हुए सींगों को अपने सामने रखा और उन्हें बड़े ध्यान से निहारते हुए बोला—ये मेरे लिए हैं। अच्छे लग रहे हैं न?

पिरेता नाम की एक चंचल महिला खिलखिलाकर हँस पड़ी और बोली—जनाब! आप ये सींग ज़रा पहनकर दिखाइए। आपके पहनने पर ही तो मालूम चलेगा कि ये कैसे दिखेंगे!

मरतुच्छिओ उन्हें पहनने के लिए अपने माथे पर लगाने लगा तो मालूम हुआ कि वे उसके लिए बहुत बड़े हैं। यह देखकर वहाँ बैठी सारी महिलाएँ

यह याद करने की कोशिश करने लगीं कि उनके पति के माथे और सर कैसे हैं, परन्तु इस तरह से नाप का अन्दाज़ लगाना बेहद मुश्किल था। इतने में मरतुच्छिओ ने बकरे के सींग लेकर उन्हें सजाना शुरू कर दिया और वहाँ मौजूद सब लोग फिर से उसे सींगों पर कारीगरी करते हुए देखने लगे। उन सींगों का घुमाव इतना ख़ूबसूरत था कि लोग उनकी तारीफ़ किए बिना नहीं रह सके। कतेरिना नाम की एक सुन्दरी ने तो मरतुच्छिओ को उन पर सुनहरा रंग चढ़ाने की सलाह तक दे डाली।

मरतुच्छिओ ने जब कतेरिना से यह पूछा कि क्या वह वास्तव में ऐसा चाहती है कि इन सींगों को सुनहरा रंगा जाए, तो उसका मुँह शर्म से लाल हो गया और सारे मर्द उस बात पर ज़ोर से हँस पड़े।

दवाई की दुकान के बाहर बैठे लोगों की बातें सुनकर रोज़ीना को यह लगने लगा कि वह जिस काम के लिए यहाँ आयी है वह तो हो ही नहीं रहा, तब उसे बुरा लगा और उसने दुखी स्वर में मरतुच्छिओ से कहा—ओहो! मैं तुमसे अपने बेटे के लिए दवाई ख़रीदना तो भूल ही गई... वह पेट दर्द की शिकायत कर रहा था... चलो, दुकान के अन्दर चलते हैं, मैं तुम्हें बताती हूँ कि उसके लिए मुझे कौनसी दवा चाहिए।

दवाफ़रोश बड़ी विनम्रता से उसके साथ दुकान के भीतर चला गया। बाहर मौजूद लोग मज़ाकिया अन्दाज़ में उन्हें अन्दर जाते हुए देखते रहे। जब रोज़ीना को इस बात का पक्का भरोसा हो गया कि अब उन्हें कोई नहीं देख रहा है, तब उसने बूढ़े औषधविक्रेता का हाथ दबाते हुए फ़ुसफ़ुसाकर धीरे से कहा—सुनो मरतुच्छिओ, मेरी तुमसे एक गुज़ारिश है। तुम मुझे यह बताओ कि क्या मेरा मियाँ टिपे तुमसे सींगों के बारे में बात करने आया था? मैं तुम्हें यह बताने के दस लीरा दूँगी।

—बिलकुल नहीं बताऊँगा। दस तो क्या, तुम मुझे हज़ार लीरा दो तो भी नहीं बताऊँगा। तुम्हें तो मालूम है कि यह हमारा रिवाज़ है! तुम ज़रा यह तो सोचो कि यदि मैं ऐसे लोगों के रहस्य खोलने लगूँ तो मुझे सींगों का कोई ऑर्डर ही नहीं देगा।

रोज़ीना टसुए टपकाते हुए बोली—अगर टिपे ने ऐसा कुछ किया है तो वह झूठ बोल रहा है। मैंने उसे कभी धोखा नहीं दिया। तुम तो मुझे ख़ूब जानते

हो, क्या मैं ऐसा कर सकती हूँ? क्या मैं अपने शौहर को धोखा देने वाली लगती हूँ?

—मैं तुम पर विश्वास करता हूँ। देखो रोज़ीना, मैंने तुमसे यह नहीं कहा है कि तुम्हारे पति ने मुझे सींगों का ऑर्डर दिया है।

—ये बड़े-बड़े सुनहरे रंग के... इतने ख़ूबसूरत...लाल फ़ीते लगे सींग आख़िर किसके लिए हैं?

इतना कहकर रोज़ीना फिर रोने लगी, लेकिन दवावाले ने उसे कुछ नहीं बताया। उसने फिर से यही दोहराया कि वह उसे कुछ नहीं बताएगा। रोज़ीना ने मरतुच्छिओ को देने के लिए बीस लीरा निकाले ही थे कि इतने में बाहर से लूसिया की कोमल आवाज़ आयी—दवावाले साहब, नमस्कार...मैं आपके पास अपने बच्चे के लिए दवा लेने आयी हूँ। वह पेट दर्द की शिकायत कर रहा है... अरे रोज़ीना, तुम यहाँ? कैसे आयी हो? क्या किसी की तबियत ख़राब है?

तब रोज़ीना को बिना कुछ मालूम किए ही दुकान से निकल जाना पड़ा। उसने उसके बाद सींगों के बारे में पता लगाने की बहुतेरी कोशिशें कीं। जब भी वह इस बारे में मरतुच्छिओ से बताने को कहती, वह टस से मस न होता। घर लौटते समय वह मन ही मन उसे कोसते हुए कहती—गधा कहीं का! वफ़ादार महिलाओं की बेइज़्ज़ती करता है। इससे अच्छा तो वह ख़ुद के पहनने के लिए सींगों पर सुनहरा रंग चढ़ाए।

3

इन दिनों टिपे में एक बड़ा बदलाव यह आया कि अब वह कभी-भी पहले की तरह हाथ अपने सर पर धरे न बैठा रहता। वह अपनी बीवी के साथ बहुत ज़्यादा प्यारभरी बातें करता और उसके लाड़ लड़ाता। एक बार उसने उसे जाप करने वाली माला दी, तो दूसरी बार सर पर बाँधने वाला एक रंगीन रूमाल तोहफ़े में दिया। वह उसे ऐसे दुलारता मानो उनकी नई-नई शादी हुई हो और उस पर नाराज़ होने से बचता।

इधर रोज़ीना की एक अजीब-सी आदत हो गई थी। जब वह अपने पति के पास बैठी होती, उसका हाथ अनायास अपने पति के गंजे सर की ओर जाने लगता। एक बार उसके सर पर हाथ फेरते हुए वह भीतर ही भीतर यह सोचकर कुढ़ रही थी कि यह कितना बदमाश और पाखण्डी है। उसका सर

सहलाते हुए उसे ऐसा महसूस हो रहा था मानो उसकी हथेलियों में काँटे चुभ रहे हों। नक़ली हँसी हँसती हुई वह बोली—आप कितने नेक और अक़्लमंद हैं, मुझे आपसे बेइन्तहा मोहब्बत है। सुनिए जी, क्या आप जानते हैं कि ये बेवकूफ़ लोग इस साल फिर जुलूस निकाल रहे हैं?

—मेरी जान, क्या कोई जुलूस निकाल रहे हैं? मुझे तो कुछ पता नहीं!

—अजी, फिर से वही सींग... कैसी बेहूदगी है यह! मैं दवाई की दुकान के बाहर से गुज़र रही थी तो देखा कि उसके पास मेले में बारहसिंगा बनने वालों के लिए सजाए जा रहे सींगों का ढेर लगा हुआ है। है न मज़ेदार बात, मुझे तो बहुत हँसी आ रही है!

—हाँ, सुनने में आया है कि इस साल बहुत अधिक लोग बारहसिंगा बनने वाले हैं। मुझे याद नहीं आ रहा है, लेकिन किसी ने तो मुझे बताया था कि इस साल अंगूर की फ़सल अच्छी हुई है इसलिए सींग भी बहुत से लोग पहनेंगे।

—आपका इसके बारे में क्या कहना है? मुझे तो यह सब बड़ी बेवकूफ़ी लगती है।

—मेरी जान! यह तो एक रिवाज़ है। कोई इस तरह के रिवाज़ मानता है और कोई नहीं।

—क्या तुम मेले में जाओगे? जुलूस देखने के लिए?

—हाँ, देखने तो जाऊँगा। सब जाते हैं, तो मैं घर पर रुककर क्या करूँगा?

बारहसिंगों के बारे में पति के साथ बात करने के बाद भी रोज़ीना को कुछ साफ़-साफ़ पता न चला। एक दिन टिपे सन्दूक की चाबी घर पर भूल गया। रोज़ीना ने मौके का फ़ायदा उठाकर सन्दूक खोलकर देखा, तो वह ख़ाली था। यह देखकर वह पहले तो बेहद ख़ुश हुई, लेकिन फिर उसे लगा कि टिपे सन्दूक में रखे सींगों की जगह और बढ़िया सींग लाने के लिए उन्हें दवाई की दुकान पर ले गया है या फिर उसने उन्हें किसी दूसरी जगह पर छिपा दिया है। रोज़ीना को यह भी लगा कि मुझे बेवकूफ़ बनाने के लिए चाबी उसने जानबूझकर घर पर छोड़ दी थी। यह सब जानकर उसे बहुत दुख हुआ, पर अब वह करे भी तो क्या करे?

उस शहर में रोज़ीना जैसी कुछ और स्त्रियाँ भी थीं, जो एक दूसरे की सच्चाई से वाकिफ़ थीं। उन सबने मिलकर एक योजना बनाई। उन्होंने शाम के

धुँधलके में वहाँ के पादरी के पास जाकर उनसे यह हानिकारक और रूढ़िवादी रिवाज़ ख़तम करने की गुहार लगाई। बुजुर्ग पादरी ने उनकी बातें ध्यान से सुनी और कहा—मैं जानता हूँ कि यह परिपाटी अच्छी नहीं है और इस बुरे रिवाज़ के ख़िलाफ़ मैं लड़ भी रहा हूँ। एक सच्चे ईसाई को ऐसे ग़लत रिवाज़ का ख़ात्मा शान्ति से करना चाहिए, न कि बेशर्म की तरह सड़कों पर निकलकर, उछल-कूद, शोर-शराबे और अश्लील गीतों से। मेरे प्यारे बच्चो, मैं तो ख़ुद इस गन्दी परिपाटी से बहुत दुखी हूँ, लेकिन जब तुम्हारे पति लोग ही इतने नासमझ हैं, तो मैं कर ही क्या सकता हूँ!

पादरी साहब जब अपनी बात कह रहे थे, तभी गिरजे की देखभाल करने वाली उनकी सहायिका मोटी एस्मिनिया कमरे में घुसी और वहाँ मौजूद औरतों की हिमायत करते हुए बोली—फ़ादर, इनकी मदद कीजिए, आप देख तो रहे हैं कि ये औरतें कितनी दुखी हैं! इनके मर्द बेकार ही इन्हें बदनाम करते हैं।

फ़ादर ने तिरछी नज़रों से एस्मिनिया को घूरा और अपने गंजे सर पर हाथ फेरते हुए कहा—भई, मैं तो ब्रह्मचारी हूँ। फिर भी मैं यह नहीं समझ पाता कि अपने सर पर सींग लगाकर जुलूस निकालने से उन्हें सुकून कैसे मिलता होगा? ढोल-ढपली के साथ सर पर नकली सींग लगाकर शहरभर में घूमने से मुझे क्या आराम मिलेगा? हाँ, ऐसा हो सकता है कि अपने जैसे बहुत सारे लोगों को देखकर मुझे थोड़ा-बहुत सन्तोष मिल जाए।

यह सुनकर एस्मिनिया ग़ुस्से से बोली—ये बात मेरी समझ से परे है कि इससे किसी को सन्तोष कैसे मिल सकता है। हाँ, एक अच्छी-भली वफ़ादार औरत पर तोहमत लगाने से मर्दों को क्या मिल जाता है! और उनकी बीवियाँ बेचारी समाज में बदनाम हो जाती हैं।

इतना कहकर वह ग़ुस्से में धड़ाम से दरवाज़ा बन्द करके बाहर निकल गई। और पादरी साहब अपनी खोपड़ी के सामने वाले हिस्से पर हाथ फेरते हुए मौन हो गए। फिर ज़रा ही देर में संजीदा होकर कहने लगे—इस तरह से खुशियाँ मनाने से पाप नहीं लगेगा क्या? यह सब ख़ुद पर आज़माने की ज़रूरत ही क्या है! कहीं ऐसा तो नहीं कि यह किसी शैतान का बिछाया हुआ जाल हो? क्या यह गन्दी हरकत हमारे बीच बढ़ती ही जाएगी? और रोम या पेरिस जैसे बड़े शहरों में भी इस तरह के जुलूस निकाले जाएँगे ...।

ऐसे परस्पर विरोधी कथनों से पादरी साहब ने उन औरतों की रही-सही उम्मीदों पर भी पानी फेर दिया। मदद पाने के लिए आयी सारी की सारी औरतें पादरी साहब को आँख मूँदकर सोचता देखकर चुपचाप एक-एक करके वहाँ से बाहर निकल गईं। रास्ते भर उन्होंने पादरी साहब की इस हद तक खिल्ली उड़ाई कि उनके लिए दवाई वाले की दुकान से उचित सींग तक तय कर लिए।

अबूझ हँसी-मज़ाक का वह दिन, जिसकी कोई तारीख़ तय न थी, पास आ रहा था। अंगूर की फ़सल इकट्ठी करके उसकी वाइन बनाई जा चुकी थी। हर रोज़ गन्दी हँसी-ठिठोलियों का शोर और मैन्डोलिन व गिटार बजने की आवाज़ें भी सुनाई देने लगी थीं। ऐसे में रोज़ीना ने अपने आशिक जूलिओ से मिलने की ठानी। पिछले कुछ दिनों से वह मारे डर के उससे मुलाक़ात नहीं कर रही थी, पर अब वह उससे सलाह लेना चाहती थी। वह यह जानना चाहती थी कि क्या करना बेहतर होगा—पति को सब कुछ साफ़-साफ़ बताकर उससे बेवफ़ाई के लिए माफ़ी माँग ले या फिर यह मानकर चले कि वह सब कुछ जानते-बूझते भी उसे कुछ नहीं कहेगा और सब कुछ पहले की तरह ही चलता रहेगा।

जूलिओ ने जब यह सुना कि इस बार शायद टिपे ने भी मरतुच्छिओ से सींग तैयार करवाए हैं और वे भी सुनहरे, तो वह हक्का-बक्का रह गया, उसका मुँह पीला पड़ गया।

जूलिओ ने निराशा से अपना सिर हिलाते हुए कहा—ऐसा नहीं हो सकता! हे भगवान, यह साल कितना ख़राब है! रोज़ीना, क्या तुम्हें मालूम है कि हमारे नोटरी साहब बुम्बा ने भी ख़ुद के लिए सींग बनवाए हैं!

—जूलिओ, मेरा क्या होगा? यदि टिपे बारहसिंगे का भेस धरेगा, तो मैं यह सब सह नहीं पाऊँगी, मैं तो शरम से मर जाऊँगी। टिपे सचमुच बेहद नेक आदमी है, बेहतर यह होगा कि मैं उसके सामने अपनी ग़लती मान लूँ।

यह सुनकर जूलिओ ग़ुस्से में लाल-पीला हो गया और उसने कहा—यदि उसने सींग बनवाए हैं और वे भी सुनहरे, तो वो नेक आदमी तो नहीं है।

रोज़ीना ने थोड़ी नाराज़गी से कहा—हम लोग अमीर हैं, इसलिए सींग तो सुनहरे होने ही थे। इस मामले में तो तुम्हारी और हमारी भला, क्या बराबरी। ख़ैर, इसे छोड़ो। अब सवाल यह है कि यदि मैं टिपे को तुम्हारे साथ अपनी

क़रीबी के बारे में बताऊँ और बाद में मालूम हो कि उसे तो इस बारे में कुछ पता ही न था, तो यह सब जानकर तो वह हैरान हो जाएगा!

जूलिओ ने सहमति में अपना सिर हिलाते हुए कहा—हाँ, शायद ऐसा ही होगा। और एक बात यह भी है कि यदि तुम उसे हमारे रिश्ते के बारे में बताओगी, तो अग़र उसने सींग नहीं भी ख़रीदे होंगे तो अब ख़रीद लेगा और यह बात अच्छी नहीं होगी। मेरा तो मानना है कि भगवान जो करेगा ठीक ही करेगा। हाँ, अब हमें थोड़ा चौकन्ना रहना होगा। आगे से हम नहीं मिलेंगे। अब न तुम मेरे पास आना और न मुझे अपने घर बुलाना और चर्च में तो मेरी तरफ़ देखना भी नहीं। नमस्ते!

रोज़ीना की रुलाई फूट पड़ी, टसुए बहाते हुए वह बोली—जूलिओ, तुम बहुत ख़राब आदमी हो, अग़र मुझे पहले पता होता तो मैं तुम्हारे इश्क़ में नहीं फँसती।

—अच्छा, तो क्या तुम्हें मुझसे इश्क़ हो गया! क्या हम इश्क़ करने के लिए मिलते थे! यह बताओ कि तुम इतनी लापरवाह क्यों थी कि तुम्हारे टिपे को हमारे बारे में पता चल गया? तुम्हारी तो कोई इज़्ज़त है नहीं, लेकिन मुझे तो अपनी इज़्ज़त की परवाह है। मैं नहीं चाहता कि लोग मेरी तरफ़ उँगली उठाएँ और मुझे दिखा-दिखाकर मेरा मज़ाक उड़ाएँ और कहें—वो देखो, टिपे की बीवी का आशिक़ जा रहा है! मैं तो समाज में सिर उठाने के क़ाबिल नहीं रहूँगा। अब बेहतर यही होगा कि मैं यह शहर छोड़कर चला जाऊँ। ख़ुदा हाफ़िज़!

और जूलिओ रोज़ीना को छोड़कर चला गया। रोज़ीना ने फ़ैसला किया कि वो रातभर अपने पति की निगरानी करेगी और अग़र टिपे बारहसिंगों के जुलूस में जाएगा तो वो उससे सींग छीन लेगी।

रोज़ीना उस दिन का इन्तज़ार करने लगी जब अपनी-अपनी बीवियों की बेवफ़ाई से नाराज़ ख़ाविन्द अचानक बारहसिंगों का जुलूस निकालेंगे। वह सारी-सारी रात नहीं सोती थी ताकि टिपे से उसके सींग छीन सके। परन्तु सुबह-सुबह उसे इतनी गहरी नींद आ जाती कि फिर दोपहर में ही आँख खुलती थी। जब वह सोकर उठती तो सबसे पहले घबराकर वह यही सोचती कि टिपे घर पर है कि नहीं। उधर टिपे उनींदी रोज़ीना को प्यार से देखता और

पूछता—अरे, क्या बात है? तुम आजकल बहुत देर से उठने लगी हो। तुम्हारी तबियत तो ठीक है? अगर तुम्हें हरारत है तो चलो डॉक्टर के पास चलते हैं।

4

और फिर वो दिन आ गया। देर सुबह जब रोज़ीना की आँख खुली तो धूप चढ़ आयी थी और टिपे घर पर नहीं था। कहीं दूर से गाने-बजाने और लोगों के चीख़ने-चिल्लाने की आवाज़ें आ रही थीं। रोज़ीना एक मिनट में समझ गई कि यह शोर बारहसिंगों का है। बेवफ़ाई के शिकार शौहर उन्माद और जूनून में दीवाने होकर बावलों की तरह चीख-चिल्ला रहे हैं। टिपे भी उनके बीच होगा—यह सोचकर वह फूट-फूटकर रोने लगी।

रोज़ीना बेहद परेशान और चिन्तित थी। उसने सोचा कि आज मैं घर से नहीं निकलूँगी। टिपे ने मुझे शक़्ल दिखाने लायक भी नहीं छोड़ा। ऐसे इन्तिक़ाम सहने से तो मर जाना बेहतर है। वो बिस्तर में ही टसुए बहाने लगी।

अचानक उसके मन में एक ख़याल आया—कहीं ऐसा तो नहीं, हमेशा की तरह वो बस, बारहसिंगों का जुलूस देखने गया हो। और वो बिस्तर से उछलकर खड़ी हो गई।

वह जल्दी-जल्दी नहाई-धोई और ड्रेसिंग-रूम में जाकर अपने कपड़े निकालने लगी। वह यह नहीं समझ पा रही थी कि उसे कौनसी पोशाक पहननी चाहिए। वह चटकीले बेलबूटों वाली कोई रंग-बिरंगी ड्रेस पहने, जैसे कुछ हुआ ही नहीं हो या फिर उन बीवियों की तरह काले कपड़े पहने, जिनकी बेवफ़ाई की बात उनके खसमों ने सबके सामने खोल दी हो। आख़िरकार उसने गहरे रंग का सुरमई स्कर्ट और उससे मिलता-जुलता ब्लाउज़ पहनने के लिए निकाल लिया। उसे लगा कि इस मौक़े पर ऐसे ही कपड़े पहनना ठीक होगा। इसके साथ ही उसने वो चटक रंगीन रूमाल अपने सिर पर बाँध लिया, जो टिपे ने उसे तोहफ़े में दिया था और अपने गले में एक ख़ूबसूरत, चमकदार हार पहन लिया। वो बेहद आकर्षक लग रही थी। राह पर चलते समय जब रोज़ीना अपनी हयादार पलकें ऊपर उठाती तो बेहद वफ़ादार और हँसमुख लगती, पर जब पलकें झुकाती तो लगता कि वह ग़म में है। उसने अपने हाथ में एक सौ आठ मोतियों वाली जाप की माला लपेट रखी थी।

अपने ही ख़यालों में डूबी रोज़ीना धीरे-धीरे उस दिशा में जा रही थी, जहाँ

से ढोल-ताशे बजने की आवाज़ें आ रही थीं। जुलूस से पहले जलसे में लोग इकट्ठे हो रहे थे। कुछ देर बाद जब जुलूस शुरू हुआ तो उसे वही दिखाई दिया, जिसका डर उसे सता रहा था। जुलूस में आगे ही आगे उसका पति टिपे किसी जानेमाने आदमी की तरह बड़ी शान से चला जा रहा था। सुनहरे रंग के बैल के जो ख़ूबसूरत सींग उसके सिर पर लगे थे, रोज़ीना उन्हें देखते ही पहचान गई। टिपे एक शानदार, लम्बा सिगार पीते हुए बड़े आराम से चल रहा था। उसे देखते ही रोज़ीना वहीं की वहीं बैठ गई। अच्छा हुआ कि उसके सामने केली के चौड़े-चौड़े पत्ते थे, जिनकी आड़ में शायद ही वह टिपे को दिखाई दी होगी। अब वो वहाँ से भागकर जल्दी से जल्दी अपने घर पहुँच जाना चाहती थी।

बारहसिंगों की भीड़ बढ़ती जा रही थी। चारों ओर से आ-आकर दूसरे बारहसिंगे जुलूस में जुड़ते जा रहे थे और उसकी लम्बाई बढ़ती जा रही थी। ज़्यादातर बारहसिंगों के हाथ में कोई न कोई बाजा था, जिसे बजा-बजाकर वे मजमे का ध्यान अपनी ओर खींच रहे थे।

जब घर के बाहर इतनी रौनक हो तो भला, बच्चे घर में शान्त कैसे बैठे रह सकते हैं। इस जश्न का मतलब समझे बिना ही बच्चे हो-हल्ला करते और ख़ुशी से चिल्लाते हुए जुलूस देखने के लिए बाहर आ गए थे और बारहसिंगों के झुण्ड में अपने पिता और अन्य रिश्तेदारों को देखकर बेहद ख़ुश हो रहे थे।

चारों तरफ़ से हल्ले-गुल्ले की आवाज़ें आ रही थीं। बारहसिंगों के बीच कई संगीतप्रेमी भी थे, जो गा-बजा रहे थे और नाच रहे थे। बारहसिंगों की तादाद को देखकर यह लग रहा था कि यह साल बहुत सफल रहा है और इसमें हर वर्ग और हर स्तर के लोगों को उनकी बीवियों ने बारहसिंगा बनाया है।

जुलूस के दर्शकों के बीच सिर्फ़ बच्चे और पुरुष ही नहीं थे, बल्कि बहुत सी स्त्रियाँ भी थीं। ज़ोर-ज़ोर से उनके चहकने की आवाज़ें आ रही थीं। बारहसिंगों को देखकर वे उनका मज़ाक उड़ा रही थीं। कुछ औरतें अपने परिचित बारहसिंगों से हमदर्दी जता रही थीं और उनकी आवारा बीवियों पर खीज रही थीं। एक बारहसिंगे को देखकर अचानक कुछ औरतें ठहाके लगाने लगीं। एक औरत ऊँचे सुर में चिल्लाईं—अरे... अरे... वो देखो, हमारे

मोहल्ले का मोटू बेनेवोलिओ भी बारहसिंगा बना है! क्या इसकी मोटी और बेडौल बीवी भी आवारागर्दी करती है? बकरे के सींगों वाले बेनेवोलिओ साहब ने उस औरत की बात सुन ली और जवाब में उसकी तरफ़ देखकर बस, आँख मारी और आगे बढ़ गए।

—ये लो, ये आए लिओने मियाँ! आदाब मियाँ, आदाब!

लिओने ने नाचते हुए बिना पीछे मुड़े ही जवाब दिया—हैलो कन्छिता, कैसी हो तुम?

कन्छिता से दुआ-सलाम करके लिओने ने अपना सीधा पाँव ऐसे घुमाया जैसे शिवजी एक पैर पर खड़े हों। उनकी यह मुद्रा देखकर सब ज़ोर-ज़ोर से खिलखिलाने लगे।

धोखा खाए इन मर्दों के जुलूस में सींग पहने हुए हर मर्द वैसा ही लग रहा था जैसा वह सचमुच अपने जीवन में था। लिओने जितना मस्त नाचता हुआ आगे बढ़ रहा था, उसकी बग़ल में चल रहा लम्बी नाक वाला बूढ़ा मछुआरा जियोवानी जैसे-तैसे घिसट रहा था। इनके पीछे था बाँका रिकार्दो, जिसकी हाल ही में शादी हुई थी और अब कुछ ही महीनों बाद बारहसिंगों की झाँकी में वह छैल-छबीला बना हुआ था। उसके चौड़े माथे पर गधे के छोटे-छोटे सींग उगे हुए थे, जिनके नुकीले कोने सुनहरी थे। वह दर्शकों के जोशीले बर्ताव का जवाब देते-देते थक चुका था और उसका घमण्ड चूर-चूर हो चुका था। जबकि घुँघराले बालों वाले मस्तमौला अलेसियो का सलूक एकदम अलग था। उसने अपने सींगों के कोनों पर बैंगनी रंग चढ़ा रखा था और जब वह इतराता हुआ अपना सर इधर-उधर हिलाता था, तो उसके सींगों पर बँधी हुई छोटी-छोटी घंटियाँ टन-टन बजती थीं। बच्चे-बड़े सभी उसे ज़ोर-ज़ोर से कुछ न कुछ कहकर उससे मज़ा लेते और उसकी उन छोटी-छोटी घंटियों की ख़ूब तारीफ़ करते। एक-दो ने तो यह भी कहा—शाबाश अलेसियो! मेरी तरफ़ से एक गिलास वाइन का वादा रहा!

भूमध्य सागर में बने इस द्वीप की इस अनोखी परम्परा में नोटरी बाबू बुम्बा जी भी शरीक हुए थे। उन्हें देखते ही लोग ख़ुशमिजाज़ी से चिल्ला-चिल्लाकर कहने लगे—देखो! देखो! वे रहे बुम्बा साहब! सलाम बुम्बा जी! सलाम! सलाम!

नोटरी बाबू ने भी जुलूस के दर्शकों का अभिवादन किया, पर वे कुछ खोए-खोए से थे। दरअसल, उनका ध्यान यहाँ जुलूस में कम, अपने कामकाज में ज़्यादा था और वे लगातार अपने धन्धे और गाहकों के बारे में सोच रहे थे। उनके सर पर छोटे-छोटे, गन्दे-से, टेढ़े-मेढ़े सींग जैसे-तैसे लगे हुए थे। उनके सींग एक तरफ़ को लटके हुए थे, पर उन्हें इस बात की ज़रा भी परवाह नहीं थी। उनकी ऐसी लापरवाही देखकर तमाशगीर उन पर ग़ुस्सा करने लगे। कुछ ने तो उनके सींग पहचान लिए। ये वही सींग थे, जो पिछले साल कंगाल पिएत्रो ने पहन रखे थे। उसके बाद तो लोग मज़े लेते हुए ज़ोर-ज़ोर से कहने लगे—अरे भई! इतनी भी क्या कंजूसी, कम से कम आज तो नए सींग ख़रीद लिए होते!

लोग जुलूस को बड़े कौतूहल से देख रहे थे। तभी उनकी नज़र जनाब मरतुच्छिओ पर पड़ी। बूढ़े मियाँ की आँखों से चालाकी झलक रही थी। उनके गंजे सर पर बड़े-बड़े, सीधे सींग लगे हुए थे, जिनके सिरों पर चाँदी की कलई चढ़ी हुई थी।

दर्शकों के बीच मौजूद औरतें मरतुच्छिओ को फटकार रही थीं, पर मर्द उनके सींग सजाने के काम की बड़ी तारीफ़ कर रहे थे। मरतुच्छिओ जी सबके साथ दुआ-सलाम और हँसी-मज़ाक करते हुए आगे बढ़ रहे थे। बीच-बीच में उनका हाथ अपने सर पर लगे सींगों पर चला जाता था क्योंकि अपनी जवानी में उन्होंने बतौर सैनिक काम किया था और उन्हें सल्यूट करने की आदत पड़ चुकी थी। वे बड़े व्यवहार कुशल दवाई वाले थे। पूरे जुलूस में चल रहे बारहसिंगों को अपने हाथ से दिखाते हुए वे बड़े फ़ख़्र से बोले—ये सारे के सारे सींग मैंने ही बनाए हैं। ख़ूबसूरत हैं न!

अपनी धुन में चलते-चलते मरतुच्छिओ नोटरी बाबू से आगे निकल गए और उन्होंने पीछे मुड़कर उनसे कहा—अरे! जनाब बुम्बा जी! आप कम से कम आज त्योहार के दिन तो कामकाज की बात न सोचें! मैंने तो बस, एक काग़ज़ दिया है, यह कहकर बुम्बा जी भी उनके साथ हो लिए।

दिन चढ़ गया था, गरमी होने लगी थी। शहर में घुसने से पहले जुलूस चाय-पानी और जाम पीने के लिए एक जगह पर रुका। ज़्यादातर लोग मेज़ों के चारों तरफ़ बैठ गए। उनमें से कुछ एक ने अपने सींग उतारकर उन्हें अपने

सामने मेज़ पर रख लिया, फिर पसीने से तर अपना माथा पोंछकर और कुछ हवा खाकर उन्हें फिर से पहन लिया। बुजुर्ग लोग अपनी खेतीबाड़ी की बातों में मशगूल हो गए। अंगूर की खेती, उसमें लग सकने वाले कीड़ों और इस साल समय से पहले शुरू हुई सुबह-शाम की सर्दी पर सबके अपने-अपने विचार थे।

नौजवान बारहसिंगें वहीं एक मैदान में घास पर खेलने और नाचने लगे। मोटे बेनेवोलिओ साहब ढपली बजाने लगे और ख़ुशमिजाज़ एलेसियो उसकी थाप पर नाचने लगा। मज़ेदार बात यह हुई कि स्त्री-पुरुष के इस युगल नाच में किसी स्त्री पार्टनर की जगह रिकियार्डो था और वे लोग एक विरह नाच नाच रहे थे।

थोड़ी देर आराम करने के बाद जुलूस आगे बढ़कर शहर की सड़कों पर पहुँचा, जहाँ रास्तों के दोनों तरफ़ के घरों के खिड़की-दरवाज़ों पर बारहसिंगों को देखने के लिए दर्शक पहले से ही खड़े थे। इनके बीच वे आवारा महिलाएँ भी थीं, जिनके पति ये अनोखा जुलूस निकाल रहे थे। जुलूस जब मोटे बेनेवोलिओ के घर के नीचे पहुँचा, तब उसकी बीवी लुकरेत्सिया खिड़की से झाँक रही थी। उसके बाल बिखरे हुए थे। रोने-चीख़ने से उसकी आँखें सूज गई थीं। वह अपने पति द्वारा लगाए गए झूठे इलज़ाम के लिए चिल्ला-चिल्लाकर अपने शौहर को फटकार रही थी, ताकि पूरी गली उसकी बात सुन सके—ज़रा इस पियक्कड़-बदमाश को तो देखो! इस झूठे पर यकीन ही कौन करेगा! इस फ़रेबी पर बिजली गिरे और इसको नरक में भी जगह न मिले!

बेनेवोलिओ खिलखिलाता हुआ खिड़की के सामने खड़ा हो गया और वह इतनी ज़ोर-ज़ोर से ढोल पीटने लगा कि उसके शोर में लुकरेत्सिया की आवाज़ दब गई। तब वह बेचारी और अधिक नाराज़ हो गई और उसने फटाक से खिड़की बन्द कर दी।

लुकरेत्सिया की यह अदा देखकर तमाशबीन चिल्लाए—अरी, ओ धोखेबाज़, अब रो रही है। जब मस्ती कर रही थी तब नहीं सोचा! आवारा! दग़ाबाज़! तेरे साथ तो ऐसा ही सलूक होना चाहिए।

जुलूस धीरे-धीरे आगे खिसक रहा था। अभी वह कुछ ही मीटर आगे खिसका था कि एलेसियो की पत्नी एमीलिया दौड़कर अपने घर से बाहर

निकल आयी। हाय-हाय करते हुए उसने एलेसियो का गिरेबान पकड़ लिया और उसे घर में खींचने की कोशिश की। पर एलेसियो अपनी ही रौ में तुरही बजाता हुआ आगे बढ़ता गया। बेचारी एमीलिया को भी उसके पीछे-पीछे घिसटना पड़ा। यह नज़ारा देखकर लोग उनका मज़ाक उड़ाने लगे और ज़ोर-ज़ोर से हँसने लगे। अन्त में तंग आकर एमीलिया ने पति को छोड़ दिया और उस पर गालियों की बौछार करने लगी। अब वह भी उसके साथ-साथ चल रही थी। जब-जब जुलूस रुकता, वह भी उसके साथ उसी के गिलास से जाम पीती।

पादरी साहब का घर भी जुलूस के रास्ते में था। वे अपने छज्जे में खड़े होकर जुलूस देख रहे थे। लोग उनके सामने सिर झुका रहे थे। पादरी जी एकदम शान्त थे, पर उनकी प्रमुख सहायक एस्मिनिया अपना सर खिड़की से बाहर निकालकर जुलूस में शामिल बारहसिंगों को भला-बुरा कह रही थी। उसकी गालियाँ सुनकर लोग फिर से जोश में आ गए और हो-हल्ला करते हुए हँसने लगे।

दवाफ़रोश मरतुच्छिओ हालाँकि नास्तिक था पर उसने ज़ोर देकर पादरी जी से कहा—सारे मर्द सड़क पर हैं और आप घर में अकेले बैठे हैं। इससे तो अच्छा होता कि आप हमारे साथ आ जाते। आप सींगों की चिंता न करें, उसका इन्तज़ाम हम लोग कर देंगे।

दवाफ़रोश की इन बातों का पादरी साहब ने ज़रा भी बुरा नहीं माना और वे बहुत देर तक अपने छज्जे में खड़े उन्हें देखते रहे। जुलूस में शामिल संगीतप्रेमी बारहसिंगों ने उनके लिए विशेषतौर पर प्रसिद्ध ऑस्ट्रियाई संगीतकार फ्रांज़ शूबर्ट का ईसाई धार्मिक संगीत 'आवे मरिया' बजाया, जो पादरी जी को बहुत पसन्द आया। वे इन संगीतप्रेमी बारहसिंगों के लिए अपने घर की बनी वाइन के जाम पेश करना चाहते थे, पर एस्मिनिया ने उन्हें ऐसा करने से रोक दिया।

बारहसिंगे देर रात तक मस्ती करते रहे और उनकी बीवियाँ घर में रोती-बिलखती रहीं। मग़र आज तक किसी को यह मालूम नहीं है कि इन बेहया, आवारा औरतों के आशिक़ कहाँ छिपे हुए हैं। ऐसा जान पड़ता था कि वे उस द्वीप को हमेशा के लिए छोड़कर भाग चुके हैं।

5

जुलूस ख़तम होने के बाद टिपे जब देर रात को मौजमस्ती के बाद अपने घर लौटा तो रोज़ीना चादर से सर ढककर सो रही थी। उनका बेटा भी सोया हुआ था। टिपे बहुत नशे में था और बेहद ख़ुश था। वह धीमे-धीमे कुछ गुनगुना रहा था। उस दिन रोज़ीना ने बड़े ध्यान से घर की साफ़-सफ़ाई की थी और बड़े प्यार से अपने पति के लिए खाना बनाकर रखा था। टिपे को खाना इतना स्वादिष्ट लगा कि वह उँगलियाँ चाट रहा था।

रोज़ीना सर ढककर लेटी हुई थी और गहरी नींद में होने का बहाना कर रही थी। वह डर रही थी कि कहीं टिपे उसे जगाने की कोशिश न करे? टिपे ने उसे तो नहीं जगाया, पर बेटे को उठाकर उसके साथ बहुत देर तक खेलता रहा। भोलेभाले बच्चे ने अपने पापा से पूछा—क्या बड़ा होकर मैं भी आपकी तरह जुलूस में जाऊँगा? पापा, आपको वहाँ देखकर मुझे बहुत अच्छा लगा। आप बहुत ख़ूबसूरत लग रहे थे!

टिपे ने बेटे को चूमते हुए कहा—हाँ बेटा, बड़े होकर मेरी तरह तुम भी इस अनोखे मेले में जाना।

इतना कहकर टिपे ने बेटे को सुला दिया और ख़ुद रोज़ीना की बग़ल में लेट गया। पूरे घर में शान्ति छाई हुई थी। रोज़ीना ने बिस्तर पर अपने पास लेटे हुए टिपे की ओर हाथ बढ़ाना शुरू किया। उसे यह नहीं मालूम था कि टिपे प्यार से उसका हाथ थाम लेगा या ग़ुस्से से उसे झटक देगा! बहुत देर तक सोचने के बाद उसने डरकर धीरे से उसका कन्धा छुआ। बहुत इन्तज़ार करने के बाद भी टिपे ने उसे कोई जवाब नहीं दिया। वह बेहद थका हुआ था, इसलिए अब वह ऐसे सो रहा था जैसे घोड़े बेचकर सोया हो। और रोज़ीना उस दिन दूसरी बार फूट-फूटकर रो रही थी।

**मूल रूसी भाषा से अनुवाद : सरोज शर्मा**

**मूल रूसी भाषा में इस कहानी का नाम है— Рогоносцы**

# तहख़ाने में धूप

## 1

वह बहुत ज़्यादा पीने लगा था, जिसकी वजह से न केवल अपनी नौकरी बल्कि अपने दोस्तों से भी हाथ धो बैठा था। अब उसके पास इतना पैसा भी नहीं था कि वह कोई कमरा किराए पर लेकर रह सके। उसे एक इमारत के तहख़ाने में बनी चाल की एक खोली में जाकर रहना पड़ा। वहाँ कुछ चोर-उचक्के और सस्ती वेश्याएँ आदि रहते थे। वह भी वहीं रहने लगा और ज़िन्दगी बसर करने लगा।

उसका बीमार और बेजान जिस्म काम करते-करते घिस चुका था। तकलीफ़ें और वोदका घुन बनकर उसे खोखला कर चुकी थीं। अब मौत पैनी निगाहों वाली एक ख़ूँख़ार चील की तरह उसकी फ़िराक़ में रहने लगी थी। दिन में वह कहीं अँधेरे कोनों में छिपी रहती और रात होते ही चुपचाप उसके सिरहाने आकर बैठ जाती। वह बड़ी शान्ति से अपने शिकार का इन्तज़ार कर रही थी। वह मुसलसल बड़े सब्र के साथ सुबह होने तक वहीं बैठी रहती।

सूरज की पहली किरण के साथ जब वह एक चोट खाए जानवर की तरह अपने कमज़ोर सर को कम्बल से बाहर निकालता तो पाता कि वहाँ कोई नहीं है। वह शक़ भरी निगाहों से अपने कमरे के कोनों में झाँकता, चालाकी से अचानक मुड़कर अपनी पीठ के पीछे की ओर देखता और विदा होती भोर के झुटपुटे में कोहनियों के बल उठकर आँखे गड़ाए देर तक अपने ठीक सामने की तरफ़ देखता रहता। और तब उसे जो चीज़ नज़र आती, वह दूसरे लोग कभी नहीं देख पाते हैं—एक लहराती हुई विशाल, आकारहीन और भयानक सुरमई पारदर्शी काया, जो वहाँ रखी हर चीज़ पर छाई होती थी। ऐसा लगता

था मानो उसके कमरे में सब कुछ एक काँच की दीवार के पीछे रखा हो। मगर धीरे-धीरे उसने इस काया से डरना छोड़ दिया। वह समझने लगा था कि यह काया अपने पीछे सर्द निशान छोड़ते हुए थोड़ी देर में वहाँ से चली जाएगी और फिर अगली रात तक वापिस नहीं आएगी।

इसके बाद अक्सर कुछ देर के लिए उसकी आँखें झपक जाती थीं और वह अजीब-अजीब और भयानक सपने देखने लगता था। सपने में उसे झक्क सफ़ेद रोशनी में नहाया हुआ सफ़ेद दीवारों और सफ़ेद छत वाला एक कमरा दिखाई देता। वह देखता कि कमरे के दरवाज़े के नीचे से एक काला साँप रेंगकर निकल रहा है और सरसराहट की आवाज़ आ रही है। यह सरसराहट किसी वहशियाना हँसी की तरह लगती थी। अपने पैने सर को फ़र्श से सटाये हुए और बल खाते हुए साँप तेज़ी से रेंगते हुए बाहर निकल जाता था और उसकी आँखों से ओझल हो जाता था। कुछ देर बाद उसे फिर से वही दृश्य दिखाई देता। दरवाज़े के नीचे की दरार से एक साँप का चपटा मुँह और फैलता शरीर नज़र आता। और फिर उसी सपने में यह दृश्य उसे बार-बार दिखाई देता। एक बार जब उसने कोई मज़ेदार सपना देखा तो वह हँस पड़ा और उसे अपनी हँसी एक दबी हुई सिसकी की तरह सुनाई पड़ी। वह बुरी तरह से डर गया। यह ऐसा डरावना एहसास था, जैसे कहीं दूर गहराई में उसकी आत्मा हँस रही हो या रो रही हो और उसका शरीर एक मरे हुए इनसान की तरह गतिहीन पड़ा हो।

निकलते हुए दिन की आवाज़ें धीरे-धीरे उसकी चेतना में प्रवेश करने लगतीं। गली में से गुज़रते हुए लोगों की बातचीत, दरवाज़ों की चरमराहट और गली में बर्फ़ झाड़ते जमादार की झाड़ू की खर्र-खर्र उसके कानों में घुस आती। उसे यह एहसास होने लगता कि नया दिन निकल चुका है और अब उसे उठकर जीने के लिए फिर से लड़ना होगा, जबकि इस बात की कोई उम्मीद नहीं थी कि इस लड़ाई में जीत उसकी ही होगी। यह एहसास बड़ा भयानक होता।

आज उसे फिर से जीना होगा।

वह दिन के उजाले की तरफ़ पीठ करके, तहख़ाने में घुस आयी रोशनी की पतली-सी किरण से अपने आपको बचाते हुए कम्बल को सर के ऊपर

तक खींचकर लेट जाता था। कम्बल के नीचे अपने घुटनों को मोड़कर शरीर की गठरी-सी बना लेता था और चुपचाप, बिना हिले-डुले पड़ा रहता था। तहख़ाने की सरदी से बचने के लिए वह अपने सारे कपड़ों को अपने ऊपर लाद लेता। उसे इन कपड़ों से कोई दिक़्क़त महसूस नहीं होती थी और ठण्ड का हमला उसपर पहले की तरह जारी रहता था। कमरे के बाहर चल रही ज़िन्दगी का सबूत देती हर आहट को सुनकर उसको ऐसा लगता जैसे उसका शरीर फैलकर कम्बल से बाहर आ गया है और वह तुरन्त अपने आप को और ज़्यादा सिकोड़ लेता और चुपचाप कराहने लगता। कराहते हुए वह कोई आवाज़ नहीं करता था क्योंकि वह अपनी आवाज़ और अपने विचारों से भी डरने लगा था। वह मन ही मन मनाता कि दिन निकले ही नहीं और वह दिनभर बिना हिले-डुले और बिना किसी चीज़ के बारे में सोचे अपने चीथड़ों के ढेर के नीचे पड़ा रहे। अपने आप को यह यक़ीन दिलाने में वह अपनी पूरी ताक़त लगा देता कि रात अभी गुज़री नहीं है। वैसे, उसकी अब सिर्फ़ एक ही इच्छा थी कि कोई उसके सर के पीछे बन्दूक रखकर गोली चला दे।

दूसरी तरफ़ दिन शुरू हो चुका था। वह आगे, और आगे बढ़ता जा रहा था और लोगों को जीने के लिए प्रेरित कर रहा था। आस-पास की दुनिया हिलने-डुलने लगी थी और काम करने लगी थी। तहख़ाने में बनी उस चाल में सुबह सबसे पहले वहाँ की मालकिन उठा करती थी। मत्र्योना नाम की उस बुढ़िया का एक पच्चीस-साला प्रेमी भी था, जो उसी चाल में रहता था। उठते ही मत्र्योना रसोई में काम करने लगती। उसके चलने-फिरने और बाल्टियों के टकराने का शोर पूरी चाल में गूँजने लगता। चाल की रसोई हमारी इस कहानी के नायक ख़ीझनिकफ़ के दरवाज़े के एकदम सामने थी। मत्र्योना के रसोई में घुसने की आहट पाकर ख़ीझनिकफ़ सांस रोके पड़ा रहता और तय कर लेता कि मत्र्योना के बुलाने पर वह कोई जवाब नहीं देगा। मगर वह उसे आवाज़ ही न देती। चुपचाप रसोई में अपना काम ख़तम करती और कहीं चली जाती। इसके दो घण्टे बाद तहख़ाने में रहनेवाले दूसरे किरायेदार उठने लगते, जिनमें सबसे पहले दुन्याशा अपना बिस्तर छोड़ती थी, जो धन्धा करके अपनी जीविका चलाती थी। दुन्याशा के बाद मत्र्योना का जवान प्रेमी अब्राम पित्रोविच भी उठ खड़ा होता। अपनी कम उम्र के बावजूद उसे उसके पूरे नाम

से बुलाया जाता था, जिसका मतलब रूस में यह होता है कि लोग उसका सम्मान करते थे क्योंकि वह एक दबंग और होशियार चोर था। लोगों को शक था कि वह चोरी के अलावा भी बहुत कुछ करता है, लेकिन इसके बारे में कोई खुलेआम कुछ नहीं बोलता था। इन दोनों से भी ख़ीझनिकफ़ बेहद डरता था क्योंकि ये दोनों बिना पूछे-ताछे उसके कमरे में घुस आते थे और उसके पलंग पर बैठ जाते थे। उससे बात करते-करते ये लोग उससे छेड़छाड़ भी करते थे।

एक बार पीने के बाद ख़ीझनिकफ़ दुन्याशा के साथ सो भी चुका था। तब उसने उससे शादी करने का वादा कर दिया था। हालाँकि इसके जवाब में दुन्याशा उसका कन्धा थपथपाते हुए हँसने लगी थी। दुन्याशा को पूरे दिल से ऐसा लगता था कि ख़ीझनिकफ़ उसके प्यार में दीवाना है, इसलिए वह अक्सर उसपर मेहरबान रहा करती थी। असल में वह काफ़ी खुले दिलवाली, मनचली और बेवक़ूफ़ लड़की थी। उसका रहन-सहन काफ़ी गन्दा था इसलिए उससे हमेशा एक अजीब-सी बू आया करती थी। पुलिसवालों से बचने के लिए वह उनपर भी मेहरबानियाँ करती थी और उसकी कई रातें पुलिस थाने में कटा करती थीं। अब्राम पित्रोविच से ख़ीझनिकफ़ की पुरानी दोस्ती थी। दोनों कई बार साथ में दारू पीते थे। नशे में धुत्त होकर ख़ीझनिकफ़ उसे गले लगाता, चूमता और ज़िन्दगी भर की पक्की दोस्ती की क़समें खाया करता था।

उस दिन जब ख़ीझनिकफ़ को अब्राम की तरोताज़ा और तेज़ आवाज़ सुनाई पड़ी और जब उसने अपने दरवाज़े के पास से फ़ुर्तीले क़दमों से उसे गुज़रते सुना तो वह भय और आशंका से सकते में आ गया। ऐसी हालत में वह ख़ुद को न रोक पाया और ज़ोर से कराह उठा। तभी उसे कुछ याद आ गया और उसकी आँखों के सामने वह दृश्य घूम गया जब दोनों किसी शराबख़ाने में बैठकर पी रहे थे। शराबख़ाने में रोशनी के नाम पर, बस, एक धुंधला-सा बल्ब जल रहा था। वहाँ बैठे लोग आपस में फुसफुसाकर बातें कर रहे थे और वे दोनों भी फुसफुसा रहे थे। अब्राम के चेहरे का रंग उड़ा हुआ था और वह परेशान-सा अपने चोर-जीवन की कठिनाइयों की शिकायत कर रहा था। अचानक अब्राम ने अपनी कमीज़ की आस्तीन ऊपर उठाई और अपने उघड़े हुए हाथ पर एक हड्डी को छूकर देखने को कहा। यह हड्डी ग़लत जुड़ी हुई थी। ख़ीझनिकफ़ ने उसके हाथ को चूमते हुए कहा—

—मुझे चोरी करनेवाले लोग बहुत पसन्द आते हैं क्योंकि वे बहुत हिम्मती होते हैं—यह कहते हुए ख़ीझनिकफ़ ने उससे दोस्ती में और क़रीब आने और उनके बीच बनी हुई दूरी को ख़त्म करने की बात की। इसके लिए उसने रूसी रिवाज के हिसाब से हाथ में जाम उठाकर बाँह में बाँह डालकर पैग पीने को कहा। यह रिवाज पीनेवालों को एक-दूसरे के क़रीब लाता है और उनमें अपनापा पैदा हो जाता है। ख़ीझनिकफ़ के प्रस्ताव के जवाब में अब्राम ने कहा—

—और मुझे तुम इसलिए बहुत अच्छे लगते हो क्योंकि तुम पढ़े-लिखे हो और हम जैसे आम लोगों की बातें भी समझते हो।

—देखो न, मेरा हाथ, यह रहा! इसी वजह से मेरी ज़िन्दगी ऐसी है।

और फिर से वही रक्तहीन सफ़ेद हाथ ख़ीझनिकफ़ के सामने आ गया। अपनी सफ़ेदी के कारण वह बड़ा दयनीय लग रहा था। तब अचानक नशे की झोंक में ख़ीझनिकफ़ उसके उस हाथ को चूमने लगा जिसकी वजह से अब्राम अपंग माना जाने लगा था। अब्राम को उसके ये जज़्बात बहुत अच्छे लगे और नशे में वह भी चिल्लाने लगा—

—ठीक है, मेरे भाई, ठीक है! हम जान दे देंगे लेकिन आन-बान-शान नहीं देंगे।

इसके बाद उसकी आँखों के आगे कुछ और मंज़र घूम गए, जिनमें कुछ मिली-जुली यादें थीं—कुछ घिनौने पल, किसी की चीख़ें, सीटियों की आवाज़ें, और नाचती हुई टिमटिमाती बत्तियाँ। तब यह सब मज़ेदार लगा करता था, लेकिन अब, जब उसकी कोठरी के कोने-कोने में मौत चक्कर लगा रही हो और हर दिशा से आगे बढ़ता हुआ दिन जीने और काम करने तथा कुछ पाने के लिए संघर्ष करने को प्रेरित कर रहा हो तो यह सब बहुत तकलीफ़देह और बेहद डरावना लगता है।

—मालिक, क्या आप सो रहे हैं?—अब्राम ने मज़ाक में दरवाज़े के बाहर से ही पूछा, लेकिन कोई जवाब न मिलने पर बोला—

—ठीक है, सोते रहो। भाड़ में जाओ तुम।

कई मिलने-जुलने वाले अब्राम के पास आते रहते हैं और दिनभर ख़ीझनिकफ़ को दरवाज़े के खुलने-बन्द होने का शोर और आदमियों की

भारी आवाज़ें सुनाई देती रहती हैं। और उसे हर दस्तक सुनकर लगता है कि कोई उससे मिलने या उसे लेने के लिए आया है। उनसे बचने के लिए वह अपने बिस्तर में और ज़्यादा अन्दर घुस जाता और वहीं से वह देर तक यह पहचानने की कोशिश करता कि वह आवाज़ किसकी है। उसको आख़िर किसका इन्तज़ार है। दिल में दर्द लिए वह किसका इतना इंतज़ार करता है कि उसका पूरा बदन काँपने लगता है। हालाँकि इस पूरी दुनिया में उसका अपना कोई नहीं है, जो उससे मिलने या उसे लेने के लिए आए।

कभी, बहुत पहले, उसकी एक बीवी हुआ करती थी, मगर अब तो उसकी मौत हो चुकी है। उससे भी पहले उसके भाई-बहन थे और उनसे भी पहले उसे वह ख़ूबसूरत औरत याद है, जिसे वह माँ कहता था, लेकिन जिसकी छवि आज धुँधली पड़ चुकी है। अब उन सबकी मौत हो चुकी है। उनमें से अगर कोई ज़िन्दा बचा भी हो तो इस विशाल संसार में वह ऐसे ग़ुम हो गया है कि उसके लिए वह मरे बराबर ही है। वह भी जल्दी ही मर जाएगा—वह यह बात अच्छी तरह जानता है। आज जब वह अपने बिस्तर से उठेगा, उसके पैर लड़खड़ाएँगे और काँपेंगे और उसके हाथ अजीब-सी हरकतें करेंगे—और यही होगी मौत। लेकिन जब तक वह आ नहीं जाती, उसे जीना होगा। पर एक ऐसे आदमी के लिए, जिसके पास न पैसे हैं, न अच्छी सेहत और न ही जीने की कोई इच्छा, यह एक बहुत ही मुश्किल काम है। यह सब सोचकर ख़ीझनिकफ़ नाउम्मीदी में डूब गया। अचानक उसने अपने ऊपर से कम्बल हटा दिया और अपने हाथ सर के पीछे मोड़कर असहाय-सा ज़ोर-ज़ोर से कराहने लगा। वह देर तक कराहता रहा मानो वे कराहें तकलीफ़ झेलनेवाले सभी लोगों की छातियों से होकर आ रही हों। इसीलिए वे दर्द से इस कदर सराबोर हैं।

अब दुन्याशा उसके दरवाज़े के सामने खड़े होकर चिल्ला रही थी—खोलो भी, अरे जल्दी खोलो, गाज गिरे तुम पर—और दरवाज़े पर मुक्के मारते हुए कह रही थी—खोलो, नहीं तो दरवाज़ा तोड़ दूँगी!

ख़ीझनिकफ़ लड़खड़ाता और काँपता हुआ बिस्तर से उठा और दरवाज़े के पास पहुँचकर उसने सिटकनी खोल दी और गिरते-पड़ते वापिस लौटकर जल्दी से बिस्तर में घुस गया। अन्दर आकर दुन्याशा उसके पास बैठ गई।

वह दीवार की तरफ़ सरक गया। दुन्याशा के बाल सँवरे हुए थे और चेहरे पर पाउडर लगा हुआ था। उसने अपना एक पैर दूसरे पैर पर चढ़ा लिया और फुसफुसाते हुए बोली—

—मैं एक बुरी ख़बर लाई हूँ। कल कात्या भगवान को प्यारी हो गई।

—कौन कात्या?—ख़ीझनिकफ़ ने पूछा। उसकी ज़ुबान बड़ी मुश्किल से हिली। उसे बोलने में तकलीफ़ हो रही थी।

—अरे, तुम उसे भूल गए—दुन्याशा धीमे से हँसी—वही कात्या, जो हमारे यहाँ रहती थी। अभी एक हफ़्ता पहले ही तो उसने कोठरी छोड़ी है। तुम उसे इतनी जल्दी कैसे भूल गए?

उसने बेलागी से कहा—मर गई?

—हाँ, मर गई। जैसे सब मरते हैं, वैसे ही वो भी मर गई।

दुन्याशा ने अपनी छोटी उँगली पर थूक लगाकर अपनी पलक पर लगे पाउडर को पोंछा।

—कैसे मरी वो?

—जैसे सब मरते हैं। कौन जाने, उसको क्या हुआ था! मुझे तो बस, कल चाय की गुमटी पर पता लगा। कोई कह रहा था—सुना है, कात्या मर गई।

—क्या वो तुम्हारी दोस्त थी?

—बिलकुल थी। यह भी कोई पूछने की बात है!

दुन्याशा उसकी तरफ़ ऐसे देखने लगी मानो कह रही हो, तुम कितने मूढ़ और नासमझ हो। उसके पास कहने को और कुछ नहीं था। इसलिए वह प्यार से उसकी तरफ़ ताकने लगी।

और दिन शुरू हो गया।

## 2

इन दिनों सरदी इतने कड़ाके की पड़ रही थी कि स्कूलों में बच्चों की छुट्टी कर दी गई और घुड़दौड़ के मैदान में घोड़ों की रेस भी कुछ दिनों के लिए बन्द कर दी गई। दरअसल ऐसी सरदी में घोड़ों को ठण्ड लग जाने का डर रहता है। जब नतालिया अपने छह दिन के नवजात शिशु को गोदी में लिए अस्पताल से बाहर आयी तो एक पल के लिए तो वह यह देखकर ख़ुश हो गई

कि उस दिन बेहद सरदी की वजह से शाम के धुँधलके में नदी के किनारे वाले पुश्ते पर कोई नहीं था और अब उसको किसी जान-पहचानवाले के अचानक टकरा जाने का डर भी नहीं था। पहले वह सोच रही थी कि जैसे ही अपने बच्चे के साथ वह अस्पताल की दहलीज़ पार करेगी, शोर-गुल मचाते और सीटी बजाते हुए लोगों की भीड़ उसका स्वागत करेगी। इस भीड़ में शामिल होगा उसका लकवाग्रस्त बाप, कुछ परिचित छात्र, सेना के जवान और कुछ भद्र क़िस्म की महिलाएँ। वे सभी उसकी ओर इशारा करते हुए चिल्ला-चिल्ला कर कहेंगे—यही है वो लड़की, जो सिर्फ़ छठी तक पढ़ी है। भले घरों के होशियार लड़कों से इसकी दोस्ती थी। पहले यह लड़की भद्दे शब्द सुनकर शर्म से लाल हो जाया करती थी, पर अब केवल छह दिन पहले इसने ख़ैराती अस्पताल में दूसरी छिनालों के साथ बच्चे को जना है।

मगर रास्ता एकदम ख़ाली पड़ा था। उस समय वहाँ तेज़ बर्फ़ीली हवा चल रही थी। पाले की वजह से बर्फ़ के फ़ाहे छोटी-छोटी कंकड़ियों में बदल गए थे और तेज़ हवा से सड़क पर पड़ी ये मटमैली कंकड़ियाँ छींटों की तरह ऊपर उछल रही थीं। रास्ते में आनेवाली हर ज़िन्दा और मुर्दा चीज़ को यह बर्फ़ीली आँधी अपने आग़ोश में ले लेती थी। इस बेहद ठण्डे माहौल में नतालिया ख़ुद को भी बर्फ़-सा ठण्डा और जीवन से कटा हुआ महसूस कर रही थी। इस वक़्त उसने वही छोटा-सा स्वेटर पहन रखा था, जो वह अक्सर स्केटिंग के लिए जाते हुए पहना करती थी। जब उसे दर्द शुरू हुए तो अस्पताल जाते समय उसने जल्दबाज़ी में वही स्वेटर पहन लिया था।

पाला इतना भयानक था और हवा इतनी ठण्डी कि ठण्ड ने उसे भी अपने आग़ोश में जकड़ लिया तो वह बेहद घबरा गई। उसे लगने लगा कि दुनिया एक असीम बर्फ़ीला रेगिस्तान है, जहाँ न तो जीवन है, न रोशनी और न ही किसी तरह की गरमी। उसकी आँखों से दो गरम आँसू छलक पड़े और वे तुरन्त ही उसकी पलकों के कोरों पर जम गए। सर झुकाकर उसने उन आँसुओं को अपने एक हाथ में पकड़ी गठरी से पोंछ लिया, फिर हिम्मत जुटाकर वह तेज़ क़दमों से आगे चल दी। इस वक़्त उसके दिल में बच्चे के लिए ज़रा भी प्यार नहीं था। उसे लग रहा था कि दुनिया में किसी को भी उसकी और उसके बच्चे की ज़रूरत नहीं है। लेकिन उसका हौसला फिर भी टूटा नहीं था। और वह अपने दिमाग़ में एक पते को बार-बार दोहरा रही थी :

—निमचीनफ़ स्ट्रीट, कोने से दूसरा मकान...निमचीनफ़ स्ट्रीट, कोने से दूसरा मकान।

अस्पताल में बिस्तर पर लेटे हुए बच्चे को दूध पिलाते-पिलाते पूरे छह दिन उसने इस पते को कई बार दोहराया था। यह पता उसकी एक दूध-बहन का था। उससे नतालिया का ख़ून का तो कोई रिश्ता नहीं था, लेकिन दोनों को एक ही माँ ने अपना दूध पिलाकर पाला था। कात्या नाम की वह लड़की एक वेश्या थी। नतालिया जानती थी कि उसे और उसके बच्चे को सिर्फ़ उसी के पास पनाह मिल सकती है। कोई एक साल पहले, जब उसकी ज़िन्दगी हँसते-गाते गुज़र रही थी, तब कात्या के बीमार पड़ने पर वह उससे मिलने जाती थी और उसे मदद के तौर पर कुछ पैसे देकर आती थी। आज जब वह ख़ुद मुसीबत में है तो कात्या ही अकेली ऐसी इनसान थी, जिससे उसे मदद माँगते हुए कोई शरम महसूस नहीं हो रही थी। उसने मन ही मन फिर से उसका पता दोहराया—

—निमचीनफ़ स्ट्रीट, कोने से दूसरा मकान...निमचीनफ़ स्ट्रीट, कोने से दूसरा मकान।

आगे एक पुल था जिसपर चढ़कर उसे पार करना ज़रूरी था। हवा लगातार उसे अपने घूँसे मार रही थी। जब वह पुल पर पहुँची तो शीत लहर ने उसकी छाती पर भयानक चोट की और अपने मज़बूत पंजे उसके ठिठुरते हुए चेहरे पर गड़ा दिए। मुक़ाबले की इस बाज़ी में हारकर हवा शोर मचाते हुए बार-बार पुल से नीचे नदी पर कूद जाती और फिर जमी हुई नदी की बर्फ़ीली सतह पर एक चक्कर लगाकर फिर ऊपर उड़ आती और अपने फड़कते सर्द पंखों को फैलाकर नतालिया का रास्ता रोककर खड़ी हो जाती। आख़िर थककर नतालिया रुक गई और पस्त-सी पुल के जंगले पर टिक गई। उसने देखा कि नीचे नदी के एक छोटे-से हिस्से पर पानी अभी तक नहीं जमा है। उसे लगा उस गहरे पानी से एक काली-सी आँख उसे घूर रही है। नदी को घूरते देखकर उसके मन में डर पैदा हो गया। लेकिन वह दिलेरी के साथ आगे बढ़ी और मन ही मन कात्या के पते को फिर से दोहराने लगी—

—निमचीनफ़ स्ट्रीट, कोने से दूसरा मकान...निमचीनफ़ स्ट्रीट, कोने से दूसरा मकान।

# 3

उधर ख़ीझनिकफ़ कपड़े बदलकर दोबारा बिस्तर में घुस गया था और उसने अपना गरम कोट अपने बदन पर डाल लिया था। उसके पास गर्म कपड़ों में से बस, यह कोट ही बचा था और उसकी खोली में इतनी ज़्यादा ठण्ड थी कि दीवारों के कोनों में बर्फ़ की हलकी परत जम गई थी। लेकिन वह कोट के समूर में नाक-मुँह घुसाकर गहरी-गहरी सांस ले रहा था, जिससे उसको गरमाहट और सुकून मिल रहा था। सारा दिन पड़े-पड़े वह ख़ुद से झूठ बोलता रहा कि कल वह काम की तलाश में ज़रूर जाएगा और कोई न कोई काम ढूँढ़ ही लेगा।

लेकिन फ़िलहाल वह आलस में पलंग तोड़ रहा था और कुछ सोचना तक नहीं चाहता था। बस, बाहर से आती किसी तेज़ आवाज़ या दरवाज़े की धड़ाम से वह काँप जाता था। अचानक बाहर किसी ने दरवाज़ा खटखटाया। ऐसा लगा जैसे किसी ने डरते-डरते जल्दबाज़ी में हथेली के पिछले भाग से तहख़ाने के मुख्य दरवाज़े पर दस्तक दी हो। उसका कमरा तहख़ाने के मुख्य दरवाज़े के सबसे नज़दीक था, इसलिए ध्यान से सुनने पर उसे इस बात की भनक लग जाती थी कि बाहर क्या हो रहा है। उसे सुनाई दिया कि यह दस्तक सुनकर चाल की मालकिन मत्र्योना ने तहख़ाने का दरवाज़ा खोला। कोई तहख़ाने के अन्दर आया और दरवाज़ा फिर से बंद हो गया। उसके बाद कुछ देर के लिए ख़ामोशी छा गई। उसने अपने कान खड़े कर लिए और वह अपने कमरे में पड़े-पड़े आगन्तुक और मत्र्योना के बीच होनेवाली बातचीत का इन्तज़ार करने लगा। मत्र्योना ने बड़े ग़ैर-दोस्ताना अन्दाज़ में पूछा—

—किससे मिलना है?

तब एक धीमी-सी औरताना आवाज़ ने घबराकर कहा—जी, मुझे कात्या निचायेवा से मिलना है। वो यहीं रहती है न?

—यहीं रहती थी। तुम्हें उससे क्या काम है?

—जी, मुझे उससे बहुत ज़रूरी काम है। क्या वो घर पर नहीं है?

—कात्या मर चुकी है। उसकी हाल ही में मौत हो गई। वो अस्पताल में भर्ती थी।

फिर एक लम्बी ख़ामोशी छा गई। इतनी लम्बी कि ख़ीझनिकफ़ की गरदन में दर्द होने लगा, क्योंकि जब तक वे दोनों औरतें चुप थीं, वह उस ओर से अपने कान हटाने की हिम्मत नहीं कर पा रहा था। तभी उस अजनबी औरत ने धीमे से कहा—

—जी, तो मैं चलती हूँ।

पर अगले ही पल मत्र्योना ने उससे पूछा :

– यह तुम्हारे हाथ में क्या है? क्या कात्या के लिए कुछ लाई थीं?

तब ख़ीझनिकफ़ को लगा कि जैसे ज़मीन पर कुछ गिरा हो। यह आवाज़ सुनकर वह समझा कि कोई घुटनों के बल ज़मीन पर गिरा है। वह अजनबी लड़की सिसकते हुए बोली—

—आप ही इसे ले लीजिए! भगवान के लिए, ले लीजिए! और मैं...मैं चली जाऊँगी।

—अरे, यह क्या है?

फिर से लम्बी ख़ामोशी छा गई और देर तक रह-रह कर रोने की आवाज़ आती रही। इस रुदन में रोनेवाली की गहरी थकान और निराशा महसूस हो रही थी। ऐसा लग रहा था कि जैसे उसकी उम्मीद की आख़िरी किरण भी टूट गई हो।

—अरे, यह तो बच्चा है। तुमने इसे इतनी सख़्ती से क्यों लपेट रखा है। इसका दम घुट जाता तो?!

—बड़ी रुखाई से गुस्से में मत्र्योना चिल्लाई। फिर आगे बोली—

—कैसी फूहड़ औरत है! बच्चा तो जन दिया लेकिन उसकी देखभाल कैसे करते हैं, यह आता नहीं। कौन भला बच्चे को इस कदर कसकर लपेटता है?! ख़ैर, आओ, अन्दर आओ मेरे साथ। अरे, वहीं ठिठकी क्यों खड़ी हो? मैं कह तो रही हूँ, चलो, भीतर चलो!

फिर दरवाज़े के पास सन्नाटा छा गया। ख़ीझनिकफ़ ने कुछ और देर तक अपने कान खड़े रखे, फिर अपना सर कोट में घुसा लिया। वह ख़ुश था कि उसे उठना नहीं पड़ा था। दरवाज़े के पास क्या घटा था, उसने यह जानने की कोशिश भी नहीं की। थोड़ी देर में उसे लगा कि रात होने वाली है।

वह अपने जीवन के बारे में सोच रहा था और खीझ रहा था कि यह

ज़िन्दगी भी कोई ज़िन्दगी है। दिन-रात ख़ुद को घिसते रहो तब दो जून की रोटी मिल पाती है। यह सब सोचकर वह बेचैन हो गया था। उसकी बीती ज़िन्दगी ग़लाज़त, सड़ाँध, गन्दगी, कंगाली और ख़ौफ़ से भरी थी। और आनेवाला वक़्त भी इससे बेहतर दिखाई नहीं दे रहा था। वह गरम कोट के नीचे लेटा था, फिर भी ठण्ड से सिकुड़ता जा रहा था। तभी दुन्याशा उसकी खोली में घुस आयी। आज वह लाल कमीज़ पहने हुए थी और कुछ सुरूर में थी। उसकी पोशाक से ऐसा लग रहा था कि वह बाहर जाने के लिए तैयार होकर आयी है। अन्दर आकर वह धम से पलंग पर बैठ गई और ताली बजाते हुए बोली—

—एक बढ़िया ख़बर लाई हूँ!—वह ज़ोर-ज़ोर से हँसने लगी।—अब हमारे साथ एक बच्चा भी रहेगा। वह इतना छोटा-सा है, एकदम नन्हा-सा, नन्हा-मुन्ना। लेकिन चिल्लाता किसी हवलदार की तरह है, कसम से, पूरा हवलदार है वो!

वह खुशी से फूली नहीं समा रही थी। बोलते-बोलते उसने प्यार से ख़ीझनिकफ़ की नाक पर हल्की-सी थपकी दे दी और फिर बोली—

—चलो न बच्चे को देखने, नहीं तो अकेले तुम ही ऐसे रह जाओगे, जो उससे नहीं मिला है। सब वहाँ पहुँच चुके हैं। मत्र्योना उसे नहलाने की तैयारी कर रही है। पानी गरम करने के लिए उसने चूल्हे पर पतीला चढ़ा दिया है। अब्राम मत्र्योना की मदद कर रहा है। बड़ा मज़ा आ रहा है वहाँ। और बच्चा उआँ-उआँ कर रहा है...।

ख़ीझनिकफ़ से यह सब कहते हुए दुन्याशा ख़ुद भी बच्चा बन गई थी। बच्चे जैसा चेहरा बनाने की कोशिश करते हुए वह ख़ीझनिकफ़ के कान के पास मुँह लाकर उसी की तरह चिल्लाने लगी—

—उआँ-उआँ ...! अरे, क़सम से, एकदम हवलदार है! चलो, उठो न। क्या आलसियों की तरह पड़े हुए हो।

ख़ीझनिकफ़ को बच्चा देखने की कोई उत्सुकता नहीं थी। उसे ठण्ड लग रही थी। और वह कोट से बाहर निकलना भी नहीं चाहता था। दुन्याशा ने थोड़ा नाराज़गी से फिर कहा—

—नहीं चलोगे, तो ठीक है, भाड़ में जाओ तुम और तुम्हारा आलस। इसी आलस में पड़े-पड़े मर जाओगे और फिर सड़ जाओगे।

ख़ीझनिकफ़ को बुरा-भला कहकर बच्चे को देखने की उत्सुकता में वह ख़ुशी से उछलते हुए उसकी खोली से चली गई। कोई आधे घण्टे बाद अपने कमज़ोर पैरों पर लड़खड़ाते हुए और दरवाज़े की चौखट का सहारा लेते हुए ख़ीझनिकफ़ अपनी खोली के सामने ही बनी सबकी मिली-जुली रसोई तक पहुँचा। झिझकते हुए उसने रसोई का दरवाज़ा थोड़ा-सा खोला और उसकी झिर्री में से अन्दर झाँका। अन्दर से वहाँ जमा औरतें चीख़ने लगीं—

—अरे, कौन है यह, बेवक़ूफ़! जल्दी से बन्द करो। देखते नहीं, बच्चे को नहला रहे हैं, सरदी लग जाएगी उसको!

ख़ीझनिकफ़ ने तुरन्त रसोई में घुसकर दरवाज़े को खींचकर बन्द कर दिया और अपना दायाँ हाथ माथे की तरफ़ ले गया। वह बच्चे की तरफ़ देख रहा था, मानो उससे माफ़ी माँग रहा हो। पर जब किसी ने भी ने उसकी तरफ़ ध्यान नहीं दिया तो उसने चैन की सांस ली।

रसोईघर छोटा-सा था। वहाँ जल रहे चूल्हे, पतीले से उठ रही भाप और वहाँ मौजूद लोगों की भीड़ की वजह से रसोई में काफ़ी गरमी थी। मत्र्योना अपनी भौहें सिकोड़े एक तसले में बच्चे को नहला रही थी और हाथ तिरछा करके पतीले से पानी भरकर बच्चे पर डालते हुए लाड़ से बोलती जा रही थी :

– मेरे मुन्ने, नहा ले! नहा-धोके राजा बाबू बन जा! लिल्ली...लिल्ली... लिल्ली ...लिल्ली ...! देख ज़रा वो आयी बिल्ली! ठण्ड बहुत है चिल्ली-चिल्ली ...!

बच्चा आराम से नहा रहा था, शायद इसलिए कि रसोई में रोशनी थी और बहुत-से लोग थे, या शायद इसलिए कि उसको गरम पानी की छुअन अच्छी लग रही थी। वह कभी-कभी अपना लाल चेहरा ऐसे सिकोड़ लेता मानो उसे छींक आनेवाली हो। मत्र्योना के पीछे से दुन्याशा तसले की ओर देख रही थी। मौक़ा मिलते ही उसने अपनी तीन उँगलियों को पानी में डालकर उन्हें बच्चे पर छिड़क दिया, मानो बच्चे का बपतिस्मा कर रही हो। मत्र्योना को दुन्याशा की यह दखलअंदाज़ी बिलकुल पसन्द नहीं आयी। वह उसपर चीख़ पड़ी—

—चलो, हटो यहाँ से। तुम कहाँ घुसी आ रही हो? देखती नहीं हो, मुन्ना अभी ज़रा-सा है। तुम्हें इतने छोटे बच्चे को नहलाना आता है?

—अरे भई, तंग मत करो—अब्राम ने कहा—मुन्ना अभी बहुत छोटा है।

बहुत नाज़ुक है। अच्छी तरह से उसकी देखभाल करनी होगी।

ख़ीझनिकफ़ रसोई की मेज़ पर एक कोने में बैठ गया था और बड़े प्यार से मुन्ने के नन्हे गुलाबी हाथों को निहार रहा था। अचानक मुन्ना अपनी उँगलियाँ हिलाने लगा। यह देखकर दुन्याशा ज़ोर-ज़ोर से हँसने लगी और बोली—

—बिलकुल हवलदार है, कसम से!

अब्राम ने दुन्याशा को चिढ़ाते हुए पूछा—

—अच्छा? तो इसका मतलब यह है कि तुमने किसी हवलदार को भी नहाते हुए देखा है?

यह सुनकर सब लोग हँसने लगे और ख़ीझनिकफ़ लाड़ से मुस्कुरा दिया। अगले ही पल, उसने वहाँ जमा औरतों से डरकर मुस्कुराना बन्द कर दिया और ग़ौर से बच्चे की माँ की तरफ़ देखा। वह थकी-हारी दीवार से अपना सर टिकाकर कुरसी पर बैठी थी। उसकी काली आँखों में बड़ा सुकून नज़र आ रहा था। उसके बेटे को पनाह मिल चुकी थी। उसके पीले पड़ चुके चेहरे पर एक धूपीली मुस्कान खेल रही थी। यह देखकर ख़ीझनिकफ़ ज़ोर-ज़ोर से हँसने लगा।

**मूल रूसी भाषा से अनुवाद : अल्पना दाश**

**मूल रूसी भाषा में इस कहानी का नाम है—В подвале**

# गाँव में पेच्या के कुछ दिन

## 1

नाई ओसिप ने अपने सामने कुर्सी पर बैठे शख़्स के सीने पर मैली-सी चादर ठीक से फैलाकर, उसके किनारे को अपनी उँगलियों से उसके कॉलर में फँसाया और रूखे स्वर में ज़ोर से कहा—ओय लड़के, पानी ला!

अपनी हज़ामत बनवाने के लिए कुर्सी पर बैठे साहब अपने चेहरे को आयीने में बड़े ग़ौर से देख रहे थे। उन्हें अचानक अपने चेहरे पर एक पका हुआ मुहाँसा दिखा, जिससे उन्हें थोड़ी खीज हुई। तभी उन्हें एक पतला और छोटा-सा हाथ आयीने के सामने बने डेस्क पर कुछ रखता हुआ दिखाई दिया। उसने गरम पानी से भरा हुआ टिन का एक गिलास वहाँ रख दिया था। उन्होंने अपनी नज़रे उठाईं तो उन्हें सामने लगे आयीने में नाई का अजीब-सा अक्स दिखाई दिया। नाई तीखी नज़रों से उस बच्चे को घूर रहा था और नाराज़गी से कुछ बड़बड़ा रहा था। वह नाई यानी ओसिप ही उस कटिंग-सैलून का मालिक था।

जब उसकी दुकान पर आए ग्राहकों की हज़ामत प्रकोपि या मिख़अईल जैसे उसके नौसिखिया कर्मचारी बनाया करते थे, तो वे भी उस बच्चे पर अपनी झुँझलाहट उतारते थे और बच्चे को धमकाते हुए कहते थे—रुक बदमाश! अभी बताता हूँ तुझे!

इस तरह की झिड़की का मतलब होता था कि उस लड़के ने पानी देने में बहुत देर लगा दी है और उसे अब इसकी सज़ा मिलेगी।

नाई अपने उलटे हाथ के अँगूठे और तर्जनी से उन साहब के गाल को पहले उस्तरा फेरने लायक बना रहा था और फिर दूसरे हाथ से उस्तरा चला

रहा था। उसका उस्तरा कुछ भौंथरा था और हज़ामत बनवा रहे साहब की दाढ़ी के बाल मोटे और सख़्त थे, इसलिए उनके गाल पर उस्तरा फेरते समय कच-कच की आवाज़ आ रही थी। साहब का सर हलका-सा एक तरफ़ को झुका हुआ था और उनकी नज़र नाई के हाथों पर थी। साहब झिड़की खाने वाले लड़के के बारे में सोच रहे थे और मन ही मन कह रहे थे—ठीक ही तो है, इन लड़कों के साथ ऐसा ही सलूक होना चाहिए।

नाई की दुकान बेहद गन्दी थी। वहाँ मक्खियाँ भिनभिना रही थीं और सस्ते टेलकम पाउडर की गंध बसी हुई थी। लेकिन पूरी बस्ती में हज़ामत की यही दुकान सबसे सस्ती थी, इसलिए बस्ती में रहने वाले दिहाड़ी मज़दूर, दरबान-चौकीदार और नौकर-चाकर वगैरह वहाँ आया करते थे। कभी-कभी छोटे ओहदों पर काम करने वाले सरकारी कर्मचारी भी वहाँ दिख जाते थे। वहाँ तरह-तरह के लोगों का आना-जाना लगा रहता था। कुछ तो शक़्ल से ही अजीब लगते थे, क्योंकि उनके गाल इतने लाल होते थे कि जैसे उनपर लाली पोत दी गई हो। उनकी नज़र भी अलग-सी होती थी। उनके भोंडे चेहरों पर नज़र आने वाली उनकी छिद्दी और लाल आँखें देखकर ही यह संदेह होने लगता था कि जैसे वे गुण्डे और अपराधी हों। उस कटिंग सैलून से थोड़ी दूरी पर ही लाल-बत्ती वाला इलाका फैला हुआ था, जिसकी वजह से शहर के शरीफ़ माने जाने वाले लोग उस जगह से बचकर निकलते थे।

सैलून के उस सबसे नन्हे कर्मचारी का नाम था—पेत्च्या। या फिर हमारी हिन्दी में उच्चारण की सुविधा के लिए हम कह सकते हैं—पेच्या। वह अभी पूरे दस साल का भी नहीं हुआ था। दुकान के बाक़ी सभी कर्मचारी उसपर रौब जमाते और छोटी-छोटी बातों पर और कभी-कभी तो बिनबात ही उसे डाँटते-फटकारते। पेच्या की ही तरह वहाँ एक और लड़का काम करता था, जिसका नाम था—निकोला। वह पेच्या से पूरे तीन साल बड़ा था और जल्दी ही बाल काटने की ट्रेनिंग लेना शुरू करने वाला था। वैसे उसे ग्राहकों पर हाथ जमाने के मौक़े मिलने लगे थे। होता यह था कि जब मालिक की ग़ैरहाज़िरी में कोई बहुत ही सीधा-सादा ग्राहक आता और नाइयों का काम करने का मन नहीं होता, तो वे उस ग्राहक को निकोला के आगे बैठा दिया करते थे। निकोला छोटे क़द का था, इसलिए जब बाल काटने के लिए उसे बीच-बीच में अपनी

एड़ियाँ उठा-उठाकर पंजों के बल खड़ा होना पड़ता तो वे उसका मज़ाक भी उड़ाते थे। कभी-कभी तो ऐसा भी होता था कि ग्राहक के बाल बिगड़ जाने पर वह नाराज़ होकर निकोला पर चिल्लाने लगता था। जब कभी ऐसा होता तो दूसरे नाई उस भोले-भाले ग्राहक को दिलासा देने के लिए निकोला पर ग़ुस्सा होने लगते और उसे डाँटने का दिखावा किया करते थे।

परन्तु निकोला ख़ूब अच्छी तरह से यह जानता था कि यह सब दिखावा है, इसलिए वह भी उनके साथ ऐसे पेश आता, जैसे उसकी उम्र तेरह नहीं तीस साल की है। इस छोटी सी उम्र में ही वह सिगरेट पीया करता था। वह अपने दाँत भींचकर थूक की ऐसी पिचकारी मारता कि लोग घिनघिनाते हुए उसे गालियाँ देने लगते। बदले में वह भी गन्दी-गन्दी गालियाँ बकता। पेच्या से तो वह यह भी कहा करता था कि वह भी कभी-कभी शराब भी पी लेता है। लेकिन, शराब वाली बात शायद वह, बस, शेखी बघारने के लिए ही कहता था। निकोला कभी-कभी उम्र में ख़ुद से बड़े लोगों के साथ चकलों पर भी घूम आया करता था। जब वहाँ से वह बेहद ख़ुश और हँसता-झूमता हुआ वापस आता तो मालिक उसके दोनों गालों पर ऐसे थप्पड़ जड़ता मानो उसे थपथपा रहा हो।

दूसरी तरफ़ पेच्या का न तो सिगरेट और शराब से ही कोई वास्ता था और न ही वह गालियाँ देता था, हालाँकि कई गन्दे लफ़्ज़ उसे भी मालूम थे। वह निकोला जैसी हरकतें तो कभी नहीं करता था, पर कभी-कभार उसके मन में निकोला के लिए थोड़ी जलन ज़रूर पैदा हो जाती थी।

कभी-कभी दुकान में मुर्दाघर जैसी शांति होती थी। जब उसका मालिक पूरी रात मौज़मस्ती करने के बाद दिन में दुकान के एक कोने में पड़ा रात की नींद पूरी कर रहा होता और दूसरा नाई अख़बार के 'चोरी और डकैती' वाले पन्ने पर अपने जान-पहचान के लोगों के नाम ढूँढ़ रहा होता, तब पेच्या और निकोला बड़े प्यार से आपस में बतियाया करते थे। जब भी वे दोनों अकेले होते, तब पेच्या के साथ निकोला का रवैया पूरी तरह से बदल जाया करता था। वह बहुत उदार और दयालु हो जाता और बड़े प्यार से पेच्या को बालों की कटिंग की बारीकियों के बारे में समझाता। वह उसे बताता कि माँग वाले और बिना माँग वाले बाल कैसे काटे जाते हैं।

सैलून की खिड़की पर एक लड़की की मोम की एक आवक्ष-मूर्ति रखी हुई थी, जिसके गाल गुलाबी, पलकें लम्बी-लम्बी और काँच की आँखें आश्चर्य से खुली हुई थीं। ख़ाली समय मिलने पर वे दोनों बच्चे कभी-कभी उस खिड़की पर मूर्ति के पास बैठकर उस सड़क पर आते-जाते लोगों को देखा करते थे, जिसके दोनों तरफ़ छायादार पेड़ लगे हुए थे।

उस रास्ते पर सुबह से ही लोगों की हलचल शुरू हो जाती थी। गर्मियों में पेड़ धूल-मिट्टी से लिथड़कर सलेटी हो जाते थे और तेज़ धूप में पसीजने-से लगते थे। उनकी छाया से राहगीरों को ज़रा भी ठण्डक नहीं मिलती थी। पेड़ों के नीचे बनी बैंचों पर चिथड़े पहने ग़रीब और असहाय लोग बैठे रहते थे। ये बैंचें ही जैसे उनका घर था। अपनी और आसपास की ज़िन्दगी से उदासीन वे लोग बड़े बेचैन और थके हुए लगते थे। उनके चेहरों से साफ़ ज़ाहिर होता था कि आसपास की दुनिया से उन्हें कुछ लेना-देना नहीं है। उनके सिर कन्धों पर लटके हुए दिखाई देते थे, जैसे वे उनींदे से हों। लेकिन सरकार की तरफ़ से किसी को भी उन बैंचों पर लेटने या सोने की इज़ाज़त नहीं थी। नीली वर्दी वाला एक सिपाही वहाँ सारा दिन तैनात रहता था और ज्यों ही किसी को झपकी लेते देखता तो अपनी लाठी से उसे कोंचने लगता था। बीच-बीच में किसी-किसी बैंच पर साफ़-सुथरे कपड़े पहने हुए लोग भी दिखाई देते थे। औरतें मर्दों के मुक़ाबले ज़्यादा बनी-ठनी दिखाई देतीं। उनके कपड़े भी नए ज़माने के फ़ैशन के होते। उनकी शक़्लें एक जैसी लगतीं। अगर कोई उन्हें ग़ौर से नहीं देखे तो ऐसा लगता कि जैसे वे सब एक ही उम्र की हों। हालाँकि उनकी उम्र में बड़ा फर्क होता था। कोई बूढ़ी होती तो कोई अधेड़, कोई भरी-पूरी युवती होती तो कोई जवानी में क़दम रख रही किशोरी।

लेकिन इस सबके बावजूद वे औरतें ग़रीब थीं और मध्य वर्ग की दिखावे की संस्कृति-सभ्यता से परे थीं। वे खरखराई आवाज़ में ज़ोर-ज़ोर से बातें करतीं और एक दूसरे को नीचा दिखाने में भी कोई कसर उठा न रखती थीं। मर्दों से उनके रिश्ते कुछ ख़ास ही होते और वे उन्हें ऐसे गले लगाती जैसे वे ही उनके सब कुछ हों। वे लोग वहीं बैठकर खाते-पीते और शराब के नशे में धुत्त हो जाते। कभी-कभी उनके बीच झगड़ा हो जाता तो कोई मर्द किसी औरत की पिटाई कर डालता। मर्द के हाथों मार खाती हुई नशे में डूबी औरत

नीचे गिरती, फिर किसी तरह कोशिश करके खड़ी हो जाती और फिर-फिर गिरती। लेकिन उसे बचाने वाला वहाँ कोई न होता। आसपास के लोग इस तमाशे को देखकर ख़ुश दिखाई देते। वे लोग झगड़ रहे आदमी और औरत के चारों तरफ़ जमा होकर उनकी तू-तू मैं-मैं और गाली-गलौज का मज़ा लेते हुए ख़ूब हँसते-खिलखिलाते, पर जैसे ही वहाँ तैनात पुलिसवाला उनके क़रीब आने लगता, तब वहाँ से नौ दो ग्यारह हो जाते। सिर्फ़ पिटने वाली औरत ही वहाँ पड़ी रह जाती। वह सुबक-सुबककर ज़ोर-ज़ोर से रोती और ग़ुस्से में चीखती-चिल्लाती। धीरे-धीरे उसका रुदन बड़बड़ाहट और फुसफुसाहट में बदल जाता। उसके बिखरे हुए बाल मिट्टी में घिसटते रहते और ज़मीन पर पड़ा उसका गन्दा, अधनंगा और पीला बदन बहुत दयनीय लगता। थोड़ी देर में पुलिस आती और उसे ताँगे के पायदान पर लादकर वहाँ से ले जाती। चलते हुए ताँगे में उसका सिर ऐसे लटका होता जैसे उसकी जान ही निकल गई हो।

## 2

निकोला उस मोहल्ले के कई लोगों को नाम से जानता था। उनके बारे में वह पेच्या को हँस-हँसकर गन्दी-गन्दी कहानियाँ सुनाया करता। उसे इसमें बहुत मज़ा आता था। पेच्या उससे ये क़िस्से सुनकर हैरान रह जाता और सोचता—यह निकोला कितना अक़्लमन्द और बेख़ौफ़ है। बड़ा होकर मैं भी ऐसा ही बनूँगा। परन्तु अभी तो पेच्या उस दुकान से छुटकारा पाकर कहीं दूसरी जगह जाना चाहता था... सच में, बड़ी तमन्ना थी उसकी कहीं और जाने की।

इस कटिंग सैलून में तो पेच्या का बचपन बरबाद हो रहा था। उसका हर नया दिन बीते कल के जैसा ही होता। पूरे बारह महीने उसे दुकान में टँगे दो आयीने ही दिखते, जिनमें से एक में तरेड़ पड़ी हुई थी और दूसरा इतना ख़राब हो गया था कि उसमें शक़्ल आड़ी-तिरछी दिखाई देती। सैलून की दीवार पर एक बड़ा-सा पोस्टर लगा हुआ था, जिसमें एक समुद्र दिखाई दे रहा था और उसके किनारे दो अधनंगी लड़कियाँ बैठी हुई थीं। पोस्टर काफ़ी पुराना था और उसपर जगह-जगह दाग लगे हुए थे। लड़कियों के गोरे बदन पर लगातार मक्खियाँ बैठी रहती थीं। इसलिए अधनंगी होने के बावजूद उन्हें देखकर उबकाई आती थी। मसक्वा (मॉस्को) में आमतौर पर सर्दियों के दिन

बहुत छोटे होते हैं। कई-कई दिन तक बादल छाए रहते हैं। दुकान में छाए अँधेरे को कम करने के लिए वहाँ एक लालटेन जलती रहती थी और मिट्टी के तेल की बू माहौल में बसी रहती थी। जिस जगह पर लालटेन रखी जाती थी, उसके चारों ओर धुएँ से दीवारें काली हो चुकी थीं। कभी-कभी दीवार पर से कालिख की परत फ़र्श पर झरती थी। रोज़ाना सुबह से शाम तक पेच्या के कानों में, बस, यही आवाज़ गूँजती रहती थी—ओय लडके... पानी ला ...।

जिस नाई के पास पेच्या काम करता था, वहाँ उसे कोई छुट्टी नहीं दी जाती थी। हालाँकि इतवार को छुट्टी का दिन होता था और उस इलाके की सभी छोटी-बड़ी दुकानें बन्द रहा करती थीं। पर हज़ामत की यह दुकान हमेशा खुली रहती और उसकी लालटेन की फीकी रौशनी देखकर यह पता लगता कि दुकान बन्द नहीं है। वहाँ से गुज़रने वाले लोगों को दुकान के दरवाज़े के किनारे पड़ी पेच्या की छोटी-सी मूरत दिखाई पड़ती। बच्चा या तो उनींदा-सा सोच में डूबा होता या गहरी नींद में होता।

पेच्या को जब भी समय मिलता, वह ऊँघने लगता। भाग-भागकर वह इतना थक जाता था कि हमेशा मुरझाया-सा दिखता, उसे हमेशा नींद आती रहती थी। उनींदेपन में उसे हर समय यही सुनाई देता—ओय लड़के, पानी ला। यह ऐसी हक़ीक़त थी कि वह सोते-सोते भी गिलास में पानी ढालने लगता था।

पेच्या का हाल बेहाल था। उसकी आँखों के नीचे काले गड्ढे दिखाई देने लगे और चेहरे पर झाइयाँ उभर आयी थीं। उससे इतना ज़्यादा काम लिया जाता था कि उसे न तो नहाने-धोने का समय मिलता और न ही भरपेट खाने का। अपनी पुरानी चिथड़ा कमीज़ में वह बहुत गन्दा-सा दिखता। अपने बचपन में ही वह जैसे बूढ़ा लगने लगा था। दुकान में आने वाले ग्राहक भी अब नन्हे पेच्या को उपेक्षा से देखने लगे थे।

बेचारा पेच्या! वह बुरी तरह से थक चुका था। अब वह वहाँ से भाग जाना चाहता था। लेकिन वह जाए तो जाए कहाँ? उसकी सिर्फ़ एक माँ ही थी, जो मसक्वा ज़िले के एक गाँव में एक रईस की कोठी में बावर्चिन का काम करती थी और वहीं रहती थी। वह कभी-कभी अपने बेटे से मिलने नाई की दुकान पर आती थी। पेच्या उससे कभी कोई शिकायत नहीं करता था। माँ खाने की जो भी चीज़ उसके लिए लाती, वह धीरे-धीरे बेमन से खा लिया करता। वह

अपनी माँ से हर बार, बस, एक ही गुज़ारिश करता। वह कहता—माँ! मुझे यहाँ से ले चलो। वह उससे यह भी नहीं पूछता था कि अगली बार वह कब आएगी। और माँ के वापस जाने के बाद पेच्या यह भी भूल जाता कि उसने माँ से क्या कहा था।

पेच्या लम्बे समय तक उस दुकान में काम करता रहा और उस जगह को छोड़कर कहीं और जाने के लिए तड़पता रहा। उधर उसकी माँ भी अपने बच्चे का यह हाल देखकर ख़ुद बेहाल रहती थी। फिर एक दिन एक चमत्कार हुआ। अचानक दोपहर के खाने के समय उसकी माँ दुकान में आयी। उसने सैलून के मालिक से बात की और उससे कहा कि वह पेच्या को अपने साथ ले जाना चाहती है। अब पेच्या कुछ दिन उसके साथ ही रहेगा।

बच्चे को पहले तो अपनी माँ की बात समझ में ही नहीं आयी, लेकिन जब समझ में आयी तो उसका चेहरा खिल उठा और वह हँसने लगा, जिससे उसके चेहरे पर पड़ी झाइयाँ दिखाई देने लगीं। पेच्या उसी पल उस जगह से छुटकारा पाने के लिए माँ का हाथ पकड़कर खींचने लगा और उसे दरवाज़े की तरफ़ धकेलने लगा।

मासूम पेच्या अपनी माँ के मालिक की हवेली के बारे में कुछ नहीं जानता था, परन्तु उसे इसका अन्दाज़ हो गया था कि यही वह जगह है, जहाँ वह कब से जाना चाहता था। उसे दुकान छोड़कर भागने की इतनी जल्दी थी कि वह बदमाश निकोला से विदाई लेने का इन्तज़ार तक नहीं करना चाहता था। उधर निकोला अपने दोनों हाथ जेब में डाले खड़ा था और कंजी आँखों से पेच्या की माँ नद्येझदा की तरफ़ ऐसे देख रहा था मानो वह उसके साथ कोई बदतमीज़ी करना चाहता है। पर कोई ऐसा करिश्मा हुआ कि अगले ही पल उसकी आँखों से गहरी वेदना छलकने लगी। निकोला की माँ नहीं थी। पेच्या को माँ के साथ जाता देखकर उसकी आँखें भर आयीं और वह मन ही मन सोचने लगा—काश! मेरी भी कोई माँ होती, भले ही वह नद्येझदा की तरह मोटी होती!

माँ पेच्या को लेकर रेलवे-स्टेशन पहुँची। यह पेच्या के लिए एक नई दुनिया थी। रेलगाड़ियों के आने-जाने की गड़गड़ाहट और इंजनों की सीटियाँ पेच्या को कभी नाई की दुकान के मालिक की भारी और ग़ुस्साई आवाज़ की

तो कभी उसकी बीमार बीवी की तीखी और पतली आवाज़ की याद दिला रही थीं। स्टेशन की भीड़भाड़ देखकर पेच्या अचरज में आ गया था। उसकी माँ ने उसे बताया कि वे लोग भी ऐसी ही एक रेलगाड़ी में बैठकर गाँव जाएँगे। उनकी गाड़ी रवाना होने में अभी पूरा आधा घंटा बचा था। उधर पेच्या से और इंतज़ार नहीं हो रहा था। वह रेलगाड़ी में बैठने के लिए अधीर हो रहा था। आखिर राम-राम करके आधा घंटा पूरा हुआ और तभी उनके प्लेटफार्म पर धड़धड़ाती हुई एक रेल आकर रुकी। पेच्या अपनी माँ के साथ रेल में बैठ गया और गाड़ी चल पड़ी। गाड़ी के चलते ही पेच्या खिड़की से गर्दन निकालकर बाहर की ओर देखने लगा। बाहर के दृश्य इतने लुभावने थे कि उसका मुँड़ा हुआ सिर इधर-उधर घूम रहा था।

पेच्या मसक्वा में ही पैदा हुआ था। वह जीवन में पहली बार शहर से बाहर के खुले-खुले मैदान, खेत और जंगल देख रहा था। उसके लिए सब कुछ नया-नया और कुतूहल भरा था। उन्हें देखकर वह बहुत उत्सुक हो उठा था। उसे पहली बार यह अनुभव हुआ था कि हम बहुत दूर तक देख सकते हैं और बहुत दूर-दूर लगे हुए पेड़ एकदम छोटे दिखने लगते हैं। उसकी नई दुनिया का आकाश बहुत बड़ा और एकदम साफ़ था, मानो वह उसे खुली छत पर खड़ा होकर देख रहा हो। पेच्या ने पहले तो आसमान को अपनी खिड़की से निहारा फिर सिर माँ की तरफ़ घुमाकर दूसरी तरफ़ वाली खिड़की से बाहर देखा। यह कौतुक देखकर वह हैरत में पड़ गया कि दूसरी तरफ़ वाला आकाश ज़्यादा नीला है और उसमें बादलों की नन्ही-नन्ही सफ़ेद परियाँ तैर रही हैं। उसकी आँखों में कुतूहल था। वह कभी अपनी खिड़की से बाहर देखता तो कभी दौड़कर दूसरी तरफ़ जाता और वहाँ खिड़की से बाहर देखने लगता। इधर-उधर भागते होते हुए पेच्या आसपास बैठे मुसाफ़िरों के घुटनों और कन्धों को भी छू रहा था। पर इससे किसी को कोई परेशानी नहीं हो रही थी। सभी उसकी तरफ़ प्यार से देखकर मुस्कुरा रहे थे और उसकी हरकतों का मज़ा ले रहे थे। पेच्या के सामने वाली सीट पर बैठे एक साहब अख़बार पढ़ रहे थे। शायद वे थके हुए थे, इसलिए बार-बार जम्हाइयाँ ले रहे थे। उन्हें पेच्या का बार-बार एक खिड़की से दूसरी खिड़की की ओर भागना पसन्द नहीं आया। उन्होंने

थोड़ी नाराज़गी जताते हुए पेच्या पर दो-तीन बार तिरछी नज़र डाली। पेच्या की माँ ने उनकी नाराज़गी भाँप ली और उनसे माफ़ी माँगते हुए कहा—यह पहली बार रेलगाड़ी में बैठा है, इसलिए इतनी उछल-कूद कर रहा है।

उन साहब ने एक छोटी सी 'ऊँ...हूँ...' कहकर अपना सर फिर अख़बार में गड़ा लिया।

पेच्या की माँ का उन महाशय को यह बताने का बहुत दिल कर रहा था कि उसका बेटा तीन साल से एक नाई की दुकान पर रहकर काम सीख रहा है। और उसके मालिक ने यह वायदा किया है कि वह उसे काम सिखाकर पैरों पर खड़ा कर देगा। यदि ऐसा हो जाएगा तो बहुत अच्छा होगा क्योंकि वह अकेले ही उसे पाल रही है। हारी-बीमारी या बुढ़ापे में पेच्या के अलावा उसका और कोई दूसरा सहारा नहीं है...। पर पेच्या की माँ को वे भाईसाहब थोड़े अजीब-से लगे, इसलिए उसने कुछ नहीं कहा और मन मसोसकर रह गई।

अब रेललाइन के दाहिनी ओर एक उबड़-खाबड़-सा मैदान दिखाई देने लगा था। पूरा मैदान कीचड़ और काई से भरा हुआ था। काई की वजह से उसका रंग गहरा हरा नज़र आ रहा था। उस मैदान के किनारे-किनारे धूसर रंग के छोटे-छोटे घरोंदे से खड़े थे, जो दूर से एकदम खिलौनों की तरह लग रहे थे। मैदान के उस पार एक हरी पहाड़ी दिखाई दे रही थी और पहाड़ी की तलहटी में एक नदी झलक रही थी। नदी के किनारे सफ़ेद रंग का एक छोटा-सा गिरजाघर भी चमक रहा था। तभी रेल नदी के ऊपर बने पुल पर पहुँच गई और गड़गड़ाहट की आवाज़ आने लगी। पेच्या ने नीचे झाँककर देखा। नीचे शांत और समतल नदी दिखाई दे रही थी। नीचे नदी देखकर पेच्या को ऐसा लगा मानो उनकी रेल हवा में उड़ रही हो। पेच्या चौंककर खिड़की से पीछे हट गया, मगर अगले ही पल वह वापस खिड़की पर आ गया। वह नहीं चाहता था कि बाहर का एक भी दृश्य उसकी नज़र से छूट जाए। वह बेहद ख़ुश दिखाई दे रहा था और अभी तक बीते पिछले कुछ घंटों में ही उसका रूप-रंग पूरी तरह से बदल गया था। उसकी उदासी, उसकी ऊब और उसके चेहरे की थकान न जाने कहाँ चली गई थीं। उसके चेहरे पर ख़ुशी छाई हुई थी और उसकी बालसुलभ जिज्ञासा भी लौट आयी थी।

## 3

पेच्या अपनी माँ के साथ गाँव में बनी उस हवेली में पहुँचा, जहाँ माँ काम करती थी। माँ इस हवेली में बावर्चिन थी और उसे वहाँ रहने के लिए एक कोठरी मिली हुई थी। पेच्या को वहीं रहना था। उसके लिए हवेली का माहौल एकदम नया था। उसने गाँव का जीवन पहले कभी नहीं देखा था, इसलिए वह पहले थोड़ा सहम सा गया। आमतौर पर ऐसा होता है कि लोग गाँव से शहर में रहने के लिए आते हैं और शहर की भीड़भाड़ में ख़ुद को अकेला महसूस करते हैं। लेकिन पेच्या मसक्वा में पला-बढ़ा था। मसक्वा की रंगीनियों और शोर-शराबे के बाद वह अपनी ज़िंदगी में पहली बार गाँव पहुँचकर ख़ुद को कमज़ोर और असहाय महसूस कर रहा था। यहाँ की प्रकृति जीवंत थी और वह मनुष्य के साथ सीधा संवाद करती थी। पेच्या गाँव के चारों ओर फैले जंगल से, जंगल के अँधेरे से और हवा में झूमते पेड़ों से डर रहा था। दूसरी तरफ़ गाँव के हरे-भरे मैदानों में खिले रंग-बिरंगे फूलों और खेतों में खड़ी हरी-भरी फसल को देखकर वह गुनगुनाने लगा था। जबकि इससे पहले उसकी माँ ने उसे कभी गीत गाते हुए नहीं सुना था। गाँव के प्राकृतिक दृश्यों का उसपर सकारात्मक प्रभाव पड़ा था और वह इन दृश्यों को वैसे ही दुलारना चाहता था जैसे किसी नन्हे बच्चे को देखकर हमारा मन उसे चूमने को हो आता है। उसे लगता था कि गहरा नीला आसमान उसकी माँ की तरह ही हँस रहा है और उसे अपने पास बुला रहा है। वह घर से बाहर निकल आया और हवेली के पास बने मैदान में घूमने लगा।

घूमते-घूमते थककर वह घास पर लेट गया। घास इतनी ज़्यादा ऊँची थी कि पेच्या उसमें छिप-सा गया था और उसमें से उसकी छोटी-सी नाक झलक रही थी। शुरू में वह देर तक घर के बाहर नहीं रह पाता था। बाहर खेलते-खेलते बीच-बीच में वह कई बार अपनी माँ के पास आता था। माँ का चेहरा अपने दोनों हाथों में भरकर वह उसे बार -बार चूमता था और उससे चिपककर प्यार से थोड़ा इठलाता था।

जब उस कोठी में रहने वाले लोगों में से कोई उसे अपने पास बुलाकर उससे पूछता कि यहाँ कैसा लग रहा है? तो वह शर्माते हुए कहता—बहुत

अच्छा लग रहा है। उसके बाद वह फिर से खेतों में चला जाता मानो उसे फसलों से कुछ पूछताछ करनी है। पहले दो दिन में पेच्या गाँव के जीवन का आदी हो गया। गाँव के पेड़ों से और वहाँ के कीड़े-मकोड़ों और जानवरों से उसकी गहरी दोस्ती हो गई।

पेच्या गाँव में क़ुदरत के जिस रूप से पहले दो दिन डरता रहा था, मीत्च्या (मीच्याा) नाम के एक छात्र ने उसका वह डर दूर करने में उसकी मदद की थी। मीच्या गाँव के पुराने हिस्से में रहता था और दसवीं कक्षा में पढ़ता था। उन दिनों वह बाहर धूप में ख़ूब खेलता था, इसलिए उसका गोरा रंग ताम्बई-सा हो गया था। उसके सिर के बाल बहुत छोटे कटे हुए थे। सिर पर ये बाल सीधे खड़े हुए से लगते थे। लगातार धूप में रहने से उसके बालों का रंग भी बदल गया था। पेच्या ने जब उसे पहली बार देखा, तब वह तालाब में मछली पकड़ रहा था। मीच्या एकदम सहज भाव से पेच्या से मिला और उसी समय दोनों की दोस्ती हो गई। मीच्या ने मछली पकड़ने वाली बंसी थोड़ी देर के लिए पेच्या के हाथ में थमा दी और ख़ुद तालाब में तैरता हुआ दूर निकल गया। पेच्या जहाँ खड़ा था, वह जगह ज़्यादा गहरी नहीं थी, फिर भी पेच्या पानी में घुसने से बहुत डर रहा था। पर जब एक बार वह पानी में घुसा तो फिर वहाँ से बाहर निकलना ही नहीं चाहता था। उसे तैरना नहीं आता था, लेकिन वह तैरने की एक्टिंग-सी करने लगा था। वह पानी में डुबकी लगाकर अपना सिर पानी से बाहर निकालकर नाक-भौंह उठाता और हथेलियों से पानी पर छप-छप करता। उस समय वह ऐसा लग रहा था जैसे कोई कुत्ते का पिल्ला पहली बार पानी में उतरा हो। जब वह तालाब से बाहर निकला तो देर तक तालाब में रहने की वजह से उसके दाँत किटकिटा रहे थे और बदन सर्दी से नीला पड़ गया था।

इसके बाद वे दोनों मीच्या के कहने पर वहाँ बने एक पुराने महल के खंडहर देखने गए। दोनों महल की छत पर चढ़ गए, जिसमें कई जगह पर छेद हो गए थे और दरारें पड़ी हुई थीं। कहीं-कहीं तो उन दरारों में घास-फूस और झाड़ियाँ उग आयी थीं। वहाँ खंडहरों में ऊपर-नीचे भागने और कूदने-फाँदने में उन्हें बहुत मज़ा आ रहा था। चारों तरफ़ टूटी हुई ईंटों और पत्थरों के ढेर पड़े हुए थे और उनके बीच कहीं-कहीं झड़बेरियाँ और भोजवृक्ष उगे हुए थे। चारों तरफ़ सन्नाटा पसरा हुआ था और ऐसा लग रहा था मानो अभी किसी कोने से

कोई कूदकर आ जाएगा या फिर महल की चारदीवारी में बने बड़े-बड़े छेदों से दुश्मन के डरावने थोबड़े दिखाई देने लगेंगे। चारदीवारी में ये छेद उन तोपों के लिए बने हुए थे, जो शत्रु सेना से महल की सुरक्षा करती थी।

धीरे-धीरे पेच्या को गाँव और गाँव की उस कोठी की आदत हो गई। उसे वहाँ एकदम घर जैसा लगने लगा। वह पूरी तरह से यह भूल गया था कि इस दुनिया में कोई नाई की दुकान और उस दुकान का कोई कर्कश आवाज़ वाला अक्खड़ मालिक भी है।

पेच्या की माँ भी बहुत खुश थी। जब से पेच्या उसके पास रहने के लिए आया था उसके मन की बेचैनी और चिंता ख़तम हो गई थी। अपने लाल को निहारते हुए वह मंद-मंद मुस्कुराती थी और मन ही मन सोचती थी—ज़रा देखो तो इसे! कितना मोटा हो गया है! यह तो पूरा सेठ लगने लगा है! जबकि पेच्या की माँ भी ख़ुद काफ़ी मोटी थी। दिन रात रसोई की गरमी में काम करते-करते उसका गोरा रंग भी ताम्बई-सा हो गया था और वह और ज़्यादा ख़ूबसूरत लगने लगी थी। पेच्या की माँ को लगता था कि उसने अपने बेटे को ठूँस-ठूँसकर खिलाकर उसे मोटा कर दिया है।

लेकिन पेच्या बहुत कम खाता था। ऐसी बात नहीं थी कि उसका खाने का दिल नहीं करता था, लेकिन वह खाने में ज़्यादा वक़्त नहीं गँवाना चाहता था। वह इतनी जल्दी में रहता था कि यदि खाना चबाने की ज़रूरत नहीं होती तो वह उसे ऐसे ही निगल जाता। पेच्या और उसकी माँ दोनों एकसाथ बैठकर खाते थे। उसकी माँ की आदत थी कि वह धीरे -धीरे खाना खाती थी और खाते समय गोश्त की हड्डियों को चूस-चूसकर अच्छी तरह से साफ़ कर देती थी। बीच-बीच में वह रुमाल से अपना मुँह भी पोंछती रहती थी, इसलिए पेच्या को अपना खाना जल्दी ख़तम कर लेने के बाद भी माँ का इंतज़ार करना पड़ता था। पेच्या गाँव में रहते हुए बहुत व्यस्त हो गया था। दिन में पाँच बार तो वह तैरने के लिए ही जाता था। अब वह मछली पकड़ने के लिए बंसी बनाना भी सीख गया था। वह सख़्त लकड़ी से बढ़िया बंसी तैयार करने लगा था। उसे मछली का चारा भी ढूँढ़ना पड़ता था। काँटे में लगाने के लिए मिट्टी खोदकर केंचुए ढूँढ़ने में ही काफ़ी वक़्त बर्बाद हो जाता था। शग़ल तो शग़ल होता है। शग़ल के लिए वक़्त तो निकालना ही पड़ता है।

गाँव में पेच्या को नंगे पैर घूमने-फिरने की आदत पड़ गई थी। मोटे तलवे वाले जूतों से नंगे पैर रहने में उसे हज़ार गुना ज़्यादा मज़ा आता था। हालाँकि छोटे-छोटे कंकड़-पत्थर उसके तलुओं में गड़ते थे, लेकिन हरी घास पर चलने से ठंडक भी मिलती थी। अब उसने अपनी वह स्कूल वाली पुरानी हलकी-सी जैकेट पहनना छोड़ दिया था, जिसे वह नाई की दुकान में हमेशा पहने रहता था। जैकेट के बिना वह ज़्यादा स्मार्ट और कम उम्र दिखाई देता था। हालाँकि गाँव में भी कभी-कभार शाम को तब वह जैकेट पहन लिया करता था, जब वह साहब लोगों को बोटिंग करते देखने के लिए तालाब पर जाया करता था। साहब लोग अपने परिवारों के साथ सज-धजकर, मस्ती के मूड़ में हँसी-मज़ाक करते हुए छोटे-छोटे हिलोरे खाती नावों में जाकर बैठ जाया करते थे। जब उनकी नाव पानी की चिकनी सतह को चीरती हुई आगे बढ़ती थी, तब उनके बीच से सरसराती हुई हवा ऐसे आगे निकल जाती थी मानो वह नावों से होड़ ले रही हो।

जिन साहब के घर में पेच्या की माँ काम कर रही थी, हफ़्ते के आखिर में जब वे मसक्वा से लौटकर आए तो पेच्या की माँ के नाम आया एक ख़त भी लेकर आए। वह चिट्ठी सुनकर पेच्या की माँ रोने लगी और रोते-रोते ही उसने रसोई के कपड़े से अपना चेहरा पोंछ लिया। कपड़े में लगी कालिख से उसका पूरा चेहरा काला हो गया। उस ख़त में लिखी बातों से यह अंदाज़ लगाना मुश्किल नहीं था कि उसमें उसके बेटे पेच्या की बात की गई है।

## 4

जब साहब गाँव लौटकर आए, उस समय पेच्या घर के पिछवाड़े मीच्या का सिखाया हुआ स्टापू नाम का एक खेल अकेला खेल रहा था। वह गाल फुलाकर ज़मीन पर बने खानों में एक पाँव पर कूदता हुआ आगे बढ़ रहा था। उसे गाल फुलाने वाला नुस्ख़ा भी मीच्या ने ही सिखाया था। वह कहता था कि गाल फुलाकर कूदने से एक खाने से दूसरे में जाना आसान होता है।

पेच्या एक असली खिलाड़ी की तरह इस खेल में माहिर होना चाहता था। इसलिए वह पूरे तन-मन से खेलने में डूबा हुआ था।

तभी साहब ने पिछवाड़े में आकर पेच्या के कंधे पर हाथ रखा और उससे

कहा—मियाँ! अब तो तुम्हें जाना ही होगा।

यह सुनकर पेच्या शरमाते हुए मंद-मंद मुस्काया और चुपचाप खेलता रहा।

साहब ने मन ही मन सोचा—अरे! बड़ा अजीब लड़का है।

लेकिन फिर अगले ही पल फिर से अपनी बात दोहराई—भई, अब तो तुम्हें जाना ही होगा।

पेच्या यह सुनने के बाद भी हँस रहा था। इतने में उसकी माँ ने आकर कहा—हाँ, मेरे प्यारे बेटे, हमें जाना पड़ेगा!

बच्चे ने हैरानी से पूछा—कहाँ?

शहर के बारे में वह बिलकुल भूल चुका था और दूसरी जगह, जहाँ वह हमेशा जाना चाहता था, वहाँ पर तो वह था ही।

माँ ने कहा—बेटा, काम पर वापस लौटने का समय आ गया है।

पेच्या को अभी भी कुछ समझ नहीं आ रहा था, हालाँकि बात एकदम साफ़ थी। उसका गला सूख गया और जीभ तालू से चिपक गई। बड़ी मुश्किल से उसके मुँह से निकला—और मैं कल मछली कैसे पकडूँगा? ये देखो, ये रही मेरी मछली पकड़ने वाली बंसी ...।

माँ बोली—क्या करें, बेटा! तुम्हारे मालिक का ख़त आया है। वहाँ प्रकोपि बीमार हो गया है। उसे अस्पताल में भर्ती करना पड़ा। अब वहाँ काम करने के लिए कोई नहीं बचा। अरे बेटा, रोओ नहीं। तुम्हारे मालिक बहुत नेक इनसान हैं। वे तुम्हें कुछ दिनों बाद फिर से मेरे पास आकर रहने की इज़ाज़त दे देंगे।

पेच्या अब न तो रो रहा था और न ही वह उदास था। लेकिन वह यह नहीं समझ पा रहा था कि आख़िर उसे लौटना क्यों है! उसके दिमाग़ में, बस, दो ही बातें बारम्बार आ रही थीं। एक तो उसे अपनी मछली पकड़ने वाली बंसी का ध्यान आ रहा था और दूसरा-कटिंग सैलून का भूत। थोड़ी देर इसी कशमकश में रहने के बाद पेच्या की गुत्थी सुलझ गई। अब मछली पकड़ने वाली उसकी वह बंसी और कटिंग सैलून दोनों डरावने भूतों में बदल गए थे। पेच्या ने हक़ीक़त से समझौता नहीं किया। एक आम बच्चे की तरह वह रोया भी नहीं। वह, बस, ज़ोर-ज़ोर से चिल्लाने लगा। उसकी चीख़-चिल्लाहट और दहाड़-चिंघाड़ सुनकर वहाँ उपस्थित सभी लोग हक्के-बक्के रह गए। यदि

उस समय पेच्या भी ख़ुद को देखता और अपनी हरकतों के बारे में सोचता तो वह ख़ुद हैरान रह जाता।

थोड़ी देर बाद पेच्या शांत हो गया। उसे चुप हुआ देखकर साहब ने अपनी बीवी से कहा—देखा, मैंने कहा था न कि बच्चे दुख बड़ी जल्दी भूल जाते हैं। उनकी बीवी उस समय क्लब में जाने के लिए तैयार हो रही थी। वह आयीने के सामने खड़ी अपने जूड़े में ग़ुलाब का सफ़ेद फूल लगा रही थी। उसने अपने पति से कहा—बेचारे इस लड़के के लिए मुझे बेहद अफ़सोस हो रहा है। पति ने कहा—हाँ, इनके हालात अच्छे नहीं हैं। लेकिन ऐसे भी लोग हैं, जो इनसे भी बदतर हालात में रहते हैं। क्या तुम तैयार हो? तो चलें फिर?

वे दोनो तैयार होकर क्लब चले गए, जहाँ रईसों के मनोरंजन के लिए अक्सर पार्टियाँ हुआ करती थीं। उस शाम भी वहाँ एक नाच पार्टी थी। उनके वहाँ पहुँचने से पहले ही क्लब का बैंड बजना शुरू हो गया था।

अगले दिन सुबह सात बजे की रेल से पेच्या और उसकी माँ मसक्वा के लिए रवाना हो गए। पेच्या रेल की खिड़की से वैसे ही सटा हुआ था और उसकी आँखों के सामने से फिर से हरे-भरे खेत गुज़र रहे थे, लेकिन इस बार ये खेत ओस से ढके हुए थे और विपरीत दिशा में भाग रहे थे। वही पुरानी जैकेट उसके पतले-से बदन से चिपकी हुई थी, कॉलर पर लगे बकरम की नोक कॉलर से बाहर निकली हुई थी। इस बार पेच्या न तो बार-बार सिर इधर-उधर घुमा रहा था और न ही उछल-कूद कर रहा था। वह घुटनों पर हाथ धरे चुपचाप बैठा था। उसकी आँखें उनींदी और उदासीन थीं। उसकी नाक के नीचे और आँखों के चारों तरफ़ काले गड्ढे फिर से उभर आए थे।

मसक्वा पास आ गया था। स्टेशन की इमारत दूर से झलकने लगी थी। रेलगाड़ी आख़िर प्लेटफार्म पर पहुँच गई। हड़बड़ी करते हुए अन्य सभी मुसाफ़िरों के साथ-साथ पेच्या और उसकी माँ भी प्लेटफार्म पर उतरे। धीरे-धीरे वे दोनों स्टेशन से बाहर निकल आए। नाई की दुकान पर पहुँचकर पेच्या ने माँ से कहा—माँ, तुम मेरी मछली पकड़ने वाली बंसी संभालकर रखना। उसे कहीं छुपा देना ताकि वह खो न जाए।

माँ ने कहा—हाँ बेटा, तू चिन्ता मत कर। मैं उसे संभालकर रखूँगी। और अगली बार जब तू गाँव आएगा तो उसी से मछली पकड़ना।

उस गंदे और उमस भरे कटिंग सैलून में फिर से वही पुरानी आवाज़ सुनाई देने लगी—ओय लडके, पानी दे। और कुर्सी पर बैठे हज़ामत बनवा रहे या बाल कटवा रहे आदमी को एक छोटा हाथ आगे बढ़कर पानी रखता हुआ दिखाई देने लगा। कभी-कभी फ़ुसफ़ुसाहट भरी यह धमकी भी सुनाई देती-ठहर, अभी तुझे बताता हूँ। इसका मतलब था कि उनींदे बच्चे से पानी गिर गया है या फिर मालिक का फ़रमान पूरा करने में उससे कोई ग़लती हो गई है।

रात में जहाँ पेच्या और निकोला साथ-साथ सोया करते थे, उनके बात करने की आवाज़ें फिर से सुनाई देने लगीं। मंद आवाज़ में पेच्या उसे गाँव के बारे में, गाँव की कोठी के बारे में, तालाब के बारे में और महल के खंडहरों के बारे में बता रहा था, जो निकोला ने पेच्या से ज़्यादा अनुभवी होने के बावजूद न कभी देखा था और जिसके बारे में न कभी सुना था। गाँव की कहानी सुनाते-सुनाते पेच्या जब साँस लेने के लिए रुका, तो वहाँ थोड़ी देर के लिए सन्नाटा छा गया और उस ख़ामोशी में उन दोनों बच्चों के तेज़-तेज़ साँस लेने के आवाज़ सुनाई दे रही थी। निकोला ने चुप्पी तोड़ी। उसने कठोर और नफ़रत भरी आवाज़ में कहा—अरे, ये शैतान लोग हैं, अच्छे नहीं हैं।

पेच्या ने अचरज से ने पूछा—शैतान! शैतान कौन है?

निकोला बोला—हाँ... वे सभी शैतान हैं। बहुत बुरे लोग हैं।

एक और बच्चा बड़े शहर का शिकार बन गया था।

**मूल रूसी भाषा से अनुवाद : सरोज शर्मा**

**मूल रूसी भाषा में इस कहानी का नाम है—Петька на даче**

# किताब

## 1

मरीज़ की नंगी छाती पर आला रखकर डॉक्टर उसके दिल की धड़कन सुनने लगा। मरीज़ का दिल असामान्य रूप से बड़ा था और असमान गति से धड़क रहा था। उसके दिल की धड़कन धीमी थी लेकिन उसका दिल समय-समय पर पसलियों से टकरा रहा था। ऐसा मालूम होता था कि वह दिल सिसक रहा हो, रो रहा हो। डॉक्टर ने मन ही मन यह सोचा कि मौत के क़रीब होने की इससे मनहूस और भद्दी तस्वीर हो ही नहीं सकती, लेकिन बोला :

—आपको तनाव से बचना होगा। आप शायद कोई बहुत ही भारी और मुश्किल काम करते हैं।

—मैं लेखक हूँ, —जवाब देकर रोगी मुस्कुराया और उसने पूछा :

—कोई ख़तरे की बात तो नहीं?

डॉक्टर ने अपने कंधे उचकाए और बाँहों को फैलाकर बोला :

—ख़तरा तो है, लेकिन उतना ही, जितना किसी भी बीमारी से होता है। आप अभी पंद्रह-बीस साल और जीएँगे। और मज़ाक़िया अंदाज़ में पूछा :

—क्या इतना काफ़ी होगा आपके लिए?

साहित्य के प्रति आदर भाव दिखाते हुए डॉक्टर ने क़मीज़ पहनने में मरीज़ की मदद की। क़मीज़ पहनते वक़्त मरीज़ के चेहरे पर हलका-सा नीलापन था और यह समझना मुश्किल था कि वह जवान है या बूढ़ा। उसके होंठों पर एक मधुर और संदेहपूर्ण मुस्कान बनी हुई थी। वह बोला :

—आपका तहे दिल से शुक्रिया।

डॉक्टर से नज़रें चुराते हुए मरीज़ ने मानो किसी अपराधबोध के साथ

फ़ीस के पैसे रखने के लिए जगह तलाशनी शुरू की, जो जल्दी ही उसे मिल गयी। मेज़ पर स्याही की दवात और क़लमदान के बीच में एक छोटी-सी जगह थी। वहाँ पर उसने तीन रूबल का एक पुराना-सा घिसा-पिटा और मुड़ा-सिकुड़ा नोट रख दिया जो पूरी तरह से बदरंग हो चुका था।

—शायद अब तीन रूबल के नोट नहीं बनाए जाते। डॉक्टर ने काग़ज़ के उस छोटे हरे टुकड़े को देखते हुए सोचा और न जाने क्यों दुखी अंदाज़ में अपना सिर हिलाने लगा।

पाँच मिनट के भीतर ही डॉक्टर दूसरे मरीज़ की छाती पर आला रखकर उसकी धड़कन सुन रहा था और पहला मरीज़ तेज़ वासंती धूप में अपनी आँखे मींचता हुआ सड़क पर यह सोचते हुए चला जा रहा था कि भूरे बालोंवाले लोग वसंत के दिनों में छाँव में और गर्मियों के दिनों में धूप में क्यों चलते हैं? फिर उसके मन में कौंधा वैसे इस डॉक्टर के बाल भी तो भूरे थे। काश! डॉक्टर ने पाँच या दस साल कहे होते... उसने तो तपाक से बीस साल कह डाले, या'नी मैं जल्दी ही मरने वाला हूँ। थोड़ा डर लग रहा है। नहीं, बहुत डर लग रहा है, लेकिन...

उसने अपने दिल की तरफ़ देखा और ख़ुशी से मुस्कुरा उठा। सूरज किस शान से चमक रहा है! ऐसा लग रहा है मानो वह जवान हो और हँसना चाहता हो या धरती पर ही आना चाहता हो।

## 2

पाण्डुलिपि मोटी थी। उसमें बहुत सारे पन्ने थे। हर पन्ने पर छोटी और समान दूरी पर लिखी पंक्तियाँ थीं। हर पंक्ति लेखक की आत्मा का एक अंश था। पूरी तन्मयता के साथ अपने दुबले हाथ से वह पाण्डुलिपि के पन्ने पलट रहा था और काग़ज़ की सफ़ेदी की छाया उसके चेहरे पर पड़ रही थी और उसे रोशन कर रही थी। उसकी बीवी उसके बग़ल में घुटनों पर बैठी चुपचाप उसके दूसरे हड्डीदार और दुबले हाथ को चूम रही थी और रोती जा रही थी।

मरीज़ ने उससे गुज़ारिश की :

—रोओ मत, जानम, रोने की कोई ज़रूरत नहीं है, रोने की कोई वजह भी नहीं है।

—यह तुम्हारा दिल, बड़ा दिल... और मैं इस बड़ी दुनिया में अकेली रह जाऊँगी। अकेली, हे भगवान!

अपने घुटनों पर झुके हुए सिर पर हाथ फेरते हुए लेखक ने कहा :

—इधर देखो।

आँखों में उमड़े आँसुओं की वजह से वह कुछ देख न पाई। पाण्डुलिपि की पंक्तियाँ उसे टेढ़ी-मेढ़ी और छितरी हुई दिखाई दे रही थीं। उसकी आँखें बिलकुल धुँधली हो गई थीं। बीमार लेखक ने दोबारा कहा :

—देखो! यह किताब ही मेरा दिल है। और यह हमेशा तुम्हारे साथ रहेगी।

एक मरता हुआ आदमी अपनी किताब के ज़रिये ज़िंदा रहने के बारे में सोच रहा था। यह बात इतनी तकलीफ़देह थी कि उसे सुनकर उसकी बीवी की आँखों से लगातार आँसू झरने लगे। बीवी को एक ज़िंदा और धड़कते हुए दिल की ज़रूरत थी, न कि एक मरी हुई किताब की। वह किताब जिसे हर कोई पढ़ता है, भले ही उसका लेखक से कोई ताल्लुक़ हो या न हो, वह उसे पसंद आ रही हो या नहीं।

## 3

किताब की छपाई शुरू हुई। किताब का नाम था- 'ग़रीबों की हिफ़ाज़त के लिए'

कुछ कम्पोज़िटरों ने किताब की पाण्डुलिपि को कई हिस्सों में बाँट लिया और उसकी कम्पोजिंग करने लगे। बाज़ पन्ने तो ऐसे बाँटे गए थे कि शब्द भी बँट गए थे। मिसाल के तौर पर मुहब्बत शब्द का 'मुह' एक पन्ने पर था और 'ब्बत' दूसरे पर। लेकिन इससे कम्पोज़िटरों को कोई फ़र्क़ नहीं पड़ता था, क्योंकि वे कभी वो पढ़ते ही नहीं थे जो कम्पोज़ कर रहे होते थे।

—इस लिखने वाले का बेडा ग़र्क़ हो, यह कमबख़्त लिखाई है या मुसीबत!—एक कम्पोज़िटर बड़बड़ाया और ग़ुस्से से झुँझलाते हुए उसने अपनी आँखों को हाथों से ढाँप लिया।

उसके हाथों की उँगलियाँ सीसे की धूल से काली हो गई थीं। उसके जवान चेहरे पर भी सीसे के काले निशान थे। और खाँसने के बाद उसके भीतर से निकलनेवाला बलग़म भी उसी सलेटी और ज़हरीले रंग का होता था।

एक दूसरा जवान कम्पोज़िटर बहुत तेज़ी और बड़ी निपुणता से खाँचों से ज़रूरी अक्षर निकाल रहा था। वैसे वहाँ पर कोई भी बूढ़ा नहीं था। वह धीमी आवाज़ में गुनगुना रहा था :

ओह, मेरी क़िस्मत काली है क्या?

लोहे के बोझ वाली है क्या ...

उसे गीत के बाक़ी शब्द याद नहीं थे, धुन भी उसकी अपनी थी, बिलकुल नीरस और उदास; बिलकुल पतझड़ के पत्तों के बीच बहती हवा की सरसराहट की तरह।

बाक़ी चुप थे। वे लगातार खाँस रहे थे और काली लार उगल रहे थे। हर एक के सिर के ऊपर बिजली का एक मद्धम बल्ब जल रहा था।

कमरे में लगी तार की जालीदार दीवार के पीछे भी बहुत सी छपाई मशीनें थीं। मशीनें इतनी दूर रखी थीं कि वे फ़ौरन दिखाई नहीं देती थीं, लेकिन उनकी छाया उनके वहाँ होने की जानकारी दे देती थी। लग रहा था मानो गन्दे काले फ़र्श पर बैठीं वो सब अपनी बारी के इंतज़ार में अपनी काली बाँहें बड़ी उम्मीद से फैलाए हुए हों। कमरा इतना छोटा था कि उनकी तादाद बहुत ज़्यादा लग रही थी।

## 4

किताबें अलमारियों में बड़ी बेतरतीब लगी थीं। उनके पीछे की दीवारें दिखाई नहीं दे रही थीं। फ़र्श पर भी किताबों के ऊँचे-ऊँचे ढेर थे। इसके अलावा प्रेस के पीछे के दो अँधेरे कमरे भी किताबों से भरे थे। ऐसा लगता था कि किताबों में क़ैद इंसानी ख़याल उनसे बाहर निकलने के लिए बेताब हैं। किताबों की दुनिया में इसलिए कभी भी सुकून और चैन नहीं होता था।

वहाँ बैठे सफ़ेद दाढ़ीवाले एक शख़्स के चेहरे पर नेकी झलक रही थी और वो बड़ी शालीनता से फ़ोन पर किसी से बात कर रहा था। लेकिन तभी उसने फ़ोन पर दबी आवाज़ में किसी को 'बेवक़ूफ़' कहकर पुकारा और ज़ोर से चिल्लाया :

—मीश्का

और जब मीश्का कमरे में दाख़िल हुआ तो चेहरे के सख़्त भावों और उँगली के इशारे से उस शख़्स ने मीश्का से अपनी नाराज़गी जतायी और पूछा :

—तुझे कितनी बार बुलाना पड़ेगा, हरामज़ादे?

लड़का डर के मारे अपनी आँखें झपकाने लगा, जल्दी ही सफ़ेद दाढ़ीवाला चुप हो गया। उसने अपने पैर और हाथ से किताबों का एक भारी बण्डल मीश्का की तरफ़ धकेला। वो उसे अपने एक हाथ से उठाना चाहता था, लेकिन उठा नहीं पाया। तब उसने बण्डल को फ़र्श पर पटक दिया और उसे आगे की ओर धकेलकर मीश्का से बोला :

—इसे येगोर इवानविच के पास ले जा।

लड़के ने दोनों हाथों से बण्डल उठाने की कोशिश की, लेकिन वो इतना भारी था कि नन्हा और दुबला मीश्का उसे उठा नहीं पाया।

—जल्दी कर,—वो शख़्स चिल्लाया।

लड़के ने किसी तरह वह भारी बण्डल उठाया और उसे लेकर वहाँ से चला गया।

## 5

फ़ुटपाथ पर चलते समय भारी बण्डल की वजह से मीश्का सब राहगीरों से टकरा रहा था। लोग इससे परेशान हो रहे थे, तभी किसी राहगीर ने मीश्का को सड़क पर धकेल दिया। वहाँ पर पड़ी बर्फ़ रेत की तरह भूरी और चिपचिपी थी। भारी बण्डल से उसकी पीठ दबी जा रही थी और वह लड़खड़ाता हुआ बमुश्किल चल रहा था। अब गाड़ीवान उस पर झल्लाने लगे थे। और मीश्का यह सोच रहा था कि उसे अभी कितनी दूर और जाना है। जैसे ही उसे यह अंदाज़ हुआ कि वह जगह बहुत पास नहीं है तो उसके हाथ-पाँव फूल गए और उसे लगा कि वहाँ पहुँचते-पहुँचते तो वो मर जाएगा। उसने किताबों का बण्डल कंधों से नीचे उतारा और रोने लगा। एक राहगीर ने उससे पूछा :

—तुम रो क्यों रहे हो?

लेकिन मीश्का रोता रहा। उसे रोता देखकर वहाँ कुछ लोग इकट्ठे हो गए। एक ग़ुस्सैल पुलिसवाला भी भीड़ देखकर अपनी बेंत हिलाता हुआ वहाँ पहुँच गया, और फिर मीश्का को किताबों समेत एक गाड़ी में बिठाकर पुलिस स्टेशन ले गया। वहाँ पर तैनात पुलिस अफ़सर ने रजिस्टर में कुछ लिखते हुए धीरे से अपना सिर ऊपर उठाया और पूछा :

—क्या बात है?

—जनाब, एक बहुत भारी वज़न के साथ एक बच्चे को लाया हूँ।—यह कहकर पुलिसवाले ने मीश्का को अपने अफ़सर के सामने धकेला।

पुलिस अफ़सर ने अपनी दोनों बाँहें ऊपर उठाकर एक अंगड़ाई ली और अपने सीने को तान लिया। उसके बाद उसने अपने दोनों पाँव भी एक-एक करके सामने की और फैलाए। पाँवों में चमड़े के चमकते हुए जूते दिखाई दे रहे थे। फिर उसने सामने खड़े मीश्का पर अपनी नज़रें दौड़ाईं और बड़े ध्यान से उसे ऊपर से नीचे तक ताका। उसके बाद उसने सवालों की झड़ी लगा दी :

—नाम क्या है तेरा? क्या उम्र है तेरी? कहाँ से आया है? क्या काम करता है?

मीश्का ने जवाब दिया :

—साब मीश्का हूँ, बारह साल का हूँ। एक प्रेस में काम करता हूँ। गाहक को किताबें देने जा रहा था।

पुलिस अफ़सर बण्डल के पास गया, चलते समय भी वह अपनी छाती ताने हुए था। फिर उसने कसरत-सी करते हुए किताबों के उस बण्डल को उठाना चाहा, जो आसानी से उसके हाथों में आ गया। वह ख़ुश हो गया और ख़ुशी से ख़ुद को शाबाशी देते हुए बोला :

—बहुत खूब, मियाँ!

जिस काग़ज़ में बण्डल लिपटा हुआ था, वह एक जगह से फट गया था। पुलिस अफ़सर ने उस काग़ज़ को थोड़ा और हटाकर किताब का नाम पढ़ा—'ग़रीबों की हिफाज़त के लिए'। उसने इशारे से मीश्का को अपने पास बुलाया और कहा :

—इसे पढ़ो।

मीश्का ने आँखें झपकाकर जवाब दिया :

—साब, मुझे पढ़ना नहीं आता।

पुलिस अफ़सर ज़ोर-ज़ोर से हँसने लगा,—हा...हा...हा...।

तब तक इलाक़े का पासपोर्ट अधिकारी भी अपने कमरे से निकलकर वहाँ आ पहुँचा। उसकी दाढ़ी नहीं बनी हुई थी और उसके मुँह से वोदका और प्याज़ की बू आ रही थी। वह भी हँसा, —हा...हा...हा...।

उसके बाद उन्होंने एक रिपोर्ट तैयार की जिसके नीचे उन्होंने मीश्का से उसके अँगूठे की छाप लगवा ली।

**मूल रूसी भाषा से अनुवाद : प्रगति टिपणीस**
**मूल रूसी भाषा में इस कहानी का नाम है— Книга**

# साँप को ज़हरीले दाँत मिलने की कहानी, उसी की ज़ुबानी

—शांत, शांत, शांत। ज़रा मेरे क़रीब आओ। मेरी आँखों में देखो।

मैं हमेशा से एक दिलकश जीव रहा हूँ, नाज़ुक, एहसासमन्द और शुक्रगुज़ार। मैं अक़्लमंद और नेक भी हूँ। मेरे इकहरे बदन का हर जोड़ इतना लचीला है कि तुम मेरा धीमा नाच देखकर ख़ुश हो जाओगे। तुम्हें मैं कभी छल्लों से निकलने के करतब दिखाऊँगा तो कभी अपनी केंचुली की चमक; कभी मैं ख़ुद में समाकर एकदम सिमट जाऊँगा तो कभी अपना आकार कई गुना बढ़ा लूँगा। मैं भीड़ में अकेला! मैं भीड़ में तनहा!

शांत। शांत। मेरी आँखों में देखो।

क्या मेरा टकटकी लगाकर देखना और मेरा यों डोलते और बराबर नाचते रहना तुम्हें पसंद नहीं है? आह! मेरा सर इतना वज़नी है इसीलिए मैं डाँवाडोल होता रहता हूँ। आह! सर भारी है इसलिए मैं सीध में देखने के बावजूद डोलता रहता हूँ। मेरे क़रीब आओ। मुझे थोड़ी गर्मी दो, अपनी उँगलियों से मेरे तेजवान माथे को सहलाओ। मेरे माथे को सहलाते हुए तुम्हें एक चिकने-से प्याले की अनुभूति होगी। यह प्याला ज्ञान और रात की रानी जैसे फूलों की ख़ुशबू से भरा है। अपने जोड़ों को हिलाते हुए और हवा को चीरते हुए मैं आगे बढ़ता हूँ। मैं चुप रहता हूँ तो डोलता हूँ, देखता हूँ तो डोलता हूँ – यह कैसा अजीब वज़न है, जिसे मैं अपनी गर्दन पे ढोता हूँ।

मैं तुमसे प्यार करता हूँ।

मैं हमेशा से एक दिलकश जीव रहा हूँ और मैंने जिससे भी मुहब्बत की है, सच्चे दिल से की है। मेरे क़रीब आओ। मुझसे लिपट जाओ। तुम्हें मेरे

सफ़ेद, नुकीले, सुन्दर दाँत दिख रहे हैं न? पहले-पहल चुम्बन करते समय मैं हलके से काट लिया करता था। हलके लाल रंग की पहली बूँदों के छलकने और गुदगुदी होने पर आने वाली हँसी की खिलखिलाहट के निकलने तक मैं प्यार से, दुलार से अपने आशिक़ों को काटता रहता था। इसमें सचमुच बहुत मज़ा आता था। नहीं तो तुम ही बताओ कि वे लोग मेरे पास लौट-लौटकर क्यों आते, जिन्हें मैं एक बार चूम चुका होता था। अफ़सोस कि अब मैं हर किसी को सिर्फ़ एक बार ही चूम सकता हूँ, सिर्फ़ एक बार। हर किसी को सिर्फ़ एक ही चुम्बन... मेरे प्यार से धड़कते दिल और मेरी संवेदनशील आत्मा के लिए यह कितना कम है! लेकिन यह ग़म सिर्फ़ मेरा है। एक चुम्बन के बाद मुझे फिर नए प्यार की खोज में जुटना पड़ता है। लेकिन मेरे आशिक़ को किसी दूसरे इश्क़ की खोज कभी नहीं करनी पड़ती; मेरा एकमात्र स्नेहिल चुम्बन उसे ऐसे शाश्वत बंधन में बाँध देता है है जिसे वह कभी तोड़ नहीं पाता है। मैं पूरे भरोसे के साथ तुमसे बतिया रहा हूँ और अपनी कहानी ख़त्म करते ही... मैं तुम्हें चूमूँगा।

मैं तुमसे प्यार करता हूँ।

मेरी आँखों में देखो। क्या मेरी नज़र सचमुच शानदार और शालीन नहीं है? वह एकटक और सीधी भी है। मेरी टकटकी जब दिलों को छूती है तो लगता है मानो किसी ने दिल पर ठण्डा हथियार रख दिया हो? मैं देखते समय डोलता हूँ। मैं अपनी नज़रों से सबको बाँध लेता हूँ। तुम्हारे डर और प्रेम से निढाल तुम्हारी विनम्र लालसा को मैं अपनी हरी आँखों में समो रहा हूँ। मेरे क़रीब आओ। अब तो मैं राजा हूँ और मेरी ख़ूबसूरती को न देखने की हिम्मत तुम नहीं कर सकते हो। लेकिन एक समय था बहुत ही अजीब-सा। .. ओह, कितना अजीब था वह समय! उसे याद करने भर से मैं सिहर उठता हूँ। कोई मुझसे प्यार नहीं करता था, कोई मुझे मान नहीं देता था। सब मेरे साथ बड़ी निर्ममता और क्रूरता से पेश आते थे। मुझे कीचड़ में रौंदकर वे मुझ पर हँसते थे—ओह, कितना अजीब था वह दौर! मैं भीड़ में अकेला था! मैं भीड़ में तनहा!

मैंने कहा न तुमसे कि मेरे क़रीब आओ।

तब सब मुझसे प्यार क्यों नहीं करते थे? मैं तो तब भी एक आकर्षक प्राणी

था, नेक, विनम्र, और अद्‌भुत नृत्य करनेवाला। लेकिन मुझे प्रताड़ित किया गया। मुझे आग में जलाया गया। भारी और भौंडे जानवर अपने भारी पैरों के तलवों से मुझे रौंदते थे। ख़ूनी जबड़ों में क़ैद तीखे दाँत मेरे नाज़ुक बदन को रेज़ा-रेज़ा करते थे। निःसहाय और शोक में डूबा मैं रेत कुतरता था, ज़मीन की धूल निगलता था और हताश होकर मर जाता था। मैं हर दिन मरता था। ओह, कितना भयानक था वह समय! यह नादान जंगल सब कुछ भूल गया है, उसे वह समय याद नहीं है। लेकिन तुम तो मुझ पर तरस खाओ। मेरे क़रीब आओ। मुझ जैसे ज़िल्लतमन्द पर तरस खाओ। मुझ जैसे ख़ूबसूरत और उदास और पुर-मुहब्बत और रक़्स-पसंद पर तरस खाओ।

मैं तुमसे मुहब्बत करता हूँ।

मैं अपना बचाव कैसे करता? मेरे पास तो तब केवल ये सफ़ेद, नुकीले और सुन्दर दाँत ही थे जो सिर्फ़ चुम्बन के काम आते थे। मैं अपना बचाव कैसे कर सकता था?—लेकिन अब मेरे सर का जो भयानक बोझ है उससे और मेरी नज़रों की टकटकी से कोई बच नहीं पाता है। तब मेरा सर हलका हुआ करता था और नज़रें नरम। तब मेरे पास ज़हर नहीं था। आह! मेरे सर के लिए यह बोझ है, और मेरा सर मेरे लिए! आह! मैं अपनी टकटकी से थक गया हूँ! मेरे माथे पर जो दो पत्थर हैं, वही मेरी आँखे भी हैं। माना कि ये पत्थर चमकदार और बेशक़ीमती हैं। लेकिन शर्मीली आँखों की जगह इन्हें ढोना बहुत मुश्किल होता है, ये पत्थर मेरे दिमाग़ पर दबाव डालते हैं... मेरे सर के लिए वे बड़ा बोझ हैं! मैं देखता हूँ और डोलता हूँ, मैं आँखों के हरे कोहरे के पार तुम्हें देख रहा हूँ—तुम बहुत दूर हो। आओ, क़रीब आ जाओ।

तुम देख रहे हो न कि उदास होने के बावजूद मैं खूबसूरत हूँ, मेरी नज़रें मुहब्बत से सराबोर हैं, उनमें गहराई है। मेरी आँखों की पुतलियों को देखो। मैं इन्हें सिकोड़ूँगा फिर फैलाऊँगा और इनमें एक ख़ास चमक भरूँगा। उनमें रात के तारों की चमक के साथ-साथ हीरे, पन्नों, पुखराजों, माणिकों की झिलमिलाहट भी होगी। मेरी आँखों में झाँको। मैं बादशाह हूँ। मेरा फण मेरा ताज है पर उसमें जो चमकता है, जलता है, और उससे जो गिरता है, जो मेरा दिमाग़, मेरी इच्छाशक्ति और ज़िन्दगी सब लूटता है—वह ज़हर है। यह मेरे ज़हर की एक बूँद है।

मुझे नहीं पता कि यह क्यों और कैसे हुआ? ज़िंदा चीज़ों से तो मुझे कभी कोई बैर नहीं रहा।

मेरी ज़िन्दगी बहुत मुश्किलों में कट रही थी। मैं घुट-घुट के मर रहा था। जब भी मुमकिन होता, मैं तेज़ी से रेंगकर छिप जाता था। लेकिन किसी ने कभी भी मुझे रोते हुए नहीं देखा, मुझे रोना नहीं आता। तेज़ी से रेंगते रहने की वजह से मेरा मंद-गति नृत्य अधिक गतिमान और सुंदर हो गया। बीहड़ जंगल में चुपचाप और अकेले दिल में उदासी दबाए मैं नाचता रहता था। मेरा तेज़ी से नाचना सबको बिलकुल नहीं भाता था। अगर उनका बस चलता तो वे नाचते समय ही मुझे मार डालते। लेकिन अचानक मेरा सर भारी होने लगा—यह मेरे लिए भी अजीब था! अभी भी मेरा सर पहले की तरह ही छोटा और प्यारा है, अक़्लमंद और सयाना है। बस, वह एकदम से बहुत भारी हो गया। उसके भार से मेरी गर्दन टूटने लगी और ज़मीन की ओर झुकने लगी। जब ऐसा हुआ, तब मुझे बेहद दर्द हुआ था। अब मैं इस भार का थोड़ा आदी हो गया हूँ, लेकिन पहले यह मेरे लिए बहुत दर्दनाक था। मुझे लगता था कि मैं किसी बीमारी की चपेट में आ गया हूँ।

.... मेरे क़रीब आओ। मेरी आँखों में देखो। ख़ामोश, ख़ामोश, ख़ामोश।

और अचानक मेरी नज़र घातक हो गई, और मेरी टकटकी मारक हो गई,...अपनी यह हालत देखकर मैं भी डर गया! मैं कुछ देखने के बाद अगर उससे नज़रें हटाना चाहता तो वे हटती ही नहीं थीं। वे वहीं पर रुककर गहरे और गहरे धँसती जाती थीं, मानो मैं पत्थर में बदलता जा रहा था। मेरी आँखों में ताको। अब मैं पत्थर हो गया हूँ और जो कुछ भी मैं देखता हूँ वह भी पत्थर में बदल जाता है। मेरी आँखों में झाँको।

मैं तुमसे इश्क़ करता हूँ।

मेरी भोली कहानी पर हँसो मत, नहीं तो मैं नाराज़ हो जाऊँगा। हर घंटे मैं अपना जज़्बाती मन किसी के सामने खोलता हूँ, लेकिन मेरी सभी कोशिशें नाक़ामयाब रहती हैं। आख़िरकार मैं अकेला ही बचता हूँ। मेरा चुम्बन जो अब पहला और आख़िरी होता है, उसमें एक गहरा दुख छुपा होता है, क्योंकि उसके बाद कोई मेरा आशिक़ नहीं रह जाता। मुझे एक नई मुहब्बत की तलाश करनी पड़ती है। यह सब मैं बेकार ही तुम्हें बता रहा हूँ : अगर सर भारी हो

और बदन में ज़हर का बोलबाला हो तो मन की गिरह को पूरी तरह से खोल पाना मुमकिन नहीं होता। लेकिन इतनी नाउम्मीदी के बावजूद देखो, मैं कितना ख़ूबसूरत हूँ। मेरे क़रीब आओ।

मैं तुमसे बेइंतहा प्यार करता हूँ।

एक बार मैं जंगल में एक दलदल में नहा रहा था। मुझे साफ़ रहना बहुत पसंद है और यह इस बात की निशानी है कि मेरा ताल्लुक़ बड़े ख़ानदान से है। मैं अक्सर नहाता हूँ। पानी में तैरते और नाचते समय एक बार मैंने उस पानी में अपना अक्स देख लिया और मुझे उससे भी प्यार हो गया, मुझे प्यार करने की आदत जो है। मुझे ख़ूबसूरती और अक़्लमन्दी बेहद पसंद हैं। तभी अचानक मैंने अपने माथे में बसे आभूषणों के बीच एक नया और अनोखा चिह्न देखा... मैं सोचने लगा कि मेरे सर का भारीपन, मेरी नज़रों की टकटकी और मेरे मुँह में पैदा हुआ मीठा-सा स्वाद कहीं इसी निशान की बदौलत तो नहीं? देखो, मेरे माथे को ग़ौर से देखो, यहीं पर वह गहरे रंग का निशान है! मेरे क़रीब आओ। क्या वाक़ई में यह बात अलबेली नहीं है? लेकिन क्योंकि तब मैं कुछ जानता-समझता नहीं था, इसलिए वह निशान मुझे अच्छा लगा था। मैंने सोचा था, चलो माथे को एक और ज़ेवर मिला। यही वह हौफ़नाक दिन था, मेरी ज़िन्दगी का सबसे ख़ौफ़नाक दिन, जबसे मेरा पहला चुम्बन आख़िरी चुम्बन होने लगा। मेरा चुम्बन घातक होता चला गया। मैं भीड़ में अकेला! मैं भीड़ में तनहा!

आह!

तुम्हें जवाहरात पसंद हैं, न? लेकिन ज़रा सोचो, मेरे दिलबर! मेरे ज़हर की एक बूँद उनसे कितनी अधिक मूल्यवान है। वह बहुत छोटी होती है – क्या तुमने कभी देखा है उसे? ज़ाहिर है कि नहीं देखा है। लेकिन अब तुम जल्दी ही उसे जान जाओगे, जानेजानाँ! ज़रा इस बारे में भी सोचो कि ज़हर की इस बूँद को जन्म देने के लिए मुझे कितने दुख उठाने पड़े, भारी ज़िल्लतें सहनी पड़ीं, नाक़ाबिले बर्दाश्त ग़ुस्से को दबाना पड़ा और ख़ुद को क़तरा-क़तरा कुचलना पड़ा। मैं शाह हूँ! मैं बादशाह हूँ! राजा हूँ अपने मन का! मैं अपने ज़हर की इस एक बूँद में समस्त जीव-जगत की मृत्यु लिए घूमता हूँ। मेरा राज्य भी उतना ही असीम है, जितना असीम दुख होता है, मौत होती है। मैं

शहंशाह हूँ! मेरी नज़र अडिग है। मेरा नाच डरावना है। मैं ख़ूबसूरत हूँ! भारी भीड़ में अकेला! भारी भीड़ में तनहा!

आह!

गिरो मत। मेरी बात अभी ख़त्म नहीं हुई है। मेरे क़रीब आओ। मेरी आँखों में झाँको।

उसी दिन मैंने इस बीहड़ जंगल का रुख़ किया था और अपने इस हरे साम्राज्य में पहुँचा था। सब नया था, सब डरावना था। चूँकि मैं एक नेक राजा था, इसलिए अपनी मेहरबान नज़रों से हर तरफ़ देखकर झुक रहा था। मैं कभी दाएँ झुकता तो कभी बाएँ। और सब... मुझे देखकर दूर भाग रहे थे। मैं सोचता कि सब दूर क्यों भाग रहे हैं? वह वाक़या सचमुच मेरी समझ से परे था। तुम उसके बारे में क्या सोचते हो? मेरी आँखों में देखो। तुम्हें उनमें कोई झिलमिलाहट या कोई चमक दिखाई दे रही है? यह मेरे ताज से निकलती किरणें हैं जो तुम्हारी आँखों को चौंधिया रही हैं। तुम पत्थर हो रहे हो, तुम मर रहे हो। अब मैं तुम्हारे सामने आख़िरी बार नाचूँगा —ज़रा सम्भल के रहो। अब मैं छल्ले से निकलूँगा, फिर अपनी केंचुली की चमक दिखाऊँगा; ख़ुद को ख़ुद में लपेटूँगा और सर्द आलिंगनों से अपने बदन को कई गुना बढ़ाऊँगा। देखो, करतब दिखाकर मैं लौट आया! हमारे संगम का मेरा यह पहला और आख़िरी चुम्बन लो। इसमें ज़ुल्मात से परेशान पूरी दुनिया की घातक लालसा है! मैं भीड़ में अकेला! मैं भीड़ में तनहा!

ज़रा मेरी ओर झुको। मैं तुमसे प्यार करता हूँ।

लो मैं तुम्हें चूमता हूँ। तुम उसे महसूस करो, उसमें डूबो और मरो।

**मूल रूसी भाषा से अनुवाद : प्रगति टिपणीस**

**मूल रूसी भाषा में इस कहानी का नाम है—Рассказ змеи о том, как у неё появились ядовитые зубы**

# मसला हुआ फूल

## 1

नाम था उसका यूरा। वह छह वर्ष का हो चुका था और उसके जीवन का सातवाँ साल चल रहा था। यह दुनिया उसके लिए बेहद जीवंत और आकर्षक थी। इस जगत के बारे में वह बहुत कम जानता था। हाँ, दिन के नीले आकाश और उसमें चुपचाप तैरते सफ़ेद, रुपहले-से और सुनहरे-से बादलों के बारे में वह काफ़ी जानता था। कभी घास पर और कभी छत पर लेटे-लेटे वह अक्सर उन्हें देखा करता था। लेकिन तारों के बारे में वह बहुत कम जानता था क्योंकि जल्दी सो जाता था। बस, एक हरे-से चमकीले तारे के बारे में ही वह ठीक से जानता था, जो उसके सोने से पहले ही दिखाई देने लगता था। वह तारा सबसे पहले दिखाई देने लगता है और शायद पूरे आकाश में वह अकेला ऐसा तारा है, जो इतना बड़ा दिखाई देता है।

उस बच्चे को सबसे अधिक जानकारी थी अपनी धरती के बारे में। उसे घर के अहाते और उसमें बने बगीचे, घर के बाहर से निकलने वाले रास्ते की ख़ूबियों, उनकी मिट्टी, पत्थर और घास के अनेक रहस्य मालूम थे। मिट्टी, पत्थरों आदि के बीच दबीं छोटी-छोटी चीज़ें, जो आमतौर पर लोगों को अपनी ऊँचाई के कारण दिखाई नहीं पड़तीं, यूरा की अमूल्य धरोहर होती थीं। जब यूरा सोने के लिए जाता तो बीते दिन की अंतिम मधुर स्मृति के रूप में वह धूप में तपा पत्थर का कोई टुकड़ा या मिट्टी का नरम-गरम ढेला अपने साथ बिस्तर में ले जाता और उसी के साथ सोता। उसकी माँ जब उसे शहर घुमाकर लातीं तो उसका ध्यान मोटर-गाड़ियों और घोड़ागाड़ियों पर कम और चौड़े-चौड़े खड़ंजों के रास्तों पर बिछे बड़े, चौकोर समतल पत्थरों पर ज़्यादा जाता

था। वे पत्थर उसे धरती का ही एक दूसरा रूप लगते और उनकी छवि उसके दिमाग़ में हमेशा के लिए अंकित हो जाती थी।

घरों की चारदीवारी या रास्ते के किनारे की बाड़, पेड़, कुत्ते और लोग सब कुछ उसे बहुत बड़े-बड़े लगते, पर इस बात से न तो उसे आश्चर्य होता और न ही किसी तरह का डर लगता। यह सब उसे बेहद दिलचस्प लगता था और जीवन में रोज़ होने वाले तरह-तरह के बदलाव उसे चमत्कार से लगते थे।

लोगों की अच्छाई-बुराई, गुण-अवगुण देखने का उसका अपना पैमाना था। वह जानता ही नहीं था कि क्या होती है अमीरी और ग़रीबी। अपने पराये का भी उसे ज़्यादा ज्ञान नहीं था। सिवा इस बात के कि उसके सारे खिलौने उसके अपने थे, उसके मम्मी-पापा उसके अपने थे, जो उसे बेहद प्यार करते थे।

वह बहुत से ऐसे लोगों को जानता था, जो उससे उम्र में बड़े थे और उससे उम्र में छोटे भी थे। लेकिन इन लोगों में वह अपने से छोटे लोगों की बात ज़्यादा अच्छी तरह से समझ पाता था। उनकी वह अधिक कद्र इसलिए करता था क्योंकि उनके साथ कोई भी बात की जा सकती है। जबकि बड़े लोग बेतुकी बातें ही ज़्यादा करते हैं, जो उसकी समझ में नहीं आतीं। कभी-कभी तो उनका बर्ताव ऐसा होता है कि यह समझ नहीं आता कि वे सचमुच में बौड़म हैं या उसे छोटा जानकर बेवक़ूफ़ बन रहे हैं। वे ऐसी चीज़ों के बारे में बातें करते हैं, जो सबको मालूम हैं या फिर वे उससे ऐसे अहमकाना सवाल करते हैं जिनका जवाब देते हुए उसे ख़ुद भी अहमक बन जाना पड़ता है। ज़ाहिर है कि ऐसे लोगों के पास से यूरा का जल्दी से जल्दी खिसक लेने का मन करता था।

उस बच्चे के भीतर-बाहर, चारों तरफ़, दो बहुत ही ख़ास लोग थे, जो बड़े भी थे और छोटे भी, जानकार भी थे और बेवक़ूफ़ भी, अपने भी और पराये भी। ये दोनों थे-उसके माँ और बाप।

बेशक वे दोनों बहुत अच्छे हैं, नहीं तो, वे उसके माता-पिता नहीं होते। वे हर तरह से दिलचस्प और सबसे हट के हैं। एक बात पूरे भरोसे के साथ कही जा सकती है कि उसके पापा इतने जानकार और ताकतवर हैं कि वह उनसे डरता है। जब वे अपनी बड़ी-सी हथेली में उसका हाथ पकड़कर उसे अनोखी चीज़ों के बारे में बताते हैं तो उसे बड़ा मज़ा आता है। माँ पिताजी की

तरह बड़ी नहीं हैं। कभी-कभी तो वे बहुत छोटी लगती हैं। माँ बहुत दयालु हैं। उसे देखकर ही वे उसके मन की सारी बातें जान लेती हैं, वे प्यार से उसे चूमती हैं। और कोई ग़लती हो जाने पर कभी उसे डाँटती नहीं हैं। माँ से तो वह इतना हिला-मिला हुआ है कि अपने मन की सारी बात उनसे करता रहता है। जब पापा घर में होते हैं तो यूरा उनके सामने न रोता है और न ही कोई ज़िद करता है। पापा के सामने अपने मन से कुछ भी करना ख़तरे से खाली नहीं होता है। लेकिन वह जब माँ के साथ होता है तो रोना-धोना और ज़िद करना भी उसे सुखद लगता है और उनसे वह इतना ख़ुश रहता है कि ऐसी ख़ुशी उसे न तो खेलने से ही मिलती है, न डरावनी कहानियों से और न हँसी-ठहाकों से।

यूरा सबसे कहता है—मेरी माँ बहुत सुन्दर है। वे इतनी प्यारी हैं और सब उन्हें चाहते हैं।

जब कोई आदमी मेरी माँ को देर तक घूरता है तो मुझे उस आदमी पर गुस्सा आने लगता है और मैं परेशान हो जाता हूँ कि वह मेरी माँ को कहीं मुझसे छीन न ले। मैं उस आदमी की आँखों के सामने खड़ा हो जाता हूँ। मैं तब कहीं नहीं जाता और माँ के आस-पास ही घूमता रहता हूँ। माँ मुझे वहाँ देखकर परेशान हो जाती हैं और मुझसे बार-बार कहती हैं :

—तुम यहाँ क्यों घूम रहे हो? जाओ, जाकर खेलो, बेटा!

तब मुझे अपनी माँ को उस आदमी के पास ही छोड़कर वहाँ से जाना पड़ता है।

कभी-कभी मैं दूसरे कमरे से कहानियों की कोई किताब ले आता हूँ या फिर अपने रंग और चित्रों में रंग भरने वाली किताब लेकर उनके पास आकर बैठ जाता हूँ। यह देखकर माँ मेरी तारीफ़ करती कि मैं कितना अच्छा हूँ और तस्वीरों में कितने अच्छे रंग भरता हूँ। लेकिन कुछ ही देर बाद मुझे फिर टोक देती हैं और कहती हैं :

—यूरा बेटा, अपने कमरे में जाकर रंग भरो न। देखो, तुमने फिर मेज़पोश पर पानी गिरा दिया है। रँग भरते समय तुम कोई न कोई गड़बड़ हमेशा कर देते हो।

अगर कोई आदमी माँ के पास दिन में आता और माँ यूरा को दूसरे कमरे में जाने के लिए कहतीं तो यूरा को इतना बुरा नहीं लगता था। लेकिन

कभी-कभी कोई अजनबी आदमी शाम को उस समय माँ से मिलने आता जब यूरा के सोने का समय हो गया होता तो यूरा को लगता कि वह माँ को इस ख़तरनाक आदमी के साथ अकेला छोड़कर कैसे सो जाए। यूरा देर तक जागता रहता। यहाँ तक कि माँ उसे कई बार देखने के लिए आतीं और फिर माँ भी अपने कमरे में जाकर सो जातीं। यूरा को यह अहसास होता कि माँ के कमरे की बत्ती बुझ गई है, माँ भी सो चुकी हैं और घर में एकदम शान्ति है। परन्तु उसके मन में एक धुकधुकी-सी लगी रहती कि वो बाहरी आदमी वापस चला गया है या अभी घर में ही है और वहीं सो गया है।

पापा कभी-कभी उसे और माँ को घर में ही छोड़कर टूर पर चले जाते थे। ये अजनबी लोग तभी उनके घर आते थे। माँ जिस सहजता और लगाव के साथ इन अजनबी आदमियों से बात करती थीं, उसे सुनकर और माँ की भावभंगिमा देखकर यूरा को ऐसा लगता था कि माँ इन लोगों को पसन्द करती हैं और वे लोग किसी न किसी रूप में उसके पिता की जगह लेने वाले हैं। घर के ऐसे माहौल में वह थोड़ा ग़ुस्सैल हो गया और अपनी उम्र से ज़्यादा सयाना और समझदार दिखने लगा। बड़े लोगों के बीच दिखाई देने वाले रिश्तों की समझ भी उसे आने लगी थी। वह समझने लगा था कि क्यों उसके पापा जब घर लौटते हैं तो उसके साथ लाड़-प्यार करते हैं और हमेशा कोई न कोई तोहफ़ा लेकर आते हैं। जबकि घर में आने वाले दूसरे अजनबी आदमी उसकी ज़रा भी परवाह नहीं करते और उसे देखकर, बस, तकल्लुफ़ के साथ उसका अभिवादन करते हैं।

यूरा अपने पापा की बहुत कद्र करता था, उन्हें अच्छी तरह से समझता था और थोड़ा-थोड़ा उनसे डरता भी था। कभी-कभी वह अपने पापा को देखकर रोने लगता था। उसके पापा यह समझते थे कि वो कई दिन बाद घर लौटे हैं, इसलिए यूरा जज़्बाती हो गया है और वे उसे प्यार से चुप कराने लगते थे। वह अपने पापा को अपने रोने की वज़ह हरगिज़ नहीं बताता था और जब वे यह पूछते थे कि वह क्यों रो रहा है तो ठीक से उनकी बात सुनते-समझते हुए भी, बात समझ में न आने या सुनाई न देने का बहाना बनाया करता था।

यूरा को अपने माँ-बाप का यह रहस्य भी मालूम था कि बहुत ही ख़ूबसूरत दिखने वाले उसके माँ-बाप के बीच में आपसी रिश्ते अच्छे नहीं हैं। दोनों

एक-दूसरे से बेहद नाख़ुश हैं और उनके बीच बनती नहीं है। वे यह बात सबसे छिपाते हैं। यूरा भी यह बात किसी के सामने नहीं आने देता। वह सबसे ऐसे बर्ताव करता जैसे उसके घर में सब कुछ ठीक-ठाक है। उसने माँ को ड्राइंग-रूम या बैड-रूम में कई बार रोते हुए देखा है। यूरा का कमरा माँ-बाप के कमरे के एकदम पास है। एक बार सुबह-सवेरे उसने पापा की ग़ुस्से से भरी आवाज़ सुनी। वे माँ से ऊँची आवाज़ में कुछ कह रहे थे और माँ धीमे-धीमे रो रही थीं। वह अपनी साँस रोके बहुत देर तक चुपचाप लेटा रहा। उसे उनकी बातों से डर लगने लगा। घर में खींच-तान का माहौल बन गया था। यूरा इस माहौल को सहन नहीं कर पा रहा था। उसकी आया कमरे में उसके साथ ही सो रही थी। उसने आया से पूछा :

—दादी, ये लोग क्यों लड़ रहे हैं?

आया ने डरते-डरते जवाब दिया :

—सो जा, बेटा, सो जा। बड़े लोगों की बाते बड़े ही जानें। जब तुम बड़े हो जाओगे तो तुम भी समझने लगोगे।

—मैं तुम्हारे पास आकर सो जाऊँ, दादी?

—अरे बेटा, तुम इतने बड़े हो गए हो, क्या अब मेरे साथ बिस्तर पर सोते अच्छे लगोगे!

यह सुनकर भी यूरा आया के बिस्तर पर आकर लेट गया।

यूरा और आया दोनों ही फुसफुसाकर अँधेरे में ही धीरे-धीरे देर तक बातें करते रहे।

अगली सुबह यूरा को दोनों माँ-बाप ख़ुश और सन्तुष्ट दिखे। यूरा ने पहले तो उन पर विश्वास करने का नाटक किया, लेकिन फिर उसे लगा कि वे दोनों सच में बहुत ख़ुश हैं। लेकिन इसके कुछ दिन बाद ही उसने अपने पापा को टसुए बहाते देखा। यूरा जब अपने पापा की कैबिनेट के सामने से गुज़र रहा था तो उसने देखा कि उस कमरे का दरवाज़ा थोड़ा खुला हुआ है और अन्दर से किसी के सिसकने की आवाज़ आ रही है। उत्सुकतावश जब उसने कमरे के भीतर झाँककर देखा तो पाया कि उसके पापा सोफ़े पर पेट के बल लेटे हुए हैं और ज़ोर-ज़ोर से सिसक रहे हैं। उस कमरे में उनके अलावा और कोई नहीं था। यूरा चुपचाप अपने कमरे में चला गया। थोड़ी देर इधर-उधर चक्कर

लगाकर वह वापस फिर वहीं आ गया। पापा के कमरे का दरवाज़ा अभी भी पहले की तरह थोड़ा खुला हुआ था, लेकिन वे अब ज़ोर-ज़ोर से रो रहे थे। यूरा के दिल में अपने पापा के रोने की डरावनी और गम्भीर छवि अंकित हो गई। उसने किसी को भी यह बात नहीं बताई। वह पिता को और ज़्यादा प्यार करने लगा था। वह समझ गया था कि इस भयानक घटना पर चुप्पी साधना ज़रूरी है ताकि उसके और पापा के अलावा और किसी को भी इसकी भनक तक न लगे।

और सच में उस वाक़ये का यूरा ने कभी किसी से ज़िक्र नहीं किया। उसके पिता ने इस बात पर कभी ग़ौर ही नहीं किया कि यूरा उनसे विशेष लगाव रखता है। और सच में ज़िन्दगी गुलज़ार थी, इसलिए किसी तरह के दिखावे की कोई ज़रूरत भी नहीं थी।

यूरा के घर की ऊँची छत से दूर-दूर तक जो भी कुछ दिखाई देता था उससे उसके दिल के तार गहरे जुड़े थे। चाहे वह दूर चमकने वाला सूरज हो या अहाते में उगने वाली हरी-हरी घास, जिससे निकलने वाली हरेपन की ख़ुशबू उसे बहुत भाती थी। उसे अपनी वह लम्बी-सी लग्गी बहुत पसन्द थी, जिसके ऊपरी कोने पर उसने हँसियानुमा एक चाकू बाँध रखा था। जब वह रात को सोने के लिए बिस्तर में लेटता तो घर का अहाता, घर के आसपास का रास्ता, बारिश के दिनों में पड़ने वाली वर्षा की तिरछी बौछारें, घर के पास बना पोखर, जिसके पानी में हमेशा सफ़ेद झाग दिखाई देते थे—ये सब उसके मन पर छा जाते। वह जैसे आसपास की प्राकृतिक छटाओं के साथ ही बिस्तर पर लेटता था और उसकी यह छोटी-सी दुनिया उसके साथ ही उसके छोटे-से बिस्तर में समा जाती थी। उसे जब नींद आती तो उसके साथ ही सब कुछ सो जाता और उसके आँख खोलते ही यह सब भी जग जाता।

और एक सबसे मज़ेदार बात तो यह थी कि घर के बगीचे में शाम को वह अपनी छड़ी जिस जगह पर गाड़ता, अगली सुबह तक वो वहीं पर रहती थी। घर के कोठार में वह अपनी क़ीमती चीज़ें छुपा देता था, जैसे लकड़ी की गिल्लियाँ, काँच की गोलियाँ और हड्डी की बनी गोटियाँ। टीन के डिब्बे में छुपाकर रखी गईं ये सभी चीज़ें एकदम वैसे ही सुरक्षित रहतीं, जबकि इस बीच एक पूरी रात बीत चुकी होती। वह सोचता था कि ये सभी चीज़ें ख़ुद

अपनी जगह बदल सकती हैं, जैसे बगीचे में गड़ी छड़ी रात के अँधेरे में कहीं भी आ-जा सकती है। टीन के डिब्बे में रखी चीज़ें उसे छोड़कर किसी दूसरे लड़के के घर जा सकती हैं। लेकिन हर रोज़ सुबह जब वह कोठार में जाता तो उसे यह देखकर आश्चर्य के साथ-साथ सुखद अनुभूति होती थी कि उसकी चीज़ें उसे छोड़कर कहीं नहीं गई हैं। सूरज, जिसने कल शाम को उससे विदा ले ली थी अगले दिन सुबह-सुबह फिर उसका स्वागत करने के लिए आ जाता और खिलखिलाकर उसे जगाता। उसका मन होता कि वह ज़ोर-ज़ोर से हँसे और ज़ोर-ज़ोर से गाए।

कभी-कभी कोई न कोई उससे उसका नाम पूछता, तो वह तुरन्त हँसकर तेज़ आवाज़ में जवाब देता :

—यूरा।

लेकिन लोग उसका पूरा नाम जानना चाहते थे। तब वह थोड़ा तनाव में आ जाता और कहता :

—यूरी मिख़अईलविच।

थोड़ा और सोचकर वह अपना पूरा नाम बताता :

—यूरी मिख़अईलविच पुशकरयोफ़।

## 2

यूरा के घर में वो एक ख़ास दिन था। उस दिन उसकी माँ का जन्मदिन था, इसलिए शाम को घर में एक बड़ी दावत होने वाली थी। माँ सुबह से ही बेहद मसरूफ़ थीं। ढेर सारे मेहमान आने वाले थे। सैनिक-बैंड को भी बुलाया गया था। घर के अहाते और बगीचे में और घर की पूरी बालकनी में रंग-बिरंगी रोशनी का इन्तज़ाम किया गया था। उससे पहले दिन शाम को यूरा को पूरी छूट मिल गई थी। रात के नौ बजने के बावजूद किसी ने उससे यह नहीं कहा था कि सोने का समय हो चुका है, बिस्तर पर जाओ। लेकिन वह ज़्यादा देर तक घर में घूम-फिर नहीं पाया और उसे थोड़ी देर में ही गहरी नींद आ गई। अगले दिन सुबह पौ फटते ही उसकी आँख खुल गई। वह बिस्तर पर उठ बैठा और कोई चमत्कार देखने की उम्मीद में अपने कमरे से बाहर भागा। परन्तु यह देखकर वह निराश हो गया कि अभी तक सब सो रहे थे। यहाँ तक

कि उसकी आया, बावर्चिन और नौकरानियाँ भी सो रही थीं। घर का मुख्य दरवाज़ा भी बंद था और उस पर साँकल लगी हुई थी। यूरा को पूरा विश्वास था कि अब तक घर और बगीचे की सजावट हो चुकी होगी, लेकिन इस बात का कोई नाम-ओ-निशान भी नहीं था कि आज उनके घर में मेहमान आने वाले हैं। यूरा दरवाज़े की साँकल खोलकर बाहर आया। सब कुछ वैसे का वैसा था जैसा कल शाम को उसने देखा था। हाँ, कोठार के पीछे उसे अपनी घोड़ागाड़ी का कोचवान इफ़मेन गाड़ी धोता नज़र आया। वह अपनी लाल कमीज़ की आस्तीनें कोहनियों से ऊपर चढ़ाए बाल्टी के पानी से रगड़-रगड़कर गाड़ी को धो रहा था। गाड़ी धुलती देखकर यूरा का दिल खिल गया और उसे इस बात का पक्का भरोसा हो गया कि शाम को घर में पार्टी ज़रूर होगी।

इफ़मेन ने यूरा की तरफ़ नज़रें घुमाई तो यूरा का ध्यान उसकी घनी, काली और घुँघराली दाढ़ी की तरफ़ गया। यूरा ने बड़े सम्मान के साथ उसका अभिवादन किया।

इसके बाद तेज़ी से जन्मदिन मनाने की तैयारियाँ होने लगीं। घर के अहाते और बगीचे की सफ़ाई की जाने लगी। घर तक आने वाले रास्ते की सफ़ाई भी होने लगी।

नौकर-नौकरानियाँ तेज़ आवाज़ में बतिया रहे थे। एक नौकरानी कालीन को घर की बाड़ पर लटकाकर झाड़ू से उसकी धूल झाड़ रही थी। जब तक आया ने यूरा को नाश्ता करवाया बगीचे में बाँस लगाकर उन पर लालटेने टाँगने का काम शुरू हो चुका था। बैठक में रखे फ़र्नीचर की जगह बदली जा रही थी और इस काम के होते-होते कोचवान इफ़मेन घोड़ों को गाड़ी में जोतकर पार्टी के किसी ज़रूरी काम के लिए रवाना हो गया था।

यूरा बड़ी मुश्किल से किसी एक काम पर अपना ध्यान लगा पाया। उसका मन कई काम करने का हो रहा था। तभी उसके पापा ने उसे आवाज़ लगाई। वह एकदम भागकर पापा के पास आया। आज उसे पापा बहुत अच्छे लग रहे थे। वे उसके साथ हँसी-मज़ाक कर रहे थे। यूरा ने उनसे कहा कि वह लालटेनें लटकाने का काम करना चाहता है। तब उन्होंने यह काम उसे ही सौंप दिया और उसकी सहायता करने लगे। सीढ़ी पर चढ़ने-उतरने में दोनों बाप-बेटा एक दूसरे की मदद कर रहे थे। वह सीढ़ी पुरानी हो चुकी थी,

इसलिए उनके चढ़ने-उतरने से चरमरा रही थी। जब उन्होंने आख़िरी लालटेन टाँगी तो सीढ़ी अचानक टूट गई और वे दोनों धड़ाम से नीचे घास पर आ गिरे, पर उन्हें कोई चोट नहीं आयी। यूरा तो एक झटके से उठ खड़ा हुआ, लेकिन उसके पापा अपने दोनों हाथ सर के नीचे दबाए घास पर ही लेटे रहे। यूरा डर गया कि कहीं पापा को चोट तो नहीं लग गई। लेकिन पापा आँखें मिचमिचाते हुए आसमान की तरफ़ देख रहे थे। वे एकदम गुलिवर की तरह लग रहे थे और संजीदा हो गए थे। वैसे ही संजीदा, जब लिलिपुट में वहाँ के नन्हे-नन्हे निवासियों ने गुलिवर को बन्दी बना लिया था। शायद पापा को भी कोई नाग़वार बात याद आ गई होगी।

यूरा अपने पापा को हँसाने के लिए उनके मुड़े हुए पाँव पर बैठ गया और बोला :

—पापा, आपको याद है, मैं जब छोटा था, तो आप घोड़ा बनकर मेरे साथ खेलते थे और कभी-कभी मुझे अचानक इस तरह गिरा दिया करते थे जैसे घोड़ा गिरा देता है ...

यूरा की बात अभी पूरी भी नहीं हुई थी कि पापा ने उसे पहले की तरह ज़मीन पर गिरा दिया। यूरा की नाक घास में धँसी हुई थी। पिता की इस हरक़त पर वह नाराज़ हो गया। अब उसके पापा ने उसे मनाने के लिए उसकी बग़ल और पेट में गुदगुदी करनी शुरू कर दी। यूरा ज़ोर-ज़ोर से हँसने लगा। पापा ने भी हँसते हुए यूरा को एक पाँव से पकड़कर अपने एक हाथ से ऊपर उठा लिया और उसे झुलाते हुए बालकनी में ले गए। अचानक माँ ने जब यह देखा तो वे बुरी तरह से डर गईं और पापा पर चिल्लाने लगीं :

—अरे! आप यह क्या कर रहें हैं! इसका सर सुन्न हो जाएगा। उसके ख़ून का बहाव सर की तरफ़ बढ़ जाएगा।

माँ का उलाहना सुनकर पापा ने यूरा को नीचे उतार दिया। इतनी ही देर में उसका मुँह पूरी तरह से लाल हो गया था, उसके बाल बुरी तरह से बिखरे हुए थे। लेकिन उसे सचमुच बेहद मज़ा आया था।

दिन तेज़ी से बीत रहा था। दोपहर हो चुकी थी। माँ बार-बार इफ़मेन को किसी न किसी काम से बाहर भेज रही थीं। अभी से गहमा-गहमी शुरू हो चुकी थी। बीच-बीच में कुछ लोग बाहर से कोई न कोई पैग़ाम लेकर आ रहे

थे। शहर की अलग-अलग दुकानों से घर में तरह-तरह के ज़ायकेदार केक आने शुरू हो गए थे। माँ ने सन्देश भेजकर दर्ज़िन को बुलवाया था। शायद उन्हें अपनी पोशाक ठीक करवानी थी। जैसे ही दर्ज़िन उनके घर पहुँची माँ उसके साथ अपने कमरे में कहीं छुप गईं। ऐसा लग रहा था कि उनके घर शाम को होने वाली पार्टी को लेकर पूरे शहर में हलचल है। यूरा भी इतरा रहा था। उसका भी रंग-ढंग पूरी तरह से बदला हुआ था। उसकी चाल ही बदल गई थी। उसे देखते ही यह पता लग जाता था कि यही 'बर्थ-डे-लेडी' का बेटा है। सुबह से घर में डोलते-डोलते यूरा पूरी तरह से थक चुका था। वह आराम करने के लिए बिस्तर पर लेट गया और तुरन्त ही नींद ने उसे अपनी बाँहों में भर लिया।

जब यूरा की नींद खुली तो उसके मिज़ाज बदल चुके थे। माँ ने उसे नहाने के लिए कहा। नहाने के बाद उसे ज़िन्दगी बेहद ख़ूबसूरत लगने लगी। यूरा ने समारोही पोशाक पहन ली थी। रेशमी लाल कमीज़ और नीचे काली पतलून। बेहद ख़ूबसूरत लग रहा था वह। माँ ने उसके क़रीब आकर उसकी बलैयाँ लीं। जश्न की तैयारियाँ अभी भी चल रही थीं। यूरा एक बार फिर से उस भागदौड़ में शामिल हो गया।

तब तक सैनिक-बैण्ड वाले आ गए थे। उन्हें देखते ही यूरा चहकने लगा।

यूरा ने देखा कि उसके पापा और माँ बगीचे में अंगूर की बेलों की छतरी तले बैठे हुए हैं। माँ का सिर पापा के कंधे पर टिका हुआ है और पापा का एक हाथ माँ के गले में है। पापा बेहद संजीदा लग रहे हैं। माँ भी थोड़ा गम्भीर हैं। अचानक माँ पापा के बराबर से उठीं और बोली :

—छोड़ो मुझे, मुझे जाना है।

—देखो, तुम यह बात याद रखना।

पापा ने इसके अलावा जो कुछ भी कहा, वह यूरा के पल्ले नहीं पड़ा। परन्तु पापा का संजीदा चेहरा देखकर उसके दिल में एक अजीब-सी बेचैनी होने लगी।

—जाने दो उस बात को, तुम भी कितने बदतमीज़ हो।

यह कहकर माँ ज़ोर से हँसी। लेकिन पापा का चेहरा गुलिवर की तरह ही गम्भीर और उदास बना रहा। यूरा को यह देखकर बेहद बुरा लगा।

जल्दी ही यूरा इस घटना को भूल गया क्योंकि थोड़ी ही देर बाद बड़े जोश-ओ-ख़रोश से जश्न शुरू हो गया। मेहमान इतने ज़्यादा थे कि मेज़ पर एक भी कुर्सी ख़ाली नहीं बची थी। लोग ज़ोर-ज़ोर से बातें कर रहे थे। ख़ूब हँसी-ठठ्ठा हो रहा था। तब तक बैण्ड बजना शुरू हो गया। मेहमानों का एक गुट घर के बाहर बगीचे के कोने में सिगरेट पी रहा था और ऊँची आवाज़ में बतिया रहा था। पार्टी में आने वाले मेहमानों से यूरा घर के मुख्य दरवाज़े के पास ही मिल लेता था। वह उन्हें ग़ौर से देखता और सब लोगों को घर के अन्दर छोड़ने जाता। कुछ लोगों के साथ उसकी जान-पहचान और दोस्ती भी हो जाती।

ऐसे ही उसकी दोस्ती एक अफ़सर के साथ हो गई। यूरा को यह देखकर थोड़ी हैरानी हुई कि उस अफ़सर ने यूरा को अपना नाम मीत्त्विंका बताया। जबकि मीत्त्विंका लाड़ में बच्चों को कहते हैं। उनका असली नाम तो मिखअईल था। फिर उन्होंने मीत्त्विंका क्यों बताया? शायद वे मुझसे दोस्ती करना चाहते हैं। उनकी कमर पर एक तलवार बँधी हुई थी, जो चमड़े के मोटे खोल में थी। यूरा ने जब तलवार देखने की इच्छा जताई तो उन्होंने यूरा को बताया कि यह तलवार खोल से बाहर नहीं निकलती है। तलवार के हत्थे पर एक रुपहला रिबन बँधा हुआ था। घर में घुसकर मीत्त्विंका ने अपनी तलवार एक कोने में खड़ी कर दी और वे लोगों से मिलने-जुलने लगे। मीत्त्विंका के पास ही एक और अफ़सर खड़े थे, जिन्हें यूरा पहले से जानता था। उनका नाम था-यूरी मिखअईलविच।

यूरा एक और यूरी मिखअईलविच को जानता था, जो अक्सर उसके घर उस समय आते थे जब पापा घर में नहीं होते थे और यूरा के सोने का समय होता था। यूरा सोने के लिए अपने कमरे में चला जाता था और ये यूरी मिखअईलविच उसकी माँ के पास रह जाते थे। यूरा डरता था कि ये यूरी मिखअईलविच कहीं उसकी माँ को कोई नुकसान न पहुँचाएँ।

मीत्त्विंका यूरी मिखअईलविच के साथ जन्मदिन की बधाई देने के लिए यूरा की माँ के पास पहुँचे। माँ पहले ही कुछ लोगों से घिरी हुई थीं। सब उन्हें बधाई दे रहे थे और उनका हाथ चूम रहे थे। यूरी मिखअईलविच बार-बार अपनी बड़ी-सी मूँछों पर ताव दे रहे थे। माँ के पास पहुँचकर उन्होंने माँ का

हाथ चूमा। यह देखकर यूरा को बहुत बुरा लगा, पर तभी मीत्चिंका ने भी यूरा की माँ को जन्मदिन की बधाई देकर उनका हाथ चूमा। यह देखकर यूरा का मन शांत हो गया।

शाम गहराने लगी थी और मेहमानों की आवाजाही भी बहुत बढ़ गई थी। नए मेहमान सीधे उनके घर में घुस जाते और माँ को बधाई और शुभकामनाएँ देने लगते। कुछ लोग बधाई देने के बाद बगीचे में निकल आते और किसी न किसी गुट में शामिल हो जाते। तभी अचानक शहर के कॉलेज से कुछ छात्र-छात्राएँ वहाँ पहुँचे। लड़कियों ने सामान्य पोशाक पहन रखी थी और लड़कों ने सफ़ेद रंग की जैकेट। लड़कों की जैकेट के बाईं तरफ़ कटार रखने की जेब बनी हुई थी, जिसे देखकर यह लगता था कि वे शायद सैनिक स्कूल में पढ़ते हैं। सारी लड़कियाँ यूरा के पास आकर इकट्ठी हो गईं और उन्होंने उसे घेर लिया। यूरा इतना हैंडसम लग रहा था कि एक लड़की से न रहा गया और उसने यूरा को चूम लिया। बस, फिर क्या था, सारी लड़कियाँ उसे एक-एक करके चूमने लगीं। उनमें नीना नाम की एक ख़ूबसूरत लड़की भी थी। वह यूरा को अहाते में लगे झूले के पास ले गई और झूला झुलाने लगी। झूला झूलते हुए अचानक यूरा का सन्तुलन बिगड़ गया और वह ज़मीन पर गिर पड़ा। गिरने से उसका एक घुटना थोड़ा छिल गया था, जिसमें ख़ून उभर आया था। गिरने और चोट लगने के बावजूद यूरा ज़रा भी नहीं रोया और उसका दर्द बड़ी जल्दी ही ग़ायब हो गया। उसी समय उसके पापा एक ख़ास मेहमान के साथ बगीचे में खड़े थे। उसे झूले से गिरता हुआ देख उन्होंने दूर से ही उससे पूछा :

—बेटा, तुम्हें चोट तो नहीं लगी?

पर उस बूढ़े को हँसते हुए और कुछ बोलते हुए देखकर यूरा ने कोई जवाब नहीं दिया।

अचानक फिर से बैण्ड बजना शुरू हो गया था। यूरा की तरफ़ किसी का भी ध्यान नहीं था। घर की बालकनी से वह लिंडन के पेड़ पर जा चढ़ा था और पेड़ की एक डाल पर बैठकर वहाँ से पूरा नज़ारा देख रहा था। नीचे मेहमान कहकहे लगा रहे थे और उनसे बात करते हुए माँ ज़ोर-ज़ोर से कुछ कह रही थीं। अचानक यूरा ने अँगूठा चूसना शुरू कर दिया था। यह उसकी पुरानी आदत थी, जो कई साल पहले ही छूट चुकी थी। लेकिन अब उसने

अनजाने में अँगूठा मुँह में डाल लिया था और उसे चूसने लगा था। इस बैण्ड में पाइप बजाने वाला बड़े जोश में था। उसका पाइप ऐसे चिंघाड़ रहा था कि दूसरे संगीत वाद्यों की आवाज़ सुनाई नहीं दे रही थी। उस बड़े-से पाइप को देखकर यूरा के मन में आया कि इस बाजे से तो किसी सैनिक का हैलमेट बनाया जा सकता है।

यूरा पेड़ से नीचे उतर आया। तब तक मेहमान गुटों में बँट चुके थे। अँधेरा उतर आया था। लालटेनों की धीमी रोशनी में एक गुट नाच और गा रहा था। माँ भी इसी गुट में शामिल थीं और पूरे जोश के साथ नाच रही थीं। माँ को देखकर उसे लगा—कितनी ख़ूबसूरत हैं मेरी माँ और कितना बढ़िया डान्स करती हैं। माँ का नाच ख़तम होने के बाद यूरा दूसरे गुटों की तरफ़ आगे बढ़ गया। कहीं हँसी-मज़ाक हो रहा था तो कहीं राजनीतिक बहस। यकायक यूरा एकदम उदास हो गया। अचानक यूरा को अपने पापा याद आ गए और वह सब गुटों के पास जाकर उन्हें ढूँढ़ने लगा। पापा कहीं दिखाई नहीं दिए। तभी घर के अन्दर से शोर-शराबे की आवाज़ सुनाई दी। यूरा ने सोचा, पापा घर में ही होंगे। वह भागकर घर में घुस गया। यहाँ खाने की मेज़ के चारों तरफ़ बहुत सारे लोग इकट्ठे थे और ताश की बाज़ी चल रही थी, लेकिन पापा कहीं नहीं थे। संगीत अभी भी पहले की तरह ही बज रहा था, लेकिन अब ऐसा लग रहा था कि उसकी आवाज़ कहीं दूर से आ रही है। यूरा शान्त हो गया। वह ऊपर से तो शान्त दिखाई दे रहा था, लेकिन अन्दर ही अन्दर बहुत बेचैन था।

## 3

रात गहराने लगी थी। मेहमानों को घर लौटने की कोई जल्दी नहीं थी। यूरा फिर अहाते में निकल आया था। वहाँ जल रही लालटेनें सितारों की तरह जगमगा रही थीं। लालटेनों की हलकी पीली रोशनी घर की दीवारों पर पड़ रही थी। घर का कोना-कोना अँधेरे में जुगनुओं की तरह जगमगा रहा था। घर की एक खिड़की पर लाल चिमनी जल रही थी। अँधेरे में चमकती उस लाल खिड़की ने यूरा के घर को एक जादुई घर बना दिया था। यूरा अपने घर पर मोहित हो गया।

बगीचे में चारों तरफ़ अँधेरा छाया था और उस अँधेरे में मेहमानों की

आवाज़ें गूँज रही थीं। सारे मेहमान भूत की तरह लग रहे थे। यूरा के बगीचे में भूत इधर-उधर घूम रहे थे। भूतों के कहकहे सुनाई दे रहे थे और कुछ लाल धब्बे नज़र आ रहे थे। यूरा ने देखा कि जब कोई सिगरेट का कश लगाता है तो सिगरेट जलने का लाल बिन्दु नज़र आने लगता है। तभी चार-पाँच सफ़ेद भूत यूरा को अपनी तरफ़ आते दिखाई दिए। वे ज़ोर-ज़ोर से बातें कर रहे थे। जब वे थोड़ा पास आ गए तो यूरा ने इन भूतों को पहचान लिया। ये शहर के कॉलेज से आये छात्र थे, जो अपनी सफ़ेद जैकेट की बदौलत अँधेरे में भी झिलमिला रहे थे।

अब यूरा भी ऐसा ही भूत बनना चाहता था ताकि वह सबको देख सके और उसे कोई न देख सके। वह चुपके से रसोई की छत पर चढ़ गया। छत पर बनी खिड़कियों से वह रसोई में झाँकने लगा। रसोई में काम करते हुए बावर्ची उसे नज़र आ रहे थे, लेकिन वे उसे नहीं देख पा रहे थे। उसके बाद उसने दूसरी खिड़की से अपने माँ-बाप के बैड-रूम में झाँका तो पाया कि सोने के कमरे में बिस्तर लगे हुए हैं। यूरा के कमरे में भी बिस्तर बिछा हुआ था। अगला कमरा जिसमें ताश की बाज़ी जमी हुई थी, उसने अपनी साँस रोककर पंजों के बल ऐसे पार किया मानो वह हवा में चल रहा हो। उसके बाद वह फिर वापस बगीचे में उतर आया। उसकी यह हरक़त किसी ने नहीं देखी थी। नीचे उतरकर यूरा ने गहरी साँस ली और फिर आगे बढ़ गया। वह लोगों के क़रीब से गुज़र रहा था, चाहे तो वह उन्हें हाथ से छू सकता था। वह सबसे इतना बचकर आगे बढ़ रहा था कि किसी को इसकी हवा तक न लगी। सब अपनी बातों में मशगूल थे। नीना को क़रीब से जानने-समझने के लिए वह बड़ी देर तक उसकी बातें सुनता रहा। नीना को शायद इसका आभास हो गया, तभी नीना ने उसे ज़ोर से पुकारा :

—अरे यूरा! क्या तुम यूरा हो?

यह सुनते ही यूरा की ऊपर की साँस ऊपर और नीचे की नीचे रह गई। उसने तुरन्त अपनी साँस रोक ली और झाड़ी के पीछे लेट गया। इस तरह वह नीना से बच निकला। पूरी तरह से भूत की भूमिका में आने के लिए वह झाड़ियों के पीछे सरक-सरककर आगे बढ़ने लगा। वैसे भी आगे रास्ता ख़तरनाक लग रहा था। इस तरह इस खेल में उसे समय का अंदाज़ा नहीं रहा।

बीच-बीच में बैण्ड अभी भी बज रहा था। सब लोग यूरा को भूल चुके थे, यहाँ तक कि उसकी माँ भी। अब यूरा अकेले घूमते-घूमते परेशान हो चुका था। ओस गिरने लगी थी। ठण्ड बढ़ गई थी। ओस से भीगी घास में उसे सर्दी लग रही थी और करौंदों की झाड़ियों के काँटें भी चुभ रहे थे। उसे अँधेरे में कुछ नहीं सूझ रहा था। वह क्या करे! और क्या न करे! हे भगवान!

यूरा समझ गया था कि किसी को भी उसकी परवाह नहीं है। इसीलिए कोई उसे याद नहीं कर रहा है। तभी उसे सामने की तरफ़ हलकी-सी टिमटिमाती रोशनी दिखाई दी। वह उस रोशनी की तरफ़ बढ़ने लगा। रोशनी के पास पहुँचकर वह उस जगह को पहचान गया। यह वही जगह थी, जहाँ शाम को उसके पापा-मम्मी बैठे हुए थे। वहाँ दो लालटेनें टँगी हुई थीं, जिनमें से एक ठीक से जल रही थी और दूसरी ज़रा-सी टिमटिमा रही थी। उसने सिर घुमाकर सारे बगीचे पर नज़र डाली। वहाँ लगी बाक़ी सारी लालटेनें बुझ चुकी थीं। टिमटिमाती लालटेन की लौ के हिलने से चारों तरफ़ सब कुछ हिलता-सा जान पड़ रहा था। तभी उसने माँ और यूरी मिखअईलविच को बातें करते सुना। माँ कह रही थीं :

—अरे छोड़ो, तुम क्या पागल हो गए हो? चारों तरफ़ लोग हैं। यहाँ कभी भी कोई आ सकता है।

—और तुम?

—आज मैं छब्बीस साल की हो गई हूँ। मुझे ऐसा लग रहा है कि मेरी जवानी ढल रही है।

यूरी मिखअईलविच ने उसकी बात पर कोई ध्यान दिए बिना कहा :

—तुमने अभी बताया कि उसे हमारे बारे में कुछ नहीं पता। क्या सच में उसे कुछ नहीं मालूम है? उसे इस बात का अंदाज़ तक नहीं है? अच्छा, क्या यह सभी से इतनी ज़ोर से ही हाथ मिलाता है?

—यह तुम कैसी बात कर रहे हो? ज़ाहिर है कि वह सबसे ऐसे हाथ नहीं मिलाता होगा।

—उसके बारे में सोचकर मुझे ख़राब लग रहा है।

—उसके लिए? तुम्हें क्या ख़राब लग रहा है!

और वह अजीब तरह से हँस पड़ी। यूरा समझ गया कि वे दोनों उसी के

बारे में बात कर रहे हैं। परन्तु वह यह नहीं समझा कि आख़िर यह सब है क्या और माँ ऐसे क्यों हँस रही हैं?

यूरी मिखअईलविच ने आगे कहा :

—अब मैं तुम्हें कहीं नहीं जाने दूँगा।

—अरे क्यों मेरी तौहीन करने पर तुले हो! मेरा हाथ छोड़ दो। मुझे चूमने की हिम्मत न करो। छोड़ो मुझे! जाने दो!

उन दोनों के बीच फिर चुप्पी छा गई। यूरा ने पत्तों के बीच से झाँककर देखा कि वह माँ को बाँहों में भरकर चूम रहा था। उन लोगों ने और भी कुछ बातें कीं, पर यूरा के पल्ले कुछ नहीं पड़ा। वह माँ को पुकारना चाहता था, पर माँ को इस हालत में देखकर शब्द उसके मुँह में ही रह गए और वह बुदबुदाकर, बस, एक ही शब्द दोहराने लगा—माँ... माँ... माँ! दोनों देर तक प्रेम करते रहे और यूरा बेबस-सा उन्हें ताकता रहा, जब तक कि वे वहाँ से चले नहीं गए।

अपने पापा को ढूँढता हुआ यूरा एक कमरे में पहुँचा, जहाँ वे उस ख़ास, बूढ़े-गंजे मेहमान के साथ बैठे हँसी-मज़ाक कर रहे थे। वे सज्जन अपने हाथ हवा में हिला-हिलाकर यूरा के पिता पर नाराज़गी जताते हुए कह रहे थे—तुमने यह ठीक नहीं किया, तुम्हें ऐसा सलूक नहीं करना चाहिए था, बस, बदचलन लोग ही ऐसा करते हैं, अब मैं तुम्हारे साथ बात नहीं करूँगा।

यूरा के पापा ने मुस्कुराते हुए अपने हाथ आगे बढ़ाए और वे कुछ कहना चाहते थे परन्तु बूढ़े मियाँ कुछ सुनने को तैयार ही न थे, उलटा वे और ज़ोर-ज़ोर से बोलने लगे। वे ठिगने थे और यूरा के पापा बहुत लम्बे और सुन्दर थे, मग़र उनकी मुस्कान उस गुलिवर जैसी थी, जो अपने वतन और वहाँ रहने वाले ख़ुद के जैसे लंबे-लंबे लोगों को याद करके दुखी हो रहा था। यूरा ने दिल ही दिल में यह बात फिर से दोहराई , 'मुझे पापा से माँ की वह बात छुपानी है कि यूरी मिखअईलविच उन्हें चूम रहा था। वैसे तो मैं पापा बहुत चाहता हूँ, अब उनसे और अधिक प्यार करना है।' अचानक वह उन गंजे और बूढ़े मियाँ पर टूट पड़ा और पूरी ताक़त से उन्हें अपने नन्हे हाथों से घूँसे मारते हुए चीख़-चीख़कर कहने लगा :

—आप मेरे पापा को डाँट क्यों रहे हैं...?

उस कमरे में मौज़ूद लोगों में से यूरा की बात सुनकर कोई हँसा तो कोई चिल्लाया। पापा ने यूरा को कसकर अपनी एक बाँह में जकड़ लिया और दूसरे हाथ से उसका मुँह बंद किया और चिल्लाकर कहा :

—अरे, इसकी माँ कहाँ है? उसे बुलाओ!

यूरा ने रो-रोकर घर सिर पर उठा लिया। उसकी सिसकियाँ बँध गईं और बीच-बीच में उसे हिचकियाँ भी आने लगीं। मग़र इस हाल में भी वह आँख के एक कोने से पिता पर नज़र रखे हुए था कि कहीं उन्हें माँ और यूरी मिखअईलविच वाली बात की भनक तो नहीं लग गई। और जब उसकी माँ कमरे में घुसी तो उस पर से लोगों का ध्यान हटाने के लिए वह और भी ज़ोर-ज़ोर से रोने लगा। माँ ने जब उसे अपनी गोद में लेना चाहा तो उनकी गोद में जाने की जगह वह उलटा पापा के सीने से कसकर चिपक गया। फिर पापा को ही उसे गोद में उठाकर उसके कमरे तक ले जाना पड़ा। शायद बाप का भी उसे अपनी गोदी से उतारने का दिल नहीं था, इसलिए जैसे ही वे उसे लेकर कमरे से बाहर निकले तो उसे बार-बार चूमते हुए कहने लगे :

—तू तो मेरा लाड़ला राजा बेटा है! मेरा प्यारा बेटा!

लेकिन पीछे-पीछे आ रही बीवी से कहा :

—देखो तो इसे, यह कैसा हो गया है।

बीवी बोली :

—यह सब आपके ही किये-धरे का नतीज़ा है। आप लोगों ने इतनी ज़ोर-ज़ोर से कहा-सुनी करके बेचारे बच्चे को डरा दिया।

पिता ने हँसते हुए जवाब में कहा :

—हाँ, हाँ, यह है बड़ा ग़ुस्सैल! मेरे नन्हे-मुन्ने, ग़ुस्सा तो तेरी नाक पर धरा रहता है!

अपने कमरे में पहुँचने के बाद यूरा ने ज़िद की कि उसके कपड़े भी उसके पापा ही उतारेंगे।

पापा ने कहा :

—ये लो, अब इसके नख़रे शुरू हो गए। बेटा, तुम्हें तो पता है कि मुझे यह काम ठीक से नहीं आता। माँ बदलेगी तुम्हारे कपड़े।

यूरा ने कहा :

—तो आप यहीं बैठिए।

माँ इस काम में बड़ी कुशल थीं। उसने जल्दी से उसके कपड़े बदल दिए। जब वह उसके कपड़े बदल रही थी, वह पूरे समय पापा का हाथ पकड़े रहा। बाद में उसने उन्हें चूमते हुए बड़ी चालाकी से पूछा :

—वो बूढ़े बाबा अब आपको फिर तो नहीं डाटेंगे?

उसके पिता को यूरा की यह बात बहुत पसंद आयी। उन्होंने मुस्कुराकर यूरा को प्यार किया और बोले :

—अरे नहीं-नहीं, बिलकुल नहीं। और यदि अगर कुछ होगा तो मैं उसे उठाकर घर से बाहर फेंक दूँगा।

—हाँ पापा, आप बहुत ताकतवर हैं, ऐसा ही करना।

—अच्छा! चलो, अब तुम सो जाओ। माँ तुम्हारे पास रहेगी।

इस पर माँ बोली :

—मैं आया को भेज दूँगी। मुझे मेहमानों का खाना-पीना देखना है।

पिता ने नाराज़गी से कहा :

—तुम बच्चे के साथ रहो न! खाना-पीना तो हो ही जाएगा।

—मेहमानों को ऐसे ही छोड़ देना बुरा लगेगा।

पिता ने ग़ौर से माँ की ओर देखा तो माँ ने अपने कंधे उचकाते हुए कहा :

—ठीक है, मैं यहीं रुक जाती हूँ। आप, बस यह देख लीजिएगा कि नौकरानी वाइन की बोतलें मेज़ पर इधर-उधर न कर दे।

माँ जब यूरा को सुलाती थी तो वह हमेशा उसे गहरी नींद आने तक उसका हाथ अपने हाथ में पकड़े रहती थीं, पर अब वह अपने हाथ घुटनों पर रखे कहीं दूर ताकते हुए ऐसे बैठी थी, जैसे वह कमरे में अकेली हो। उसका ध्यान आकर्षित करने के लिए यूरा थोड़ा हिला, परन्तु माँ ने बस, इतना कहा :

—सो जा तू।

माँ ऐसे ही कहीं दूर ताकती रही। यूरा की आँखें नींद से बोझिल हो गई थीं। उसे नींद आने ही वाली थी कि माँ अचानक यूरा की ओर झुकी और उसे ज़ोर-ज़ोर से चूमने लगी। उसके होंठ गीले और गरम थे।

यूरा आधी नींद में बुदबुदाया :

—माँ, क्या तुम रो रही हो?

—हाँ, मैं रो रही हूँ।

—मत रो माँ, मत रो।

—ठीक है, नहीं रोऊँगी।

माँ ने यूरा को फिर से बार-बार चूमा।

उनींदा यूरा फिर उठ बैठा और अपने दोनों हाथ माँ के गले में डालकर उससे चिपक गया। उसका गरम गाल माँ के आँसुओं से भीग गया।

आख़िर वह उसकी माँ है। उसका मन ही जानता है कि उस पर क्या गुज़र रही है!

**मूल रूसी भाषा से हिन्दी में अनुवाद : सरोज शर्मा**

**इस कहानी का मूल रूसी नाम है—Цветок под ногою**

# फ़रिश्ता

## 1

साश्का का अक्सर यह मन करता कि वह वो सब करना बंद कर दे, जिसे लोग ज़िन्दगी कहते हैं। वह सुबह उठते ही ऐसे ठण्डे पानी से मुँह नहीं धोना चाहता था जिसमें बर्फ़ के टुकड़े तैरते हों, स्कूल नहीं जाना चाहता था ताकि उसको किसी की डाँट न सुननी पड़े, वह सारी शाम मुर्ग़ा बनकर बैठने की माँ की सज़ा की नाफ़रमानी करना चाहता था ताकि उसकी पीठ और सारे बदन में दर्द न हो। लेकिन चूँकि अभी वह सिर्फ़ तेरह साल का ही था और उन तौर-तरीक़ो से नावाक़िफ़ था, जो लोग आमतौर पर ज़िन्दगी जीना बंद करने के लिए अपनाते हैं। इसलिए उसने स्कूल जाना, मुर्ग़ा बनना वग़ैरह जारी रखा, और उसे लगने लगा कि ज़िन्दगी तो कभी ख़त्म ही नहीं होगी। एक के बाद दूसरा साल बीतेगा, फिर तीसरा; लेकिन वह स्कूल जाता रहेगा, मुर्ग़ा बनता रहेगा। साश्का का मन चूँकि विद्रोही और साहसी था, इसलिए वह इन ज़्यादतियों को लेकर बे-मुरव्वत न रह सका और ज़िन्दगी से बदला लेने लगा। उसने अपने साथियों को मारना-पीटना, अपने से बड़ों के साथ बद-सलूकी करना, अपनी कॉपी-किताबें फाड़ना, और हर बार शिक्षकों और माँ से झूठ बोलना शुरू कर दिया, सिर्फ़ अपने पापा से वह कभी झूठ नहीं बोलता था। जब कभी लड़ाई-झगड़े में कोई उसकी नकसीर फोड़ देता तो वह नकसीर को कुरेद कर और बिगाड़ लेता और फिर इतनी ज़ोर-ज़ोर से चीख़ने-बिलखने लगता कि उसकी चीख़ें लोगों के बर्दाश्त करने की सभी हदें पार कर जातीं और सभी नाक-भौंह सिकोड़ने लगते, कान बंद करने लगते। थोड़े समय बाद जब उसे लगता कि अब चिल्लाना काफ़ी हुआ, तब वह

अपनी जीभ निकालकर सबको चिढ़ाता और फिर अपनी फटी-पुरानी कार्टून की कॉपी निकालकर कार्टून बनाने लगता। उस कार्टून में वह ख़ुद को चीख़ता हुआ, लोगों को भौंहें सिकोड़ते और कान बंद करते हुए तथा उस बच्चे को डर से थरथराते हुए चित्रित करता जो लड़ाई में उससे जीत गया होता था। उसकी पूरी कॉपी ऐसे ही कार्टूनों से भरी हुई थी। कॉपी के हर दूसरे-तीसरे पन्ने पर एक कार्टून बार-बार दिखाई देता था, जिसमें एक नाटी-मोटी औरत सींक जैसे दुबले-पतले लड़के को बेलन से पीट रही होती। उसके नीचे, बड़े और भद्दे लफ़्ज़ों में दर्ज होता:

—माफ़ी माँग, पिल्ले!

और जवाब लिखा होता :

—नहीं माँगूँगा, चाहे तू मेरी जान ले ले!

क्रिसमस के ठीक पहले साश्का को स्कूल से निकाल दिया गया और इसपर जब उसकी माँ ने उसे पीटना शुरू किया तो उसने अपने दाँतों से माँ की उँगली काट ली। उसकी इस करतूत ने उसे सारे डरों से आज़ाद कर दिया और अब वह अपनी मर्ज़ी का मालिक हो गया। उसने सुबह उठकर ठण्डे पानी से मुँह धोना बंद कर दिया। अब वह पूरा-पूरा दिन लड़कों के साथ आवारागर्दी करने या लड़ने-झगड़ने में बिताने लगा। इसलिए उसकी माँ ने उसे खाना देना बंद कर दिया। अब भूख ही एक ऐसी चीज़ थी जिससे वह डरता था। उसके पापा चुपके से उसके लिए रोटी और उबले आलू वग़ैरह बचाकर रख लेते थे। साश्का को इन हालात में ज़िन्दगी बसर करना मंज़ूर था।

क्रिसमस से पहले वाले शुक्रवार को साश्का लड़कों के साथ तब तक खेलता रहा, जब तक सब घर नहीं लौट गए और आख़िरी साथी के जाने के बाद मैदान का छोटा गेट ज़ंग और सर्दी के चलते एक बार फिर खड़खड़ा कर बंद न हो गया। अँधेरा तेज़ी से छाने लगा था और अंधी-गली के उस छोर से जो मैदान की ओर था, धूसर बर्फ़ीली धुंध बढ़ी आ रही थी। सड़क के दूसरे छोर पर खड़ी निचली अँधेरी इमारत में लाल रोशनी जल उठी थी। पाला बढ़ता जा रहा था और साश्का जब उस रोशनी के घेरे से गुज़र रहा था तो उसे हवा में तैरते बर्फ़ के फ़ाहे भी दिखाई दिए। वह समझ गया कि अब घर लौटना ही पड़ेगा।

—आधी रात बिताकर कहाँ से आ रहा है, पिल्ले?

माँ उस पर चिल्लाई और मारने के लिए हाथ भी उठाया, लेकिन मारा नहीं। उसकी आस्तीनें ऊपर की ओर मुड़ी हुई थीं, जिसके चलते उसकी सफ़ेद और मोटी बाहें दिख रही थीं। बिन भौंहों वाले उसके सपाट चेहरे पर पसीने की बूँदें चमक रही थीं। साश्का जैसे ही उसके पास से गुज़रा, उसे वोदका की जानी-पहचानी भभक महसूस हुई। उसकी माँ गंदे नाख़ूनों वाली अपनी मोटी तर्जनी से अपना सिर खुजलाती रही और चूँकि वह उसे डाँटने-फटकारने की हालत में नहीं थी, इसलिए बस थूकती और बड़बड़ाती रही :

—निक्कमा कहीं का!

साश्का ने हिक़ारत से अपनी नाक सिकोड़ी और कमरे के उस तरफ़ चला गया, जहाँ से उसके पापा की भारी साँसें सुनाई दे रही थीं। उन्हें हमेशा ठण्ड लगती रहती थी और गर्म होने की कोशिश में वे अपनी चारपाई पर अपने हाथ अपनी जाँघों के नीचे दबाए बैठे रहते थे।

उन्होंने फुसफुसाते हुए साश्का से कहा :

—साश्का! स्वेचनिकफ़ की नौकरानी आयी थी। वहाँ तुम्हें क्रिसमस के जश्न पर बुलाया गया है।

साश्का ने हैरानी से पूछा :

—तुम झूठ बोल रहे हो, न?

—हे भगवान! यह चुड़ैल जानबूझकर तुम्हें कुछ नहीं बता रही है, लेकिन इसने तुम्हें उनके यहाँ भेजने के लिए जैकेट तक सिल ली है।

साश्का ने और भी ज़्यादा हैरानी से फिर पूछा, —तुम झूठ बोल रहे हो न?

अमीर स्वेचनिकफ़ परिवार की कोशिशों से ही साश्का को इलाक़े के अच्छे स्कूल में दाख़िला मिला था और स्कूल से उसे निकाले जाने के बाद से उन्होंने उसे अपने यहाँ बुलाना बंद कर दिया था।

उसके पापा ने भगवान की क़सम खाते हुए अपनी बात दोहराई। साश्का सोच में पड़ गया। फिर पापा की चारपाई पर चढ़ते हुए वह उनसे बोला :

—ज़रा थोड़ा अंदर की ओर खिसको!

फिर बोला,—लेकिन मैं उन बेकार लोगों के यहाँ नहीं जाऊँगा। अगर

मुझ जैसा 'बिगड़ैल लड़का' उनके घर पहुँच जाएगा तो वे कुछ ज़्यादा ही फूल जाएँगे। मानो ख़ुद बहुत अच्छे हों। ख़ुद तो भगवान के दुश्मन हैं और मुझे बिगड़ैल कहते हैं।

ठण्ड से काँपते हुए पापा बोले, —ओह, साश्का, साश्का, इतना ग़ुरूर अच्छा नहीं होता!

साश्का ने बेरुख़ी से जवाब दिया,—लेकिन तुमने तो किया था न? तुम तो चुप ही रहो : औरतों तक से डरते हो। डरपोक कहीं के!

पापा चुपचाप बैठे ठण्ड से काँपते रहे। वह कमरा दो हिस्सों में बँटा हुआ था और कमरे को बाँटने वाली दीवार ऊपर तक नहीं बनी हुई थी, इसलिए कमरे के दूसरी तरफ़ जल रही लालटेन की रोशनी इस तरफ़ भी पहुँच रही थी, जो साश्का के पापा के चौड़े माथे पर एक सफ़ेद धब्बे की तरह लग रही थी। इस रोशनी में पापा की धँसी हुईं आँखें और ज़्यादा काली लग रही थीं। एक दौर था, जब उसके पापा बहुत ज़्यादा वोदका पिया करते थे, तब उसकी माँ उनसे डरती थी और नफ़रत करती थी। लेकिन जब पापा को ख़ून की कै होने लगीं तो उन्हें शराब पीना बंद करना पड़ा। तब से पता नहीं क्यों, माँ ने पीनी शुरू कर दी और धीरे-धीरे उसे वोदका की लत लग गई। और अब वह अपने आदमी से उन सब बातों का बदला लेने लगी, जिन्होंने उसकी ज़िन्दगी को जहन्नुम बना रखा था। उसका शौहर अपनी पियक्कड़ी के दिनों में उससे अबूझ-सी बातें किया करता था। वह काम के बाद सीधे घर न लौटकर दूसरे पियक्कड़ों के साथ शराब पीने जाया करता था और देर रात को अपने ही जैसे गंदे, बदसूरत और उजड्ड लोगों के साथ घर लौटता था।

आश्चर्य की बात तो यह है कि शराब पीना शुरू करते ही साश्का की माँ का बदन फूलने लगा था, उसके हाथ मोटे और भारी होते जा रहे थे। अब वह पहले से ज़्यादा निडर हो गई थी और धड़ल्ले से अपने मन में आने वाली हर बात कहने लगी थी। वो जिसे चाहती, उसे घर लाने लगी थी और देर रात तक उन लोगों के साथ ऊँची आवाज़ में भद्दे और अश्लील गीत गाती थी। उसका आदमी कमरे में दीवार के दूसरी तरफ़ ठण्ड से काँपता हुआ चुपचाप लेटा रहता और इनसानी ज़िन्दगी की ना-इनसाफ़ी और दहशत के बारे में सोचता रहता, जबकि उसकी बीवी जिस किसी से भी बातें करती, यह शिकायत ज़रूर

करती कि सारी दुनिया में उसके आदमी और बेटे से बढ़कर उसका कोई दुश्मन नहीं है। दोनों नाहक़ ही घमंडी और निकम्मे हैं।

एक घंटे बाद साश्का की माँ उससे बोली, —मैं कहती हूँ कि तुम्हें वहाँ जाना ही पड़ेगा।

हर शब्द के बाद वह मेज़ पर घूँसा मार रही थी, जिससे मेज़ पर धुले रखे गिलास आपस में टकराने लगते थे।

साश्का ने शांत भाव से उत्तर दिया, —और मैं कहता हूँ कि मैं नहीं जाऊँगा।

यह कहकर वह खीसें निपोरने लगा।

—अभी तुझे कूटती हूँ, ऐसा कूटूँगी कि याद करेगा!—माँ चिल्लाई।

—ठीक है, कूटो!

वो जानती थी कि अब वह अपने बेटे को मार नहीं सकती है, क्योंकि उसने उसे काटना शुरू कर दिया था। न ही वह उसे घर से निकाल सकती थी क्योंकि वह आवारागर्दी करने निकल जाएगा और इतनी ठण्ड में स्वेचनिकफ़ के यहाँ जाने के बजाय कहीं अड्डा जमाकर बैठ जाएगा। समर्थन पाने के लिए अब वह अपने शौहर की ओर मुख़ातिब हुई और बोली—तुम भी तो कुछ बोलो इससे, यह नालायक़ मेरे मुँह लग रहा है।

अपनी चारपाई पर बैठे-बैठे ही पापा बोले :

—सचमुच साश्का, चले जाओ न उनके यहाँ। क्यों इतना भाव खा रहे हो? वे भले लोग हैं, हो सकता है तुम्हारा दाख़िला फिर से कहीं करा दें।

साश्का उपहास करता हुआ मुस्काया। उसके पापा उसके जन्म से पहले स्वेचनिकफ़ के यहाँ ट्यूशन पढ़ाया करते थे और तभी से उन्हें लगता है कि वे लोग बहुत अच्छे हैं। उस वक़्त उसके पापा नगर-पालिका में भी काम किया करते थे और पियक्कड़ नहीं थे। स्वेचनिकफ़ की बेटी के साथ उनके सम्बन्ध हो गए थे और उसके पैर भारी हो गए थे। लेकिन उसकी शादी किसी और आदमी से कर दी गई, जिसके बाद स्वेचनिकफ़ के घर उसके पापा का आना-जाना बंद हो गया। वे रोज़ शराब पीने लगे और इस हद तक नशे में चूर रहा करते थे कि बाज़ दफ़ा पुलिस उन्हें सड़क पर से उठाकर ले जाती थी। स्वेचनिकफ़ इसके बाद भी समय-समय पर उन्हें पैसे भेजते रहते थे। उसकी

माँ को अपने आदमी के माज़ी से जुड़ी हर बात से नफ़रत थी...। लेकिन स्वेचनिकफ़ से जान-पहचान की बात उसके लिए भी बहुत मायने रखती थी और उनसे ताल्लुक़ात के बारे में वह दूसरों के सामने डींगें भी हाँकती रहती थी।

पापा ने बात आगे बढ़ाते हुए कहा,—हो सकता है कि तुम मेरे लिए भी कोई तोहफ़ा वहाँ से ले आओ।

साश्का यह समझ गया कि पापा चालाकी का सहारा ले रहे हैं। अपने पापा की कमज़ोरी देखकर और उनका यह झूठ सुनकर उसके मन में उनके लिए इज़्ज़त थोड़ी कम हो गई। लेकिन फ़ौरन ही उसका मन पलट गया और मन में अपने लाचार और बीमार पापा के लिए कुछ करने की इच्छा पैदा हो गई। उसे याद आया कि पापा को अच्छी सिगरेट पिए लम्बा अरसा हो गया है।

साश्का बड़बड़ाया,—ठीक है! चलो, जैकेट दो। तुमने बटन तो टाँक दिए हैं न? इसलिए पूछ रहा हूँ क्योंकि तुमको ख़ूब जानता हूँ!

## 2

बच्चे एक कमरे में बैठकर बातें कर रहे थे क्योंकि अभी उन्हें उस हॉल में जाने की इजाज़त नहीं थी जहाँ पर ख़ूबसूरत क्रिसमस-ट्री लगा हुआ था। वहाँ इकट्ठे हुए बच्चों की भोली-भाली बातें साश्का अपनी नाक ऊँची करके और उनके लिए मन में हिक़ारत रख के सुन रहा था। वह बार-बार पतलून की जेब में रखी उन सिगरेटों को टटोलकर देख लेता, जो उसने स्वेचनिकफ़ के कमरे से चुरा ली थीं और जो अब उसकी जेब में टूट रही थीं। तभी स्वेचनिकफ़ का सबसे छोटा बेटा कोल्या वहाँ आया और चेहरे पर हैरानी लिए उसकी बग़ल में खड़ा हो गया। उसके पाँव थोड़े टेढ़े थे और उसके दाएँ हाथ की एक उँगली उसके मोटे-से होंठों के एक कोने पर थी। लगभग छह महीने पहले ही घरवालों के बहुत समझाने पर उसकी मुँह में उँगली डालकर चूसने की आदत छूटी थी। लेकिन वह पूरी तरह से छूट नहीं पाई थी और जाने-अनजाने उँगली अभी भी उसके होंठों तक पहुँच ही जाती थी। उसके बाल हलके-सुनहरे थे, जो माथे पर एक लाइन में कटे हुए थे, लेकिन कन्धों पर घुंघराली लटों में झूल रहे थे। उसकी नीली आँखें हैरानी से भरी थीं। उसकी शक़्ल-सूरत और पहनावा

ऐसा था, जिससे यह साफ़ हो जाता था कि साश्का और उसके रहन-सहन में ज़मीन-आसमान का फ़र्क़ है।

साश्का से उसने पूछा :

—तुम ख़लाब ललके हो न? ऐछा-मिस ने मुझे बताया है। लेकिन मैं अत्च्छा हूँ।

—अब इससे अच्छा और क्या हो सकता है!—वेलवेट की उसकी पैंट और बड़े कॉलर वाले कोट को देखते हुए साश्का ने जवाब दिया।

—मैं तुम्हें कुछ अत्च्छा दूँ? लो!

कोल्या ने एक खिलौना बन्दूक साश्का को दी, उसमें धागे से कॉर्क बँधा हुआ था।

साश्का ने बेफ़िक्र खड़े कोल्या की नाक पर निशाना साधकर बन्दूक का घोड़ा दबा दिया। कॉर्क ज़ोर से कोल्या की नाक से टकराया और फिर धागे पर लटक गया। कोल्या की नीली आँखें और भी चौड़ी हो गईं, और उनमें आँसू उमड़ आए। कोल्या ने होंठों पर से उठाकर अपनी उँगली लाल हो गई नाक पर रख ली और वह अपनी लंबी पलकें झपकाता हुआ बुदबुदाया,—तुम ख़लाब हो...ख़लाब ललके हो!

तभी एक जवान और ख़ूबसूरत औरत उस कमरे में दाख़िल हुई। उसके बाल क़रीने से कढ़े हुए थे और उनसे उसके कानों का कुछ हिस्सा भी ढका हुआ था। उसका नाम सफ़ीया था। यह वही सफ़ीया थी, जिसे साश्का के पापा कभी पढ़ाया करते थे और दोनों में प्रेम हो गया था। सफ़ीया के मन में भी यह खटका था कि शायद साश्का को यह मालूम है कि उसके पापा पहले उसी से प्यार करते थे। लेकिन उसने उसके पापा से शादी करने के बजाय कहीं और शादी कर ली थी, इसलिए साश्का उसे बेवफ़ा समझता है।

साश्का की तरफ़ इशारा करके वह कमरे में अपने साथ दाख़िल हुए गंजी खोपड़ी वाले शख़्स से बोली,—यही है वह लड़का।

फिर साश्का से बोली, —इनका अभिवादन करो, साश्का। इतनी बदतमीज़ी अच्छी नहीं होती।

लेकिन साश्का ने दोनों में से किसी का भी अभिवादन नहीं किया।

वह ठंडी आह भरते हुए बोली,—बहुत बददिमाग़ है!

और फिर अपने साथ आए शख़्स से बोली,—प्लतोन मिख़अईलअविच! क्या आप इसे किसी स्कूल में दाख़िला दिला सकते हैं? हालाँकि मेरे शौहर का मानना है कि इसके लिए किताबी पढ़ाई से अच्छा रहेगा कोई हुनर सीखना।

—साश्का, क्या तुम कोई काम सीखना चाहोगे?

—नहीं, बिलकुल नहीं।

साश्का ने इतना रूखा जवाब 'शौहर' लफ़्ज़ सुनने की वजह से दिया था।

—सुनो, तुम चरवाहा बनना चाहते हो?—उस शख़्स ने पूछा।

—नहीं, चरवाहा क्यों? बिलकुल नहीं।— साश्का ने नाराज़ होते हुए कहा।

—फिर क्या बनना चाहते हो?

साश्का को पता नहीं था कि वह क्या करना चाहता है।

कुछ देर सोचने के बाद वह बोला, —वैसे मुझे कोई फ़र्क़ नहीं पड़ता। चाहे चरवाहा ही बन जाऊँ।

वह गंजा आदमी हैरानी से उस अजीबोग़रीब लड़के को देखने लगा। अपनी नज़रें उसने जैसे ही साश्का के पैबंद लगे जूतों से हटाकर उसके चेहरे की ओर घुमाईं, साश्का ने उसे जीभ दिखा दी और उसी तेज़ी से फ़ौरन अंदर भी कर ली। सफ़ीया को इस बात की भनक भी न लगी लेकिन वह बुज़ुर्ग शख़्स सकते में आ गया और चिड़चिड़ा गया।

—कोई काम मैं ज़रूर सीखना चाहूँगा।— साश्का ने अब बड़े अदब के साथ कहा।

यह सुनकर सफ़ीया ख़ुश हो गई और ठण्डी आहें भरते हुए सोचने लगी कि भूले-बिसरे प्यार में वाक़ई असर होता है!

—लेकिन शायद ही उस स्कूल में कोई जगह बची है, फिर भी हम कोशिश करेंगे।—साश्का की तरफ़ न देखते हुए उस गंजे आदमी ने उखड़े-से अंदाज़ में कहा।

बच्चों में हलचल और बेचैनी बढ़ती जा रही थी, वे क्रिसमस-ट्री को देखने के लिए बहुत उतावले हो रहे थे। बन्दूक़ के वाक़ये के बाद बच्चों की नज़र में साश्का की जगह ऊँची हो गई थी और उनके बीच उसकी नक़ल करने की होड़ लग गई थी। तमाम बच्चों की नाक इस बीच लाल हो चुकी थी।

लड़कियाँ अपने दोस्तों की यह बहादुरी देखकर कि वे अपनी नाक पर बन्दूक़ की चोट झेलने के लिए तैयार हैं, खिलखिला रही थीं और ख़ुश हो रही थीं। तभी अचानक कमरे के कपाट खुले और एक आवाज़ आयी :

—बच्चो! अंदर आ जाओ। धीरे-धीरे, शांति से आना, बिना भाग-दौड़ किए!

बच्चे अपनी साँस रोककर और आँखें फैलाकर एक दूसरे का हाथ पकड़े जोड़ी बनाकर उस जगमग बड़े कमरे में दाख़िल होने लगे। वे सब चमक-दमक रहे क्रिसमस-ट्री के पास पहुँचकर उसके चारों तरफ़ चुपचाप खड़े हो गए। उनके चेहरों पर तेज़ रोशनी पड़ रही थी। बच्चे मनमोहक क्रिसमस-ट्री को एकटक देखने लगे, जिसकी वजह से कमरे में कुछ देर तक चुप्पी छाई रही। अचानक बच्चे ख़ुशी से चीख़ने लगे। एक बच्ची तो इतनी ज़्यादा ख़ुश हुई कि अपनी जगह पर फुदकने लगी। नीले रिबन से गुँथी उसकी चोटी लगातार ऊपर उछल रही थी।

लेकिन इस हँसी-ख़ुशी के माहौल में भी साश्का बेहद उदास और दुखी था। कोई बात उसके दिल को कचोट रही थी। क्रिसमस-ट्री की ख़ूबसूरती और उस पर जल रहीं अनगिनत मोमबत्तियों की तेज़ चमक देखकर उसकी आँखें चौंधिया गई थीं। त्यौहार का यह माहौल और इतने सारे ख़ुश और खिलखिला रहे बच्चों की भीड़ उसे परायी लग रही थी। उसका मन हुआ कि वह क्रिसमस-ट्री को धक्का देकर गिरा दे। वह उदास होकर उस कमरे में रखे पियानो के पीछे छुपकर बैठ गया और अनजाने में जेब में पड़ी सिगरेटें तोड़ने लगा। वह सोच रहा था—इस सबके बावजूद कि उसके भी माँ और पापा हैं, अपना एक घर है, उसे ऐसा क्यों लगता है कि मानो उसके पास कुछ नहीं है, अपनी कोई जगह नहीं है। उसने फ़ौरन ही उस नन्हे-चाक़ू की कल्पना करने की कोशिश की, जिसे अपनी किसी चीज़ के बदले उसने एक लड़के से लिया था। वह चाक़ू उसे बहुत पसंद था, लेकिन चाक़ू अब ख़राब हो गया था। उसकी धार भोथरी हो चुकी थी और हत्था भी टूट गया था। अगर कल उसका यह चाक़ू टूट गया, तब तो उसके पास कुछ भी नहीं बचेगा, कुछ भी नहीं...।

लेकिन अचानक साश्का की आँखें आश्चर्य से चमक उठीं। चेहरे पर फ़ौरन ही ख़ुशी और आत्मविश्वास झलकने लगे। वह क्रिसमस-ट्री के पीछे

पहुँच गया था। अब पिछला हिस्सा उसके सामने था, उसमें बत्तियाँ कम लगी थीं। उस हिस्से के निचले किनारे पर उसे वह खिलौना दिखाई दे गया, जिस पर उसका मन आ गया। उसे लगा कि इसके न होने से ही उसका जीवन सूना-सूना है। वह खिलौना था -मोम का बना एक फ़रिश्ता। क्रिसमस-ट्री पर लटका वह फ़रिश्ता ऐसा लग रहा था मानो अभी-अभी ज़मीं पर उतरा हो और कभी भी अपने पंख फड़फड़ाकर उड़ सकता है। फ़रिश्ते के दोनों हाथ ऊपर की ओर उठे हुए थे और हथेलियाँ खुली हुई थीं, वह ऊपर की तरफ़ देख रहा था। उसके चेहरे पर अबूझे-से भाव थे। उस खिलौने को देखकर साश्का को ऐसा लगा कि वह उसे अच्छी तरह जानता है, छुटपन से ही वह उसके सपनों में आता रहा है। उसे यह खिलौना दुनिया की हर चीज़ से ज़्यादा प्यारा है। खिलौने को देखकर वह इतना जज़्बाती हो गया कि उसने अपने दोनों हाथ छाती के सामने नमन की मुद्रा में जोड़ लिए और बुदबुदाया, —प्यारे फ़रिश्ते... नमस्ते प्यारे फ़रिश्ते, बहुत देर से मिले तुम!

वह जैसे-जैसे फ़रिश्ते को देखता, फ़रिश्ता उसे उतना ही ज़्यादा पसंद आता। उसे लग रहा था कि दूसरे खिलौने बेकार ही इस बात पर इतरा रहे हैं कि वे क्रिसमस ट्री पर लटके हुए हैं। लेकिन उसका फ़रिश्ता तो बेहद मासूम है और मानो लोगों की नज़रों और तेज़ रोशनी से बचने के लिए ही वह पेड़ की घनी हरियाली के घुप्प अँधेरे में छुपा हुआ है। साश्का को लगा कि इस फ़रिश्ते को हाथों से नहीं छूना चाहिए, कहीं उसके पंख टूट गए तो!

—वाह प्यारे फ़रिश्ते! आज तो तुमसे मुलाक़ात हो ही गई...!—साश्का फिर बुदबुदाया।

साश्का का सिर चकराने लगा था। अब उसे किसी भी क़ीमत पर उस फ़रिश्ते को पाना था। वह फ़रिश्ते की ओर चोर-निगाहों से देख रहा था। उसे यह डर था कि कहीं किसी दूसरे बच्चे की नज़र उस पर न पड़ जाए। और साश्का से पहले वह उसे न माँग ले।

तभी घर की मालकिन मरीया वहाँ पर आ गई। यह हँसमुख थी, लम्बी थी और उसका चेहरा खिला हुआ था। बच्चे आंटी-आंटी पुकारते हुए और ख़ुशी से दौड़ते हुए उसके पास गए। और फुदकने वाली छोटी लड़की उसकी बाँहों में लटक गई। साश्का भी उसके पास पहुँचा और उसने भी कुछ कहना चाहा।

लेकिन उसके मुँह से दबी आवाज़ में सिर्फ़ दो ही शब्द निकले,—आंटी..., आंटी...।

आंटी बच्चों से इस तरह घिरी हुई थीं कि उन्होंने साश्का की बात पर ध्यान न दिया। तब साश्का ने बेचैनी से उनका दामन पकड़कर खींचा।

—अरे! तुम यह क्या कर रहे हो? तुम्हें क्या चाहिए?—उन्होंने हैरानी से पूछा।

—आंटी, मुझे क्रिसमस-ट्री पर से वो खिलौना दे दीजिए, वो फ़रिश्ते वाला खिलौना।

—नहीं, वो तो अभी नहीं मिल सकता। —आंटी ने थोड़े रूखेपन से कहा,—हाँ, त्यौहार ख़त्म होने के बाद, जब हम यह पेड़ हटाएँगे, तब तुम उसे ले लेना।

साश्का ने मिन्नत करते हुए फिर कहा :

—आंटी, अब से मैं मन लगाकर पढ़ा करूँगा और मुझे कभी स्कूल से नहीं निकाला जाएगा।

उसकी आंटी पर उसकी इन बातों का कोई असर नहीं हुआ और वे उदासीनता से बोलीं,—यह तो बड़ी अच्छी बात है।

साश्का ने एक बार फिर मिन्नत की, —आंटी, मुझे वो फ़रिश्ता दे दीजिए।

—मैंने कहा न कि अभी नहीं दे सकती। तुम समझते क्यों नहीं? —आंटी बोलीं।

लेकिन साश्का कुछ समझ पाने की हालत में नहीं था। जैसे ही आंटी कमरे से बाहर निकलने के लिए दरवाज़े की ओर मुड़ीं, साश्का भी उनके पीछे हो लिया। उसके तेज़ी से दौड़ रहे दिमाग़ में यकायक एक याद कौंधी कि कैसे जब वह फ़ेल हो गया था, उसने अपने टीचर के सामने झुककर गिड़गिड़ाते हुए उनसे कहा था कि मुझे पास कर दीजिए। यह सुनकर उसके टीचर नाराज़ तो हुए थे, लेकिन उन्होंने तरस खाकर उसे पास कर दिया था। बाद में साश्का ने इस घटना को अपनी कार्टून बनाने की कॉपी में उकेर दिया था। इस वक़्त भी उसे यही लगा कि उसके पास कोई चारा नहीं है। उसने फिर से आंटी का दामन पकड़कर खींचा और जैसे ही उन्होंने पीछे मुड़कर देखा, वह धड़ाम से उनके पैरों पर गिर पड़ा।

—तुम पागल हो गए हो! हुआ क्या है तुमको?—आंटी ने झुँझलाकर कहा।

यह तो अच्छा हुआ कि उस वक़्त वहाँ पर कोई नहीं था।

साश्का ने एक बार फिर उनसे वही माँग की,—मुझे फ़रिश्ता दे दीजिए, मुझे वो अभी चाहिए।

उसकी बात सुनकर आंटी हड़बड़ा के बोलीं :

—अरे बच्चे, मैं वह खिलौना तुम्हें ही दूँगी। तुम घबराओ नहीं। लेकिन पाँच-छह दिन में जब त्यौहार ख़त्म हो जाता, तब ले लेते। चलो, उठो, अभी दे देती हूँ! और हाँ, आइंदा किसी के सामने ज़िद नहीं करना। ज़िद इनसान को शोभा नहीं देती। किसी के पैरों पर भी मत गिरना, हम सिर्फ़ भगवान के आगे झुकते हैं।

साश्का ने मन ही मन सोचा,—अब दे भी दो।

जैसे ही उसकी आंटी ने पेड़ पर से वह खिलौना उतारा, साश्का ने जी भरकर उस खिलौने को निहारा। ख़ुशी से उसकी आँखों में आँसू आ गए, उसने जल्दी से अपनी हथेलियाँ उनके सामने फैला दीं। वह डर रहा था कि कहीं आंटी के हाथ से वह नाज़ुक फ़रिश्ता ज़मीन पर न गिर जाए।

आंटी ने खिलौने को ग़ौर से देखकर कहा ,—अरे! यह तो बहुत ख़ूबसूरत है।

खिलौने को हाथ में लेते ही वे यह समझ गई थीं कि यह खिलौना बहुत नफ़ीस और क़ीमती है। अब वे उसे देना नहीं चाहती थीं। इसलिए बोलीं :

—इसे यहाँ किसने लटका दिया? यह बताओ, तुम्हें यह खिलौना क्यों चाहिए? तुम तो अब बड़े हो गए हो न! तुम इसका क्या करोगे?.. देखो, वहाँ दूसरी चीज़ें भी हैं, किताबें भी हैं। तस्वीरों वाली किताबें भी हैं, वो तुम्हें पसंद आएँगी।

झूठ का सहारा लेते हुए वे आगे बोलीं,—वैसे यह खिलौना मैं कोल्या को देने का वादा कर चुकी हूँ।

फ़रिश्ते से दूर रहना अब साश्का ज़रा भी बर्दाश्त नहीं कर पा रहा था। नाराज़ होकर उसने मुँह बना लिया और दाँत पीसने लगा। आंटी को ऐसी हालत में पड़ना बेहद नापसंद था, इसलिए धीरे से उन्होंने फ़रिश्ता साश्का

की ओर बढ़ा दिया और बेमन से बोलीं,—ठीक है, ले लो। लेकिन कितने ज़िद्दी हो तुम!

साश्का ने बड़ी सावधानी से फ़रिश्ता अपने हाथों में पकड़ लिया। और उसे पकड़ते ही उसकी हथेलियाँ जैसे बहुत ही नरम हो गईं और बहुत सावधान भी।

"आह!"—ख़ुशी से साश्का ने एक लंबी आह भरी और उसकी आँखों की कोरों पर दो छोटे आँसू छलक उठे, लेकिन कोशिश करके उसने उन्हें वहीं रोक लिया। साश्का बहुत आहिस्ता-आहिस्ता फ़रिश्ते को अपने होंठों के पास लाया और उसे चूमने लगा। अब उसके होंठों पर एक सौम्य मुस्कान झलक रही थी। साश्का को लगने लगा कि फ़रिश्ते के नाज़ुक पंख जैसे ही उसके दिल को छुएँगे, कोई करिश्मा हो जाएगा।

आह!—फ़रिश्ते को दिल के क़रीब लाकर उसके मुँह से एक कराह-सी निकली। साश्का का चेहरा चमकने लगा था। उसकी चमक के सामने असंख्य मोमबत्तियों से जगमगाते क्रिसमस-ट्री की चमक भी फीकी लगने लगी थी। साश्का को उस पल लगा कि उसकी दुनिया बदल गई है। उसने जब अपने आसपास के लोगों को देखा तो उन्हें भी बदला हुआ पाया। फ़रिश्ता देने वाली आंटी उसे देखकर मुस्कुरा रही थीं और दूसरे बच्चे भी मानो बिलकुल बदल गए थे। हालाँकि वे पहले की तरह ही हँस-खेल और उछल-कूद रहे थे।

लेकिन तभी अचानक उसके मन में एक डर पैदा हो गया कि कहीं कोई उससे इस फ़रिश्ते को छीन न ले। साश्का फ़ौरन बच्चों के बीच से रास्ता बनाता हुआ दरवाज़े की तरफ़ बढ़ा और धीमी आवाज़ में बोला :

—मैं घर जा रहा हूँ।

## 3

घर पहुँचकर उसने देखा कि उसकी माँ दिन भर के काम से थककर वोदका के नशे में चूर सो रही है। रसोईघर की रोशनी दरवाज़े के गंदे काँच से छनकर वहाँ तक पहुँच रही थी, जहाँ साश्का और उसके पापा बैठे थे। साश्का ने इठलाते हुए अपने पापा को वह फ़रिश्ता दिखाया और पूछा :

—क्यों, अच्छा है न?

खिलौने को ध्यान से देखते हुए पापा बुदबुदाए,—हाँ, इसमें कुछ तो ख़ास है।

यह कहकर पापा ने उस फ़रिश्ते को पकड़ना चाहा, पर साश्का ने अपना हाथ खींच लिया। वह यह नहीं चाहता था कि फ़रिश्ते को कोई भी छुए।

फ़रिश्ते को देखकर पापा के चेहरे पर भी आश्चर्य और प्रसन्नता के मिलेजुले वही भाव आ गए थे, जो साश्का के चेहरे पर थे। उन्होंने कहा, —देखो, लगता है कि यह अभी उड़ने लगेगा।

—हाँ, हाँ, मैं यह देख चुका हूँ। तुम्हें क्या लगता है कि मैं अंधा हूँ। ज़रा इसके पंख तो देखो! पर इन्हें छूने की कोशिश मत करना!

पापा ने अपने हाथ पीछे कर लिए और कमरे में आ रही नीम-रोशनी में उस फ़रिश्ते को ठीक से देखने की कोशिश करने लगे। साश्का पापा को सीख देता हुआ बुदबुदाया :

—पापा, हर चीज़ को पकड़ने की फ़िराक़ में रहना अच्छी आदत नहीं होती!

फ़रिश्ते के ऊपर झुके उन दोनों के सिरों की बेडौल परछाइयाँ दीवार पर हिल-डुल रही थीं। एक सिर बड़ा और झबरा था, दूसरा छोटा और गोल। दोनों अपनी-अपनी दुनिया में खोए हुए थे। बड़े सिर वाले के दिल का हाल अजीब-सा था, उसमें दर्द भी था और आनंद भी। वह एकटक फ़रिश्ते को देख रहा था। उसकी टकटकी का स्पर्श पाकर मानो फ़रिश्ता और भी भव्य और दीप्त होता जा रहा था, उसके पंख बड़ी सौम्यता से हिल रहे थे। और उस बड़े सिरवाले को लग रहा था कि उसके आसपास जो कुछ भी है, जैसे कालिख़ से ढकी लकड़ी की दीवार, गंदी मेज़ और साश्का, वह सब एक ऐसे ढेर में बदलता जा रहा है, जिस पर न ही कोई रोशनी है और न ही परछाइयाँ। ज़िन्दगी से हताश उस शख़्स को यकायक यों लगा कि उसे उस अद्भुत दुनिया से एक मुलायम और मीठी आवाज़ ने पुकारा है, जिसमें वह कभी रहा करता था और जहाँ से उसे हमेशा-हमेशा के लिए बेदख़ल कर दिया गया है। उस दुनिया के लोग बहुत भले हैं। वे अपने मतलब के लिए दूसरों को न ही तक़लीफ़ पहुँचाते हैं और न ही गाली-गलौज करते हैं। वहाँ के लोग उस दर्द को भी नहीं जानते हैं, जो हर उस आदमी को झेलना पड़ता है, जिसे परवरिश

के नाम पर लोगों की चुभती बातें सुननी पड़ती हैं। उस दुनिया की हर बात और चीज़ निर्मल, मनोहर और पावन थी। और वही निर्मलता और पवित्रता उस इनसान में घर कर गई थी जिसमें साश्का के पापा की जान बसती थी। लेकिन ज़िन्दगी के झूठ के आगे उन्हें अपने उस प्यार को गँवाना पड़ा था। उस खिलौने से आने वाली मोम की गंध में एक तिलिस्मी ख़ुशबू घुली हुई थी। ज़िन्दगी से हताश उस इनसान को यकायक यह लगा कि उसकी जानेजानाँ की प्यारी लंबी उँगलियाँ उस फ़रिश्ते को सहला रही हैं, वही उँगलियाँ जिन्हें वह एक-एक करके तब तक चूमते रहना चाहता था, जब तक मौत उसके होंठ हमेशा के लिए सी न दे। इसीलिए यह खिलौना उसके लिए इतना सुंदर, इतना ख़ास था, इसीलिए उसके बारे में अपने जज़्बात वह लफ़्ज़ों में बयान नहीं कर सकता था, इसीलिए खिलौने ने फ़ौरन उसे अपने मोहपाश में बाँध लिया था, क्योंकि वह फ़रिश्ता सीधे उस दुनिया से आया था, जहाँ उसकी रूह बसती थी। वह फ़रिश्ता उसकी धूमिल आत्मा, ठण्डे और कालिख़ पुते कमरे और हताश ज़िन्दगी में रोशनी की किरण बनकर आया था। वह उसके लिए मुहब्बत, ख़ुशी और ज़िन्दगी का नुमाइंदा था।

ज़िन्दगी के एक कगार पर पहुँच चुके साश्का के पापा की आँखों के साथ-साथ उस कमरे में नई ज़िन्दगी की शुरुआत करने वाले साश्का की आँखें भी चमक रही थीं और बड़े नेह से फ़रिश्ते को सहला रही थीं। साश्का की आँखों के लिए अब वर्तमान और भविष्य के कोई मा'नी नहीं रह गए थे। फ़रिश्ते के मिलते ही मानो उसके और उसके पापा के सारे दुख-दर्द क़ाफ़ूर हो गए थे। अभी तक साश्का के सपने बहुत ही धुँधले हुआ करते थे, लेकिन फ़रिश्ते ने उसकी बेचैन रूह को बहुत गहराई से झकझोरा था। दुनिया को रोशन रखने वाली सारी अच्छाई को और सभी आशाओं को उस छोटे-से फ़रिश्ते ने ख़ुद में जज़्ब कर लिया था। और यही वजह थी कि फ़रिश्ते से आने वाली हलकी रोशनी उसे जादुई लग रही थी और उसके पंख बड़ी सौम्यता से हिलते हुए महसूस हो रहे थे।

पापा और साश्का एक-दूसरे की तरफ़ नहीं देख रहे थे और उनके ना-उम्मीद दिलों में अपनी-अपनी बेचैनी, अपने ग़म और अपनी ख़ुशी थी। उनके चेहरों पर ऐसे भाव उभर आए थे जो दिलों को आपस में जोड़ते हैं। पापा का

हाथ अनायास ही बेटे का सिर सहलाने लगा और बेटे ने लाड़ में आकर अपना सिर अपने पापा की छाती में घुसा दिया।

फ़रिश्ते पर से नज़रें हटाए बिना पापा ने सरगोशी से पूछा :

—यह तुम्हें उसी ने दिया है न?

कोई और मौक़ा होता तो साश्का बेरुख़ी से इनकार कर देता, लेकिन आज जवाब उसके मन में ख़ुद-ब-ख़ुद उतर आया, और उसने अपने मन का झूठ बड़ी विनम्रता से पापा के सामने दोहरा दिया।

—और कौन देगा? बेशक़ उन्हीं ने दिया है।

पापा चुप थे। साश्का भी चुप हो गया। बग़ल के कमरे में कुछ घरघराया, कुछ चटका और पल भर बाद सब शांत हो गया। लेकिन दीवार घड़ी बिना रुके, बिना थके चलती रही : टिक...टिक...टिक...टिक...टिक...।

—साश्का, क्या तुम कभी सपने देखते हो? कैसे सपने देखते हो तुम?—अपने ख़यालों में डूबे पापा ने पूछा।

—हाँ, पप्पा। कभी-कभी,—साश्का बोला। फिर उसने आगे कहा,—मैंने पिछले दिनों सपने में देखा कि हम कबूतर पकड़ने के लिए छत पर चढ़े और मैं गिर गया।

जवाब में पापा ने कहा :

—पर मैं अक्सर देखता हूँ। कमाल के होते हैं सपने। उनमें सब दिखाई देता है... क्या हुआ, कैसे हुआ। उनमें तुम वैसे ही प्यार करते हो और दुखी होते हो, जैसे हक़ीक़त में अपनी ज़िन्दगी में।

पापा अचानक चुप हो गए। लेकिन साश्का ने अपने सिर पर रखे उनके हाथ में एक थरथराहट महसूस की। उनके हाथ का कम्पन बढ़ता जा रहा था। अचानक उनके मुँह से एक हलकी कराह निकली साश्का घबरा गया, फिर बड़ी सावधानी से अपने पापा का थरथराता हुआ हाथ उसने अपने सिर पर से हटाया और पापा की आँखों में झाँका। पापा रो रहे थे। साश्का दंग रह गया, उसने अपने पापा को कभी रोते हुए नहीं देखा था। तब तक पापा सिसकने लगे थे :

—ओह, साश्का, साश्का! आख़िर यह क्या हो रहा है?

—अरे पापा! तुम रो क्यों रहे हो? तुम कभी-कभी बिलकुल मेरे जैसे बन जाते हो।—साश्का थोड़ी सख़्ती से बोला।

—नहीं, बेटा अब मैं नहीं रोऊँगा, बिलकुल नहीं रोऊँगा।— पापा ने ज़बरदस्ती मुस्कुराते हुए कहा,—हाँ, इससे फ़ायदा भी क्या?

तभी साश्का की माँ ने अपने बिस्तर पर करवट बदली और एक गहरी आह भरकर नींद में बड़बड़ाई :

—लो, पकड़ लो, ज़रा पकड़ लो कम्बल।

सोने का वक़्त हो गया था। लेकिन सोने से पहले कमरे में फ़रिश्ते के लिए जगह भी बनानी थी। उसे कहीं ज़मीन पर रखने का तो सवाल ही नहीं उठता था, इसलिए उसे आतिशदान के ऊपर लगी एक कील से धागे में बाँधकर लटका दिया गया। सफ़ेद आतिशदान के ऊपर टंगा हुआ फ़रिश्ता बहुत ख़ूबसूरत लग रहा था।

साश्का और पापा दोनों लगातार उसकी तरफ़ देख रहे थे। पापा अपने कपड़े बदलकर पलंग पर लेट गए और फ़रिश्ते को निहारने लगे। फिर अचानक उन्होंने साश्का से पूछा :

—तुम सोने के लिए कपड़े क्यों नहीं बदलते?—और फटा कम्बल अपने चारों तरफ़ लपेट लिया, उसके ऊपर उन्होंने अपना ओवरकोट भी डाल लिया था। साश्का ने उनकी बात के जवाब में कहा :

—नहीं, इसकी ज़रूरत नहीं है। मैं कोई ज़्यादा देर तो सोऊँगा नहीं।

हालाँकि साश्का कहना चाहता था कि उसका सोने का बिलकुल मन नहीं है। लेकिन दो मिनट बाद ही वह गहरी नींद में सो रहा था। जल्द ही पापा को भी नींद आ गई। दोनों के चेहरों पर सौम्य शांति पसर गई थी। इनमें एक चेहरा था थके हुए इनसान का जो एक लम्बा जीवन जी चुका था और दूसरा चेहरा एक ऐसे बच्चे का था, जिसका जीवन शुरू ही हुआ था।

कील के ऊपर लटका फ़रिश्ता आतिशदान की गरमी से धीरे-धीरे पिघलने लगा। साश्का ने लालटेन जलती हुई छोड़ दी थी, इस वजह से जल्दी ही कमरे में मिटटी के तेल की गंध भर गई।

ऊपर से पिघले मोम की मोटी-मोटी बूँदें बिस्तर पर टपकने लगीं। फ़रिश्ते ने आतिशदान की गरमी से बचने के लिए पंख फड़फड़ाए, लेकिन वह कील से बँधा हुआ था। फ़रिश्ता थोड़ी देर बेचैनी से तड़पा, पर आख़िरकार वह पिघल ही गया।

पौ फटने लगी थी। सूरज की पहली किरणें खिड़की पर पड़े झीने परदे को पार करके कमरे में पहुँचने लगी थीं और घर के अहाते में पानी की गाड़ी के आने की ख़बर देनेवाला घंटा बजने लगा था।

**मूल रूसी भाषा से अनुवाद : प्रगति टिपणीस**
**मूल रूसी भाषा में इस कहानी का नाम है—Ангелочек**

# लैम्प

डॉक्टर साहब अभी-अभी ख़रीदे हुए लैम्प को बाएँ हाथ से सीने से लगाए और दाएँ हाथ से एक पतली-सी छड़ी हवा में लहराते हुए मस्त चाल से चले जा रहे थे। उनकी चाल वैसी ही थी, जैसी ख़ुद पर और ख़ुद की खुशहाली पर भरोसा रखने वाले सभी लोगों की होती है। उनका सर तना हुआ था और आँखें मुस्कुरा रही थीं। डॉक्टर पहले तो भीड़ में चल रहे राहगीरों को कोहनी से ठेलते, फिर दिखावा करते हुए प्यार से कहते—अरे माफ़ करो, भाई!

लेकिन अक्सर ऐसा होता था कि डॉक्टर साहब जिससे भी माफ़ी माँगते थे, वह उनकी बात सुनता ही न था और यदि सुन भी लेता, तो उनके कहे को कोई ख़ास अहमियत नहीं देता था। लेकिन डॉक्टर को माफ़ी माँगने में बहुत मज़ा आ रहा था। ऐसा करते हुए वे अपने मन में बार-बार यही सोच रहे थे कि शालीन बने रहने और किसी को भी नाराज़ न करने से बड़ा फ़ायदा होता है। हर आदमी जानता है कि माफ़ी माँगने में अपनी जेब से तो कुछ जाता नहीं है, लेकिन फिर भी दुनिया में ऐसे लोगों की कमी नहीं है, जो इतने बदतमीज़ होते हैं कि माफ़ी तक नहीं माँगते। ऐसे लोगों को न तो कोई पसन्द करता है और न ही कोई उनसे मिलना चाहता है। यह सोचने के बाद कि वे एक दयालु और नेक इनसान हैं, इसलिए पत्नी, दोस्त और उनके मरीज़ सभी उन्हें बेहद प्यार करते हैं, उनकी चाल अनायास तेज़ हो गई और उन्होंने हाथ में पकड़ा हुआ लैम्प कसकर अपने सीने से लगा लिया। वैसे वह लैम्प भी उन्होंने दया भाव से ही ख़रीदा था।

लैम्प कोई ज्यादा महँगा नहीं था। उसकी कीमत सिर्फ़ साढ़े बारह रूबल थी। डॉक्टर की बीवी वरवारा ग्रिगोरिएवना की एक अर्से से यह तमन्ना थी

कि उनके घर में एक लैम्प होना चाहिए। इस समय अपने घर में बैठी वरवारा को इस बात का ज़रा भी अंदाजा न था कि उसका सपना साकार हो चुका है। संयोग से लैम्प बहुत अच्छा था और बेहद कम कीमत पर मिल गया था। डॉक्टर ने अपने कई दोस्तों और कई रोगियों के घरों में ऐसे ही लैम्प देखे थे। उन्होंने मन ही मन अपने लैम्प की तुलना उन सभी लैम्पों से की। उन्होंने सोचा कि यह लैम्प हर मायने में उन सभी से बेहतर है। यह लैम्प कितना दिलकश है, कितना ख़ूबसूरत है। जैसी कशिश इस साढ़े बारह रूबल वाले लैम्प में है, वह इससे पहले उन्होंने किसी लैम्प में नहीं देखी थी। डॉक्टर साहब के एक दोस्त इवानफ़ के घर में भी एक बहुत ही अनोखा और बढ़िया क़िस्म का लैम्प था, और उसकी कीमत भी कम नहीं थी-पूरे साठ रूबल। इतने पैसों में तो एक लैम्प ही नहीं, कई लैम्प आ जाते, बल्कि दो अच्छे घोड़े भी ख़रीदे जा सकते थे। पतानिन के घर में भी दो शानदार लैम्प थे...

अचानक डॉक्टर को एक धक्का लगा और उनके मुहँ से निकला – ओह! उन्होंने एकदम अपनी तमीज़ दिखाते हुए कहा, – जनाब, माफ़ कीजिए! पर धक्का इतना तेज़ था कि डॉक्टर साहब थोड़ा डगमगा गए थे। उन्होंने धक्का देने वाले की ओर देखा और मुस्कुरा दिए। उन्होंने देखा कि जिस व्यक्ति से उन्हें धकेला था वह एक छोटे क़द की दुबली-पतली-सी लड़की है। लड़की बहुत ज़्यादा हड़बड़ी में थी और ऐसे भागी जा रही थी जैसे कहीं आग बुझाने जा रही हो। डॉक्टर अलिकसान्दर पावेलअविच को बड़ा मज़ा आया और वे अपनी जगह पर खड़े होकर बड़े ध्यान से यह देखने लगे कि कैसे वह लड़की लोगों को धकेलते हुए आगे बढ़ रही है।

अरे वाह, क्या लड़की है! डॉक्टर साहब ने मन ही मन में उसकी तारीफ़ की, लेकिन जब उन्होंने यह सोचा कि उस लड़की के धक्के से लैम्प उनके हाथ से छूटकर गिर भी सकता था और अगर वह गिरता तो टूट जाता। यह सोचकर उन्हें बहुत ज़ोर का ग़ुस्सा आया।

कैसी पागल है। लोग परेशान हो रहे हैं। पहले तो उनके मन में यह बात आयी फिर ख़याल आया कि हो सकता है उसके घर में कोई बीमार हो गया हो? और मन में यह ख़याल आते ही डॉक्टर साहब को उस लड़की पर दया आ गई। उन्होंने अपने सिर को थोड़ा-सा झटका और फिर उनका मिज़ाज

वापस अपनी रौ में आ गया। लेकिन अब वे पहले से थोड़ी सावधानी से चल रहे थे। और पहले की तरह 'माफ़ करना, भाई' न कहकर, बस, 'माफ करें' कहने लगे थे। वे सोच रहे थे कि इतना ही काफ़ी है।

हलकी सर्दियाँ शुरू हो गई थीं। जैसाकि इस मौसम में हमेशा होता है – शाम के धुँधलके में पास की चीज़ें तो साफ़-साफ़ दिखाई दे रही थीं, लेकिन दूर की चीज़ें सुरमई और काली-धुँधली-सी छवि में बदल गई थीं। तब न तो हवा चल रही थी और न ही बारिश हो रही थी, इसलिए फुटपाथ के गड्ढों में जमा छोटा-मोटा कचरा ऐसे पड़ा हुआ था जैसे जम गया था। वहीं एक तरफ़ सिगरेट का एक खाली पैकेट पड़ा हुआ था, जिसके चमकते हुए किनारे को देखकर अचानक डॉक्टर साहब के मन में एक अजीब-सा विचार आया – इस पैकेट में रखी सिगरेटें किसने पी होंगी और न जाने अब वह कहाँ होगा? सर्दी बढ़ती जा रही थी और माहौल में उदासी छाने लगी थी। अँधेरा होना शुरू हो गया था इसलिए कुछ दुकानों की बत्तियाँ जल चुकी थीं। चारों तरफ़ बहुत ज्यादा शोर हो रहा था और इस शोर की वजह से डॉक्टर की थकान और बेचैनी बढ़ रही थी।

बढ़ते हुए झुटपुटे को देखकर डॉक्टर ने अपनी चाल तेज़ कर दी। अब वे भी जानबूझकर चुपचाप लोगों को धकेल रहे थे और उनके धक्के झेल रहे थे। उन्होंने लोगो से माफ़ी माँगनी बन्द कर दी थी। उनकी सूरत पहले से ज्यादा संजीदा हो गई थी। लेकिन उनके मन में बीवी-बच्चों की ख़ुशहाली के ख़याल तारी थे। उन्होंने सोचा कि उनकी लाइब्रेरी में आतिशदान कब लगेगा ताकि वे वहाँ बैठे आराम से सर्दियों में अलाव का मज़ा लेते रहें। डॉक्टर साहब यह याद करने लगे कि पिछले एक साल में उनके घर में कितना बदलाव आ गया है। उन्हें वे तमाम चीज़ें याद आने लगीं जो उन्होंने बीते साल में ख़रीदी हैं, जैसे किताबों वाले कमरे का सारा फर्नीचर ही बदल दिया गया है। उन्होंने किताबें रखने के लिए नई अलमारियाँ ख़रीद ली हैं। अब कमरे में एक नई मेज़ और एक नया सोफ़ा भी लगा हुआ है। बैठक का भी सारा फर्नीचर नया है, जो इत्तफ़ाक से सस्ते में मिल गया था। यह फर्नीचर है तो पुराना लेकिन देखने में एकदम नया और महँगा लगता है। अब उन्होंने चिकित्सा और साहित्य की दो पत्रिकाएँ भी मँगानी शुरू कर दी हैं। साहित्य में तो डॉक्टर साहब की

दिलचस्पी हमेशा से रही है। उनका यह मानना है कि जीवन में साहित्य से बहुत कुछ सीखा जा सकता है। इस साल उन्होंने अपनी बेग़म के लिए एक नया ओवरकोट भी सिलवाया है। गुलाबी सर्दी में पहने जाने वाले इस नए लबादे पर सुनहरी पट्टियाँ लगी हुई हैं। अब उन्होंने बच्चे की देखभाल करने के लिए एक आया भी रख ली है। आज फिर वे घर के लिए एक नया लैम्प खरीदकर ले जा रहे हैं, जो सस्ता होने के साथ-साथ बेहद ख़ूबसूरत भी है।

डॉक्टर साहब का घर थोड़ी ही दूर रह गया था कि अचानक उनकी नज़र सड़क के दूसरी तरफ़ वाले फुटपाथ पर पड़ी। वहाँ कुछ लोगों की एक भीड़-सी खड़ी थी। उस भीड़ में शामिल लोग धक्का-मुक्की करते हुए हाथ हिला-हिलाकर ज़ोर-ज़ोर-से चीख़ रहे थे। सड़क पर आ-जा रही मोटरगाड़ियों के शोर की वजह से डॉक्टर साहब को उनकी बातें साफ़-साफ़ सुनाई नहीं दे रही थीं। वे यह अन्दाज़ नहीं लगा पा रहे थे कि आख़िर वहाँ हो क्या रहा है। लेकिन उन लोगों की ऊँची-ऊँची आवाज़ों और हावभाव से ऐसा लग रहा था कि भीड़ में शामिल लोग ग़ुस्से में हैं और बड़े जोश में ज़ोर-ज़ोर से बोल रहे हैं। आमतौर पर जब कहीं भीड़-भाड़ हो जाती है तो लोग यह जानने के लिए बेचैन हो जाते हैं कि भई, आख़िर मामला क्या है? वहाँ हो क्या रहा है?

डॉक्टर साहब भी भीड़ को देखकर वहीं रुक गए थे और यह जानना चाहते थे कि आख़िर हुआ क्या है?

यकायक उन्होंने देखा कि सामने से एक आदमी भागता चला आ रहा है। भीड़ उसके पीछे-पीछे भाग रही है। भीड़ में कुछ लोग चोर-चोर चिल्ला रहें हैं। भीड़ से बचकर भाग रहा आदमी बड़े आराम से दौड़ रहा था। डॉक्टर साहब ने क़यास लगाया कि शायद वह आदमी ही चोर है। उसे देखकर उन्होंने मन ही मन कहा,-अरे! यदि यह इसी तरह धीरे-धीरे भागता रहा तो जल्दी ही लोग इसे पकड़ लेंगे। उसे इधर इस गली में घुस जाना चाहिए। डॉक्टर साहब चाहते थे कि वह सामने वाली, चंद क़दमों की दूरी पर अंदर की ओर मुड़ने वाली लम्बी और सुनसान गली में मुड़ जाए।

और वास्तव में वैसा ही हुआ। उस चोर ने जैसे डॉक्टर के मन की बात सुन ली हो। वह सड़क पार करके दौड़ता हुआ डॉक्टर के सामने की तरफ़ से आने लगा। यह देखकर डॉक्टर साहब पहले तो बहुत प्रसन्न हुए, लेकिन

अगले ही क्षण पुलिस की गाड़ी के सायरन की आवाज़ सुनकर उनका माथा ठनका। सायरन की आवाज़ चोर को पकड़ने के लिए उसके पीछे भागी जा रही भीड़ के शोर से भी ज़्यादा कर्कश थी। उस कानफोड़ू शोर का डॉक्टर साहब पर ऐसा असर हुआ कि उनका दिल भी उस भीड़ में शामिल लोगों की तरह भागने और कोई बेवकूफ़ी भरी हरक़त करने को उतावला होने लगा। तभी उत्तेजित और बौखलाई भीड़ में से किसी ने चिल्लाकर कहा,-पकड़ो, उस बदमाश को पकड़ो!

डॉक्टर सामने से भागे आ रहे चोर को ऐसे ध्यान से देख रहे थे जैसे कोई कुत्ता कुछ ढूँढ़ने के लिए अपनी गर्दन तानकर देखता है। जब उस चोर और डॉक्टर के बीच में सड़क पर से गुजर रही कोई घोड़ागाड़ी आ जाती थी, तब चोर डॉक्टर को दिखाई नहीं देता था, लेकिन जैसे ही गाड़ी पार हो जाती थी वह फिर से पूरा का पूरा दिखाई देने लगता था। दौड़ते हुए हर बार पैरों की तरह उसके लम्बे-लम्बे बाल भी ऊपर-नीचे हो रहे थे।

चोर को पकड़ने के लिए उसका पीछा कर रही भीड़ और जोर से चिल्लाई,—पकड़ो, पकड़ो, इसे जाने मत देना! डॉक्टर के दिमाग़ में वे आवाज़ें सूइयों की तरह चुभने लगीं, जिससे उनकी तकलीफ़ बढ़ती गई। डॉक्टर को पता भी नहीं चला, कैसे अगले ही क्षण चोर उनके एकदम सामने आ धमका। उसे देखते ही डॉक्टर के दिमाग़ में उसकी साफ़-साफ़ छवि अंकित हो गई। पतली, हल्की भूरी मूँछों वाला वह युवा चेहरा ऐसा सहज और सामान्य था, जिसे देखकर यह कतई नहीं लगता था कि वह किसी से बचकर भाग रहा है, बल्कि ऐसा मालूम होता था कि मानो वह अपने घर के किसी छोटे-मोटे काम से बाहर निकला होगा। दाढ़ी के नाम पर उसकी ठुड्डी पर बस गिने-चुने कुछ बाल थे। उसकी ऐसी मासूम सूरत से तो यह बिलकुल नहीं कहा जा सकता कि उसका चोरी जैसी नीच करतूत से कोई लेना-देना भी हो सकता है।

चोर को अपने एकदम सामने देखकर डॉक्टर साहब खड़े के खड़े रह गए। वे यह नहीं समझ पा रहे थे कि ऐसे में उन्हें क्या करना चाहिए। इसी दुविधा में वे आधा क़दम आगे बढ़े और अपने दोनों हाथ थोड़ा ऊपर उठाकर उन्हें चौड़ाई में फैला लिया और चोर का रास्ता रोकने की कोशिश की। उनके एक हाथ में कागज़ में लिपटा हुआ वह लैम्प भी था, जिसे उन्होंने कुछ समय

पहले अपने घर के लिए ख़रीदा था। युवक आकर डॉक्टर के सीने से इतनी ज़ोर से टकराया कि ऐसा लगा जैसे वह अंदर तक हिल गया हो। और उसके मुँह से आह निकल गई और डॉक्टर के हाथ से लैम्प नीचे गिराकर चूर-चूर हो गया। एक मिनट के लिए तो चोर भी हक्काबक्का रह गया, लेकिन वह तुरंत संभल गया। डॉक्टर के हाथ से लैम्प गिरने के बाद चोर ने उन्हें अपने हाथों से एक तरफ़ धकेला और वहाँ से आगे भाग निकला। डॉक्टर साहब उसके पीछे-पीछे भागे और जल्दी ही उन्होंने अपना दाहिना हाथ आगे बढ़ाकर उसका गिरेबान पकड़ लिया।

डॉक्टर ने उसे झकझोरते हुए दाँत पीसकर कहा-रुक बदमाश! तू नहीं भाग पाएगा। युवक ने उनसे ख़ुदको छुड़ाकर भागने की कोशिश की, लेकिन वह तुरंत समझ गया कि ऐसा करना बेकार होगा—कहाँ वह दुबला-पतला साधारण क़द का नौजवान और कहाँ वह हट्टा-कट्टा, लम्बा-चौड़ा डॉक्टर। चोर की साँस फूल रही थी। उसने आहिस्ता से डॉक्टर से कहा—साहब, मुझे जाने दीजिए!

डॉक्टर ने उसका गिरेबान और कसकर पकड़ लिया और कहा—हरगिज़ नहीं।

चोर को देखकर यह साफ़ मालूम चल रहा था कि गिरेबान की पकड़ से उसका गला घुट रहा है और उसे बहुत तकलीफ़ हो रही है। परेशानी से उसका मुहँ भी लाल हो गया था। उसने दर्द से कंधे उचकाते हुए खरखराई आवाज़ में कहा—हुज़ूर, मैं बहुत परेशान हूँ। मेरी जान बख़्श दीजिए, आपका भला होगा।

यह सुनकर डॉक्टर साहब ने अपनी पकड़ थोड़ी ढीली कर दी। उसके बाद वे दोनों चुपचाप खड़े रहे और निश्छल-सहज जिज्ञासा भाव से एक दूसरे को देखते रहे। हो सकता है, वे दोनों इससे पहले भीड़ में कभी कहीं मिले हों और एक दूसरे को देखे बिना ही अपने-अपने रास्ते आगे चल दिए हों। लेकिन, अब उनमें से एक चोर है और दूसरा चोर को पकड़नेवाला। शायद एक इसी बात ने उन्हें एक अनजान-सी घनिष्ठता से जोड़ लिया था। हालाँकि डॉक्टर को लग रहा था कि इससे पहले उन्होंने उसे कहीं नहीं देखा था। उन्हें जैसे पहली बार यह एहसास हुआ कि आँखें, नाक और मुँह-देखने, साँस लेने और चुम्बन लेने-देने के लिए बने हैं। उनके मन में यह विचार भी आया कि ये

अंग जिस काम के लिए बने हैं, उन्हें वह काम करने देना चाहिए। युवक का चेहरा एकदम शांत था। उसकी ऐसी मासूम शक़्ल देखकर डॉक्टर को ग्लानि हुई और उन्हें उसपर और अधिक तरस आने लगा। जिस हाथ से उन्होंने चोर को पकड़ रखा था, वह हाथ उन्हें अगले ही पल ख़ुद का न लगकर किसी अजनबी का लगने लगा। उनका वह हाथ ऊपर से देखने पर चोर के कंधे पर हौले-से टिका हुआ लग रहा था, लेकिन उन्हें वह एक सूखे ठूँठ-सा जान पड़ा। कंधे से लेकर उँगलियों के पोरों तक वे अपने पूरे हाथ को महसूस कर रहे थे, लेकिन चाहते हुए भी उसे उसके कंधे से हटा नहीं पा रहे थे।

डॉक्टर ने सवालिया लहजे में उस चोर से कहा—अरे भई, तुम चुप क्यों हो, कुछ तो बोलो, बोलो क्या बात है?

उसने पलकें उठाये बिना तुरंत जवाब दिया—मैं क्या बोलूँ, मेरे पास कहने को बचा ही क्या है, जो बोलूँ?

वे दोनों फिर चुप हो गए। डॉक्टर अब अपना हाथ को ही नहीं, बल्कि अपने सर्वस्व को पूरी तरह से महसूस कर रहे थे। उन्हें जैसे यह अनुभूति हुई कि वे अपनी आँखों से देख भी सकते हैं। वे उन कपड़ों की छुअन भी महसूस करने लगे जो उन्होंने पहन रखे थे। उन्हें ऐसा लगा कि अपनी भीतरी नज़र से वे अपने ओवर कोट की बाईं जेब में रखी सिगरेट भी देख पा रहे हों। उन्हें ऐसा लग रहा था कि उनका दिमाग़ उनके पूरे बदन में फैल गया है और शरीर का रोआँ-रोआँ उनकी आँखों और दिमाग में बदल गया है। उन्हें ख़ुद को सिर से पैर तक देखने और महसूस करने के लिए अब कुछ देखने और सोचने की ज़रूरत ही नहीं रह गई है। जैसे किसी जादुई शक्ति से वे उस चोर को भी पूरी तरह महसूस कर पा रहे थे और उसके भीतर-बाहर की भी उन्हें स्पष्ट प्रतीति हो रही थी। उन्हें उससे ऐसा जुड़ाव महसूस होने लगा कि एक पल के लिए उनके ज़ेहन में आया कि वे दोनों एक ही व्यक्ति के दो रूप हैं-दोनों चोर हैं और दोनों डॉक्टर हैं, लेकिन दूसरे ही पल लगा-न न, मेरा इन दोनों से दूर-दूर का कोई नाता नहीं है, मेरे लिए तो ये दोनों ही अजनबी हैं। मैं न तो चोर हूँ और न ही डॉक्टर हूँ, मैं तो कोई तीसरा ही आदमी हूँ।

अचानक डॉक्टर साहब की नज़रों के सामने एक तस्वीर-सी उभरी, जिसमें चोर हाथ नीचे लटकाये खड़ा है और वे स्वयं चोर का गिरेबान पकड़े,

पाँव फ़ैलाए खड़े हैं। वह नज़ारा सामान्य होते हुए भी बेहद डरावना था, क्योंकि उसमें एक आदमी ने दूसरे को अपने शिकंजे में कस रखा था।

डॉक्टर ने चोर से कुछ कहना शुरू ही किया था कि अचानक उसका पीछा कर रही भीड़ बिजली की गति से वहाँ आ पहुँची। उन लोगों ने पहले तो उन दोनों को घेर लिया फिर तुरन्त उन्हें अलग-अलग कर दिया और चोर का हाथ कसकर पकड़ लिया। वे लोग लोग चोर के पकड़े जाने की ख़ुशी में अपनी धुन में तेज़-तेज़ बातें करते हुए उसे लेकर थाने की तरफ़ बढ़ गए। उनके चले जाने के बाद माहौल फिर से सामान्य हो गया। डॉक्टर महाशय दूर अतीत से एक-एक कड़ी जोड़ते हुए धीरे-धीरे वापस यथार्थ में लौटे। तब उनके मन में कुछ समय पहले ख़रीदे अपने लैम्प का ख़याल आया।

डॉक्टर साहब को बड़ा अफ़सोस हुआ और उनके मुँह से निकला—ओह! लैम्प तो गिर गया और गिरकर टूट गया! और मैंने उसके टुकड़े तक नहीं देखे। उन्होंने पीछे मुड़कर उस दिशा में एक निगाह डाली, जहाँ उनका लैम्प गिरा था। लैम्प की याद आने से उन्हें फिर से चोर का ख़याल आया। और चोर का ख़याल आते ही उन्हें उसके लिए अफ़सोस होने लगा। उन्हें बारी-बारी से, कभी चोर के लिए तो कभी लैम्प के लिए यानी कभी इनसान के लिए तो कभी वस्तु के लिए अफ़सोस होने लगा। जब वे इनसान के बारे में सोच रहे होते तो उन्हें वस्तु से चिढ़ होने लगती और वस्तु से अलग होने का पछतावा करते-करते उनके मन में इनसान के प्रति दुर्भावना घर करने लगती। इसी कशमकश में उनके पाँव थाने की ओर बढ़े और वे थाने पहुँचे। वहाँ पुलिस अधिकारी ने उनसे पूछा—क्या चोर को आपने ही पकड़ा था?

डॉक्टर साहब ने हाँ कहकर पीछे मुड़कर देखा। वहाँ खड़े सभी लोग मुस्कुरा रहे थे। डॉक्टर ने बौखलाहट में थोड़ा रुक-रुककर ख़ुद को सही ठहराते हुए कहा—यह सब कैसे हो गया, मैं ख़ुद नहीं जानता। वह भागा, और मैं... जो हुआ, अच्छा नहीं हुआ।

यह सुनकर उस पुलिस अधिकारी ने उन्हें सांत्वना देते हुए कहा,-आप ऐसा क्यों सोच रहे हैं? चोर को पकड़वाकर आपने बहुत अच्छा काम किया है। डॉक्टर ने जब एक बार और पलटकर देखा तो पाया कि सभी लोगों की नज़रों में उनकी तारीफ़ झलक रही है।

पुलिस ने उस युवा चोर को जेल में बंद कर दिया। एक पुलिस अधिकारी शिष्टाचारवश डॉक्टर को उनके घर तक छोड़ने आया। उसने उनसे विनम्रतापूर्वक कहा—आपसे मिलकर बहुत अच्छा लगा। आपको तो मालूम ही है कि यहाँ चोर-उचक्कों की कमी नहीं है। आप जैसे पढ़े-लिखे भद्र लोग कम ही मिलते हैं। आपसे मिलकर बहुत ख़ुशी हुई।

हालाँकि नया लैम्प टूट गया था, लेकिन उसके बिना भी डॉक्टर साहब के घर में सूरज की धूप जैसी रौशनी चमक रही थी। किताबों वाले कमरे में बहुत बड़ा झाड़-फ़ानूस जल रहा था, जिसे उन्होंने उस दौर में ख़रीदा था, जब वे अभी पढ़ ही रहे थे। डाइनिंग रूम में टंगे लैम्प से भी अच्छा-ख़ासा उजाला हो रहा था। बैठक और दूसरे दो कमरों में भी रोशनी ही रोशनी थी। उनका पूरा घर दीपावली की-सी सजावट से जगमगा रहा था और अतिथियों के स्वागत के लिए तैयार लग रहा था, जबकि बाहर घुप्प अँधेरा था और तेज़ बारिश भी हो रही थी।

डॉक्टर साहब ने अपना सिर हिलाते हुए अपनी पत्नी श्रीमती वरवारा से कहा—आज बहुत बुरा हुआ।

वरवारा—क्या किसी तरह उसे ठीक नहीं किया जा सकता था?

डॉक्टर—अरे, तुम समझी नहीं। मुझे अफ़सोस तो इस बात का है कि मैंने उसे पकड़ा ही क्यों!

वरवारा—अरे, ऐसा नहीं है। उसे तुम न पकड़ते तो कोई और पकड़ता। चलो, लिविंग रुम में बैठें।

ख़ाली समय में वे बैठक में समय गुज़ारना ज़्यादा पसंद करते थे। हर शाम वे उसे रोशन रखते थे। पहले उन्हें किताबों वाला कमरा अधिक भाता था, लेकिन बैठक में नए फर्नीचर और फूलों के गमलों के आ जाने के बाद से उन्हें यह कमरा अधिक सुहाने लगा। पति-पत्नी दोनों सोफ़े पर बैठे थे, पत्नी का सर पति के कंधे पर टिका हुआ था।

वरवारा—ज़रा कल्पना करो, यदि यहाँ नया लैम्प लगा होता तो यह कमरा कैसा लगता!

डॉक्टर—हाँ, अच्छा ही होता। डॉक्टर ने कुछ सोचकर आह भरी।

वरवारा ने सोचा—मैं बस यह देखना चाहती थी कि लैम्प यहाँ कैसा लगता, भले ही बाद में टूटता तो टूटता!

अलिक्सान्दर थोड़ा हँसे, फिर पत्नी के गाल पर चुम्बन करते हुए कहा:

-—मेरी जान! तुम ख़ुश तो हो?

—हाँ, और तुम?

—वैसे तो मैं भी ख़ुश हूँ, लेकिन मेरे दिल में उस चोर के लिए एक ख़लिश-सी है।

—तुम भी हद करते हो! दरअसल, तुम बहुत दरियादिल इनसान हो। तुम ज़रा बाहर झाँककर तो देखो! बारिश की झड़ी लगी हुई है, ऐसे में उसके लिए शायद जेल ही सही जगह है। आज शाम इवानव और उनकी पत्नी हमारे यहाँ आने वाले थे, लेकिन लगता है कि वे लोग शायद ही आएँ।

डॉक्टर जेल और जेल की काली-अँधेरी, खटमलों वाली कोठरी में क़ैद उस उजड्ड दाढ़ी वाले युवा के बारे में सोचने लगे। उन्हें अपनी आँखों के आगे उसका चेहरा भी दिखाई दे रहा था। तब उनके मन में यह ख़याल भी आया कि जेल में बैठा वह व्यक्ति कुछ-न-कुछ तो ज़रूर सोच रहा होगा। ऐसा भी तो संभव है कि वह उसे पकड़वाने वाले के बारे में ही सोच रहा हो।

विचारों में डूबे अलिक्सान्दर के मुँह से निकला—हे भगवान! मैंने उसे पकड़ा ही क्यों? यह कैसी अनहोनी हो गई। यदि मैं पाँच मिनट पहले दुकान से निकल गया होता, तो यह सब न हुआ होता।

वरवारा ने अलिक्सान्दर को सीख देने के लहजे में कहा,-हमें गली-मोहल्ले के लड़ाई-झगड़ों में कभी नहीं पड़ना चाहिए। मुझे याद है, बचपन में मैं जब अपनी मौसी के साथ रहती थी, तब एक बार हमारे घर में भी एक चोर घुस गया था। बाद में उस पर केस भी चला था...साशा ( डॉक्टर), तुमने ध्यान दिया कि पिछले एक वर्ष में हम अपने घर के लिए कितना फ़र्निचर ख़रीद चुके हैं?

डॉक्टर—हाँ, मैंने इस बारे में सोचा। उस चोर की आयु बहुत कम है, उसके चेहरे की हड्डियाँ निकली हुई हैं।

वरवारा—हमें किताबों के लिए एक अच्छी अलमारी की भी ज़रूरत है। तुम्हारी वाली अब छोटी पड़ने लगी है। मुझे यह बताओ कि जब तुम अपनी किताबें लोगों को पढ़ने के लिए देते हो, तो क्या उन लोगों के नाम लिखकर रखते हो?

डॉक्टर—अरे, मेरे से किताबें लेता ही कौन है, जो लिखकर रखूँ!

वरवारा—अरे, नहीं, नाम लिखकर रखने चाहिए। नहीं तो, एक दिन हमारे पास एक भी किताब नहीं बचेगी।

दोनों खोए-खोए से कुछ सोचने लगे, प्यार से एक दूसरे से सटे हुए कमरे में नज़रें घुमाने लगे। वरवारा ने मन ही मन याद किया कि उसकी मौसी के घर में कितनी सारी पुस्तकें थीं और वे सभी कैसे ग़ायब हो गईं। डॉक्टर ने चोर का चेहरा याद करने की कोशिश की, लेकिन नहीं कर पाए। कुछ अजनबी और कुछ जाने-पहचाने चेहरे रह-रहकर आँखों के सामने आ रहे थे, लेकिन वह चेहरा जिस पर वे सहानुभूति प्रकट करना चाहते थे, आँखों से ओझल था। तब डॉक्टर ने अँधेरी-गन्दी जेल याद करने की कोशिश की, लेकिन वह भी ठीक से याद नहीं आयी।

वरवारा ने पति के बाल सहलाते हुए पूछा—क्या तुम्हें पता है मैंने आज खाने के लिए क्या मज़ेदार चीज़ ख़रीदी है? डॉक्टर ने अनमने मन से पूछा,-क्या?

भूख से डॉक्टर के पेट में चूहे दौड़ रहे थे, इसलिए वे कुछ सोच नहीं पाए।

वरवारा ने घमंड से इतराते हुए कहा,-लोब्स्टर्स! मुझे लगा था कि आज हमारे घर इवानव दंपत्ति आएँगे, लेकिन वे नहीं आ रहे हैं। अच्छा है न, वे नहीं आ रहे तो तुम अकेले सब खा सकते हो।

अलिक्सान्दर और वरवारा ने एक दूसरे को कई बार चूमा। उन लोगों ने चाय पी, डॉक्टर ने लोब्स्टर्स खाए और वे किताबों वाले कमरे में चले गए। अलिक्सान्दर एक उपन्यास से वरवारा को कुछ पढ़कर सुनाने लगे।

बाहर पानी तेज़ी-से बरस रहा था, लेकिन खिड़की का काँच इतना मोटा था कि उसकी गड़-गड़ न के बराबर सुनाई पड़ रही थी। बड़े झाड़-फानूस से उनका कमरा रोशन था। डॉक्टर बड़े प्यार से पत्नी को उपन्यास पढ़कर सुना रहे थे।

वरवारा ने पति के हाथ की किताब बंद करते हुए ज़रा हठ से कहा,-बस, अब पढ़ना बंद करो और सोने चलो। उसने सोफ़े से आलस से उठते हुए अपने हाथ सर के पीछे ऐसे खींचे कि उसकी छाती आगे तन गई। वरवारा

के हाथ वापस लाने से पहले ही अलिक्सान्दर ने उसके गले में बाँहें डालकर उसे चूम लिया।

अलिक्सान्दर—मुझे फिर भी ख़राब लग रहा है।

वरवारा—अच्छा, छोड़ो, जाने दो, नया ख़रीद लेंगे।

वैसे तो डॉक्टर आदमी के बारे में बात कर रहे थे, लेकिन पत्नी की बात सुनकर उन्हें लगा कि वे लैम्प के बारे में ही बात कर रहें हैं। वे दोनों एक दूसरे को आलिंगन में भरते हुए सोने चले गए।

**मूल रूसी भाषा से अनुवाद : सरोज शर्मा**

**मूल रूसी भाषा में इस कहानी का नाम है—Случай**

# महानगर

## 1

वे दोनों एक ही शहर में रहते थे। एक का नाम था-पित्रोफ़, जो एक व्यवसायिक कॉमर्शियल बैंक में अफ़सर था और दूसरे के नाम-काम का कुछ अता-पता नहीं था।

वे दोनों साल में, बस, एक ही बार, ईस्टर पर वसील्येव्स्कि साहब के बँगले पर मिला करते थे। पित्रोफ़ क्रिसमस पर भी वसील्येव्स्कि के घर जाया करता था। वैसे जाता तो वह दूसरा भी था, पर वे लोग शायद अलग-अलग समय पर जाते थे, इसलिए उनकी एक-दूसरे के साथ मुलाक़ात नहीं हो पाती थी। वसील्येव्स्कि जी के घर में इतने अधिक मेहमान होते थे कि पहले तीन साल तो पित्रोफ़ का उस दूसरे शख़्स पर कभी ध्यान ही नहीं गया। चौथे वर्ष पित्रोफ़ को उसका चेहरा थोड़ा जाना-पहचाना-सा लगा, लेकिन तब भी वे लोग, बस, एक-दूसरे को देखकर महज़ मुस्कुराकर ही रह गए थे। और अगली दफ़ा यानी पाँचवे साल पित्रोफ़ ने उसे जाम से जाम टकराने के लिए आमंत्रित किया। उसने दारू वाला गिलास आगे बढ़ाते हुए मुस्कुराकर कहा :

—यह जाम आपकी सेहत के नाम!

उसने भी हाथ में पकड़ा शराब का गिलास आगे बढ़ाते हुए कहा :

—चलिए, मैं भी ये जाम आपके लिए पी रहा हूँ।

जब वे दोनों पीते हुए बतिया रहे थे, तब पित्रोफ़ के दिमाग़ में उसका नाम पूछने का ख़याल तक नहीं आया। उस बँगले से बाहर निकलकर तो वह उसके अस्तित्व के बारे में ही भूल गया था। इतना ही नहीं, उसने पूरे साल उसे याद तक नहीं किया। वह रोज़ाना बैंक जाता, जहाँ वह पिछले दस वर्षों से

काम कर रहा था। सर्दियों में वह दो-चार बार थियेटर देखने गया था। गर्मियों में अपने दोस्तों की गाँव वाली हवेलियों में कई बार गया था। दो बार उसे भारी नज़ला हुआ था। दूसरी बार तो ईस्टर के एकदम पहले ही हुआ था। ईस्टर वाले दिन तक वह पूरा ठीक हो चुका था और ईस्टर मनाने वसील्येव्स्कि जी के घर जा रहा था। उसने पार्टी वाला लम्बा कोट पहन रखा था और बग़ल में लम्बा वाला हैट दबाये वह सीढ़ियों पर चढ़ रहा था। तब अचानक उसे उस दूसरे आदमी का ख़याल आया। उसने सोचा कि आज फिर उससे मिलना होगा। जब पित्रोफ़ ने उसका चेहरा याद करने की कोशिश की तो उसे यह जानकर बड़ा ताज्जुब हुआ कि उसे उसकी कद-काठी, चेहरा-मोहरा कुछ भी याद नहीं आ रहा था। ख़ुद पित्रोफ़ नाटे क़द का था और उसके कंधे थोड़े सामने की ओर झुके हुए थे, इसलिए कई लोग उसे कुबड़ा समझते थे। आँखें उसकी थोड़ा पीलापन लिए बड़ी और काली थीं। वसील्येव्स्कि साहब के बँगले में हर वर्ष ईस्टर और क्रिसमस मनाने के लिए जो लोग आया करते थे, उनमें और पित्रोफ़ में कोई ख़ास फ़र्क नहीं था। बस, पित्रोफ़ अपने कूबड़ की वजह से थोड़ा अलग दिखता था। जब उन सज्जनों को पित्रोफ़ का नाम याद नहीं आता था, तो वे लोग आपस में उसे 'कुबड़ा' कहकर बुलाया करते थे।

उस दिन ईस्टर पार्टी में दूसरा आदमी पित्रोफ़ से काफ़ी पहले पहुँच गया था। जब पित्रोफ़ वहाँ पहुँचा, तब वह वहाँ से वापस अपने घर जाने की तैयारी कर रहा था, लेकिन पित्रोफ़ को आता देखकर वह उसकी तरफ़ देखकर आत्मीयता से मुस्कुराया और बाहर निकलता-निकलता वहीं रुक गया। उस दिन पित्रोफ़ वहाँ पहुँचते ही खाने-पीने और दूसरे लोगों से मिलने-जुलने में व्यस्त हो गया। वह, बस, इतना ही देख पाया था कि दूसरे आदमी ने भी पित्रोफ़ की तरह पार्टी कोट और लम्बा हैट पहन रखा था। दूसरा आदमी पित्रोफ़ को देखकर पार्टी में रुक तो गया, लेकिन तब भी उन दोनों के बीच कोई बात नहीं हुई। परन्तु वे दोनों वहाँ से अपने-अपने घर जाने के लिए एक साथ बाहर निकले। सर्दी का भारी ओवरकोट पहनते समय गुलबंद, दस्ताने और दूसरे छोटे-मोटे सामान का बैग़ पकड़कर रखने में उन्होंने दो पुराने दोस्तों की तरह एक दूसरे की मदद भी की। बाहर निकलते समय लखनऊ के नवाबों की तरह पहले आप, पहले आप करते हुए एक दूसरे को रास्ता भी दिखाया।

दोनों ने दरबान को पचास-पचास कोपेक बख़्शीश में दिए। बाहर निकलने के बाद दोनों थोड़ा रुके फिर दूसरे वाले ने कहा :

—दरबान को बख़्शीश तो देनी पड़ती है।

—बिलकुल देनी होती है। इसका तो कुछ नहीं कर सकते।

चूँकि उनके बीच बात करने के लिए और कुछ नहीं था, इसलिए वे एक-दूसरे की तरफ़ देखकर मुस्कुराए। फिर पित्रोफ़ ने पूछा :

—आपको किधर जाना है?

—मुझे बाएँ जाना है। और आपको?

—मुझे दाएँ।

घोड़ागाड़ी के चल पड़ने के बाद पित्रोफ़ को याद आया कि उसने न तो उस इनसान का नाम पूछा और न ही उसका हुलिया ध्यान से देखा। उसने गाड़ी में बैठे-बैठे ही पीछे मुड़कर उसे देखने की कोशिश की, लेकिन सड़क के दोनों तरफ़ फ़ुटपाथ पर लोग ही लोग थे। उस भीड़ में उस दूसरे शख़्स को ढूँढ़ना उतना ही मुश्किल था जितना रेत के अन्य कणों के बीच किसी एक कण को ढूँढ़ना। पित्रोफ़ फिर से उसके बारे में भूल गया और पूरे साल वह उसे याद तक नहीं आया।

पित्रोफ़ कई साल से एक होटल में रह रहा था। स्वभाव से वह खिन्नचित्त और चिड़चिड़ा-सा था, इसलिए आस-पास के लोग उसे ज़्यादा पसंद नहीं करते थे। उसके पड़ोसी भी उसे पीठ पीछे वैसे ही 'कुबड़ा' कहकर बुलाते थे, जैसे वसील्येव्स्कि के दूसरे मेहमान। पित्रोफ़ अपने कमरे में अकेला ही समय बिताता था। न तो उसके पास कभी किसी की कोई चिट्ठी-पत्री ही आती थी और न ही उसे कोई साहित्य-पत्रिका। भगवान जाने वह पूरे-पूरे दिन अपने कमरे में अकेला बैठा क्या करता होगा! टहलने के लिए भी वह कभी-कभी और वो भी, बस, रात में निकला करता था। होटल का दरबान इवान उसके बारे में सोचता था कि यह पित्रोफ़ रात में न तो कहीं नाइट-क्लब जैसी जगह जाता है और न ही लड़कीबाजी करने के लिए किसी को अपने साथ घर लाता है। फिर यह घूमने के लिए, बस, रात में ही क्यों निकलता है! लेकिन पित्रोफ़ की परेशानी यह थी कि उसे उस बड़े शहर से और दिन में सड़कों पर लोगों की भीड़ से बहुत डर लगता था। केवल एक इसी वजह से वह दिनभर घर में

दुबका रहता था और रात में कभी-कभार बाहर निकला करता था।

जिस शहर में पित्रोफ़ रहता था, वह बहुत बड़ा और बहुत भीड़भाड़ वाला था। जैसा कि आमतौर पर बड़े शहरों में होता है वहाँ के लोग अपने में मस्त थे। उन्हें दूसरों से कुछ लेने-देना नहीं था। कुछ तो देखने में ही अजीब-से दिखते थे। जिस जगह पर वह नगर बसा हुआ था, उसके भारी-भरकम मकानों के वज़न से वहाँ की धरती धँसी-सी जा रही रही थी। घरों के बीच के रास्ते ऐसे दिखते थे मानो चट्टानों के बीच-बीच में टेढ़ी-मेढ़ी, पतली-गहरी दरारें पड़ गई हों। वहाँ के लोगों को देखकर ऐसा लगता था कि वे सभी बहुत हैरान-परेशान हैं। वे लोग शहर के केंद्र की भीड़ से दूर खुले मैदान की ओर भागने की कोशिश करते-करते रास्ता भटक गए हैं। साँपों की भाँति वे सब आपस में उलझे हुए हैं और एक दूसरे के साथ मार-काट कर रहे हैं। उन्हें मैदान की तरफ़ जाने का कोई रास्ता न मिलने से हताश होकर सब वापस अपने मकानों में लौट आते हैं। उस शहर में इतनी अधिक इमारतें थीं कि सड़क पर घंटों चलते रहने के बाद भी मकानों की कतारें ख़तम होती नहीं लगती थीं।

सड़कों के दोनों तरफ़ जो मकान खड़े थे, उनमें कोई दुमंज़िला था तो कोई चार मंज़िला यानी वे ऊँचे-नीचे थे। रंग भी सबका एक जैसा नहीं था। किसी पर चटक रंग था तो किसी पर गहरा और कुछ तो ईंट के रंग के थे। पर उन घरों के आगे-पीछे लोगों का जो समुद्र था उसकी वजह से सारे घर अलग-अलग होते हुए भी एक-दूसरे से मिलते-जुलते लगते थे। भीड़ के उस समुद्र को देखकर तो रास्ते चलता-चलता कोई भी डर जाए। हर किसी को लगने लगे कि वह एक जगह पर स्थिर खड़ा है और डरावने घर उसके पास से एक-एक करके लगातार गुज़रते जा रहे हैं।

एक दिन की बात है कि पित्रोफ़ सड़क पर टहल रहा था। चलते-चलते उसे खुले-खुले मैदानों और खेतों का ख़याल आया। वह सोचने लगा कि वह जगह यहाँ से कितनी दूर होगी, जहाँ सूरज के नीचे धरती आराम से साँस ले सकती हो और मनुष्य की निग़ाहें दूर-दूर तक जा सकती हों। उसे लगने लगा कि यहाँ उसका दम घुट रहा है और जल्दी ही वह अंधा हो जाएगा। उसका दिल हुआ कि वह दौड़कर कहीं खुली जगह पहुँच जाए, पर उसे यह सोचकर डर लगने लगा कि वह चाहे कितनी भी तेज़ क्यों न दौड़े, उसे दोनों तरफ़

मकान ही मकान दिखते रहेंगे और उस जगह तक पहुँचने से पहले ही उसका दम टूट जाएगा। जान जाने की कल्पना से वह इतना डर गया कि अपने सामने आए पहले ही रेस्तरां में घुस गया। परन्तु वहाँ भी काफ़ी देर तक उसे लगता रहा कि उसका दम घुट रहा है। रेस्तरां में वह पूरे समय ठण्डा पानी पीता रहा और रुमाल से अपनी आँखें पोंछता रहा।

पित्रोफ़ की सबसे बड़ी परेशानी यह थी कि उन सभी घरों में लोग रहते थे और वे सब के सब उसके लिए अजनबी थे। उनकी सबकी अपनी निज़ी ज़िन्दगी थी। उन घरों में बच्चे पैदा होते थे और बड़े होकर, बीमार होकर या बूढ़े होकर ही मरते थे। जीवन-मृत्यु के इस चक्र की न तो कोई शुरुआत थी और न ही अंत। पित्रोफ़ जब अपने घर से बाहर काम पर जाने या टहलने के लिए निकलता था तो रास्ते में उसे वे ही घर दिखते थे, जो वह पहले बहुत दफ़ा देख चुका था। इस प्रकार उसके लिए वे सारे घर परिचित होते थे, इसलिए उसके लिए कोई परेशानी वाली बात नहीं थी।

मगर जब वह एक पल के लिए भी किसी चेहरे पर निगाह रोकता तो उसके लिए सब कुछ बदल जाता। उसे बहुत डर लगता और उसकी सारी ताक़त न जाने कहाँ चली जाती थी। वह डरता-डरता सबके चेहरे देखता और उसे यह लगता कि वह ये सारे चेहरे पहली बार देख रहा है। कल जो शक़्लें उसने देखी थीं, वे दूसरे लोगों की थीं। और कल जिन्हें देखेगा, वे चेहरें जुदा होंगे। और हमेशा ऐसे ही होता है। हर दिन और हर मिनट नए और अजनबी लोग दिखते हैं। वो देखो! वो मोटे सज्जन, जिन्हें पित्रोफ़ देख रहा था, कोने से ग़ायब हो गए। पित्रोफ़ उन्हें और कभी नहीं देख पाएगा! कभी भी नहीं! यदि पित्रोफ़ उन्हें खोजना चाहे, तो जीवन भर ढूँढ़ते रहने से भी वह उस मोटू को कभी नहीं ढूँढ़ पाएगा।

बहुत डरता था पित्रोफ़ लोगों की भीड़ से। इस वर्ष उसे फिर से बहुत तेज़ सर्दी-ज़ुक़ाम हुआ था। नाक उसकी अक्सर बहती रहती थी। इसके अलावा जाँच के दौरान मालूम चला कि उसे तो गैस की बीमारी भी है। हर वर्ष की तरह इस साल ईस्टर पर पित्रोफ़ फिर से वसील्येव्स्कि की कोठी पर गया। जब वह वहाँ जा रहा था, तो रास्ते भर यह सोचता रहा कि वह वहाँ कौन-कौनसी चीज़ें खाएगा। वसील्येव्स्कि के घर में उस दूसरे बन्दे से मिलकर पित्रोफ़ बड़ा

प्रसन्न हुआ और उसने उसे अपनी बीमारी के बारे में बताया।

—भाई जान, अब मेरे पेट में भी गैस बनने लगी है।

दूसरे वाले ने सहानुभूति जताते हुए सर हिलाया और कहा :

—अब उम्र बढ़ी है तो ये सब होगा ही!

## 2

पित्रोफ़ ने फिर से उस दूसरे आदमी का नाम मालूम नहीं किया, मगर वह उसे अपना अच्छा दोस्त मानता था और उसे याद करके ख़ुश होता था। पित्रोफ़ उसे 'वह' कहके याद करने लगा, मगर जब वह उसकी सूरत याद करना चाहता था तो याद नहीं आती थी। सूरत की जगह, बस, उसका कोट, छोटी सफ़ेद जैकेट और मुस्कुराहट ही याद आती थी। चूँकि चेहरा बिलकुल याद नहीं आता था तो ऐसा लगता था जैसे, बस, कोट और जैकेट मुस्कुरा रहे हों।

गर्मियों में शहर की गर्मी से बचने और आराम करने के लिए पित्रोफ़ अक्सर अपने एक दोस्त के पास उसके गाँव जाया करता था। गाँव जाने से पहले वह अपनी मूँछें रंगता और लाल टाई लगाता। वह अपने दोस्त फ़्योदर से कहता कि पतझड़ के मौसम में वह घर बदलेगा। पर कुछ ऐसा हुआ कि उसने फ़्योदर के पास जाना छोड़ दिया और पूरा एक महीन वोदका पीता रहा। बड़े बेहूदा ढंग से पीता था वह और पीकर लड़ाई-झगड़ा भी कर बैठता था। एक बार तो उसने अपने ही कमरे की खिड़की का काँच तोड़ दिया था और एक बार एक औरत को डरा दिया था। शाम को वह उस औरत के कमरे में गया और घुटनों के बल खड़े होकर उसने उस औरत से अपन बीवी बनाने की पेशकश की। वह अनजान औरत तवायफ़ निकली। पहले तो वह मज़े लेते हुए उसे ध्यान से सुनती रही, परन्तु जब वह उसे अपनी तन्हाई का दुखड़ा सुनाते-सुनाते रोने लगा, तब वह मारे डर के चिल्लाने लगी। उसे लगा यह तो कोई सिर फिरा है। उसकी चीख़ सुनकर उसका नौकर दौड़ा-दौड़ा आया और उसने पित्रोफ़ को खींच-खींचकर, ज़बरदस्ती वहाँ से बाहर निकाला। पित्रोफ़ ने नौकर के साथ हाथापाई भी की और उसके बाल खींचता हुआ ज़ोर से बोला :

—हम सब लोग भाई-भाई हैं!

होटल के मालिक ने पित्रोफ़ को वहाँ से निकाल देने का फ़ैसला कर लिया था, लेकिन उसे निकाला नहीं, क्योंकि उसने पीना छोड़ दिया था। वह रातों में फिर से घूमने लगा। उसके लिए दरवाज़ा खोलते और बंद करते वक़्त फिर से दरबान उसपर ग़ुस्सा होने लगा। नए साल से पित्रोफ़ की सालाना तनख़्वाह सौ रूबल बढ़ने वाली थी, इसलिए उसने अपना कमरा बदल लिया। अब जो कमरा उसने लिया था, उसका किराया पहले वाले से पाँच रूबल अधिक था। उसकी खिड़कियाँ अहाते की तरफ़ खुलती थीं। पित्रोफ़ ने कमरा यह सोचकर बदला था कि यहाँ उसे बाहर की गाड़ियों का शोरगुल नहीं सुनाई देगा और उसके दिल में बार-बार यह ख़याल भी नहीं आएगा कि उसके आसपास कितने अजनबी लोग हैं और उन सबकी अपनी ज़िन्दगी है।

सर्दियों में जब तक रास्तों पर बर्फ़ जमी हुई थी, तब तक तो नए कमरे में शांति थी लेकिन जैसे ही सडकों पर से बर्फ़ साफ़ हो गई यानी बसंत आ गया, तो उसे गाड़ियों की गड़गड़ाहट फिर से सुनाई देने लगी। कमरा बदलने से भी कोई ख़ास फ़र्क़ नहीं पड़ा। बाहर से आवाज़ें पूरे दिन आती रहती थीं, परन्तु दिन में उनपर ध्यान नहीं जाता था। ख़ुद पित्रोफ़ सुबह से लेकर देर शाम तक कोई न कोई ऐसा काम करता रहता था, जिससे शोर होता था, लेकिन ख़ुद की आवाज़ों की ओर उसका ध्यान कभी नहीं गया। पित्रोफ़ का दिन तो कट जाता था, परन्तु जैसे ही अँधेरा होने लगता उसे ऐसा लगता जैसे सड़क का सारा कोलाहल उसी के अँधेरे कमरे में घुस आया हो। और उस शोर से पित्रोफ़ की शान्ति भंग हो जाती। बाहर से गाड़ियों की घर्र-घर्र तो पीं-पीं लगी रहती थी। कहीं दूर से किसी गाड़ी की आवाज़ शुरू होती थी, गाड़ी जितना पास आती थी, आवाज़ उतनी ही तेज़ होती जाती थी और गाड़ी के दूर जाते-जाते आवाज़ धीमी होते हुए ग़ायब हो जाती थी। फिर उसकी जगह दूसरी आवाज़ शुरू हो जाती और दूसरी के बाद तीसरी। एक के बाद एक गाड़ियों की आवाज़ों का यह सिलसिला चलता ही रहता था। बहुत बार ऐसा भी होता था कि घोड़ों के खुरों की टप-टप एक ताल में सुनाई देती थी। उन घोड़ागाड़ियों के पहियों के चलने की आवाज़ इसलिए नहीं होती थी क्योंकि उन पर रबर का घेरा लगा होता था। जब एक साथ ऐसी कई घोड़ागाड़ियाँ सड़क पर चलतीं, तो उनके घोड़ों की टप-टप मिलकर गरजन का रूप ले लेती, जिससे पत्थर की दीवारें

तक थरथराने लगती थीं और अलमारी में रखे काँच के गिलास खनखनाने लगते थे।

वे मोटरगाड़ियाँ और घोड़ागाड़ियाँ, जो सड़कों पर चल रही होती थीं, उन सभी में लोग बैठे होते थे। वे सब न जाने कहाँ से निकलकर कहाँ पहुँचकर उस बड़े शहर में कहीं खो-से जाते थे। उनके चले जाने के बाद दूसरे लोग कहीं आ-जा रहे होते थे। इस तरह लोगों के आने-जाने का ताँता लगातार बना रहता था। उसका कोई अंत न था।

हर आदमी की अपनी अलग दुनिया थी। उन सबके जीने के नियम-कानून और मक़सद भी जुदा होते थे। सबके सुख-दुख भी एक जैसे नहीं थे। पित्रोफ़ के लिए हर आदमी एक भूत की तरह था, जो एक पल के लिए उसके घर के सामने प्रकट होता और ग़ायब हो जाता। उसे उन लोगों के बारे में कुछ भी मालून नहीं हो पाता था। आपस में एक-दूसरे को न जानने वाले लोग जितने अधिक होते, उन सबका अकेलापन उतना ही अधिक भयानक होता जाता। उन अँधेरी-काली और डरावनी रातों में पित्रोफ़ को इतना ज़्यादा डर लगता कि वह डर के मारे चीखना-चिल्लाना चाहता था और कहीं गहरे से गहरे तहखाने में छिपकर एकदम अकेला रह जाना चाहता था। उसका यह मानना कि जब वह बिलकुल अकेला होगा तो, बस, उन्हीं के बारे में सोचेगा, जिन्हें वह जानता है और अनगिनत अजनबियों के बीच ख़ुद को तनहा महसूस नहीं करेगा।

हर साल की तरह इस साल ईस्टर पर पित्रोफ़ को वसील्येव्स्कि के बँगले में वह दूसरा वाला आदमी नहीं मिला, जो उसे हमेशा मिला करता था। उसे यह बात तब मालूम चली, जब पार्टी के अंत में विदा होने के लिए उसने उसे ढूँढ़ना शुरू किया। जब पित्रोफ़ को यह मालूम चला कि वे महाशय नहीं आए हैं तो उसका मन उसे अपनी वीरानगी और ख़ौफ़नाक रातों के बारे में बताने के लिए मचल उठा। और यह सब बताने के लिए पित्रोफ़ उसे ढूँढ़ने लगा और लोगों से उसके बारे में पूछने लगा।

उसके सामने दिक़्क़त यह थी कि वह उसे ढूँढ़े तो ढूँढ़े कैसे! न तो उसे उसका नाम ही मालूम था और न ही उसकी शक़्ल-सूरत याद थी। उसे, बस, इतना ध्यान था कि वह अधेड़ उम्र का था, बाल उसके सुनहरी थे और ईस्टर पर पार्टी कोट पहनकर आता था। जिस आदमी को पित्रोफ़ ढूँढ़ रहा था, उसके

बारे में महज इतना-सा बताने पर तो मेज़बान वसील्येव्स्कि और उसके घर वालों के लिए यह अंदाज़ लगाना मुश्किल था कि पित्रोफ़ किन सज्जन की बात कर रहा है।

मेज़बान वसील्येव्स्कि ने कुछ सोचते हुए पित्रोफ़ से कहा—त्योहारों की पार्टियों में हमारे यहाँ इतने अधिक मेहमान होते हैं कि हम उन सबके नाम भी ठीक से नहीं जानते हैं।

जब वसील्येव्स्कि की बीवी को यह पता चला कि एक सज्जन किसी दूसरे सज्जन के बारे में कुछ जानना चाहता हैं तो उसने पित्रोफ़ के पास आकर उससे कहा—क्या आप स्मिरनोफ़ के बारे में पूछ रहे हैं?

उसके बाद पहले तो उसने कुछ और नाम अपनी उँगलियों पर गिनाए और उसके बाद कुछ लोगों की विशेष पहचान बता-बताकर पूछा। जैसे-क्या वे, जिनके सर पर बहुत कम बाल हैं और लगता है कि वे डाकघर में काम करते हैं? क्या वे बहुत गोरे हैं? क्या उनके बाल पूरे पक गए हैं? वसील्येव्स्कि की बीवी ने पित्रोफ़ की मदद करने की काफ़ी कोशिश की, मगर उस आदमी का पता नहीं चला जिसे पित्रोफ़ ढूँढ़ रहा था। उन सब में वह आदमी नहीं था, जिसे पित्रोफ़ ढूँढ़ रहा था। वैसे किसे पता, हो भी सकता था।

उस वर्ष पित्रोफ़ के जीवन में, होटल में कमरा बदलने के अलावा और कुछ ख़ास बदलाव नहीं हुआ था। हालाँकि उसकी नज़र कमज़ोर हो गई थी, इसलिए वह ऐनक पहनने लगा था। रात के समय अगर मौसम बढ़िया होता तो वह पहले की तरह घूमने जाया करता था। ढूँढ़-ढूँढ़कर वह ऐसी गलियों में जाता, जहाँ न तो लोग होते और न ही किसी तरह का शोर ही होता था। पर घर तो वहाँ पर भी थे और उन घरों में लोग रहते थे, जो पित्रोफ़ के लिए अनजान थे। उन घरों में लोग बातें करते थे, उनके बीच झगड़ा भी होता था। कभी किसी घर में किसी की मौत होती थी तो किसी का जन्म होता था। जिसका जन्म होता था, वह इस दुनिया की भीड़ में मिल जाता था और अंततः मर जाता था।

पित्रोफ़ ने ख़ुद को दिलासा देने के लिए मन ही मन अपने परिचितों और क़रीब के लोगों की एक फ़ेहरिस्त बनानी शुरू की। उसने अपने परिचितों से लेकर दरबानों, दुकानदारों, कोचवानों यानी सभी को याद करने की कोशिश की। उस समय वह उन्हें भी नहीं भूला, जो कभी, कहीं आते-जाते उससे

टकराए और उसे याद रह गए थे। फ़ेहरिस्त बनाने के लिए जब उसने लोगों को याद करना शुरू ही किया था, तब उसे लगा था कि वह बहुत सारे लोगों को जानता है, पर जब उसने गिनना शुरू किया तो पता चला कि ऐसे लोग बहुत कम हैं। मालूम हुआ कि अपने पूरे जीवन में वह केवल ढाई सौ लोगों को जानता था। उन ढाई सौ में वसील्येव्स्कि के घर में मिला वह दूसरा शख़्स भी शामिल था। पूरी दुनिया में वह, बस, इन्हीं लोगों को जानता था और इन्हीं लोगों से उसकी पूरी दुनिया बनी थी। हो सकता है इनके अलावा वह कुछ और भी लोगों को जानता हो, लेकिन उन्हें भूल गया हो, इसलिए पित्रोफ़ के जीवन में उनका कोई महत्त्व नहीं था।

वह दूसरा शख़्स अगले वर्ष ईस्टर पर पित्रोफ़ से मिलकर बहुत ख़ुश हुआ। उसने नया पार्टी कोट और सर्दियों के नए जूते पहन रखे थे। उसने पित्रोफ़ से हाथ मिलाते हुए कहा—आप जानते हैं, मैं मरते-मरते बचा हूँ। मुझे निमोनिया हो गया था। और अब लग रहा है कि मेरी बग़ल में थोड़ा-सा दर्द है। यहाँ कुछ है, जो मुझे ठीक नहीं लग रहा है।

उस शख़्स का हाल सुनकर पित्रोफ़ को सच में बहुत ख़राब लगा। उसने कहा—अरे! यह क्या हुआ आपको।

उन दोनों ने तरह-तरह की बीमारियों के बारे में बहुत सी बातें कीं। दोनों ही अपने-अपने मर्ज़ के बारे में एक दूसरे को बता रहे थे। जब विदा होने का समय आया तो दोनों बहुत देर तक एक दूसरे का हाथ कसकर पकड़े रहे और फिर अपने-अपने रास्ते आगे बढ़ गए। दोनों ही एक दूसरे का नाम पूछना फिर भूल गए थे। पित्रोफ़ अगले ईस्टर पर वसील्येव्स्कि के घर नहीं गया। दूसरा आदमी यह जानकर परेशान हुआ और उसने वसील्येव्स्कि की श्रीमती जी से पूछा कि वह कुबड़ा कौन है, जो उनके यहाँ ईस्टर पर हमेशा आता है।

श्रीमती जी ने बताया—मैं उन्हें जानती हूँ। उनका नाम पित्रोफ़ है।

—और उनका पूरा नाम क्या है?

मैडम नाम बताना चाहती थीं, पर उन्हें उसका नाम याद ही नहीं आया और यह जानकर उन्हें बेहद हैरानी भी हुई कि वे तो उसे बहुत अच्छी तरह से जानती हैं। अब उसका नाम उन्हें याद क्यों नहीं आ रहा है! उन्हें यह भी नहीं पता था कि पित्रोफ़ कहाँ काम करता है। शायद डाकघर में या फिर बैंक में।

अगले वर्ष वसील्येव्स्कि के घर पित्रोफ़ तो आया था पर दूसरा शख़्स नहीं आया था। और उसके अगले वर्ष वे दोनों आए तो थे, परन्तु अलग-अलग समय पर आए थे इसलिए मिल नहीं पाए थे। और उसके बाद वे दोनों ही वसील्येव्स्कि के यहाँ फिर कभी नहीं दिखे। उन लोगों ने इनके बारे में कभी कुछ सोचा भी नहीं, क्योंकि उनके यहाँ तो वैसे ही बहुत लोग आते थे और वे सबको याद थोड़े ही रख सकते थे।

जिस बड़े शहर में पित्रोफ़ रहता था वो और बड़ा होता गया। बढ़ते-बढ़ते वह इतना फैल गया कि शहर के किनारे वाले हिस्से शहर के बीच में आ गए थे। नई-नई सड़के बन गई थीं और उनके किनारे-किनारे नई पक्की इमारते खड़ी थीं। उस महानगर में पहले से मौजूद सात क़ब्रिस्तानों में एक और आठवाँ क़ब्रिस्तान शामिल हो गया। फ़िलहाल इस नए क़ब्रिस्तान में सिर्फ़ ग़रीबों को ही दफ़नाया जाता है।

रूस में कई महीनों तक चलने वाली सर्दियों की लम्बी रातों में इस क़ब्रिस्तान में एकदम शांति रहती है, बस, दूर वाली सड़क से गाड़ियों के आने-जाने की आवाज़ लगातार आती रहती है।

**मूल रूसी भाषा से अनुवाद : सरोज शर्मा**

**मूल रूसी भाषा में इस कहानी का नाम है—Город**

# अखरोट

एक समय की बात है। हरे-भरे एक जंगल में एक बहुत सुन्दर गिलहरी रहती थी जिसे सब बहुत पसन्द करते थे। गर्मियों में गिलहरी के बाल सुनहरे-लाल होते थे। सर्दियों के आते ही, चारों तरफ़ बर्फ़ की सफ़ेदी छा जाती थी और सफ़ेदी के छाते ही गिलहरी भी सफ़ेद कोट पहन लेती थी। वह हमेशा ही बड़ी फ़ैशनपरस्त और सुन्दर लगती थी! उस गिलहरी के दाँत सफ़ेद, तेज़ और मज़बूत थे, जो सरौते की तरह अखरोट भी तोड़ सकते थे। लेकिन अफ़सोस यह है कि वह गिलहरी बेहद समझदार थी—जी हाँ, सचमुच समझदार थी! उसकी उस समझदारी का जो फल निकला, उसे याद करके पूरे जंगल के वासी आज भी रोते हैं।

एक बार यह हुआ कि सफ़ेद पंखोंवाला एक फ़रिश्ता जंगल के ऊपर से उड़ा जा रहा था। ऊपर से ही अचानक उसे वह गिलहरी दिखाई दे गई। गिलहरी उसे बहुत पसन्द आयी। उसका मन हुआ कि वह गिलहरी को कोई ख़ूबसूरत तोहफ़ा दे। वह उड़ते हुए जन्नत के बग़ीचे में जा पहुँचा और वहाँ से एक सुनहरा अख़रोट तोड़ लाया। यह अखरोट वैसा ही था जैसा लोग अक्सर क्रिसमस मनाते हुए घर में लगाए जाने वाले फ़र के पेड़ पर सजाते हैं। अखरोट लेकर फ़रिश्ता उस प्यारी, नन्ही और सफ़ेद गिलहरी के पास पहुँचा और उससे बोला :

—प्यारी गोरी गिलहरी, यह अखरोट मैं तुम्हारे लिए लाया हूँ। लो, इसे खा लो।

गिलहरी ने भी प्यार से जवाब दिया :

—आपकी बड़ी मेहरबानी। लेकिन मैं इसे बाद में, आपके जाने के बाद खाऊँगी।

फ़रिश्ता उसकी बात मानकर उड़ गया। गिलहरी अब सोच में पड़ गई और उसके मन में तरह-तरह के ख़याल आने लगे। उसने सोचा :

—अगर यह अखरोट मैंने अभी खा लिया तो क्या फ़ायदा? बेहतर होगा कि मैं यह अखरोट अभी कहीं छुपा दूँ और जब कभी ज़िन्दगी में ऐसा मुश्किल वक़्त आए, जब मेरे पास खाने के लिए कुछ भी नहीं हो, तब मैं इसे निकालकर खा लूँ।

इस बीच कितने ही साल और सर्दियाँ बीत गईं, और कितनी ही बार गिलहरी का उस सुनहरे अखरोट को खाने के लिए मन ललचाया। कई बार भूख लगने पर भी उसने वह अखरोट नहीं खाया। जी, हाँ, नहीं खाया उसने! लेकिन फिर एक दिन गिलहरी बूढ़ी हो गई, गठिया से उसके पैर टेढ़े हो गए, उसका सर कमज़ोरी से काँपने लगा। अब उसका सफ़ेद फ़र जगह-जगह से झर गया था, और वह बहुत भद्दी लगने लगी थी। अब सर्दियों में ठण्ड से बचानेवाला उसका फ़र उसे गर्मी नहीं दे पाता था।

इस हालत में एक बार गिलहरी को बहुत भूख लगी और उसे जब खाने के लिए कुछ नहीं मिला तो उसने सोचा कि चलो, अब मैं वह अखरोट खा लेती हूँ। उसने पेड़ के कोटर में रखा अपना ख़ज़ाना निकाला और उसे अपने पंजों में दबा लिया। वह देर तक अपने उस ख़ज़ाने को निहारती रही और ख़ुश होती रही। फिर उसने उस ख़ज़ाने से उस सुन्दर अखरोट को निकाला और उसे तोड़ने की कोशिश की। लेकिन वह उसे तोड़ नहीं पाई, क्योंकि उसके दाँत तब तक गिर चुके थे। वह बहुत देर तक उसे तोड़ने की कोशिश करती रही, लेकिन दाँतों के बिना वह भला अखरोट कैसे तोड़ पाती!

अब फिर सर्दियों के दिन थे। बर्फ़ गिर चुकी थी इसलिए पूरे जंगल पर सफ़ेदी छाई हुई थी। सफ़ेद जंगल के ऊपर से सफ़ेद पंखोंवाला वही फ़रिश्ता फिर से उड़ता हुआ गुज़रा। उसने देखा कि एक बड़े-से पेड़ के पास एक बूढ़ी गिलहरी मरी पड़ी है। गिलहरी के पंजे में वही सुनहरा अखरोट दबा हुआ है जो कभी उसने गिलहरी को तोहफ़े में दिया था। जन्नत के बग़ीचे से लाया गया वह जन्नती अखरोट।

इसीलिए तो कहते हैं कि ज़िन्दगी में जब कभी अखरोट मिले तो उसे वक़्त रहते खा लेना चाहिए।

**मूल रूसी भाषा से अनुवाद : प्रगति टिपणीस**
**मूल रूसी भाषा में इस कहानी का नाम है—Орешек**

# इंजन

## 1

पादरी साहब रेलगाड़ी छूटने के दो घंटे पहले ही स्टेशन पहुँच गए थे। आज सवेरे सूरज उगते ही वे घर से निकल पड़े थे। उनके घर से स्टेशन क़रीब बीस मील की दूरी पर है। वहाँ पहुँचने के लिए उन्हें भांग के खेतों, जंगलों और घास के मैदानों से गुज़रना पड़ा, इसीलिए उनके कपड़ों पर रास्ते की धूल चमक रही है और उनसे भांग, जंगली फूलों और जंगली घास की महक आ रही है। स्टेशन में चारों तरफ़ कोयले, तेल और धूप में तपे लोहे की गंध फैली हुई है। पादरी साहब के गाड़ीवान के कपड़ों से भी घोड़े की लीद, पसीने और डामर की बदबू आ रही थी। उसने पादरी साहब को स्टेशन पर उतारा, कुछ देर अपनी घोड़ा-गाड़ी की सीट वग़ैरह ठीक करता रहा, फिर उसने अपनी गाड़ी मोड़ी और वापस चला गया। पादरी साहब अपने थैले, छाते और मीठी पूरियों के साथ वहाँ अकेले रह गए। अपने अकेलेपन से कुछ पल के लिए तो वे उदास हो गए और उन्होंने धीरे से अपने गाड़ीवान को आवाज़ लगाई :

—इवान, ओ इवान!

गाड़ी अब तक काफ़ी दूर निकल चुकी थी, इसलिए उनकी आवाज़ गाड़ीवान तक नहीं पहुँची। लेकिन तभी, पादरी साहब को बड़ी ख़ुशी-सी महसूस हुई। जैसे ही उन्हें इस बात का एहसास हुआ कि स्टेशन की इमारत जैसी ख़ूबसूरत जगह में वे बिलकुल अकेले हैं। और वे इस बात पर भी ख़ुश थे कि आख़िरकार उनको अपने घर से निकलकर शहर जाने का मौक़ा मिल ही गया। उस दिन मौसम बहुत अच्छा था। आसमान नीला और बहुत साफ़ था, इस बात से भी उन्हें बहुत राहत मिल रही थी। पहले कुछ देर तक वे एक

बैंच पर बैठे रहे। धीरे-धीरे उन्होंने यह महसूस किया कि वे अपनी उस उबाऊ दुनिया से निकलकर रेलगाड़ी और स्टेशन की दिलचस्प दुनिया में पहुँच गए हैं। इस बात पर भी उन्हें बेइन्तहा खुशी हो रही थी। वे पहली बार शहर जा रहे थे और इतनी उम्र हो जाने के बावजूद पहली बार रेलगाड़ी में बैठनेवाले थे। उन्हें रेल और रेल व्यवस्था के कायदे कानूनों की कोई जानकारी नहीं थी। डरते-डरते उन्होंने स्टेशन की शानदार इमारत में ताक-झाँक करनी शुरू कर दी। सामने ही रेलवे की कैण्टीन दिखाई दे रही थी। अपनी उत्सुकता शांत करने के लिए वे कैण्टीन में घुस गए। वहाँ पहुँचकर उन्होंने देखा कि वहाँ एक लम्बी-सी मेज़ लगी हुई है, जिस पर संगमरमर के डिज़ाइन वाला मोमजामे का मेज़पोश बिछा हुआ है और मेज़ पर चारों ओर मक्खियाँ भिन-भिना रही थीं। यह देखकर उनके मन में थोड़ी-सी घिन पैदा हुई और वे जल्दी से कैण्टीन से बाहर आ गए। बराबरवाले एक कमरे में झाँका, तो उन्हें रेलवे का टेलीग्राफ-ऑफिस दिखाई दिया। वहाँ एक अजीब-सी मशीन राखी हुई थी जिससे लगातार तक-तक की आवाज़ आ रही थी। मशीन में से एक लम्बा-सा कागज़ बाहर निकलता जा रहा था। पादरी साहब ने सिर हिलाकर कहा :

—वाह, कितनी ज़ोरदार मशीन है!

उसके बाद उन्हें टिकट की खिड़की दिखाई दी। उन्हें टिकट ख़रीदना था लेकिन फ़िलहाल खिड़की बन्द थी। टिकट-बाबू भी वहाँ नहीं बैठा था। निराश होकर वे वापस प्लेटफ़ॉर्म पर लौट आए।

रेल का स्टेशन उन्होंने पहली बार देखा था। साफ़-सुथरा और लम्बा-सा स्टेशन का प्लेटफ़ॉर्म उन्हें पसंद आया। प्लेटफ़ॉर्म के ज़्यादातर हिस्सों पर डामर बिछा हुआ था, लेकिन कहीं-कहीं टाइलें भी लगी हुई थीं। प्लेटफ़ॉर्म बहुत खुला-खुला और सुविधाजनक लग रहा था। प्लेटफ़ॉर्म के दोनों ओर रेलगाड़ी की पटरियाँ चमक रही थीं। इन पटरियों को देखकर पादरी साहब के मन में आया कि इनपर चलनेवाली रेलगाड़ियाँ आपको कुछ ही देर में मीलों दूर पहुँचा देती हैं। और आप एकदम नई, अपरिचित और अनजान दुनिया में पहुँच जाते हैं। यह ख़याल आते ही आते ही बूढ़े मियाँ को जोश आ गया और उन्हें याद आया कि उन्होंने अभी तक टिकट नहीं लिया है। वे बड़ी फुर्ती से

टिकट-खिड़की की ओर बढ़े, लेकिन वह अभी भी बन्द थी। उसके खुलने में अभी भी कुछ देर थी।

—हैरानी की बात है, बड़ी हैरानी की बात है—पादरी साहब थोड़ी नाराज़गी से पादरी साहब के मुँह से निकला। अचरज से उनका सरहिलने लगा था।सर हिलने की वजह से उनके बदन में थरथराहट पैदा हो गई और उनके कपड़ों और बालों से रास्ते की बारीक़ धूल के ज़र्रे झड़कर नीचे गिरने लगे। टिकट-खिड़की के खुलने का इंतज़ार करते हुए वे प्लेटफ़ॉर्म पर ही यहाँ से वहाँ टहलने लगे। भारी तल्लेवाले उनके जूतों से बेहूदी-सी आवाज़ निकलने लगी जो ख़ुद उन्हें भी परेशान करने लगी। इस आवाज़ से बचने के लिए उन्होंने सोचा, क्यों न रेल- पटरियों के बीचों-बीच घूमा जाय? वहाँ नरम और रेशमी बालू पड़ी है और बालू पर जूते आवाज़ नहीं करेंगे। वे धीरे-से प्लेटफ़ॉर्म से पटरियों पर उतर गए। और पटरियों के बीचों-बीच टहलने लगे। अभी वे कुछ ही दूर चले होंगे कि उन्हें वहाँ खड़ा एक रेल-इंजन नज़र आ गया। जो बहुत बड़ा, काला और गन्दा-सा था। यह भाप से चलने वाला इंजन था। उन दिनों इसी तरह के इंजन रेलगाड़ी को खींचा करते थे। मुख्य पटरी से अलग वह इंजन एक बगलवाली पटरी पर खड़ा था। पादरी साहब को लगा कि जैसे इंजन सो रहा है या सोने का नाटक कर रहा है। इंजन एक ही जगह पर स्थिर और शान्त खड़ा था, पादरी साहब उस प्रबल और शक्तिशाली लौह-दानव को देखकर बड़े प्रभावित हुए। उन्हें लगा कि यही वह उड़नेवाला घोड़ा है जो आपको पलों में दुनिया के एक छोर से दूसरे छोर तक ले जाता है। जब वह दौड़ता है तो ऐसे हिनहिनाता और चिंघाड़ता है कि पहली बार तो लोगों का दम ही निकल जाता है। उसकी चिंघाड़ सुनकर लोग भागने लगते हैं और तितर-बितर हो जाते हैं। जो कोई उसके रास्ते में आता है, यह लौह-दानव उसे निर्ममता से कुचलकर आगे बढ़ जाता है। हालाँकि इस दानव पर क़ाबू पाने का तरीक़ा भी सोच लिया गया है—लाल बत्ती देखते ही दानव की सारी हवा निकल जाती है और वह किसी चूहे की तरह चुपचाप रुक जाता है। फिर जब तक उसे हरी बत्ती दिखाई नहीं देती, वह अपनी जगह पर खड़ा रहता है। लोहे के अनगिनत पहियों, पाइपों और लीवरों से मिलकर बना यह काला लौह-दानव सिर्फ़ भाप जैसे बारीक़ और रंगहीन कोहरे के क़ाबू में आता

है।—शानदार, उन्होंने ज़ोर देते हुए कहा, कितनी शानदार है यह मशीन!"

उन्होंने ऊपर देखा—उन्हें लगा जैसे यह नीला-नीला बे-इन्तिहा फैला हुआ आसमान उनको बुला रहा था।

## 2

वे इंजन के एकदम क़रीब पहुँच गए। बहुत ध्यान से देखने पर उन्हें लगा कि रेल-इंजन सचमुच सो रहा है। न कोई धुआँ न कोई घरघराहट, मानो वास्तव में मरा पड़ा हो। उसकी ईंधन-भट्टी के आस-पास भी उस वक़्त कोई नहीं दिख रहा था। पादरी साहब ने सोचा यह मौक़ा बड़ा अच्छा है, चलो, उसे छूकर देखता हूँ। कम-से-कम उसके वज़नी पहिये को तो आराम से छूकर देख ही सकता हूँ।उन्हें लग रहा था कि कहीं पहिए गरम न हों। आस-पास कुछ और न पाकर उन्होंने अपनी उँगलियों को थूक लगाकर गीला कर लिया। फिर उन्होंने जल्दी से पहिए की तरफ़ अपना हाथ बढ़ाया और हौले-से उसको छू लिया। उसके बाद उन्होंने अपनी उँगलियों को फिर से थूक लगाकर गीला कर लिया...।

फिर उन्होंने अपना सर घुमाकर डरते-डरते इधर-उधर देखा। कुछ दूरी पर उनको पटरियाँ पार करके अपनी ओर आती हुई एक औरत नज़र आयी। वह उन्हीं की तरफ़ देख रही थी। पादरी साहब ने संशय से अपना माथा सिकोड़ा और अपनी दाढ़ी पर हाथ फेरने लगे, जैसे उसे सहला कर रहे हों। वह औरत उनकी तरफ़ बढ़ी चली आ रही थी। पादरी साहब ने अपनी जेब से एक नीला चारख़ानेदार रूमाल निकाला और उससे अपना चेहरा पोंछने लगे ताकि वह औरत यह समझे कि उनको पसीना आ रहा है। पसीना उन्हें वाक़ई आ रहा था। रूमाल गन्दा हो गया। रूमाल में धूल-मिले पसीने से कुछ धारियाँ-सी बन गईं। जब वह औरत उनके पास से गुज़रकर आगे चली गई तो पादरी साहब ठठाकर हँसे। उनकी यह इच्छा हुई कि किसी की और आँख मारकर वे यह बताएँ कि लोगों को कैसे बुद्धू बनाया जा सकता है। वहाँ कोई और तो था नहीं, इसलिए वे इंजन की ओर आँख मारकर ख़ुद हँसने लगे।

वे सोच रहे थे, कि अगर उनके चर्च में आनेवाले ईश्वर के भक्त इस समय उन्हें देख लेते तो सोचते कि यह पादरी भी कितना गुरु है, देखो तो,

क्या-क्या हरकतें कर रहा है! लेकिन वे फिर से इंजन का मुआयना करने लगे। तभी उन्हें याद आया कि उन्हें अभी टिकट भी ख़रीदना है। पहले तो उन्होंने सोचा कि स्टेशन पर टिकट-खिड़की खुल चुकी होगी। लेकिन उन्हें लगा की अभी गाड़ी के आने में देर है और इतने पास से इंजन का मुआयना करने का ऐसा मौक़ा फिर कभी उनके हाथ नहीं लगेगा। वे इंजन के चारों तरफ़ घूम-घूमकर इंजन को देखते रहे और इंजन बनानेवालों की कारीगरी पर हैरान होते रहे। थोड़ी देर बाद वे टिकट लेने के लिए स्टेशन पर आ गए। लेकिन उन्होंने पाया कि टिकट-खिड़की अभी भी बन्द थी। और गाड़ी सिर्फ़ सवा घण्टे बाद ही जानेवाली थी। तभी रेलवे का एक ख़लासी वहाँ से गुज़रा। उसने ग़ौर से पादरी साहब के पहनावे की तरफ़ देखा। पादरी साहब ने उसे देखकर अपना सिर हिलाया और उसने झुककर उनका अभिवादन किया।

—कितने तमीज़दार लोग हैं! पढ़े-लिखे हैं न, इसलिए। हम गाँववालों की तरह नहीं कि किसी अनजान आदमी को देखकर अपना रास्ता बदल लेते हैं। पादरी साहब मन-ही-मन उस ख़लासी की तारीफ़ कर रहे थे। गाड़ी आने में अभी देर थी। इंजन को देखकर पादरी साहब का मन नहीं भरा था। उन्होंने सोचा कि चलो एकबार फिर उसी तरफ़ चलता हूँ। और वे इंजन की तरफ़ बढ़ चले। इस बार पादरी साहब को इंजन भला और सीधा लगा। वे उसके पास पहुँचकर बड़े अपनेपन से उससे बातें करने लगे, जैसे किसी घोड़ा-गाड़ी का कोचवान अपने घोड़े के रवाना होने से पहले उससे बातचीत करता है। उन्होंने बड़े स्नेह से उससे कहा—हाँ, काम तो तू हमेशा करता है, आराम करने का समय कम ही मिलता है। चल, ठीक है, आराम कर ले ज़रा! फिर तो तुझे गाड़ी में जुतना ही है।

इंजन उनकी यह प्रेमभरी बातें सुनकर चुपचाप अपनी जगह पर आराम से खड़ा रहा।अचानक पादरी साहब को न जाने क्या सूझी कि उन्होंने उसका हत्था पकड़ा और उसके ऊपर चढ़ने लगे। लेकिन तभी थोड़ा रुक गए। उन्हें थोड़ी झिझक हुई। फिर वे देर तक सर हिलाते रहे और बालों से धूल झाड़ते हुए मुस्कराते रहे। इसके बाद उन्होंने अपना छाता और थैला नीचे ज़मीन पर रख दिया। फिर कुछ सोचकर उन्होंने वह सब फिर से अपने हाथों में उठा लिया। वे ज़रा-सी देर को इधर-उधर ताकते रहे। शायद यह देख रहे थे कि

कोई उन्हें इंजन पर चढ़ते हुए तो नहीं देख रहा है। उन्होंने दोबारा अपना सामान नीचे रख दिया और उसके बाद उसके बाद अपना चोगा सँभालते हुए सावधानी से इंजन पर चढ़ गए। उसमें सिर्फ़ तीन सीढ़ियाँ थीं लेकिन पादरी साहब को वे गिरजे के घण्टाघर की सीढ़ियों की तरह ऊँची लग रही थीं।

—शानदार, बेहद शानदार है यह मशीन!—उन्होंने बेहद संजीदगी से कहा। ऐसे संजीदा लहज़े में वे आमतौर पर विज्ञान के रहस्यों और चमत्कारों के बारे में ही बातें किया करते थे। अब इंजन के पास खड़े होकर उन्हें लगा, वे भी किसी वैज्ञानिक से कम नहीं हैं। यह ख़याल आते ही उन्होंने इंजन के किसी एक पुरजे पर अपना हाथ रख दिया। उसके बाद वे इस मशीन को बड़े ध्यान से देखने और जाँचने लगे। वे दंग की इस मशीन में कितने सारे पुरजे हैं। और ये सारे पुरजे मिलकर काम करते हैं। और इतने सारे मुसाफ़िरों से भरी रेलगाड़ी को आराम से खींचकर मीलों दूर पहुँचा देते हैं। इंजन में से कुछ हत्थे जैसे बाहर निकले हुए थे और उन लीवरों के आस-पास बहुत सारे कई संकेत-चिह्न बने हुए थे। कहीं-कहीं पर कुछ अंक और संख्याएँ लिखी हुई थीं। वैसे, कुल मिलाकर, बड़े मियाँ को कुछ भी समझ में नहीं आ रहा था। बस, उनको यह विश्वास हो चला था कि यह लौह-दानव एक बहुत ही ख़ास, मुश्किल, ज़रूरी और फ़ायदेमन्द मशीन है। सबसे ज़्यादा खुशी उन्हें इस बात की थी कि वे ख़ुद, एक देहाती-गँवार पादरी होते हुए भी, अब इंजन पर चढ़ चुके हैं। यह मौक़ा आम लोगों को कहाँ मिलता है। उन्हें तो अपने कुतूहल की वजह से और ज्ञान-विज्ञान के लिए मन में इज़्ज़त होने की वजह से ही यह मौक़ा मिल गया है। उन्हें अपने ऊपर नाज़ हो रहा था कि देहाती होने के बावजूद भी वे साइन्स की ज़रूरत समझते हैं और उसमें दिलचस्पी रखते हैं।

—क्या खोज की है! क्या आलीशान चीज़ बनाई है! शानदार!—वे बुदबुदा रहे थे। फिर उन्होंने ज़मीन पर पड़े अपने छाते और थैले पर एक उदासीन-सी लापरवाह नज़र डाली। अब तो उन्हें अपना यह छाता भी बेकार लग रहा था। उन्हें वह दिन याद आया जब उन्होंने नया-नया छाता ख़रीदा था। तब वे उस छाते के बारे में सब गाँवालों को ऐसे जानकारी दिया करते थे जैसे उन्होंने कोई शानदार चीज़ ख़रीद ली हो। आज इंजन को देखकर भी उन्हें ऐसा ही लग रहा था। हालाँकि इसके ताम-झाम उन्हें समझ में नहीं आ रहे थे। वे इंजन से बाहर

की ओर निकले हत्थों को बड़े कुतूहल से इस तरह छूने और दबाने लगे मानो किसी बच्चे को कोई नया खिलौना लाकर दे दिया गया हो। उन्होंने पहले एक हत्थे को छुआ फिर दूसरा हत्था छुआ, फिर एक-साथ तीन-चार हत्थे छुए। लेकिन इंजन के ऊपर कोई असर नहीं हुआ।तभी उन्होंने बाएँ हाथ की तरफ़ लगे हुए एक हत्थे को नीचे की तरफ़ दबा दिया। इंजन जैसे अचानक ज़िन्दा हो गया। पहले उसने हलकी सी सीटी बजाई और फिर गुर्राने लगा। पादरी साहब की समझ में कुछ नहीं आया। उन्होंने सर घुमाकर इधर-उधर देखा, फिर उस हत्थे को ऊपर करने की कोशिश की। लेकिन इंजन की गुर्राहट में कोई फ़र्क नहीं पड़ा। पादरी साहब ने झुककर नीचे की तरफ़ देखा, इंजन पहले की तरह गुर्रा रहा था। पादरी साहब का चेहरा फक पड़ गया और उनका दिल ज़ोरों से धड़कने लगा। अब अगर कोई आ गया तो मैं क्या जवाब दूँगा?

उन्होंने डरते-डरते एक बटन दबा दिया और सीटी की आवाज़ एकदम थम गई। लेकिन यह क्या—इंजन अब ज़ोर से हिनहिनाया। पादरी साहब पूरी तरह से घबरा गए थे। उन्होंने मदद के लिए अपने चारों तरफ़ निगाह घुमाई। लेकिन उन्हें ज़मीन पर पड़े अपने छाते के अलावा और कुछ नहीं दिखाई दिया। इंजन को हिनहिनाने से रोकने के लिए उन्होंने अपने क़रीब दिखाई दे रहा एक हत्था खींच दिया। अचानक उनको बड़ी ज़ोर का झटका लगा और जैसे किसी चीज़ ने उन्हें पहले पीछे की ओर, फिर आगे की तरफ़ धकेला। वे इंजन की एक खिड़की पकड़कर सीधे खड़े हो गए। पादरी साहब खुश थे कि उन्हें चोट नहीं लगी है। अपने बच जाने की खुशी अभी वे मना भी नहीं पाए थे कि उन्होंने देखा कि इंजन बड़ी तेज़ी से आगे की और भाग रहा है। अब न तो स्टेशन दिखाई दे रहा था और न उसके आस-पास का वह माहौल ही था जिसे देखकर वे बेहद खुश हुए थे। चारों तरफ़ के नज़ारे पीछे छूटते जा रहे थे। तभी उन्हें अपने छाते और थैले की याद आयी। वे तो कब के पीछे छूट चुके थे।

## 3

पादरी साहब डरे नहीं थे, वे घबराए भी नहीं थे। वे तो, बस, उसकी ताक़त देखकर चकित हो रहे थे। अचानक उनके मन में ख़याल आया—अरे यह तो एकदम गैण्डा है। गैण्डे की तरह भागता और दहाड़ता है। गेंडे की तरह

ही झटके खाते-खाते हिल-डुल रहा है। किसी ने सच ही बताया था, एकदम जंगली जानवर की तरह लगता है। देखो न कैसी मुसीबत है। यह गेंडा मुझे लेकर भाग रहा है और मैं कुछ भी नहीं कर सकता। किसी चीज़ को हाथ भी नहीं लगा सकता। सब कुछ गड़बड़ हो चुका है।—पादरी साहब के हाथों ने तभी एक हरक़त की और वहाँ लगे एक छोटे से पहिये को घुमा दिया। पहिये का घूमना था कि इंजन ने एक बिल्ली की तरह झटका लिया और इतनी तेज़ी से दौड़ने लगा कि हवा पादरी साहब के कानों में साँय-साँय गूँजने लगी। उन्होंने इंजन की गति कम करने का फ़ैसला किया और अपनी तरफ़ से फिर उसी पहिये को वापस घुमा दिया। लेकिन यह दूसरा पहिया था और अचानक उनके सर के ऊपर एक तीख़ी, बहरा कर देनेवाली भयंकर सीटी-सी गूँजने लगी। अब तो हद हो गई थी। पादरी साहब परेशान हो गए। सोचने लगे—अरे, इससे पहले तो तू कम-से-कम बिना किसी हो-हल्ले के दौड़ रहा था, लेकिन अब तो तूने हंगामा ही मचा दिया है। पादरी साहब ने सोचा—अब तो भगवान ही मालिक है।

—हे ईश्वर, तू मुझे बचा!—पादरी साहब प्रार्थना याद करने लगे। लेकिन ईसाई धर्म में इस तरह की विपदा के लिए तो कोई प्रार्थना है ही नहीं।—हे ईश्वर, हे ईश्वर...मुझे बचा...! इसके आगे क्या बोलूँ?

उन्होंने मदद पाने के लिए खिड़की से सर बाहर निकालकर झाँका। हवा इतनी तेज़ थी कि उनकी टोपी ही उड़ गई और बाल बिखर गए। उन्होंने झटके से अपना सर इंजन के अंदर कर लिया। अचानक इंजन एक पल पर से गुज़रने लगा और धड़धड़ाहट होने लगी।

—हे ईश्वर...!—पादरी साहब के मुँह से निकला—पुल को देखकर वे सोचने लगे—यह कौनसी नदी है? एक मिनट में ही पुल भी गायब हो गया। इंजन घने जंगल में पहुँच गया था। ऊँचे-ऊँचे पेड़ों की वजह से बाहर नीम-अँधेरा छा गया था। अचानक अँधेरे को देखकर पादरी साहब घबरा गए। उन्हें लगा कि ज़मीन धँस रही है। अँधेरा हो रहा है। कहीं इंजन भी ज़मीन में न धँस जाए।

तभी उन्हें लाइनमैन का केबिन दिखाई पड़ा, जिसमें खड़ा आदमी ज़ोर-ज़ोर से लाल झंडी हिला रहा था। इसका मतलब था—रुको, रुको! लेकिन

पादरी साहब आख़िर रुकते तो कैसे? उनको लग रहा था कि कोई शैतान ही इस इंजन को धकिया रहा है। उनका चेहरा डर के मारे फक पड़ चुका था। उन्हें लग रहा था कि अब बचने की कोई उम्मीद नहीं है। वे आख़िरी सफ़र में हैं।

लेकिन वे यह नहीं समझ पा रहे थे कि आख़िर यह सब हुआ कैसे? वह कौनसी ताक़त है जिसने उनसे यह हरक़तें करवाईं? यह सब अपने आप होना तो नामुमकिन है। लगता है कोई शैतान उनपर सवार हो गया है और वही उनसे यह अजीब-अजीब हरक़तें करवा रहा था। अब इस शैतान से छुटकारा कैसे पाया जाए? उन्हें भूख भी लग आयी थी। घर की वे मीठी पूरियाँ याद आ रही थीं, जो उनके छाते के साथ स्टेशन पर ही छूट गई थीं। अब वे सोच रहे थे—दाने-दाने पे लिखा है खानेवाले का नाम। पता नहीं किसकी क़िस्मत में थीं वे पूरियाँ!

इंजन वैसी ही गड़गड़ाहट के साथ भागता जा रहा था। पादरी साहब की आँखों के आगे अँधेरा छा गया था। ज़िन्दा बचने की अब कोई उम्मीद नहीं रह गई थी। उन्हें टुकड़ों-टुकड़ों में अपनी ज़िन्दगी के आख़िरी दिन याद आने लगे। तभी एक बार फिर उन्हें आग की लपलपाती जीभ की तरह लहराती लाल झंडी नज़र आयी। इसका मतलब उन्होंने निकाला—ख़तरा। यानी आगे ख़तरा है। कितना भयानक है यह सब! लगता है, सब कुछ ख़तम हो गया।

अब पादरी साहब के दिमाग़ ने काम करना बन्द कर दिया था। उन्हें ऊल-जलूल चीज़ें दिखाई दे रही थीं और ऊल-जलूल बातें सुनाई दे रही थीं। उन्हें बेहद कमज़ोरी महसूस हो रही थी। अपने पैरों पर खड़े होने की ताक़त भी बाक़ी न रही थी। अचानक वे इंजन में ही गिर पड़े। इंजन के पहियों की खट-खट और धड़-धड़ का शोर बढ़ता चला गया। वे बेबस-से पड़े हुए थे। कभी उन्हें लगता कि वे हवा में उड़ रहे हैं, तो कभी उन्हें लगता कि वे ज़मीन पर खड़े हैं। उन्हें बचा लिया गया है, उनके आस-पास कुछ लोगों की भीड़ है, जिनमें उनकी बीवी भी शामिल है। फिर अचानक उन्होंने देखा कि वे गिरजे में प्रार्थना करा रहे हैं। ईश्वर-भक्त आ-आकर उनका अभिवादन कर रहे हैं और वे सबको असीसें दे रहे हैं।

अचानक पादरी साहब की चेतना वापस आ जाती है। होश में आने के

बाद उन्हें यह महसूस होता है कि वे इंजन के फ़र्श पर लेटे हैं और रेल का इंजन पहले की तरह ही धड़धड़ाकर आगे की ओर भाग रहा है। वे बहुत ही अजीब ढंग से चिल्लाकर इंजन से कहते हैं—अबे, रुक! रुक जा, शैतान! मेरी बात मान! अबे रुक, गधे, सुअर, हरामज़ादे!

वे कुछ देर तक इंजन पर इसी तरह नाराज़ होते रहे।

अपने इस ख़तरनाक और भयानक सफ़र के असर से वे फिर से होश खोने लगे। इंजन के झटकों से उनका बदन हिल-डुल रहा है। उनके सफ़ेद पड़ चुके चेहरे पर झुर्रियाँ गहरा गईं थीं और चेहरा कोयले की धूल से काला पड़ गया था।

पादरी साहब के चारों तरफ़ सुन्न और मुर्दा ख़ामोशी छाई हुई थी, जैसी बाढ़ की उस तेज़ धारा में होती है, जो अपने साथ सब कुछ बहाकर ले जाती है। यह चुप्पी वैसी ही थी जैसी समुद्र के किनारे खड़े प्रकाशस्तम्भ की हलकी रोशनी से छलकती है। पूरी तरह से नाउम्मीद हो चुके पादरी साहब के अवचेतन में उस समय भी बहुत पीछे छूट चुकी मीठी पूरियों का स्वाद था।

मूल रूसी भाषा से अनुवाद : अल्पना दाश

मूल रूसी भाषा में इस कहानी का नाम है—**неосторожность**

# ख़ाली दिमाग़ शैतान का कारख़ाना

## 1

मैं अक्सर अपनी गर्मी की छुट्टियाँ गाँव में बिताया करता हूँ। इस साल मैं थोड़ा जल्दी ही गाँव पहुँच गया था। रूस की छह-सात महीनों तक चलने वाली लम्बी सर्दियों के बाद बसन्त का मौसम शुरू ही हो रहा था। गाँव के कच्चे रास्तों पर जमी हुई बर्फ़ लगभग पूरी तरह से पिघल चुकी थी। बर्फ़ के पिघलने के बाद पिछले साल के पतझड़ के बाद गिरे हुए सूखे और काले पत्ते जगह-जगह अपना सिर उठाए झाँक रहे थे। गाँव में सारे घर अभी खाली ही पड़े हुए थे। मैं पहला आदमी था जो सर्दियाँ गुज़रने के बाद गाँव में पहुँचा था। इसलिए मैं अकेला ही गाँव की वीरान गलियों में चक्कर काट रहा था। बहुत दिनों के बाद आज धूप निकली थी। अप्रैल की इस सुहावनी धूप से गाँव के घरों की खिड़कियाँ चमक रही थीं। अपने घर पहुँचकर मैं घर की दूसरी मंज़िल पर चला गया और छज्जे से बलूत के हरे-हरे पेड़ों और भोजवृक्षों के नए-हरे पत्तों की आभा को निहारते हुए मेरे दिल में अचानक यह ख़याल आया कि वह कौन है, जो इन हरे गुम्बदों के नीचे आकर रहेगा! मैंने एक पल के लिए अपनी आँखें बंद कर ली और कल्पना में मुझे तेज़ चंचल क़दमों की आहट सुनाई दे और ऐसा लगा कि मानो कोई जवान लड़का प्रेम गीत गा रहा है और उस गीत को सुनकर एक लड़की ज़ोर-ज़ोर से खिलखिला रही है।

गाँव में अकेले रहते हुए मैं अक्सर घूमते-घूमते स्टेशन तक पहुँच जाया करता था और वहीं प्लेटफ़ार्म पर चक्कर लगाता रहता था। इसका यह मतलब नहीं है कि वहाँ मुझे किसी के आने का इंतज़ार होता था और मेरे दोस्तों व सम्बन्धियों में ऐसा भी कोई नहीं था, जो मेरे पास आकर रहना चाहता हो।

दरअसल, अक्सर स्टेशन पर घूमने का मेरा मक़सद, बस, इतना ही था कि मुझे बचपन से रेलगाड़ियाँ बेहद पसन्द हैं और मैं रेलगाड़ियों को देखने और उनसे मिलने के लिए ही स्टेशन पर जाया करता था। जब मेरे सामने से कोई भारी-भरकम रेल बल खाती हुई, बड़ी तेज़ी से पटरी पर से गुजरती तो मैं उनकी गति देखकर मुग्ध हो जाता था। मुझे लगता था कि ट्रेन में बैठे सब अनजान लोगों को मैं बहुत क़रीब से जानता हूँ और वे मेरे दोस्त और सगे-संबंधी ही हैं। वे रेलगाड़ियाँ मुझे जीवित और अद्‌भुत लगती हैं। उनकी गति से मैं पृथ्वी की विशालता और मनुष्य की ताकत को महसूस करता हूँ। जब उनकी तीखी सीटी की आवाज़ हमारे कानों में गूँजती है तो तब मुझे ऐसा लगता है कि दुनिया में किसी भी जगह, चाहे वह अमरीका हो, एशिया हो या अफ्रीका हो, रेलगाड़ियाँ ऐसे ही चीख़-चीख़कर सबको अपने पास बुलाती हैं।

हमारे गाँव का वह वह स्टेशन एकदम छोटा-सा स्टेशन था। वहाँ एक ही मुख्य लाइन थी और दो छोटी-छोटी सर्विस लाइनें थीं। दिनभर में एक-दो बार ही गाड़ी इस स्टेशन से गुज़रती थी। पैसेंजर ट्रेन के जाते ही स्टेशन पर शान्ति हो जाती थी और चारों तरफ़ सन्नाटा छा जाता था। यह स्टेशन जंगल के बीच में था। उसका प्लेटफ़ार्म इतना नीचा था कि लगता था यहीं से जंगल शुरू होता है। उस जगह पर अच्छी-ख़ासी धूप आया करती थी। सर्विस ट्रैक पर एक ख़ाली डिब्बा एक अरसे से खड़ा हुआ था। उसके पहियों के आसपास मुर्गे-मुर्गियों के झुण्ड इधर से उधर और उधर से इधर चक्कर लगाते हुए चुग्गा ढूँढ़ते रहते थे। और इस काम में वे जितना धैर्य दिखाते थे और जितना श्रम लगाते थे, उसे देखकर मुझे लगता था कि अमरीका, एशिया और अफ्रीका में भी ऐसा ही होता होगा...। स्टेशन पर घूमते हुए मुझे एक हफ़्ता हो चुका था। इस एक हफ़्ते में ही मैं वहाँ के सारे सारे लोगों को पहचानने लगा था। रेलवे लाइनों के पास खड़े ऊँचे-उदास सिग़नल सूरज की तेज़ रोशनी में ताम्बे की तरह चमकते थे। स्टेशन पर दिखाई देने वाले नीली कमीज़ पहने फ़ोरमैनों और लाइनमैनों को मैं सिर झुका-झुकाकर ऐसे अभिवादन करने लगा था मानो वे मेरे पूर्व परिचित हों और उनसे मेरी गहरी जान-पहचान हो।

स्टेशन पर मुझे हर रोज़ एक जवान पुलिसवाला भी मिलता था। उसका शरीर सभी ठलुओं की तरह हट्टा-कट्टा और मज़बूत था। पुलिस की नीली

वर्दी उसके बदन से चिपकी रहती थी। वह एक रौबीले और सख़्त पुलिस अधिकारी की तरह दिखने की कोशिश करता था, लेकिन उसकी नीली आँखों में इतनी दया और ममता दिखाई देती थी कि साफ़ पता लगता था कि वह गाँव का रहने वाला है और भोलाभाला शरीफ़ आदमी है। उसकी उदास निगाहें हरदम मेरा पीछा करतीं। रोज़ ही मेरी उससे मुठभेड़ हो जाती। मुझे देखते ही उसका चेहरा एकदम तन जाता और मेरे पास से गुज़रते हुए वह अपने जूते स्टेशन के फ़र्श पर वह इस तरह पटकने लगता था कि उसके जूतों में लगी हुई लोहे की नालें ज़ोर-ज़ोर से बजने लगती थीं। उसकी इस हरकत से ऐसा लगता था जैसे वह मेरे सामने अपना रौब झाड़ रहा हो।

लेकिन जल्दी ही मुझे लेकर उसका रवैया सामान्य हो गया। उसे स्टेशन पर रोज़ मुझे देखने की आदत वैसे ही पड़ गई थी जैसे वह प्लेटफॉर्म की छत को सहारा दे रहे ऊँचे-ऊँचे खम्बों का, सुनसान पटरी पर ख़ाली खड़े डिब्बे का और उस डिब्बे के नीचे घूमने वाले मुर्गे-मुर्गियों का आदी था। वैसे भी ऐसी शान्त और सुनसान जगह पर कोई आदत पड़ने में देर थोड़े ही लगती है! जब उसकी निगाहों ने मेरा पीछा करना और मुझ पर ध्यान देना बन्द कर दिया, तब मुझे यह समझ में आया कि ये पुलिसवाले भी बहुत बोरियत भरे उबाऊ क़िस्म के लोग होते हैं। रोज़ एक जैसा काम करते-करते बोर हो-होकर वे पक जाते हैं और दूसरों के लिए ख़ुद भी 'पकाऊ' बन जाते हैं। इस दुनिया में जितनी ऊब उसे होती होगी, उतनी किसी और को नहीं होती होगी। शायद इस छोटे-से स्टेशन पर ड्यूटी बजाते-बजाते वह थक चुका था। उसे ड्यूटी के अलावा कुछ और सोचने की आदत नहीं होगी, इसलिए वह इसी बात को लेकर परेशान रहता होगा कि करने के लिए कुछ नहीं है। ख़ाली बैठे-बैठे उसकी कार्य-क्षमता भी कम होती जा रही है। बातचीत करने के लिए इस स्टेशन पर कोई दूसरा आदमी तक नहीं है। हर ऐरे-ग़ैरे से तो वह बात कर नहीं सकता। स्टेशन मास्टर तक उसकी पहुँच नहीं है और ख़ुद से निचले स्तर के कर्मचारियों को वह अपने लायक नहीं समझता है।

सब पुलिसवालों की तरह वह भी जुनूनी था और उसे सरकारी क़ायदे-कानून तोड़ने वालों को पकड़ने में बेहद मज़ा आता था। लेकिन उस छोटी सी जगह में बहुत कम लोग थे। और जो थे, वे सब क़ायदे-कानून से चलते थे। हर बार जब पैसेंजर ट्रेन स्टेशन पर आकर ठहरती और बिना किसी हादसे

के आगे रवाना हो जाती तो उसे लगता कि उसके साथ तो बड़ा धोखा हो रहा है। वह हताश हो जाता और उसे ग़ुस्सा आने लगता। झुँझलाहट से भरा बड़ी देर तक वह एक ही जगह पर खड़ा रहता, फिर सुस्त चाल से बिना किसी उद्‌देश्य के प्लेटफ़ॉर्म के एक छोर से दूसरे छोर तक चक्कर लगाने लगता। रास्ते में ट्रेन का इन्तज़ार कर रही किसी महिला के सामने वह एक-दो पल के लिए रुकता और नाक-भौंह सिकोड़ता हुआ मन ही मन कहता—यह औरत भी दूसरी औरतों के जैसी ही है। और इतना सोचने के बाद वह उस औरत की तरफ़ देखते हुए वह धीरे-धीरे बेंच की तरफ़ बढ़ जाता। बेंच के पास पहुँचकर वह उसपर धम्म से इस तरह गिर जाता मानो कई जन्मों का थका-हारा हो। कुछ देर वह बेंच पर ऐसे ही पड़ा रहता और फिर पसरकर बैठ जाता। बैठे-बैठे ही अपने कोट की बाँह के नीचे वह अपने हाथों को टटोलता। उसे लगता कि कोई काम-धाम न होने की वजह से वह लुंज-पुंज होता जा रहा है। उसका बदन एकदम ढीला और नरम पड़ गया है। बैठे-ठाले उसके मजबूत बदन को जंग लग गया है, आलस और सुस्ती उसकी ताक़त को दीमक की तरह चाट-चाटकर नष्ट कर रहे हैं।

आमतौर पर लोग, बस, दिमाग़ से बोर होते हैं। लेकिन वह आदमी एड़ी से लेकर सर तक बोर होता था। बहादुरी और सम्मान का प्रतीक उसकी टोपी सिर के एक तरफ़ सरकी हुई उदास सी लगती। फ़ालतू में इधर-उधर भटकते हुए उसके जूतों के तलुए बेसुरी आवाज़ें निकालने लगते। वह इतना ज़्यादा उकता जाता कि उसे उबासी पर उबासी आने लगती। हे भगवान! वह कितनी उबासियाँ लेता था! भयंकर थी उसकी उबासियाँ। जब वह जम्हाई लेने के मुँह खोलता तो उसका बड़ा सा मुँह दोनों कानों तक खुलता ही चला जाता। उसका मुँह फ़टकर इतना बड़ा हो जाता कि उसका पूरा चेहरा ही उसमें समा जाता। ऐसा लगता था कि और एक पल में उसके पेट में भरा खाना और उसकी अंतड़ियाँ दिखने लगेंगी। जब वह जम्हाई लेता था तो वहाँ उड़ने वाली मक्खियाँ उसके मुँह में घुसने के लिए उतावली हो जातीं। मैं फ़ौरन वहाँ से चल देता, लेकिन उबासी लेने का उसका वह बेहूदा तरीका याद करके हँसते-हँसते मेरे पेट में बल पड़ जाते और आँखों से पानी निकलते लगता। सब कुछ धुँधला दिखाई देने लगता।

## 2

एक दिन डाक-गाड़ी में बिना टिकट सफ़र कर रहा एक मुसाफ़िर पकड़ा गया। टीटी ने उसे उसी छोटे से स्टेशन पर गाड़ी से उतार दिया। जब यह बात उस ठलुए के कानों में पड़ी तो उसकी ख़ुशी का ठिकाना न रहा। वह बेहद उत्तेजित हो गया। उसने सोचा, 'अब आया ऊँट पहाड़ के नीचे' और तुरन्त अपने चेहरे पर गंभीरता लाकर, नाराज़गी के भाव से वह उस बिना टिकट वाले आदमी की तरफ़ बढ़ने लगा। अब उसके जूतों में लगी लोहे की नालें भी एक ताल में टक-टक करती हुईं ज़ोर-ज़ोर से बजने लगी थीं। पर, बदक़िस्मती से उस पुलिसिए की वह ख़ुशी ज़्यादा देर न टिकी। उस मुसाफ़िर ने टीटी को जुरमाना भर दिया और नाराज़ होता हुआ फिर से उसी ट्रेन में चढ़ गया।

उस स्टेशन की नई इमारत बनने जा रही थी और उसकी नींव खोदने का काम शुरू हो गया था। इसलिए पुरानी इमारत के पास पड़ी ख़ाली जगह पर पिछले कुछ दिनों से मज़दूर अपना काम कर रहे थे। मुझे दो दिन के लिए शहर जाना था। जब वहाँ से वापस लौटा तो देखा कि नई इमारत का काम शुरू हो चुका है। राजमिस्त्री नींव बनाने लगे थे। दो तरफ़ की नींव बन चुकी थी। तीसरी तरफ़ की नींव बनाई जा रही थी। वहाँ बहुत सारे मिस्त्री और कारीगर लगे हुए थे। उन्हें काम करते हुए देखने में मज़ा आ रहा था और यह देखकर हैरानी भी हो रही थी कि कैसे ज़मीन में एक सीधी और पतली दीवार उग रही है। मिस्त्री लोग अगल-बगल ईंटें रख रहे थे और उनके बीच गारा भरते जा रहे थे। वे ईंटों की एक परत पूरी करने के बाद अगली परत बनाना शुरू कर देते थे। उन मिस्त्रियों का हाथ जमा हुआ था और वे एक के बाद एक ईंटें जमाते जा रहे थे। उनका काम देखने के लिए तमाशाइयों की एक छोटी सी भीड़ भी वहाँ खड़ी थी। मैं भी उस भीड़ में शामिल हो गया। तभी अचानक ज़ोर की एक आवाज़ आयी। कोई मिस्त्रियों को डाँट रहा था-अबे ओय! क्या नाम है तेरा! तू ये क्या कर रहा है? मेरी बात सुन और जो कह रहा हूँ, वो कर! ..., तू जो अगली ईंट दीवार पर जमाने जा रहा है, वह टेढ़ी है!

यह आवाज़ उसी ठुल्ले की थी। वो उन मिस्त्रियों को यह सिखा रहा था कि उन्हें कैसे काम करना है। वह अपनी उँगली से उस ईंट की तरफ़ इशारा

कर रहा था, जो उसके ख़याल में ठीक नहीं थी। वह फिर चीख़ रहा था-अबे दढ़ियल! तू सुनता नहीं! मैं तेरे से कह रहा हूँ। तू वो दूसरा अद्धा वहाँ रख। वो वहाँ जमेगा।

दाढ़ी वाले मिस्त्री ने चुपचाप पलटकर पुलिसिए की तरफ़ देखा। पुलिसिए के चेहरे पर रौब झलक रहा था। मिस्त्री ने बिना कुछ बोले ईंट का वो अद्धा उठाया, उसे नींव में खाली जगह पर जमाया और यह देखकर कि वो छोटा है, उसे वहाँ से हटाकर एक तरफ़ को लुढ़का दिया। फिर पुलिसवाले ने मुझ पर कड़ी नज़र डाली और वहाँ से दूर चला गया। प्लेटफॉर्म के एक-दो चक्कर लगाने के बाद वह फिर वहीं आकर खड़ा हो गया। अब उसके चेहरे से उकताहट उतर चुकी थी।

समय बीतता जा रहा था और मुझे भी देर हो रही थी। मेरा घूमने का समय हो गया था इसलिए मैं टहलता हुआ आगे निकल गया। घूमना ख़तम करके जब मैं वापिस घर लौट रहा था, तब तक दोपहर का क़रीब एक बज चुका था। सारे मिस्त्री और कारीगर खाना खाने और आराम करने गए हुए थे। स्टेशन के आसपास एकदम शान्ति थी, पर जिस दीवार को बनाने का काम चल रहा था, उसके आसपास किसी के हिलने-डुलने का आभास हो रहा था। वहाँ वही पुलिसवाला खड़ा था और ईंटों के ढेर से ईंटें उठा-उठाकर नींव पर जमा रहा था। मुझे उसकी, बस, चौड़ी पीठ दिखाई दे रही थी। उसी से मैंने यह अन्दाज़ लगाया कि वो मिस्त्रियों का काम आगे बढ़ा रहा है। वह जिस काम को बेहद आसान समझ रहा था, दरअसल वह उतना आसान नहीं था। उसे चिनाई का काम नहीं आता था। उसकी नज़रें उसे धोखा दे रही थीं। वह एक-एक ईंट उठाकर उसे मिस्त्रियों की तरह कन्नी से बजाकर देखता और उसे नींव पर टिका देता। उसे शायद यह नहीं पता था कि मिस्त्री ईंट को कन्नी से क्यों बजाता है। मिस्त्री तो आमतौर पर यह देखता है कि ईंट कहीं पोली या कच्ची तो नहीं है। लेकिन वह सिर्फ़ मिस्त्री की नक़ल कर रहा था। दस -बीस ईंटें लगाने के बाद अचानक उसे अपनी हैसियत का ख़याल आया। अगले ही पल यह सोचकर कि उसकी जैसी हैसियत वाले आदमी को यह छोटा काम नहीं करना चाहिए, उसका बदन ढीला पड़ गया। सचमुच ऐसा करना उसे शोभा नहीं देता था।

तभी अपनी सिगरेट जलाने के लिए मैंने दियासलाई को माचिस पर रगड़ा। दियासलाई की इस रगड़ की आवाज़ उसके कानों तक पहुँच गई। वह चौंक गया और उसने पीछे मुड़कर देखा। मुझे वहाँ खड़ा देख वह हैरान रह गया पर तुरन्त ही मुस्कुराने लगा। मैं भी उसकी तरफ़ देखकर मुस्कुराया, पर मेरे चेहरे से छलकने वाली व्यंग्य भरी मुस्कुराहट देखकर वह तैश में आ गया। अपने बाएँ हाथ से वह अपनी पतली-सी मूँछों को मरोड़ने लगा। मैंने देखा कि उसने दाएँ हाथ में एक ईंट अभी तक पकड़ रखी है। उसका ध्यान भी उस ईंट की तरफ़ गया। अब उसे शर्मिन्दा होना चाहिए था।। लेकिन वह पूरी तरह से बेशर्म था। वह मेरी तरफ़ देखकर हँसने लगा। यह बनावटी हँसी थी। शायद उसे शर्माना नहीं आता था। यदि उसे शर्माना आता तो उसका चेहरा भी उस ईंट की तरह ही लाल हो गया होता।

स्टेशन की इमारत काफ़ी तेज़ी से बन रही थी। दस-पन्द्रह दिनों में ही इमारत का पूरा नक़्शा उभर आया था। पुलिसवाला पहले की तरह निठल्ला घूमता और जम्हाइयाँ लेता दिखाई देता। जब वह मेरे पास से गुजरता तो मुझे लगता कि वह अपनी हरकतों पर शर्मिन्दा है और यह सोचकर मुझसे नफ़रत करता है कि मैं यह समझने लगा हूँ कि कोई काम न होने की वजह से वो लम्बा-तगड़ा आदमी निकम्मा घूमता है।

उसकी ढीली आस्तीनों में छुपी हुई उसकी बाँहें सुस्त ढंग से लटकती रहतीं। उसके जूतों के तलवों में लगी नालें बेतुके ढंग से बजती हैं और वो किसी ठलुए की तरह नकली पुलिसवाला लगता है।

मौसम बदल रहा है। धूप में अब थोड़ी गरमाहट आ गई है। पेड़ों पर हरे पत्ते खिलखिला रहे हैं। उस छोटे-से गाँव के बाशिन्दे अपने-अपने कामों में व्यस्त हैं। सर्विसलाईन पर खड़े मालगाड़ी के ख़ाली डिब्बे के नीचे मुर्गे-मुर्गियाँ पहले की तरह ही अनाज़ चुग रहे हैं और वह आदमी पुलिसवाला होने का ढोंग कर रहा है।

उसका यह ढोंग बहुत उबाऊ लगता है परन्तु कभी-कभी मुझे उसे निकम्मा घूमते देखकर डर लगता है।...आप तो जानते ही हैं कि ख़ाली दिमाग़ शैतान का कारख़ाना होता है।

**मूल रूसी भाषा से अनुवाद : सरोज शर्मा**

**मूल रूसी भाषा में इस कहानी का नाम है—На станции**

# रेलगाड़ी में

हमें नींद नहीं आ रही थी, जबकि ट्रेन पर हम आराम करने की फ़िराक़ में चढ़े थे। हमें लगा था कि धुंधली रोशनी, पहियों की लगातार होनेवाली गड़गड़ाहट और गाड़ी के हिचकोलों की बदौलत अपनी सीट पर लेटते ही हमारे उनींदा ख़याल ख़्वाबों की दुनिया में विचरने लगेंगे। लेकिन हुआ यह कि हम किसी बात में मशग़ूल हो गए —किन्हीं दूरदराज की जगहों और वहाँ रहनेवाले लोगों के बारे में बात करते-करते कब आधी रात गुज़र गई, हमें पता ही नहीं चला। मैं नहीं जानता कि आख़िर ऐसा होता क्यों है, लेकिन सफ़र में लोग अक्सर दूसरे मुसाफ़िरों के साथ बातचीत करते हुए अपना दर्शन झाड़ने लगते हैं। रोज़मर्रा की ज़िन्दगी से दूर होते ही वे पूरी तरह से जाग जाते हैं और अचरज से भरकर बीते हुए कल या भविष्य के बारे में बातें करने लगते हैं। अपनी यादों से वे या तो माज़ी के क़िस्से निकाल लाते हैं या सुदूर भविष्य के सपने बुनने लगते हैं। अगर मनुष्य के विचारों को साकार किया जा सकता तो हर दौड़ती रेलगाड़ी आभासों का अम्बार होती और उसके पहियों की गड़गड़ाहट दूर से आती हज़ारों धीमी आवाज़ों तले दब जाती। गाड़ी के डिब्बों में बैठे लोगों के लिए वर्तमान का कोई अस्तित्व नहीं रह जाता है। चूँकि रोज़मर्रा की ज़िन्दगी का पंजा लोगों के ख़यालों और उनकी हर जुम्बिश पर हमेशा कसा रहता है, शायद इसीलिए ट्रेन में लोग दार्शनिक बन जाते हैं।

हम बातें करते रहे। हमने लोगों के बारे में बात की, हमने ज़िन्दगी, उसकी ख़ूबसूरती, उसकी नेमतों, उसकी अथाह गहराई के बारे में बातें कीं। चाहें ज़िन्दगी की गहराई के बारे में हम कितना भी फ़लसफ़ा क्यों न झाड़ें, हम अंधे होकर लापरवाही से उसकी सतह पर ही तैरते रहते हैं। लोग सिर्फ़ इस

सतह को ही जानते हैं और वे इतने ज़्यादा हलके होते हैं कि कभी उस सतह से नीचे जा ही नहीं पाते हैं। कभी-कभी यों होता है कि कोई सांसारिक लहर उन्हें नीचे घसीट लेती है। उन पलों में ज़िन्दगी अपने रहस्यों को ज़ाहिर करके लोगों को और अंधा कर देती है या डरा देती है। लेकिन जल्दी ही वही लहर उन्हें वापस सतह पर फेंक भी देती है, नीले वितान के नीचे। जब लोग उस नीले वितान का ज़िक्र बच्चों से करते हैं तो वे उसे आसमान कहकर पुकारते हैं। लोग फिर उन्हीं अंधे, उनींदे हिचकोलों में डोलने लगते हैं और उन्हीं में ज़िन्दगी के आख़िरी पल तक डोलते रहते हैं।

तो रेलगाड़ी में हम बहुत देर तक बातें करते रहे। पहियों की एकरस गड़गड़ाहट और ट्रेन के धुंधलकों के बीच एक-दूसरे को न देख पाने के बावजूद हमें यह मालूम था कि हमारे दरमियान हमदर्दी बढ़ती जा रही है। रोज़मर्रा की लीक से आज़ाद होते ही लोगों में अकेलेपन का एहसास बहुत बढ़ जाता है और कुछ पलों के लिए मिलने वाली थोड़ी सी दर्दमंदी को वे यों जज़्ब करते हैं, जैसे ज़मीन बारिश के पानी को सोख लेती है।

उसने कहा,—अब हमें सोना चाहिए।

मैंने जवाब में कहा,—हाँ, काफ़ी देर हो गई है।

मुस्कुराते हुए हमने अपनी आँखें मूँद लीं, लेकिन आधे घंटे बाद ही हम दोनों अपने डिब्बे के कॉरीडोर में खड़े खिड़की के बाहर देख रहे थे। चाँद बादलों के पीछे कहीं छुपा हुआ था, फिर भी उजियारा था। ऐसा लग रहा था कि मानो धरती पर बिछा बर्फ़ीला कोहरा और धुँधली चाँदनी एक-दूसरे में घुलमिल गए हों। भारी बर्फ़बारी के बाद ज़मीन पर बिछी बर्फ़ की मोटी परत ने धरती के सभी ऊबड़खाबड़ हिस्सों को समतल कर दिया था। लेकिन चूँकि हम अक्सर उस रास्ते पर सफ़र किया करते थे इसलिए सामने से गुज़र रहे सभी मुक़ाम हमारे लिए जाने-पहचाने थे।

—लेकिन यह सच नहीं है। हम न ही कुछ देखते हैं और न ही जानते हैं।—मैंने कहा।

वह मेरी बात फ़ौरन समझ गया और खिड़की के पास खड़े-खड़े ही मेरे और क़रीब आ गया और बोला :

—यह सारी चीज़ें जो हमें जानी-पहचानी लगती हैं, वे सिर्फ़ आँखों का

फ़रेब हैं।आँखें धोखा देती हैं। मैं इस रास्ते पर सफ़र करते वक़्त हमेशा खिड़की से बाहर देखता रहता हूँ और मेरी नज़रें आसमाँ तक जाकर सबकुछ समोकर लौट आती हैं। मुझे लगता है कि वह सबकुछ बहुत है, लेकिन वह.. वह सिर्फ़ आसमाँ की उस हद तक महदूद होता है, जहाँ तक हमारी नज़रें जाती हैं। इस रास्ते पर बार-बार सफ़र करने के बाद भी मेरी याददाश्त में सिर्फ़ चंद मकान, रास्ते में पड़ने वाले कुछ स्टेशन, कुछ चेहरे, जंगल और इक्के-दुक्के पेड़ ही बचे हुए हैं। मुझे ऐसा लगता है मानो वही सबकुछ हों -लेकिन वो इस बड़ी दुनिया का सुई की नोक के बराबर का हिस्सा होता है, इससे ज़्यादा नहीं। मैं इस रास्ते पर पड़नेवाले एक भोज के पेड़ को पहचानता हूँ। यह जंगल से दूर एक किनारे पर दूसरे सब दरख़्तों से अलग-थलग खड़ा है। ऐसा लगता है कि मानो वह पेड़ जंगल से भाग आया हो और ललचाई नज़रों से मैदान को देख रहा हो। अगर उसे काट दिया गया तो मैं न तो उस जगह को कभी पहचान पाऊँगा और शायद न ही उसे फिर याद करूँगा।

—मैं भी उस भोज के पेड़ को जानता हूँ। ऐसा लगता है, मानो वह चीख़ रहा हो।—मैंने कहा।

—हाँ, तो क्या आपको यह भी याद है कि वह कहाँ खड़ा है?

—यहीं-कहीं होना चाहिए। मैं नहीं जानता, हम अब कहाँ हैं। मुझे याद नहीं। मैंने बहुत दिनों से उसे देखा नहीं।

—लगता है, उसे काट दिया गया है।

अब हम बर्फ़ से ढके हुए एक रूसी जंगल के सामने से गुज़र रहे थे। ऐसा लग रहा था कि वो भयानक ठण्ड और रात के अकेलेपन की वजह से कराह रहा है। फिर वही बर्फ़ीला कोहरा था और वही धुंधला आसमान। चूँकि हम अक्सर इस रास्ते पर सफ़र करते थे, इसलिए आसमान भी हमारा हमराही था। लेकिन उस दिन वह आसमान बिलकुल नया लग रहा था, जिसे हमने पहले कभी नहीं देखा था। एक हरी किरण पास से गुज़री, फिर बर्फ़ से ढकी कुछ छतें दिखीं और फिर ट्रेन रुक गयी।

कंडक्टर ने बताया कि बिलयेवा स्टेशन आ गया है।

हम इस स्टेशन को अच्छी तरह से जानते थे क्योंकि ट्रेन पाँच मिनट के लिए यहाँ हमेशा रुकती थी, लेकिन किसी वजह से हमने इसके बारे में बात नहीं की।

—बिलयेवा?—हमारे पीछे किसी ने दोहराया, फिर वह आगे बोला,— यहाँ की कचौड़ियाँ बहुत मशहूर हैं।

और उसने धम्म से दरवाज़ा बंद कर दिया। हमारा डिब्बा स्टेशन पर बने डाकघर के ठीक सामने रुका था। डाकघर की बड़ी खिड़की से हमें अंदर काम कर रहे लोग बिलकुल साफ़ दिखाई दे रहे थे। वे अपने-अपने काम में जुटे हुए थे और इस बात की उन्हें कोई फ़िक्र नहीं थी कि कोई उन्हें देख रहा है। यह सबकुछ ऐसा लग रहा था कि हम कोई नाटक देख रहे हों और डाकघर वो मंच हो जिसपर यह नाटक चल रहा है। घनी मूँछों वाले एक नौजवान कर्मचारी का मुँह हमारी तरफ़ था। एक बार तो उसकी नज़रें मेरी नज़रों से मिलीं भी, लेकिन उनमें कोई भाव नहीं उभरा, वे उदासीन ही बनी रहीं। स्टेशन के खम्भों की रोशनी डाकघर की खिड़की के कुछ ही हिस्सों पर पड़ रही थी, इसलिए उसका पूरा चेहरा साफ़ नहीं दिखाई दे रहा था।

मेरे साथी ने मुझसे कहा :

—ज़रा उस मूँछ वाले को ग़ौर से देखो।

मैंने बड़े ध्यान से देखा। वह अभी भी उसी उदासीनता के साथ अपना काम कर रहा था। फिर उसने अपने साथी से कुछ कहा और अपनी उँगलियों में फँसी सिगरेट का कश भरने के बाद खड़ा हो गया। वह एक क़दम दूर गया और चमकते काँच के पीछे ओझल हो गया। जल्दी ही वह लौट आया और फिर दिखाई देने लगा। वह फिर अपनी सीट पर बैठ गया। ऐसा लग रहा था जैसे कि उँगलियों के बीच फँसी सिगरेट उसके काम में ख़लल डाल रही है क्योंकि उसके माथे पर शिकन आ गई थी। आख़िरकार सिगरेट उसने मेज़ के एक किनारे पर रख दी।

इसके बाद ट्रेन चलने लगी और फिर से स्टेशन पर लगे बिजली के खम्भे, बर्फ़ से ढकी छतें और हरी रोशनी हमारी आँखों के सामने झलकने लगीं। और इनके गुज़र जाने के बाद फिर वही सफ़ेद मैदान, बर्फ़ीली धुंध और कोहरीला आसमान दिखाई देने लगे। आमतौर पर इस तरह से प्रेतात्माओं की झलक दिखाई देती है। ऐसा लगता है जैसे वे एक दरवाज़े से दाख़िल हुईं और दूसरे से बाहर निकल गईं। लेकिन कमरा ज्यों का त्यों बना रहता है—वही मेज़, वही कुर्सियाँ, मोमबत्ती की वही ख़ामोश टिमटिमाहट। केवल धुंधली और बहती

हुई सी आकृतियाँ हमारी आँखों में रह जाती हैं और घबराहट से सुन्न हो गया हमारा दिल हमें कुछ बताने की कोशिश करने लगता है।

—यह वह बिलयेवा है जिसे हम जानते हैं,—मेरे साथी ने कहा।

—और अगर कोई इसी रास्ते से वापिस लौटे तो बिलयेवा उसे फिर से दिखेगा और फ़ौरन ही ग़ायब हो जाएगा!

—और तब क्या होगा, अगर किसी को वहाँ उतरना हो?

—कितनी देर के लिए? —उसने धीमे से पूछा।

—बहुत देर के लिए?—ख़यालों में मुस्कुराते हुए उसने दोहराया।

और एक-दूसरे के बिलकुल क़रीब खड़े होकर हम फिर खिड़की से बाहर देखने लगे। अचानक डाकघर की खिड़की के चमकते काँच के उस पार उदासीनता से काम करते हुए उस डाककर्मी की झलक हमें बर्फ़ीले मैदान में फिर से दिखाई दी, जिसे हमने अभी थोड़ी देर पहले बिलयेवा स्टेशन पर देखा था। लेकिन वह प्रेतनुमा एक आभास मात्र था, जो सिर्फ़ और सिर्फ़ हमारी आँखों में था-सिर्फ़ हमारी आँखों में।

मैंने मन ही मन उसे याद किया और कहा :

—उसकी शक्ल बुरी नहीं थी।

—हाँ, बिलकुल। आख़िर वह नौजवान है। मुश्किल से पच्चीस साल का होगा। उसे इस डाकघर में काम करते छह-सात साल तो हो गए होंगे। उसके हाथों की चपलता, चेहरे के हाव-भाव, डेस्क के किनारे पर रखी उसकी सिगरेट—इन सब बातों के आधार पर यह कहा जा सकता है कि वह डाकघर में काम करने का आदी हो चुका है।

—वह हमें नहीं देख पाया, क्योंकि उनके दफ्तर में रोशनी काफ़ी होती है, इसलिए गाड़ी के मुसाफ़िरों को वो लोग देख नहीं पाते हैं।

—मुमकिन है कि उसे गाड़ी की सिर्फ़ छाया ही दिखी होगी। डाकघर में ड्यूटी उसका रोज़मर्रा का काम है और रोज़ उसके सामने से बेशुमार रेलगाड़ियाँ आती-जाती हैं, जिनमें हज़ारों की तादाद में लोग सफ़र करते हैं। शायद अबतक आधा रूस उसके सामने से गुज़र चुका होगा। लेकिन वह उन लोगों के बारे में कुछ नहीं जानता है।

—ल्येफ़ तलस्तोय का भी इस रास्ते से आना-जाना लगा रहता है।

—सिर्फ़ ल्येफ़ तलस्तोय ही क्यों, तमाम मंत्री, राजकुमार, चित्रकार, लेखक, गायक वग़ैरह इस रास्ते से गुज़रते हैं। अब तक हज़ारों उदासीन नज़रें उस पर टिक चुकी हैं और वह उसी उदासीनता से बैठा काम करता रहता है। कौन जानता है कि तलस्तोय ने उसे देखा हो जब वह किसी से बात कर रहा हो, सिगरेट पी रहा हो या खैनी खा रहा हो। उसे सिर्फ़ रेलगाड़ी के डिब्बे या उनकी छायाएँ दिखती हैं। रेलगाड़ियाँ जब धूप या अँधेरे से निकलकर स्टेशन की ख़ाली पटरियों पर आकर खड़ी होती हैं तो ऐसा लगता है मानो वे हमेशा वहीँ खड़ी रहेंगी। लेकिन पाँच ही मिनट में वे आगे निकल जाती हैं और पटरियाँ फिर से ख़ाली हो जाती हैं। गर्मियों में चेहरे खिड़कियों से झाँकते नज़र आते हैं। लेकिन सर्दियों में खिड़कियाँ पाले की वजह से बंद होती हैं और इतनी ख़ामोश होती हैं मानो अन्दर कोई ज़िंदा आदमी हो ही नहीं।

—रेलें चुपचाप आती हैं और आगे निकल जाती हैं—लेकिन वह इस बात से बेफ़िक्र कि कौन-कौन वहाँ से गुज़र रहा है, ख़ामोशी से बैठा काम करता रहता है। उसके काम करने का मतलब है—शब्दों को आगे सरकाना, या'नी वह टेलीग्राफ़ मशीन पर काम करता है। हालाँकि टेलीग्राम (तार) भेजने वाला साफ़ अलफ़ाज़ में अपनी बात लिखता है, पर उसके लिए वे लफ़्ज़ गाड़ी के बंद डिब्बों की तरह होते हैं। क्योंकि वो न तो तार भेजने वालों को जानता है न ही उन्हें पाने वालों को। लोगों की ख़ुशियों और ग़मों के साथ-साथ उनके दूसरे मालूमात और जज़्बात भी उसके हाथों से गुज़रते रहते हैं और वह उन्हें एक मशीन की तरह आगे भेज देता है। उसके पास दो आँखें और कान तो हैं, लेकिन वह है बहरा और अंधा—मानो उसे न तो सुनाई देता है और न ही दिखाई।

—उसकी अपनी भी एक ज़िन्दगी है।

—वह बिलयेवा में छोटी क़द-काठी की एक दुकानदारिन के घर में किराये पर रहता है। वह घर खाई के एक किनारे पर बना हुआ है, उसमें तीन खिड़कियाँ हैं। अगर किसी के क़दम पल भर के लिए भी डगमगा जाएँ तो वह बर्फ़ से ढकी खाई में गिर जाएगा। उन खिड़कियों से सिर्फ अँधेरे में डूबे कोने, कचरे के छोटे-छोटे ढेर और बदमजनूँ (विलो) का एक उजाड़ सा पेड़ ही दिखाई देता है। इस घर में उसका कमरा बहुत छोटा-सा है, पर काफ़ी गरम है। कमरे में एक बेंच पड़ी हुई है, जिसपर वह सोता है। छुट्टी

के दिन वह इसी बेंच पर बैठकर सुबह-सुबह गिटार बजाता है। उसे कढ़े हुए रूसी कुरते पसंद है। अकसर लोग उसे सालगिरह पर तोहफ़े में कुरते ही देते हैं। उसकी ख़्वाहिश है कि उसके पास बड़ी-बड़ी जेबों वाली वैसी ही क़मीज़ और चमकते हुए जूते हों जैसे अक्सर फ़ौजी लोग पहनते है। अभी तक उसे शराब की लत नहीं लगी है। वह अभी भी जवान है और रंग-बिरंगे ख़्वाब देखता है। उसका कमरा साफ़ रहता है। वह अपने कपड़े एक चादर से ढक कर रखता है। उसकी कमरे की खिड़की पर मलमल का परदा पड़ा हुआ है। उसको पढ़ने का शौक़ है लेकिन उसके पास ज़्यादातर किताबें फटी-पुरानी ही हैं, जिनमें से कुछ किताबों के तो पन्ने भी ग़ायब हैं। वह किताबें पढ़ता ज़रूर है, लेकिन उसके मन में एक पल के लिए यह ख़याल नहीं आता कि यह किताब किसी आदमी ने ही लिखी होगी। किताबें भी उसकी ज़िन्दगी में कोई रंगत नहीं लातीं, वह उदासीन का उदासीन ही बना रहता है। रात को ड्यूटी से घर लौटते वक़्त उसे कुत्तों का बहुत डर लगा रहता है। घर पहुँचते ही वह जल्दी से कपड़े उतारता है और एड़ी पर घिस चुके अपने मोज़ों को देखते हुए कामकाज के ख़यालों में डूबा सो जाता है। शोर, चकाचौंध और भव्यता से भरी दुनिया में घटने वाली चीज़ें उसके लिए कहीं हाशिये पर ही होती हैं। वह पलभर के लिए भी यह नहीं सोचता कि हो सकता है कि उसकी फटी-पुरानी किताब किसी ऐसे मुसाफ़िर ने लिखी होगी जो शायद माज़ी में कभी सफ़र करते हुए उसके सामने से गुज़रा हो। उसकी रूह उस बेशक़ीमती वायलिन की तरह है जो सड़क पर बैठकर घटिया संगीत बजानेवाले किसी वादक को मिल गया हो। यह वायलिन इसलिए कभी भी अपनी असली आवाज़ नहीं सुन सकेगा क्योंकि उस आवाज़ को निकाल सकने वाला महान कलाकार नद की तरह बहते जीवन के किनारे से गुज़र जाता है। वैसे ही जैसे रेलगाड़ियाँ स्टेशन पर डाकघर की खिड़की के सामने से गुज़रती रहती हैं, जहाँ वह काम करता है।— यह कहकर मेरा साथी ख़यालों में डूब गया।

—लेकिन यह भी तो हो सकता है कि वह बिलकुल भी ऐसा नहीं है और यह सब आपकी कल्पना की उपज है।

—बिलकुल हो सकता है। आख़िर, हम भी तो, बस, उस डाकघर के सामने से गुज़रे ही हैं।

हमारा डिब्बा हलके-हलके हिल रहा था, सामने से बर्फ़ीले मैदान गुज़र रहे थे। वे जाने-पहचाने लग रहे थे लेकिन यह आँखों का धोखा था, क्योंकि हमने इन मैदानों को पहले कभी नहीं देखा था! मेरा साथी मेरी बग़ल में खड़ा था, वह इतना क़रीब आ गया था कि उसका चेहरा जैसे मेरे चेहरे से सट गया था। अपनी इस नज़दीकी से वह भी तो मुझे धोखा दे रहा था, मैं उसे नहीं जानता था! कल हम जुदा हो जाएँगे। उसकी तस्वीर सिर्फ़ मेरी आँखों में रह जाएगी, दूसरे लोग मेरे सामने से गुज़रने लगेंगे-और मैं दूसरों के सामने से गुज़रूँगा। शायद अपने सामने से भी गुज़र जाऊँ।

**मूल रूसी भाषा से अनुवाद : प्रगति टिपणीस**
**मूल रूसी भाषा में इस कहानी का नाम है—В поезде**

# नमकहराम

एक लड़का था, बहुत ही अच्छा। नाम उसका था पेत्या। उसकी माँ और भी अच्छी थी। वह हमेशा उसे कुछ सिखाती रहती थी, जानकार बनाती रहती थी। वे एक बड़े घर में रहते थे, जिसके अहाते में मुर्ग़ियाँ और कलहंस घूमा करते थे। मुर्ग़ियाँ उनके लिए अंडे देती थीं और कलहंस उनके खाने के काम आते थे। साथ ही वहाँ एक छोटा-सा बछड़ा भी रहता था, जिसे हर कोई प्यार करता था और वासिन्का पुकारता था। पेत्या के कबाबों के लिए उस बछड़े को खिला-पीला कर बड़ा किया जा रहा था।

एक दिन माँ नई बातें सिखाने के लिए पेत्या को अहाते में ले गयी।

बोली: "देखो, बेटे पेत्या! यह कितना प्यारा बछड़ा है, इसे सहलाओ।" पेत्या ने उसे प्यार से सहलाया। बछड़ा बहुत ख़ुश हुआ और उसने थोड़े दूध की इच्छा जताई। और उसकी वह इच्छा पूरी भी कर दी गयी।

माँ बेटे की शिक्षा जारी रखते हुए बोली: "देखो, पेत्या। यह अभी दूध पी रहा है और बाद में हम इससे तुम्हारे लिए कबाब बनाएँगे, बशर्ते तुम अच्छा और आज्ञाकारी बच्चा बने रहोगे।"

अपने पैर घसीटते हुए पेत्या ने कहा:

"मुझे हमेशा कुछ नया सिखाते रहने और मेरी देखभाल करने के लिए मैं अपने माँ-बाप और सभी उस्तादों का शुक्रिया अदा करता हूँ। लेकिन प्यारी माँ, मैं यह जानना चाहूँगा कि कबाब बछड़े के किस हिस्से से बनाये जाते हैं?

माँ यह देखकर कि उसका बेटा कितना जिज्ञासु और होशियार है बहुत ख़ुश हुई। उसने बछड़े की ओर हाथ से इशारा किया और बोली:

-पेत्या, यह देखो और हमेशा याद रखना: पसली के नीचे वाले इस हिस्से से हम तुम्हारे लिए हड्डी वाले कबाब बनाएँगे। तुम्हें हड्डी वाले कबाबपसंद हैं न?

"मुझे वह सब बहुत पसंद है, प्यारी माँ, जो आप प्यार और दयालुता से मुझे देती हैं।"

और उस मूर्ख बछड़े के दिमाग़ में उनकी बाते सुनकर मूर्खता भरे ख़याल आने लगे : "हे भगवान, ये लोग ऐसी क्या बातें कर रहे हैं, मुझे इतना डर क्यों लग रहा है।"

माँ ने अपने पेत्या का माथा चूमा और कक्षा जारी रखी:

- और इस भाग से हम तुम्हारे लिए शामी कबाब बनाएँगे। और इसकी जीभ से-बछड़े, ज़रा अपनी जीभ तो दिखाना, हम वह पकवान बनाएँगे जिसे हम अदरक की चटनी से खाते हैं; और इसके भेजे और टांगों को उबाल कर हम उसकी जेली जमा लेंगे और इसकी...

पेत्या माँ को टोकते हुए बोला: "प्यारी माँ, मुझे पता है कि इसकी पूँछ से हम चाबुक बनाएँगे।"

माँ हँस पड़ी और होशियारी के लिए पेत्या की तारीफ़ करते-करते वे घर लौट आए और गाय के दूध वाली चाय पीने लगे। वहीं मूर्ख बछड़ा वासिन्का उनकी बातें सुनकर डर के मारे थरथरा रहा था और मूर्खों की तरह सोच रहा था: "हे भगवान, मुझे ऐसा क्यों लगता है कि ये लोग मुझे खाना चाहते हैं। यह बात कितनी डरावनी है! नहीं, इससे अच्छा होगा कि मैं जंगल भाग जाऊँ और अपनी जान बचा लूँ।"

लेकिन तभी उसकी अंतरात्मा उसे धिक्कार उठी और अपनी दृढ़ आवाज़ में उससे बोली: "तुम कितने नमकहराम हो! वे लोग उस अच्छे लड़के पेत्या के लिए तुम्हारे कबाब बनाना चाहते हैं और तुम यहाँ से भाग जाना चाहते हो। यह तो बहुत ओछी बात है, कमीनापन है।"

लेकिन वासिन्का अपनी अंतरात्मा की बात न सुन सका। उसने खूँटे से रस्सी अलग की और जंगल भाग गया: मूर्ख को लगा था कि वह बच जाएगा। लेकिन जंगल में तो भेड़िये होते हैं, भेड़ियों ने तो उसे खा लिया। नमकहराम ख़ुद को बचाने चला था और भेड़ियों के बारे में भूल गया था!

बछड़ों के लिए सीख: नमकहरामो! भागना मत, भेड़िये तुम्हें हर हाल में खा लेंगे।

**मूल रूसी भाषा से अनुवाद : प्रगति टिपणीस**

**मूल रूसी भाषा में इस कहानी का नाम है—Негодяй**

# अनुवादक परिचय

## प्रगति टिपणीस

लखनऊ से ताल्लुक़ रखने वाली प्रगति टिपणीस पिछले तीस से अधिक वर्षों से मॉस्को में निवास कर रही हैं। वे पेशे से इंजीनियर हैं, लेकिन पिछले कई वर्षों से साहित्यिक और व्यावसायिक अनुवाद के क्षेत्र में सक्रिय हैं। वर्ष 2012 में उन्होंने रेडियो 'रूस की आवाज़' में अनुवादक और उद्घोषक के रूप में कार्य करना प्रारंभ किया, और यहीं से उनके अनुवाद-कार्य की शुरुआत हुई।

उन्होंने 'आईसेक्ट पब्लिकेशन, भोपाल' से प्रकाशित पुस्तक 'रूस की चयनित रचनाएँ' का संकलन और संपादन किया है। साथ ही वे ऑनलाइन पत्रिका 'अनन्य-रूस' की संपादक भी रही हैं। उनके द्वारा हिंदी और रूसी दोनों भाषाओं में कई पुस्तकें अनूदित और प्रकाशित हो चुकी हैं।

वर्तमान में वे साहित्यिक अनुवाद कार्य के साथ-साथ हिंदी और अंग्रेज़ी भाषा का शिक्षण भी कर रही हैं। उनके अनुवाद, लेख, और कहानियाँ विभिन्न पत्र-पत्रिकाओं में नियमित रूप से प्रकाशित होते रहते हैं।

ये रूस की सबसे पुरानी भारतीय संस्था 'हिंदुस्तानी समाज, रूस' की महासचिव हैं।

ईमेल : pragatitipnis@gmail.com

## डॉ. सरोज शर्मा

जयपुर में जन्मीं डॉ. सरोज शर्मा ने मॉस्को के जन-मैत्री विश्वविद्यालय (पैट्रिस लुमुम्बा पीपल्स फ्रेंडशिप) से रूसी भाषा विज्ञान में एमए और पीएचडी की है। इन्होंने 'रेडियो रूस' में पाँच साल बतौर हिंदी अनुवादक काम किया। 'हिंदी से प्यार है' समूह की 'साहित्यकार तिथिवार' परियोजना के लिए इन्होंने भारतीय लेखकों पर कई आलेख लिखे हैं। आजकल रूसी तथा हिंदी पढ़ाने के साथ-साथ ये ललित रूसी साहित्य का हिंदी में अनुवाद कर रही हैं।

ईमेल : sarojsharmaj@gmail.com

## डॉ. अल्पना दाश

डॉ. अल्पना दाश का जन्म भोपाल में हुआ है। वर्ष 1985 से ये मॉस्को, रूस में रह रही हैं। इन्होंने मॉस्को के जन-मैत्री विश्वविद्यालय (पैट्रिस लुमुम्बा पीपल्स फ्रेंडशिप विश्वविद्यालय) से रूसी भाषा एवं साहित्य में एम ए और भाषा विज्ञान में पीएच डी की है। ये मुख्य रूप से अनुवाद और अध्यापन के क्षेत्र में काम करती हैं। 'रेडियो रूस' में अनुवादक के पद पर कार्यरत रही हैं तथा इन्होंने मॉस्को राजकीय विश्वविद्यालय में हिंदी भाषा का अध्यापन किया है।

वर्तमान में रूसी तथा हिंदी पढ़ाने के साथ-साथ रूसी ललित साहित्य के हिंदी में अनुवाद के क्षेत्र में काम कर रही हैं।

ईमेल : alpanadash@gmail.com

## अनिल जनविजय

बरेली में जन्मे अनिल जनविजय प्रतिष्ठित कवि हैं। ये साल 1982 से मॉस्को में रह रहे हैं। इन्होंने मॉस्को स्थित गोरिकी साहित्य संस्थान से सृजनात्मक साहित्य विषय में एम. ए. किया है। ये लम्बे समय से साहित्य के विभिन्न क्षेत्रों में सेवा कर रहे हैं। रूसी साहित्य के अनुवाद में ये बहुत सक्रिय रहते हैं। इनके सम्पादन में अनूदित कृतियों की शृंखला 'रूसी ग्रंथमाला' निकल रही है। कविता-कोश और गद्य-कोश में भी नियमित रूप से नई सामग्री जोड़कर ये उन्हें संवर्धित करते रहते हैं। लिअनीद अन्द्रयेइफ़ की रचनाओं का अनुवाद करने का सुझाव भी इन्हीं का था। इनके कुछ संग्रह हैं : काव्य-संग्रह – 'कविता नहीं है यह' (1982), 'माँ, बापू कब आएँगे' (1990), 'राम जी भला करें' (2004); अनुवाद संग्रह -फ़िलिस्तीनी कविताएँ, 'माँ की मीठी आवाज़' (अनातोली पारपरा), 'तेरे क़दमों का संगीत' (ओसिप मंदेलश्ताम), 'सूखे होंठों की प्यास' (ओसिप मंदेलश्ताम), 'धूप खिली थी और रिमझिम वर्षा' (येव्गेनी येव्तुशेंको), 'यह आवाज़ कभी सुनी क्या तुमने' (अलिक्सान्दर पूश्किन), 'चमकदार आसमानी आभा' (इवान बूनिन) आदि। साथ ही विभिन्न विदेशीभाषी कवियों की कविताओं का हिंदी अनुवाद ये नित् करते रहते हैं।

ईमेल : aniljanvijai@gmail.com